HEYNE <

Das Buch

Wie in ihren erfolgreichen Romanen beweist Barbara Erskine auch in dieser Sammlung von Kurzgeschichten ihr großes Erzähltalent. Einfühlsam und trotzdem spannend, teilweise sogar unheimlich, erzählt sie von Liebe und Verlust, Trauer und Sehnsucht. Gefühle, die stark genug sind, die Grenzen von Raum und Zeit zu überwinden, führen zu unerklärlichen Ereignissen, die das Leben der Beteiligten verändern.

Eine zweiteilige Geschichte, die den Leser in das Ägypten des 19. Jahrhunderts entführt, bildet den Rahmen um die Auswahl dunkler und geheimnisvoller Erzählungen: Als die junge Louisa Shelley von ihrem ägyptischen Geliebten ein kleines Fläschchen geschenkt bekommt, ahnt sie nicht, welche Macht sich dahinter verbirgt. Sie wird zur Hüterin der Tränen der Isis.

Die Autorin

Barbara Erskine studierte mittelalterliche Geschichte und schrieb sich mit ihren mystischen Romanen in die internationalen Bestsellerlisten. Sie lebt mit ihrer Familie abwechselnd in Wales und auf einem alten Landsitz nahe der Küste von Essex.

Im Wilhelm Heyne Verlag liegen vor: *Der Fluch von Belheddon Hall, Das Lied der alten Steine, Mitternacht ist eine einsame Stunde, Die Tochter des Phoenix* und *Am Rande der Dunkelheit.*

Barbara Erskine

Die Tränen der Isis

Erzählungen

Aus dem Englischen
von Jürgen Langowski

WILHELM HEYNE VERLAG
MÜNCHEN

Die Originalausgabe
SANDS OF TIME
erschien 2003 bei HarperCollins*Publishers*

Umwelthinweis:
Das Buch wurde auf
chlor- und säurefreiem Papier gedruckt.

Redaktion: Birgit Groll

Deutsche Erstausgabe 04/2005

Printed in Germany 2005
Umschlagillustration: Bridgeman Giraudon, Berlin
Umschlaggestaltung: Nele Schütz Design, München, unter Verwendung eines Ausschnitts aus dem Gemälde LOVE'S LABOUR LOST von Edwin Longsden Long, 1885, Dahesh Museum of Art, New York
Gesetzt aus der Weiss
Satz: KompetenzCenter, Mönchengladbach
Druck und Bindung: GGP Media GmbH, Pößneck

ISBN: 3-453-40046-1
http://www.heyne.de

Wenn die Verse der Dichter nichts als Geschichten sind, dann sind auch Essen und Kleidung nur Geschichten. Dann ist die ganze Welt eine Geschichte. Und auch der aus Staub gemachte Mensch ist nichts als eine Geschichte.

Columban von Iona

Inhalt

Vorwort

In dieser dritten Kurzgeschichtensammlung kann ich mir einen lang gehegten Wunsch erfüllen und eine Fortsetzung zu *Das Lied der alten Steine* veröffentlichen. Eine der schwierigsten Phasen beim Schreiben eines Romans ist die Gestaltung des Schlusses. Über Wochen oder gar Monate hinweg freue ich mich darauf, das magische Wort aufzuschreiben – ENDE –, das den Schlusspunkt einer Besessenheit und vieler langer Stunden markiert. Keine Sehnenscheidenentzündung an der Tastatur mehr, keine Ablehnungen von Einladungen, die ich so gern angenommen hätte. Doch wenn dieser Augenblick dann endlich kommt und ich von den Romanfiguren Abschied nehmen muss, wenn ich den Drang, ihnen ein Happy End zu geben, gegen die Versuchung abwägen muss, den Leser im Ungewissen zu lassen – denn auch im wirklichen Leben gibt es meist kein Happy End –, wenn ich mich also von den Charakteren trennen muss, die mir in vielerlei Hinsicht stärker ans Herz gewachsen sind als Angehörige oder Freunde und die ich sehr vermissen werde, dann hat die schwierigste und schmerzlichste Phase begonnen. Der Abschluss eines Buchs bringt einige Stunden der Euphorie und Erleichterung mit sich, doch bald darauf folgt eine starke postnatale Depression. Manchmal kann man dieses Gefühl abschütteln, indem man mit dem Gedanken spielt, die Geschichte wieder auferstehen zu lassen und eine Fortsetzung zu schreiben, was ich freilich nur bei zweien meiner Romane wirklich getan habe, bei *Mitternacht ist eine einsame Stunde* und *Das Lied der alten Steine*.

Diese Kurzgeschichtensammlung ist das Ergebnis solcher Überlegungen in Zusammenhang mit *Das Lied der alten Steine.* Es gibt zwei längere Storys, von denen die eine Louisa Shelleys Lebensweg etwa sieben Jahre, nachdem wir sie am Ende von *Das Lied der alten Steine* verlassen haben, wieder aufgreift. Die zweite setzt die Geschichte von Anna und Toby fort, in diesem Fall allerdings nur wenige Tage nach dem Ende des Romans. Es war eine faszinierende Herausforderung und bei weitem nicht so einfach, wie es mir zunächst erschienen war. Der Roman hatte einen befriedigenden Abschluss gefunden, und es fiel mir schwer, einen Punkt zum Anknüpfen zu finden und die Erzählung fortzuführen. Ich hoffe, dieser gelöste und neu geschlungene Knoten entspricht Ihren Erwartungen, und Sie … nun ja, warten Sie's ab, Sie werden es ja sehen …

Ich freue mich immer ganz besonders, wenn ich eine neue Sammlung mit Kurzgeschichten zusammenstellen kann. Die Geschichten, die ich in den letzten fünf Jahren geschrieben habe, führen mir noch einmal vor Augen, wie sich meine Stimmung in dieser Zeit verändert hat. Die Themen haben sich gewandelt, und die Erzählungen spiegeln meine eigenen Neigungen ebenso wie die meiner Mitmenschen und Zeitgenossen wider. Beinahe unweigerlich drehen sich einige der Geschichten um Geister – teilweise, weil ich mich dafür interessiere, zum Teil aber auch, weil man von Zeitschriften immer wieder um ähnliches Material gebeten wird, sobald man sich einmal den Ruf erworben hat, über bestimmte Themen schreiben zu können. Falls dies als eine Art Besessenheit erscheinen mag, so möchte ich betonen, dass die Erzählungen jeweils im Abstand von vielen Monaten entstanden sind!

Sie werden sicher bemerken, dass Fahrten mit der Eisenbahn eine wichtige Rolle spielen. Ich habe immer gern auf Bahnreisen geschrieben – diese an einen Mutterschoß erinnernde Abschirmung vor der Welt ist ein wunderbarer Ort, um sich in der Fantasiewelt einer Erzählung zu verlieren. Die Stille und die Abgeschiedenheit werden zwar seit der Erfindung des Mobiltelefons nachhaltig gestört, doch die eigenartige hypnotische Qualität einer Eisenbahnfahrt fasziniert mich nach wie vor. Die meisten Eisenbahngeschichten beruhen übrigens auf Begebenheiten, die ich tatsächlich auf meinen Reisen erlebt habe. Züge fahren ins Abenteuer.

Erstmals habe ich in diese Sammlung auch einige kurze Gedichte aufgenommen. Ich schreibe schon seit meiner Schulzeit Gedichte, und gelegentlich habe ich im Laufe der Jahre auch einzelne Arbeiten veröffentlicht, doch im Grunde hatte ich immer das Gefühl, die Poesie sei viel zu persönlich, als dass ich sie anderen Menschen auf diesem Weg anbieten könnte. Andererseits mag es aber auch an der Zeit sein, aus meinem Versteck heraus ans Licht zu kommen.

Ich hoffe, Sie haben Freude an den *Tränen der Isis*.

Das Vermächtnis der Isis

1

»Nein!«

Louisa Shelleys Weigerung kam postwendend. »Ich will sie nicht sehen!«, rief sie gequält.

Dabei war die Botschaft des Mädchens so unschuldig gewesen. Es war mit einem dampfenden Krug heißen Wassers eingetreten, als Louisa am Schlafzimmerfenster stand und nach draußen starrte.

»Meine Herrin sagt, ich soll Ihnen ausrichten, dass heute Abend eine Überraschung auf Sie wartet, Mrs. Shelley. Wir haben unerwartete Gäste, und sie weiß, dass es alte Freunde von Ihnen sind. Es sind Mr. und Mrs. David Fielding.« Das Mädchen lächelte und war offenbar stolz, dass es die frohe Kunde überbringen durfte. »Sie sind eingetroffen, während Sie zum Malen draußen waren.«

Doch als das Mädchen Louisas entsetzte Reaktion sah, riss es erschrocken die Augen auf. Anfangs war Kirsty angesichts des berühmten Gastes fast vor Ehrfurcht erstarrt. Louisa Shelley war eine bekannte Aquarellmalerin, und die Bilder und Gemälde von ihren Reisen durch Ägypten nach 1860 waren sogar in Londoner Galerien ausgestellt worden, wie man Kirsty erzählt hatte. Außerdem war sie von der Eleganz und Schönheit der Künstlerin sehr eingenommen. Louisas Haar war von einem glänzenden Walnussbraun, an den Schläfen erschienen die ersten silbernen Strähnen. Louisa trug anmutig fließende Kleider in den kräftigen Farben von Edelsteinen, die ganz anders aussahen als die Garderobe der Hausherrin Sarah Douglas. Genau genommen waren sie sogar völlig anders als alle Kleider, die Kirsty je gesehen hatte. Ihre Ehrfurcht hatte sich rasch in Anbetung verwandelt, als Louisas charmantes Wesen ihr Herz gewann. Doch jetzt erhellte kein Lächeln ihr Gesicht. Auch keine freudige Erregung, die Kirsty erwartet hatte. Louisa war erbleicht, das Gesicht bar jeder Lebendigkeit.

»Aber …« Kirsty war so schockiert, dass sie unversehens eine Indiskretion beging. »Es wird Lady Douglas das Herz brechen. Sie ist so aufgeregt, sie hat ein Festessen bestellt, und die Köchin ist auch schon ganz aus dem Häuschen. Es kommt ja nicht oft vor, dass wir so vornehme Gäste bewirten können.«

Im Glen Douglas House hatte man früher oft Musik und Gelächter gehört, doch Sir James gab nicht mehr viel auf Gesellschaft, seit die fünf Kinder erwachsen waren und ihre eigenen Wege gingen. In den letzten Jahren war Sarah viel allein gewesen. Während eines Besuchs bei ihrer ältesten Tochter in London hatte sie Louisa als Freundin einer Freundin kennen gelernt, und die beiden Frauen hatten sofort Gefallen aneinander gefunden. Sarah hatte Louisa spontan eingeladen, im Sommer nach Schottland zu kommen und zu malen. Bisher war der Urlaub ein durchschlagender Erfolg gewesen.

Louisa wandte sich bedrückt von Kirsty ab. Es wäre unverzeihlich, nicht zum Essen zu erscheinen. Erst nachdem das kleine Hausmädchen geknickst und das Zimmer verlassen hatte, machte Louisa ihren wahren Gefühlen Luft. Sie warf sich aufs Bett und vergoss Zornestränen in ihr Kopfkissen. Schon die Erwähnung der Fieldings hatte auf einen Schlag all die Erinnerungen an jenen Aufenthalt in Ägypten wachgerufen, die sie tief in sich begraben wollte. Die Erinnerungen an den Mann, dem sie dort begegnet war und den sie wieder verloren hatte, an den einzigen Mann, den sie jemals wirklich geliebt hatte.

Begonnen hatte es nicht lange nach dem Tode ihres Ehemannes David.

Nur ihr Kummer und die Verzweiflung über das anscheinend sinnlose Leiden ihres guten, freundlichen Mannes, dem sie so sehr zugetan gewesen war, und obendrein ihre immer schlechter werdende Gesundheit hatten sie dazu bewegen können, ihre beiden geliebten kleinen Söhne bei ihrer Großmutter zu lassen und in wärmere Gefilde zu verreisen, um sich zu entspannen und ihre Genesung zu fördern.

Ihre folgenden Abenteuer, die Begegnung mit Hassan, dem Geliebten, für den sie vollständig und bereitwillig alles vergessen hatte, was sie für ihren anbetungswürdigen David je empfunden hatte, das Geschenk, das Hassan ihr gemacht hatte – ein kleines Fläschchen, ein Fundstück aus einem alten Grab –, und die turbulenten Ereignisse, die sich aus dieser so einfachen, großzügigen Geste ergeben hatten, all dies hatte sich nach ihrer Rückkehr nach London gegen sie verschworen und ihren Gesundheitszustand wieder verschlechtert. Immer häufiger wurde ihr unruhiger Schlaf von Albträumen heimgesucht. Albträume von der alten Phiole und den beiden Geistern, die sie bewachten. Albträume, in denen das Wohlergehen ihrer beiden Söhne im Vordergrund stand.

Sarah Douglas' Einladung war in einem günstigen Moment ausgesprochen worden und bot einen willkommenen Anlass, die Jungs zur Großmutter zu schicken – sie brauchten keine zweite Aufforderung, um der Sommerhitze und den Gerüchen Londons zu entfliehen – und auch sich selbst eine nachhaltige Luftveränderung zu gönnen und nach Schottland zu reisen.

Vor ihrem Fenster brannte die Sommersonne heiß auf die terrassenförmig angelegten Wiesen, trieb die duftenden Harze aus den Kiefern und Zedern, die den künstlichen See umgaben, und entfachte das Heidekraut auf den fernen Hügeln zu purpurner Glut. Louisa trocknete ihre Tränen und stand müde auf, warf einen Blick auf ihr Skizzenbuch und den Farbkasten, die am Fenster auf dem Tisch lagen. Die aufgeschlagene Seite zeigte in zarten Wasserfarben eine Narrheit des achtzehnten Jahrhunderts, die vom Urgroßvater ihres Gastgebers erbaut worden war. In diesem Sommer waren Louisas Skizzen und Leinwände voller Farben aus Schottland. Das Purpur und Grau der Moore und Berge, das Dunkelgrün der Wälder, die vom Torf schwarzen Flüsse und Lochs. Sieben Jahre zuvor hatten goldene und beige Schattierungen, das Gelb des Sandsteins, die Rosatöne der glutheißen Felsen und die unglaublichen, sich ständig verändernden Farben des Nil vorgeherrscht.

Hassan war ihr Dragoman gewesen, ihr Fremdenführer und Dolmetscher, ihr Lehrer und schließlich auch ihr Geliebter. Sein hübsches Gesicht und seine große Gestalt tauchten in vielen Gemälden auf, die sie in London ausgestellt hatte. Keine Unterschrift erzählte seine Geschichte, nirgends wurde sein Name genannt, und niemand fragte nach ihm. Schließlich war er ja nur ein Einheimischer, ein Teil der Kulisse. Zweimal in den letzten Jahren hatten Gentlemen, bezaubert von Louisas Charme und Schönheit, ihren Mut zusammengenommen und um ihre Hand angehalten, doch beide hatten enttäuscht das Feld räumen müssen. Sie wussten nicht, dass sie einen Traum als Nebenbuhler hatten. Keiner vermochte sich auch nur eine Sekunde lang vorzustellen, dass das Herz der schönen Frau, die sie so sehr begehrten, immer noch dem großen dunklen Mann gehörte, der aus unerfindlichen Gründen auf allen ihren Bildern verewigt worden war.

Die Fieldings wussten, was es mit Hassan auf sich hatte. Sie hatten erfahren, wer er war und was er ihr bedeutete. Die *Dahabijah* der Fieldings war im Konvoi mit dem Boot der

Forresters gefahren, auf dem auch Louisa selbst und Hassan als ihr Diener reisten. Sie wussten auch, wie er gestorben war. Sie waren freundlich zu ihr gewesen, und Katherine hatte ihren ältesten Sohn nach ihrer Freundin sogar auf den Namen Louis getauft, nachdem Louise ihr in jener entsetzlichen Nacht auf dem Nil bei der vorzeitigen Geburt beigestanden hatte.

In Luxor hatten sie sich getrennt. Louisa wollte die Forresters und Fieldings verlassen und mit dem Dampfer nach Norden fahren, um die Rückreise nach England anzutreten, und so hieß es Abschied nehmen unter vielen Tränen und Umarmungen und Versprechungen, sich wieder zu sehen. Augusta Forrester hatte in den vergangenen Jahren oft geschrieben, ohne jedoch Ägypten jemals wieder zu erwähnen. Sie hielt sich taktvoll zurück, und ihre Briefe waren scherzend und voller beruhigendem Klatsch, wofür Louisa sehr dankbar war. Die Fieldings hatten sich nicht wieder gemeldet, doch Louisa hatte es nicht anders erwartet. Zu viel war geschehen und zu schmerzlich waren die Erinnerungen.

Und jetzt waren sie hier. Sie hatte keine Zeit mehr, die Gefühle in sich wegzusperren, die durch die bloße Erwähnung des Namens geweckt worden waren, keine Zeit mehr, die Erinnerungen zu unterdrücken und sich gegen die Vergangenheit zu wappnen. Sie sah sich in einen Strudel von Erinnerungen, Sehnsucht und Kummer geworfen. Sie blickte noch einmal auf die Skizze, bückte sich, zerrte das Blatt mit dem Bild aus dem Buch und riss es in der Mitte durch.

Die Fieldings saßen bereits im großen Salon des Glen Douglas House, als Louisa sich endlich überwinden konnte, nach unten zu gehen. Katherine bemerkte sie als Erste. Sie stand ungelenk auf und lächelte, dann streckte sie die Arme aus. »Louisa! Meine liebe, liebe Louisa, wie geht es Ihnen? Ich konnte es kaum glauben, als Sarah uns sagte, dass Sie hier zu Gast sind!« Sie küsste Louisa auf beide Wangen. Als sie stand, wurde der Grund ihrer steifen Bewegungen offenkundig. Sie erwartete ein Kind.

Louisa erwiderte das Lächeln und drehte sich zu David Fielding um. »Wie geht es Ihnen beiden? Wie ich sehe, soll es bald Familienzuwachs geben?«

David nickte. »Wir haben bereits drei Kinder, sie sind mit den Kindermädchen oben. Und wie Sie sehen, erwarten wir ein Viertes.« Er warf seiner Frau, die ein wenig selbstgefällig nickte, einen liebevollen Blick zu. »Sie müssen unbedingt Louis kennen lernen, er ist der wundervollste Junge geworden, den man sich nur wünschen kann.«

»Ich habe nichts anderes erwartet«, erwiderte Louisa. Sie hoffte nur, er werde nicht zu einer langatmigen Erklärung ansetzen, woher sie einander kannten. Doch wie es schien, hatte Sarah bereits die Geschichte über Louis' dramatische Geburt gehört. Ob aus Taktgefühl oder rein zufällig, jedenfalls wechselte sie geschwind das Thema.

»Die Herren wollen morgen auf die Jagd in die Berge gehen, Louisa. Ich dachte, wir könnten vielleicht einen ruhigen Tag in den Gärten verbringen oder eine kleine Kutschfahrt machen?« Sie wandte sich mit hochgezogenen Augenbrauen an die neu eingetroffenen Gäste. »Aber natürlich nur, wenn Katherine danach zumute ist.« Sarah, eine gut gewachsene, attraktive Frau mit elegant gewelltem ergrauendem Haar, betrachtete ruhig und mit wissenden blauen Augen ihre Gäste.

Bevor Katherine auf ihren Vorschlag etwas erwidern konnte, wurde die Tür ein zweites Mal geöffnet, und eine weitere Frau trat in den Raum. Es war David Fieldings Schwester Venetia, wie Louisa seufzend erkannte. Die jüngere Frau war in den letzten fünf Jahren trotz des eng geschnürten Korsetts ein wenig fülliger geworden, das Gesicht war verhärmt, die Mundwinkel nach unten gezogen und die Augen lagen etwas tiefer in den Höhlen. Doch sie war immer noch eine schöne Frau. Unwillkürlich blickte Louisa auf Venetias Hand, als sie ihr entgegenging und sie begrüßte. Kein Trauring. Das war auch kein Wunder, wenn sie ständig im Schlepptau ihres Bruders und ihrer Schwägerin blieb.

Venetias Lächeln vermochte nicht ganz die Augen zu erreichen, als sie Louisa begrüßte. Der Kuss fiel höchst oberflächlich aus und war kaum mehr als ein kleiner Lufthauch auf Louisas Wange. »Wie geht es Ihnen denn jetzt?« Sechs harmlose Worte, die voller Abneigung und Anspielungen waren.

»Gut, vielen Dank.« Louisa lächelte und wandte sich ab, um sich einen Sitzplatz zu suchen. Etliche schlagfertige Fragen und Erwiderungen gingen ihr durch den Kopf, doch sie verwarf sie alle. Schweigen war der würdevollste Weg.

Venetia setzte sich neben Sarah Douglas und glättete die verknitterte Seide ihres Rocks über den Knien. »Dann hat Ihre Neugierde also doch noch die Oberhand behalten, Louisa. Sie konnten sich nicht vom Glen Douglas House fern halten.« Hinter ihrem Lächeln verbarg sich eine gehörige Portion Gift. »Sie wissen natürlich, dass er nicht hier ist? Er ist auf Reisen in Übersee.«

Louisa runzelte die Stirn. »Verzeihen Sie, bitte. Von wem sprechen Sie gerade?« Sie blickte zu ihrem Gastgeber, der am Kamin in ein angeregtes Gespräch mit David Fielding vertieft war. Die beiden Männer hatten Whiskygläser in den Händen. Die Feuerstelle hinter ihnen war mit einem Arrangement aus Sumpfmyrte und Heidekraut geschmückt.

»Über Lord Carstairs natürlich.« Venetias Wangen bekamen ein wenig Farbe.

Louisa starrte sie an, und ihr eigenes Gesicht wurde so bleich, dass die Gastgeberin sich bereitmachte, sofort aufzuspringen, falls Louisa ohnmächtig werden sollte. »Roger Carstairs lebt hier in der Nähe?«, flüsterte Louisa.

Sarah Douglas nickte. »Dann kennen Sie ihn ebenfalls? Aber natürlich, Sie müssen ihm in Ägypten begegnet sein. Wir sind Nachbarn, meine Liebe. Carstairs Castle ist keine zwei Meilen von hier entfernt.«

Louisas Mund wurde trocken. Der Ansturm der Emotionen, der in ihr losbrach, ließ sie einen Moment lang keine Worte finden. Roger Carstairs – der Mann, der in Ägypten um ihre Hand angehalten hatte. Der Mann, der sie verführen wollte und der sofort sehen und erkennen konnte, dass die kleine Flasche, die Hassan ihr geschenkt hatte, gewaltige übernatürliche Kräfte barg. Der Mann, der, als sie sich weigerte, ihm die Flasche auszuhändigen, schließlich den Tod ihres geliebten Hassan herbeigeführt hatte. Ein derart vom Bösen durchdrungener Mann, dass bereits die bloße Erwähnung des Namens in allen englischen Adelshäusern, mit denen er Umgang pflegte, äußerstes Unbehagen hervorrief. Ein Mann, den Venetia schon damals sehr geschätzt hatte.

Louisa, sich wohl bewusst, dass Katherines Blick voller Mitgefühl und Freundlichkeit war, während Venetia hasserfüllt schien, fand endlich ihre Stimme wieder.

»Mir war gar nicht bekannt, dass er hier lebt.« Sie holte tief Luft. »Wie eigenartig. Ich habe allerdings gehört, er sei nach unserem ...« Jetzt klang ihre Stimme belegt. »Dass er nach unserem Aufenthalt in Ägypten nicht wieder nach Großbritannien zurückgekehrt sei.«

Sarah ging zum Tisch und schenkte ein Glas Ratafia ein. Lächelnd gab sie es Louisa. »Er hat einen gewissen Ruf, das muss ich zugeben. Und er ist nicht oft daheim. Seine beiden Söhne leben auf Carstairs Castle. Wenn ihr Vater auf Reisen ist, stehen sie meines Wissens unter Aufsicht eines Hauslehrers, der zugleich ihr Vormund ist. Ab und zu kommt der

Vater nach Hause, um sie zu besuchen. In der letzten Zeit haben wir ihn allerdings nicht mehr gesehen. Freilich zieht er es ohnehin vor, mit seinen Nachbarn keinen Umgang zu haben.« Sie blickte von Venetia zu Katherine und dann wieder zu Louisa, und auf einmal funkelten ihre Augen unternehmungslustig. »Ich habe eine Idee!« Sie ließ sich neben Katherine auf die Ottomane fallen. »Wir können morgen zum Schloss fahren. Er unterhält dort ein Museum. Ich glaube, es befindet sich bei den Ställen. Einer unserer Freunde war dort und hat es sich angesehen. Lord Carstairs' Diener würden es uns gewiss zeigen. Wie ich hörte, soll es sehr interessant sein. Er hat unlängst ein Jahr in Indien verbracht, und danach reiste er nach Amerika. Er besitzt eine Sammlung faszinierender Objekte von amerikanischen Indianerstämmen. Gefiederten Kopfputz, Friedenspfeifen, alle möglichen Dinge.« Ihre Augen blitzten. »Wollen wir hinfahren?«

Louisa war hin- und hergerissen. Zum einen scheute sie davor zurück, sich dem Schloss zu nähern. Andererseits wollte sie aber sehen, wo Roger Carstairs lebte, und auch die Kuriositäten bestaunen, die er von seinen Reisen mitgebracht hatte. Vermutlich waren das Dinge wie das alte Fläschchen, das Hassan ihr geschenkt hatte und das Carstairs unbedingt seiner Sammlung hatte einverleiben wollen. Er war sogar bereit gewesen zu töten, um die Flasche, die in diesem Augenblick im Geheimfach des Sekretärs in ihrem Londoner Haus versteckt war, in seinen Besitz zu bringen. O ja, sie brannte darauf, sich alles anzusehen, solange sie nur über jeden vernünftigen Zweifel hinaus sicher sein konnte, dass der Hausherr nicht persönlich anwesend war.

Carstairs Castle war ein grauer Steinbau mit Türmchen und Zinnen, die sich über kleinen Fenstern und dicken, alten

Mauern erhoben. Als ihre Kutsche zwischen Rhododendronbüschen den gewundenen Weg zur Burg hinauffuhr, starrten die vier Damen erwartungsvoll und neugierig hinaus. Seine Lordschaft hatte die Büsche aus Indien mitgebracht, und sie gediehen prächtig. Der Bote, der am Vorabend hinübergeritten war, um sich zu erkundigen, ob der Besuch genehm sei, war mit der Zusicherung zurückgekehrt, Lord Carstairs' Verwalter, Mr. Dunglass, werde die Damen empfangen und persönlich durch die Gärten und das Museum seiner Lordschaft führen.

Der Verwalter, ein kleiner rothaariger Mann im traditionellen Kilt, erwartete sie vor dem Hauptturm am Fuß der Treppe und trat höflich vor, um die Besucher zu begrüßen.

Louisa stieg als Letzte aus der Kutsche und sah sich nervös um. Die Anlage strahlte Wohlstand aus und schien gut gepflegt zu sein. Wege und Zufahrt waren ordentlich vom Unkraut befreit und geharkt, rings um die Mauern waren Blumen in Beeten gepflanzt. Sie schaute hoch, als sie ein Kribbeln im Nacken spürte. Wurden sie beobachtet? So viele schmale, tief ins Gemäuer gesetzte Fenster, dunkel und schattig hier an der Westseite der Burg, überblickten die Zufahrt und die Hügel. Hundert Augenpaare konnten sie unbemerkt von dort beobachten. Ihr wurde bewusst, dass die anderen sich bereits entfernt hatten. Sie waren Mr. Dunglass um den Turm herum gefolgt, und Louisa eilte hinterdrein und schüttelte ihr Unbehagen ab. Der Burgherr wurde frühestens im nächsten Jahr wieder zu Hause erwartet.

Moderne Stallungen und eine Remise, die einen Innenhof umgaben, waren Anfang des Jahrhunderts von Lord Carstairs' Großvater an der Ostseite der Burg errichtet worden. Die Boxen waren leer, da die Pferde seiner Lordschaft draußen auf der Weide standen. Hinter mehreren Doppeltüren waren zweifellos die herrschaftlichen Kutschen abgestellt, und dazwischen, an der Südseite, gab es auch ein kleines Kutscherhaus mit Giebeldach und einem Uhrenturm darauf. Die Fensterläden dieses Gebäudes waren verschlossen, und genau auf dieses Haus steuerte Mr. Dunglass nun zu, während er in seiner Felltasche nach dem großen Eisenschlüssel suchte.

»Hier entlang, Mistress Shelley.« Der Mann hatte die anderen schon die Treppe hoch und durch die Tür bugsiert, als Louisa eintraf. Er wartete auf sie, offen ihren Blick erwidernd. Woher kannte er ihren Namen? Sie blieb unten im Hof auf dem Pflaster stehen und sah ihn an. Er schlug die Augen nicht nieder, sein Gesichtsausdruck blieb unbeteiligt, doch hinter dieser Fassade lauerte noch etwas anderes. Aufsässigkeit? Triumph? Der Moment verging, und er wandte den Blick ab. »Die anderen sind schon drinnen, Mistress Shelley. Wenn Sie sich uns anschließen wollen, dann werde ich Ihnen einige Objekte erläutern, die Sie hier drinnen sehen können.« Sein Tonfall war respektvoll und sogar freundlich. Hatte sie sich diesen anderen Gesichtsausdruck gerade eben doch nur eingebildet?

Der Raum, in den sie geführt wurden, war groß und dunkel. Sie blieben stehen und warteten, während ihr Führer die Läden öffnete, damit helles Sonnenlicht den Saal durchfluten konnte. Als sie sich dann umsahen, herrschte zunächst verdutztes Schweigen, und schließlich war es Venetia, die als Erste das Wort ergriff. »Du meine Güte.« Sie schnaufte und lachte nervös. »Wie erstaunlich!«

Die Gegenstände, die unmittelbar vor ihnen ausgestellt waren, die Bogen und Pfeile, den riesigen, wunderschönen Federkopfputz, die Schmuckstücke aus Perlen und die Bisonfelle, hatte Lord Carstairs, wie sie erfuhren, im vergangenen Jahr mit nach Hause gebracht. »Er ist quer durch Amerika gereist«, erklärte der Führer, offenbar von Ehrfurcht ergriffen. »Er hat bei den verschiedenen Stämmen, auf die er traf, eine Zeit lang gelebt. Bei den Sioux und Cheyenne. Sie haben ihn willkommen geheißen, und er hat die Friedenspfeife mit ihnen geraucht.« Er deutete auf die große, mit farbigen Bändern und Federn geschmückte Pfeife. »Er hat ihre Religion und ihren Glauben erforscht und war Zeuge des Sonnentanzes.« Er hielt inne und erwartete offenbar, beeindruckte Gesichter zu sehen. »Hinter den amerikanischen Ausstellungsstücken sehen Sie jene, die seine Lordschaft 1870 vom indischen Subkontinent mitgebracht hat. Es sind wundervolle Seiden- und Brokatstoffe, wie Sie sicher schon bemerkt haben. Sie stammen aus Hindutempeln, und bei manchen handelt es sich um Geschenke, die er von den Maharadschas und den britischen Würdenträgern erhalten hat, bei denen er sich aufhielt.«

Louisa hörte nicht mehr zu. Sie war an den amerikanischen und indischen Objekten, an einem riesigen, verglasten Bücherregal und an weiteren Schaukästen von jeder Form und Größe vorbeigegangen und befand sich nun im hinteren Teil des Raumes. Dort stand ein ägyptischer Sarkophag aufrecht in der Ecke. Das aufgemalte Gesicht und der Umriss des Körpers waren unverkennbar. Sie schloss die Augen und hielt mühsam ihren Atem unter Kontrolle.

»Ah, Mistress Shelley, Sie haben Lord Carstairs' ägyptische Sammlung entdeckt.« Der Mann stand auf einmal dicht neben ihr und sprach leise und gewinnend.

Sie lächelte nervös. »Er besitzt viele interessante Stücke.«

»So ist es.« Der Verwalter sah sich über die Schulter um. Die anderen drei Frauen hatten sich um einen Glaskasten versammelt und bewunderten eine Unmenge wundervoller Muscheln. »Wampum«, las Venetia staunend von einer Karte im Innern des Kastens vor.

Louisa entfernte sich ein Stück von ihm. Es machte sie

nervös, wenn er so dicht neben ihr stand. Sie ging zu einem Tisch in der Nähe und sah sich die Gegenstände an, die dort ausgestellt waren. Einer hob sich von allen anderen ab. Es war eine kleine Statue einer zusammengerollten Schlange. Ohne lange zu überlegen, hob sie das Objekt auf und untersuchte es. »Massives Gold, Mistress Shelley.« Der Aufseher wich nicht von ihrer Seite.

Sie starrte den Gegenstand an, den sie aufgenommen hatte, und hielt unwillkürlich den Atem an. Sie glaubte fast, Roger Carstairs' Stimme im Kopf zu hören: »Nun denn, Mrs. Shelley, so haben Sie mich also endlich aufgesucht ...« Sie klang so lebensecht, dass sie erschrocken aufschaute. Doch sie hatte sich das nur eingebildet. Hastig stellte sie das Objekt wieder an seinen Platz zurück und entfernte sich. Voller Abscheu sah sie sich noch einmal zur Mumie um, dann ging sie weiter, blieb wieder stehen und starrte erschrocken die Wand an. In Elfenbein gerahmt und in einen Terrakottakasten gesetzt sah sie eines ihrer eigenen Aquarelle. Es war ein Bild des Tempels von Edfu.

Sie schnappte nach Luft.

Der Mann neben ihr nickte. »Sie erkennen es natürlich.«

Sie fuhr zu ihm herum. »Woher hat er das?«

»Er hat es gekauft, Mistress Shelley. In London.« Er verneigte sich leicht. Die kleine Geste verriet eine Spur von Spott hinter dem äußeren Anschein von Höflichkeit. »Er hat alle Ihre Ausstellungen besucht, Mistress Shelley.«

Ihr Magen verkrampfte sich vor Angst, als sie seinen Blick erwiderte. »Nun, Mr. Dunglass, ich fühle mich ob dieses Interesses geschmeichelt.« Es gelang ihr, seinem Blick standzuhalten.

Er sah als Erster weg. »Wohlan, Madam, haben Sie denn schon das nächste Ausstellungsstück gesehen?« Wieder lächelte er. »Ein Exemplar einer der giftigsten ägyptischen

Schlangen ...« Er unterbrach sich, als sie sich erschrocken die Hand auf den Mund legte. Im Schaukasten vor ihr lag auf einer Schicht hellen, trockenen Sandes eine zusammengerollte Schlange. Der Kopf mit der gespreizten Haube war hochgereckt, die winzigen Knopfaugen fixierten böse irgendetwas, das sich in der Ferne der Wüste befinden mochte.

Louisa wandte sich mit einem erstickten Schrei ab. So hatte die Schlange ausgesehen, die Hassan getötet hatte. Die gleiche Art, die gleiche Länge, die gleiche Farbe. Auch die Augen waren ähnlich. Starre Knopfaugen. Nichts fehlte.

»Sie ist tot, Louisa.« Katherine kam zu ihr und legte ihr beruhigend eine Hand auf den Arm. »Kommen Sie, schauen Sie die Schlange nicht mehr an.«

»Katherine ...«

»Ich weiß, meine Liebe. Man hat mir alles darüber erzählt. Wie er eine Schlange verhext und auf unsere *Dahabijah* gelockt hat. Ein Schlangenbeschwörer. Das ist eine böse Magie.« Sie sah sich im Raum um. In der Nähe stand die hölzerne Statue eines Kindes, das eine Schlange in der Hand hielt. »Horus und die Schlangen«, lautete die Inschrift darunter. Sie schauderte. »Schwarze Magie. All seine Bemühungen, sich zu einem so genannten Meister des Okkulten aufzuschwingen, und was hat er nun davon? Einen kleinen Raum in der Provinz und ein paar Kästen mit gestohlenen Erinnerungsstücken.«

»Wie bitte?« Mr. Dunglass hatte ihre Bemerkung gehört und zeigte sich empört. »Nichts von alledem hier wurde gestohlen. Alles wurde gekauft oder freiwillig gegeben.«

»Wirklich?« Louisa sah ihn scharf an.

»Wirklich!« Der Mann starrte zurück.

Katherine schauderte. »Nun, ich beneide ihn nicht darum, wirklich nicht.« Sie streckte den Arm aus und stieß den Glaskasten leicht an. Die Schlange zitterte ein wenig.

Louisa schluckte. Sie zog sich den Schal enger um die Schultern und verließ die ägyptische Ecke. Vor einem amerikanischen Kopfputz mit herrlich schimmernden Federn blieb sie stehen, um die hervorragende handwerkliche Arbeit, die Details und die Perlen zu bewundern.

Auch Katherine ging weiter. Sie kehrte zu Sarah und Venetia zurück, die einige Tonkrüge anschauten, und lachte leise, als Venetia, die den letzten Wortwechsel offenbar nicht verfolgt hatte, auf irgendein Detail des verschlungenen Dekors zeigte.

Das Zischen war so leise, dass Louisa es fast überhört hätte. Im ersten Moment reagierte sie überhaupt nicht, dann drehte sie sich rasch um und sah noch einmal den Schaukasten an. Von ihrem Standort aus konnte sie einen fast unsichtbaren Staubfilm auf dem Glas erkennen. Nichts rührte sich. Sie ballte die Hände zu Fäusten. Wie dumm von ihr. Es war nur ihre Fantasie. Ihre idiotische, fieberhafte, überaktive Fantasie.

Hinter sich hörte sie Venetias Stimme. »Und Lord Carstairs' liebe Jungs? Sind sie denn wohl daheim?« Dunglass grunzte zustimmend. »Jawohl, sie sind hier.« Es klang ein wenig schroff.

»Wir würden sie doch wirklich zu gern einmal kennen lernen, nicht wahr, Sarah?« Venetia hakte sich bei ihrer Gastgeberin ein.

Louisa sah, wie der Verwalter die Augenbrauen fast bis zum Haaransatz hochzog. »Ich habe keine Ahnung, wo die Jungs jetzt gerade sind, Mistress. Da müssten Sie vielleicht besser mit Mr. Gordon, ihrem Hauslehrer, sprechen.« Sein Tonfall ließ erkennen, dass er nicht unbedingt Lust hatte, sich weitere Gedanken über den derzeitigen Aufenthaltsort der Jungen zu machen.

»Das werden wir tun.« Venetia setzte ein gekünsteltes Lächeln auf. »Da wir mit dem lieben Lord Carstairs so gut bekannt sind, hat er doch gewiss den Wunsch, dass wir mal nach seinen Söhnen sehen. Sind sie nicht genau wie Ihr Ältester in Eton, Louisa?« Sie drehte sich um und hob fragend eine Augenbraue.

»Ich glaube nicht«, erwiderte Louisa scharf.

Dunglass schüttelte den Kopf. »Sie wurden von jeder Schule im ganzen Land verwiesen. Ich kann mir nicht vorstellen, dass seine Lordschaft noch irgendeine Anstalt finden könnte, die sie aufnimmt. Deshalb haben sie jetzt einen Hauslehrer.« Er presste die Lippen zusammen. »Glauben Sie mir, meine Damen, es wäre gewiss besser, ihnen nicht zu begegnen.« Er verschränkte abweisend die Arme vor der Brust.

Sarah und Venetia waren sichtlich schockiert. Venetia äußerte schließlich, was beiden durch den Kopf ging. »Ich glaube, so sollten Sie aber nicht über Lord Carstairs' Söhne sprechen, Mr. Dunglass.«

»Nein?«, schnaubte der Mann. »Ich denke, ihr Vater würde mir beipflichten.«

»Wirklich?« Venetia strahlte ihn an. »Oh, mein Gott. Tja, wenn das so ist …« Sie klimperte verlegen mit den Wimpern, und Louisa wandte sich abrupt ab. Machte Venetia sich etwa immer noch Hoffnungen auf den unsäglichen Carstairs? Das durfte doch wohl nicht wahr sein. Aber sie reiste, ewig unverheiratet, mit ihrem Bruder und seiner schwangeren Gattin durch die Welt, offenbar immer noch voller Sehnsucht nach einem reichen, adligen Ehemann. Louisa schauderte unwillkürlich. Zweifellos entsprach der gut aussehende Lord Carstairs in jeder nur denkbaren Hinsicht Venetias Vorstellungen. Schließlich wusste sie ja nicht, wie der Mann wirklich war.

»Louisa, meine Liebe? Es ist Zeit, dass wir nach Hause fahren.« Louisa zuckte zusammen, als Sarah ihr sachte die Hand auf den Arm legte. »Haben Sie genug gesehen?«

»Ja, es ist genug.« Louisa blickte zum hinteren Teil des Raumes, wo der Schaukasten mit der ausgestopften Kobra in einem Flecken Sonnenlicht stand, das durchs hohe Fenster hereinfiel. Nichts bewegte sich. Überhaupt nichts rührte sich in dieser Ecke des Raumes. Aber warum machte sie gerade diese Stille so nervös?

2

Sie stand im Traum am Eingang der Höhle und starrte in die Dunkelheit. Sie musste unbedingt der Sonnenglut entkommen. Hassan war neben ihr, sein hübsches Gesicht war eifrig, sanft und liebevoll. Er drehte sich mit jenem ernsten Lächeln, das sie so sehr liebte, zu ihr um und reichte ihr die Hand. »Komm her, meine Louisa, dort drinnen können wir uns vor der Hitze schützen.«

Sie streckte ihm die Hand entgegen. Sie musste nur etwas sagen, um ihm das Leben zu retten. Sie musste nur sagen: Nein, bleib hier. Geh da nicht rein. Doch die Worte wollten ihr nicht über die Lippen kommen. Ihre Kehle war zugeschnürt, ihr Mund voller Sand. In ihren Ohren rauschte es wie die Stromschnellen bei Hochwasser, und dann geschah es. In Zeitlupe sah sie die fließenden Bewegungen der Schlange. Sie sah das Tier zu Hassan kriechen, sah, wie es sich aufrichtete, die Haube gespreizt, das Maul geöffnet. Auch dieses Mal, wie stets, kam ihr Schrei zu spät. Allein und verzweifelt erwachte sie in ihrem Bett.

Sie setzte sich schluchzend auf. Durch einen Spalt im Vorhang fiel das Mondlicht herein. Es war ganz still im Zimmer. Kein Lufthauch strich durch die Glyzinien draußen an der Mauer. Es war eine sehr warme Nacht. Ihr Gesicht war noch feucht von den Tränen, als sie aus dem Bett stieg und ans Fenster trat, um die Vorhänge zu öffnen. Die hohen Fenster und die Tür gingen zum Balkon hinaus, der im ganzen ersten Stock am Haus entlanglief und die Gärten überblickte. Sie schob die Gardinen zur Seite, trat nach draußen und beugte sich über die Steinbrüstung. Die Landschaft zeichnete sich im Mondlicht deutlich ab. Sie konnte alle Einzelheiten des Gartens erkennen, die sauber geschnittenen Hecken, die Beete und die Aussichtspunkte, von denen aus man die Parklandschaft, den See und die Berge betrachten konnte.

»Nun denn, Louisa. Sie haben also mein Haus besucht. Sie konnten Ihre Neugierde nicht bezähmen und wollten sehen, wo ich lebe. Ich habe bemerkt, wie Sie meine goldene Schlange in die Hand genommen haben. Ich habe gespürt, wie Sie mich gerufen haben.«

Lord Carstairs stand auf dem Balkon, halb verdeckt von einem der gestutzten blühenden Lorbeerbäume, die vor Louisas Fenster in Töpfen wuchsen. Groß und gut aussehend hatte er sich da im Mondschein aufgebaut, die Augen lagen seltsam farblos in seinem markanten Gesicht. Er trug ein locker fallendes weißes Hemd und weite Hosen. Über die Schulter hatte er einen Tartan gelegt, der von einer Cairngorm-Brosche gehalten wurde.

Ihr Herz hörte beinahe zu schlagen auf. »Ich habe Sie nicht gerufen! Ich dachte, Sie seien in Übersee!« Sie wich zum Fenster zurück. Sie fühlte sich schrecklich verwundbar in ihrem Nachthemd, mit bloßen Füßen und dem auf die Schultern fallenden offenen Haar.

Er lächelte kalt. »Und ich hätte nie gedacht, Sie in Schottland anzutreffen, Mrs. Shelley. Ich fühle mich geschmeichelt, dass Sie gekommen sind. Sehr geschmeichelt.« Er trat aus den Schatten heraus, und das Mondlicht spiegelte sich im gelben Stein der Brosche auf seiner Schulter.

Sie runzelte die Stirn. »Bleiben Sie ja, wo Sie sind. Ich brauche nur zu rufen, dann werden Leute kommen. Was tun Sie überhaupt hier?«

Er lachte leise. »Und wenn ich Ihnen nun sage, dass ich überhaupt nicht hier bin, Louisa? Ich bin viertausend Meilen entfernt im Westen, ich sitze mit den Kriegern der Cheyenne in ihrem trockenen Land unter freiem Himmel und esse Peyote.« Er trat einen weiteren Schritt vor, streckte die Hand aus und streichelte ihr Haar mit den Fingerspitzen.

Schaudernd wich sie noch einen Schritt zurück. »Ich verstehe das nicht. Wollen Sie mir damit sagen, es sei nur ein Traum?« Sie griff hinter sich nach den schweren Vorhängen des Schlafzimmerfensters.

»Nur ein Traum.« Seine Stimme klang spöttisch. »Nichts als ein Peyotetraum.«

»Was ist Peyote?« Wenn es ein Traum war, dann wollte sie so schnell wie möglich daraus erwachen. Sie wollte diesen Mann in die Tiefen der Hölle zurückschicken, aus denen er gekommen war.

»Peyote, Louisa, ist eine heilige Pflanze. Eine Lebensart. Man erhält Zugang zu anderen Welten, kann sogar ungehindert ins Zimmer einer schlafenden Frau eindringen.« Er machte einen weiteren Schritt auf sie zu. Sie nahm einen seltsamen Moschusduft an ihm wahr. Den Geruch eines Holzfeuers und von Blumen, bittersüßem Tabak, den beißenden Hauch des Wüstenwindes.

Sie wich einen weiteren Schritt zurück. Jetzt stand sie auf der Schwelle ihres Schlafzimmers. Das Mondlicht fiel durch die offenen Vorhänge herein auf das weiße Bettzeug und die mit Spitzen besetzten Kissen. Er lächelte. Er war ihr jetzt sehr nahe.

»Wolltest du nicht schreien?« Seine Augen blitzten frech. Herausfordernd.

»O ja, ich werde schreien!« Sie versuchte, das verräterische Zittern ihrer Glieder zu unterdrücken, als sie die Hand gegen ihn erhob und sich bereitmachte, ihn abzuwehren, falls er noch näher käme. »Wenn Sie nicht auf der Stelle gehen, werde ich das Haus zusammenschreien, und Ihr Ruf, Mylord, wird für immer zerstört sein.«

»Mein Ruf, Mrs. Shelley«, er gab die Förmlichkeit zurück wie ein Tennisspieler einen Ball, »ist schon lange dahin. Er hatte für mich sowieso keine Bedeutung. Ihrer dagegen, da bin ich sicher, hat zwar ein wenig durch Ihre Liebelei mit einem Einheimischen gelitten«, er hob eine Hand, um ihren Protest im Keim zu ersticken, »Ihr Ruf, so wollte ich sagen, hat freilich in Großbritannien dank der Loyalität Ihrer Freunde keinen Schaden genommen.« Er kniff die Augen zusammen. »Schreien Sie doch, Mrs. Shelley. Probieren Sie doch, ob jemand Sie hört. Vergessen Sie nicht, dass Sie träumen. All dies wurde nur von Ihrem Bewusstsein heraufbeschworen.« Er streckte die Hand aus und streichelte ihre Wange. Seine Finger waren sehr kalt.

»Fassen Sie mich nicht an!« Sie wich ins Zimmer zurück. »Ich werde um Hilfe rufen.«

»Dann rufen Sie.« Jetzt streckte er beide Hände aus, fasste sie an den Schultern und zog sie an sich. »Wunderschöne Mrs. Shelley.« Er hauchte ihr die Worte ins Haar. »Oh, wie ich Sie begehrt habe. Und wie zornig Sie mich gemacht haben.« Sie spürte sein Herz dicht vor ihrem schlagen. »Und jetzt werde ich Sie besitzen, Mrs. Shelley. Vielleicht sollte ich Sie auch bestrafen, weil Sie mich zurückgewiesen haben. Weil Sie mir nicht gegeben haben, was ich wollte.« Sie wusste nicht, ob er ihren Körper meinte oder die winzige Flasche, die er unbedingt hatte haben wollen und die, soweit er es wusste, auf dem Grund des Nils lag. Er lächelte wieder. »Der interessanteste Teil dieses Erlebnisses ist der, dass Sie sich am Morgen an nichts erinnern werden, Mrs. Shelley. An rein gar nichts.«

Ungestüm und gierig presste er die Lippen auf ihren Mund. Sie spürte, wie ihre Brüste sich gegen seinen Oberkörper drückten, als er ihr das Nachthemd bis zur Hüfte herunterzog. Seine Augen, dicht vor ihren jetzt, waren silberne Schlitze. »Nur zu. Schreien Sie, Mrs. Shelley«, murmelte er. »Rufen Sie um Hilfe. Tun Sie es doch.« Seine Hände konnten ihren ganzen Körper berühren, als das Nachthemd zu Boden fiel, und zu ihrem Entsetzen musste sie sich eingestehen, dass sie auf seine Berührungen reagierte. Ihr Körper wollte sich nicht gegen ihn wehren. Mit einem lustvollen Stöhnen presste sie sich an ihn und reckte sich ihm entgegen, um seine Küsse zu erwidern, sie streichelte seinen Rücken mit Fingern, die hatten kratzen und verletzen wollen.

Ohne sich weiter zu wehren, fiel sie auf einmal rückwärts aufs Bett. Er tastete nach seinem Gürtel, sie spürte sein Gewicht auf sich, während sie sich aufbäumte, um ihm entgegenzukommen.

Er lachte begeistert. »Jetzt besitze ich dich endlich, Louisa. Und ich werde dich zum Schreien bringen.« Er legte ihr die Hand auf den Mund. »Aber es sollen Freudenschreie werden. Du wirst mich anflehen, weil du immer mehr haben willst.« Er nahm die Hand wieder weg und ließ sie über ihren Körper wandern, während er ihr abermals den Mund mit seinem eigenen verschloss.

Sie war machtlos. Ihre Glieder wollten ihr nicht gehorchen. Je mehr sie ihn wegstoßen wollte, desto näher zog sie ihn an sich heran. Mit einem ekstatischen Schrei schloss sie die Augen und gab sich dem Gefühl seiner Haut auf ihrer Haut hin, seinen liebkosenden Lippen und dann schließlich dem vollen Ansturm seiner Leidenschaft, als er sie zu der seinen machte.

Die erste Morgendämmerung verdrängte schon das Mondlicht, als sie endlich einschlief, nackt und quer auf dem Bett zwischen zerwühlten Decken liegend.

Der Schrei, der schließlich ausgestoßen wurde, kam von Kirsty, und er brach so schnell wieder ab, wie er begonnen hatte. »Oh, Mrs. Shelley, es tut mir Leid!« Das Mädchen hätte beinahe den Krug mit heißem Wasser fallen lassen, als es sich eilig umwandte und versuchte, nicht die betörend schöne Frau anzustarren, die so liederlich verzückt auf dem Bett lag.

Louisa blieb noch einen Moment still liegen. Schlaftrunken wusste sie im ersten Moment nicht, wo sie war. Alle Erinnerungen an den Traum waren verschwunden. Dann langte sie nach der Decke und zog sie über sich, unerklärlicherweise amüsiert über Kirstys Bestürzung.

»Kirsty! Komm herein und bring das Wasser mit.« Sie richtete sich auf und strich sich mit beiden Händen die Haare aus dem Gesicht. »Verzeih mir. Es war in der letzten Nacht so warm, dass ich die ganzen Decken abgeworfen habe.« Und das Nachthemd auch. Sie sah es als zerknüllten Haufen am Fenster liegen.

Kirsty hatte ihre Fassung wiedergewonnen. Den Blick schüchtern auf den Boden gerichtet, stellte sie den Krug ab. »Soll ich Ihnen beim Ankleiden helfen, Mrs. Shelley?«

Louisa schüttelte den Kopf. »Nein, noch nicht. Danke. Ich brauche noch einen Augenblick, um wach zu werden. Ich läute nach dir, wenn ich dich brauche.«

Ihr ganzer Körper war wach und kribbelte. Sie fühlte sich so jung wie seit Jahren nicht mehr. Jung und glücklich und aufgeregt.

Sie hüllte sich in die Bettdecke und wartete, bis das Mädchen das Zimmer wieder verlassen hatte, dann stand sie auf und ging nackt zum offenen Fenster. Die Morgenluft war kühl, und sie schauderte, als sie sich bückte, um das Nachthemd aufzuheben. Es war fast in zwei Stücke zerrissen. Sie starrte es stirnrunzelnd an. Hatte sie sich irgendwo verfangen? War sie im Schlaf gewandelt? War sie in der Hitze der Nacht unruhig geworden und hatte sich das Nachthemd abgestreift, ohne sich damit aufzuhalten, die Träger zu lösen, die es hielten?

Unsicher sah sie sich im Zimmer um. Sie hatte einen seltsamen Traum gehabt, und in diesem Traum ...

Doch die Bilder waren verloren.

Sie ging zum Waschbecken, goss etwas heißes Wasser ein und griff nach dem bestickten Waschlappen auf dem hölzernen Handtuchhalter, um zunächst Gesicht und Hals zu erfrischen. Als sie ihre Brüste berührte, zuckte sie zusammen. Sie waren gerötet und wund. Mit einem überraschten Ruf trat sie vor den Standspiegel in der Ecke des Raumes und betrachtete sich fassungslos. Auf Armen und Brüsten waren Blutergüsse, die Brustwarzen waren gerötet, und am Hals hatte sie ein Mal, das verdächtig nach einem Biss aussah. Sie blieb eine kleine Weile stehen, unfähig, sich zu bewegen, ihr ganzer Körper starr vor Schreck. Dann hob sie langsam die Hände und strich vorsichtig über ihre kühle Haut. Ihr Körper kribbelte erwartungsvoll. Sie fuhr mit dem Daumen über eine Prellung auf der Hüfte und reagierte mit einem derart heftigen Verlangen, dass sie erschrocken keuchte.

Sie verzichtete darauf, Kirsty zu rufen. Mühsam zog sie ohne Hilfe den Unterrock an, dann die lockere Baumwollunterhose und schließlich eines ihrer hübschen bunten Kleider, mit denen sie ihre Gastgeber vor sieben Jahren in Ägypten nachhaltig verunsichert hatte. Inzwischen waren diese Kleider allerdings als Modeartikel abgesegnet und wurden sogar im *The Queen Magazine* als akzeptable Alternative zu den engen Korsetts und Miedern bezeichnet. Ihren Hals schmückte sie mit einem Samtbändchen, um das rote Mal zu verdecken.

Als sie in ihre Schuhe schlüpfen wollte, fand sie die Brosche auf dem Boden, halb verborgen unter den herabhängenden Bettlaken. Sie hob sie auf und starrte sie an. Eine Silberfassung mit kräftigen Gravuren umgab einen großen goldenen Stein, der an einen Topas erinnerte. Einige dünne rote Wollfäden hatten sich in der Nadel verfangen.

Sie setzte sich, drehte das Ding in den Händen hin und her, dann sprang sie auf, rannte zum Bett und riss die Decken weg, um die Laken anzustarren. Sie waren makellos.

Lord Carstairs. Der Mann, der sie mit Abscheu und Entsetzen erfüllte. Der Mann, vor dem sie schreckliche Angst hatte. Jetzt erinnerte sie sich an alles. Er war hier gewesen, hier in ihrem Zimmer. Er hatte sie gegen ihren Willen genommen. Und doch ... sie zögerte, ehe sie den Gedanken wirklich an sich heranlassen konnte ... die Berührungen seiner Hände und seiner Lippen ... hatten ihr Freude geschenkt.

Lange Zeit stand sie da, ohne sich zu bewegen, und versuchte zu verstehen, was geschehen war. Ihr Körper war wund, ihr Nachthemd zerrissen. Sie hatte seine Brosche. Und doch war dieser Mann, soweit man wusste, viertausend Meilen entfernt in Amerika. Es war ein Traum gewesen. Doch wie war das möglich?

Sie zwang sich, der Wahrheit ins Gesicht zu sehen. Er war hier gewesen. Hier in ihrem Zimmer.

Es konnte keinen Zweifel geben.

Sie schauderte. Nein. Das war doch nicht möglich.

3

»Louisa, meine Liebe, wir brechen heute Morgen nach Edinburgh auf.« David Fielding strahlte sie an, als sie endlich im Frühstückszimmer erschien. »Katherine hat sich gefragt, ob Sie uns vielleicht begleiten möchten. Falls Sarah Sie einige Tage entbehren kann, werden Sie den Ausflug sicher genießen.«

Louisa seufzte schwer. Bis zur letzten Nacht war dieser Ort geradezu himmlisch gewesen. Eine Zuflucht, an der sie ihren Träumen und Albträumen entrinnen konnte. Doch jetzt hatte sich alles verändert. Selbst die Aussicht, einige Tage mit Venetia zu verbringen, war angenehmer, als noch einmal einen Traum wie den der letzten Nacht erleben zu müssen. Sie wandte sich mit ihrer Schale Porridge von der Anrichte ab, um ihren Platz bei Tisch einzunehmen, und war schon fast entschlossen, die Einladung zu akzeptieren, als Sarah ihr zuvorkam.

»Herzlichen Dank für die Einladung, David, aber ich habe mir vorgenommen, gegen Ende des Monats mit Louisa nach Edinburgh zu fahren. Nein, ich fürchte, im Augenblick kann ich nicht auf sie verzichten. Wir haben noch so viele Pläne, und es gibt so viele Dinge, die wir tun wollen.«

»Es war doch richtig, dass ich eingegriffen habe?«, wollte sie später von Louisa wissen. »Ich konnte ja sehen, dass Sie mit Venetia nicht recht warm geworden sind. Es tut mir so Leid, das war mir nicht klar. Ich hatte gehofft, wir könnten alle Freunde sein. Aber wenigstens konnte ich Ihnen die lange Reise in ihrer Gesellschaft ersparen.« Sie hielt inne. »Geht es Ihnen nicht gut, Louisa? Sie wirken ein wenig fiebrig.«

Louisa und sie hatten vor einer Stunde die Fieldings verabschiedet, und jetzt saßen sie auf der Wiese hinter dem

Haus im Schatten einer großen Zeder auf einer Bank. Sarah hatte sich eine Stickarbeit mit nach draußen genommen, neben Louisa lagen ein Skizzenbuch, eine Schachtel mit Wasserfarben und die letzten Briefe von ihren beiden Söhnen. Wie konnte sie ihrer Gastgeberin nur erklären, dass sie lieber mit den anderen gefahren wäre, auch wenn dies bedeutet hätte, die Gesellschaft der unausstehlichen Venetia zu ertragen? Weil sie sich wegen ihrer Träume in diesem Haus fürchtete. Falls es überhaupt ein Traum gewesen war. Sie dachte an die Brosche, die jetzt in ihrem Schmuckkästchen verwahrt war, und an den Mann, der sie getragen hatte.

Als könnte sie Gedanken lesen, fuhr Sarah fort: »Wir haben noch gar nicht über unseren Ausflug zum Carstairs Castle gesprochen. Was halten Sie von der Burg?«

Louisa starrte über die Wiese hinweg zu den fernen Hügeln. »Sehr beeindruckend.«

»Darf ich annehmen, dass Venetia zärtliche Gefühle für seine Lordschaft hegt?«

»Ich glaube, sie fand ihn schon immer sehr anziehend.« Louisa lächelte freudlos.

»Oh, aber das ist er gewiss. Teuflisch attraktiv ist er.« Sarah kicherte. »Wenn ich ein wenig jünger wäre, dann könnte ich ihm glatt verfallen.« Sie zog eine Augenbraue hoch. »Sie sind doch noch jung genug, um ihn zu betören, Louisa. Wie wäre es denn mit einem Titel und einem Vermögen? Es ist doch schon so lange her, dass Ihr Gatte gestorben ist. Stellen Sie sich nur vor, welchen Spaß Sie am Leben haben könnten. Ein Mann mit einem gewissen Ruf.« Sie setzte ihre Stiche präzise, ohne Louisa ins Gesicht zu sehen.

»Er ist in Amerika, Sarah.« Louisas Antwort klang so schroff, dass Sarah endlich doch den Kopf hob. Das Gesicht ihrer Freundin war weiß wie ein Laken. Ihre Blicke begegneten sich. »Er ist in Amerika«, wiederholte Louisa. »Oder etwa nicht?«

»Ja, meine Liebe. Natürlich ist er in Amerika.« Sarah legte das Stickzeug weg. »Was ist denn nur los? Sie scheinen so verängstigt.«

»Ich habe letzte Nacht von ihm geträumt.« Louisa biss sich auf die Lippe. »Es war so real, ich …« Sie zögerte, schüttelte den Kopf. »Es war so real, und ich kann kaum glauben, dass es nur ein Traum war.«

Die Brosche war so wenig ein Traum wie die Prellungen auf ihrem Körper.

Sarah betrachtete das Gesicht ihrer Freundin, das Stickzeug sank unbeachtet auf ein Knie. »Und es war keine angenehme Erfahrung, wenn ich Ihren Gesichtsausdruck richtig deute.«

Louisa lief rot an. »Nein.«

Doch. Das gemeine Wort lag unausgesprochen in der Luft.

Sarah sah sie noch einen Augenblick an. »Waren Sie … ich meine, war er hinter Ihnen her, als Sie in Ägypten waren, meine Liebe?« Sie beugte sich vor und fasste sachte Louisas Hand.

Louisa nickte.

»Aber Sie haben ihn nicht ermuntert.«

»Natürlich nicht.«

»Ach, jetzt verstehe ich auch die Ursache von Venetias Eifersucht.« Sarah seufzte. »War er sehr aufdringlich?«

Louisa nickte. »Ein Nein wollte er nicht hinnehmen …« Ihre Stimme brach. Die Erinnerungen waren zu schmerzlich, viel zu schmerzlich, um sie hochkommen zu lassen.

Einen Moment saßen die beiden Frauen stumm beisammen. Dann brach Louisa das Schweigen und wandte sich voller Sorge an ihre Freundin. »Glauben Sie an Magie? An mächtige Magie, mit der man die Menschen beherrschen und zu Dingen zwingen kann, die sie sonst nie tun würden? Magie, mit der man andere Menschen dem eigenen Willen unterwerfen kann?«

Sarah starrte sie an. »Glauben Sie, Roger Carstairs habe Sie verhext?«

Louisa sah die widerstreitenden Gefühle im Gesicht der anderen Frau. Unglauben. Belustigung. Und schließlich Entsetzen. Sie zuckte mit den Achseln. »Ich weiß nicht. Es klingt verrückt. In Ägypten sind so viele seltsame Dinge geschehen. Böse Dinge. Ich weiß bis heute nicht, ob es sich dabei um Zufälle handelte, oder ...« Sie brach ab und schwieg wieder eine Weile. Dann wandte sie sich erneut an Sarah. »Wenn wir nur sicher sein könnten, dass er wirklich in Amerika ist, dann würde ich gern noch einmal sein Museum besuchen.« Sie lächelte angespannt. »Um ein Gespenst zu vertreiben.«

Sarah schauderte ein wenig. »Ich bin sicher, dass wir nur Mr. Dunglass fragen müssen.«

»Und Sie würden mich begleiten?«

Sarah nickte. »Versuchen Sie nur, mich davon abzuhalten.«

Der Vorwand war, dass Louisa eine Zeichnung vom großen gefiederten Kopfputz anfertigen wollte, dem Prunkstück in Lord Carstairs' Sammlung. Man vereinbarte, dass die beiden Damen gleich am nächsten Morgen in Begleitung eines Burschen aus dem Glen Douglas House hinüberreiten sollten.

Doch vorher musste Louisa noch eine weitere Nacht überstehen.

Kirsty hatte kommentarlos das zerrissene Nachthemd entfernt und durch ein frisches aus Louisas Koffer ersetzt. Es lag schon auf dem Bett bereit, als sie an diesem Abend endlich in ihr Schlafzimmer hinaufging. Sie hatte ihre Gastgeber einige Stunden aufgehalten, hatte Sarah gebeten, Klavier zu spielen, und James gefragt, ob er Geschichten über seine Zeit in Indien erzählen könne, und noch mehr Geschichten über seine kurze Zeit als Parlamentsmitglied des Landes. Beide waren erschöpft, als sie endlich ihrem Gast auf der Haupttreppe eine gute Nacht wünschten und sich in ihre eigenen Schlafgemächer zurückzogen.

Die Lampe am Bett war heruntergedreht, das Wasser im Waschgeschirr schon wieder kalt. Louisa hatte Kirsty aufgetragen, nicht auf sie zu warten, da sie sich auch selbst auskleiden könne.

Die Fenster waren geschlossen, die Vorhänge dicht vorgezogen. Sie stand reglos im Zimmer, sah sich um und lauschte aufmerksam. Kein Geräusch war zu hören.

Das Licht der Lampe vermochte kaum die Ecken des Zimmers zu erhellen. Vorsichtig und mit angehaltenem Atem suchte sie jeden Zoll ab – den riesigen Kleiderschrank, den Winkel neben dem Kamin, die dunklen Schatten hinter dem Standspiegel, unter dem hohen Bett, hinter den Vorhängen. Der Raum war leer. Erst jetzt drehte sie den Schlüssel im Türschloss herum, zog sich rasch aus und schlüpfte ins Nachthemd und in den Morgenrock. Den Gürtel schnürte sie sich eng um die Hüften und knotete ihn fest. Draußen im Mondlicht hatte eine samtweiche Nacht begonnen. Drinnen war es heiß und stickig, und sie sehnte sich danach, das Fenster zu öffnen und hinaus auf den Balkon zu treten. Als sie sich aufs Bett setzte, lief ihr schon der Schweiß zwischen den Brüsten herunter. Die Arme um die Knie geschlungen, starrte sie zu den Fenstern, die von den schweren Vorhängen verdeckt waren.

Nach einer Weile fiel sie in einen leichten Schlummer.

Ein lautes Klopfen an der Fensterscheibe weckte sie. Genau so, wie sie eingeschlafen war, kauerte sie auf dem Bett, im Rücken vom Kissen gestützt, mit dem Morgenmantel bekleidet und die Decke hochgezogen. Sie hielt sich still und sah sich um. Ihr Herz raste, und sie wusste zuerst nicht, was sie geweckt hatte. Sie hatte keine Ahnung, wie lange sie geschlafen hatte.

Da war es wieder. Ein energisches Klopfen an der Fensterscheibe. Der Mund wurde ihr trocken vor Angst. Sie richtete sich auf, schwenkte die Beine über die Kante des hohen Betts und stand auf. Auf Zehenspitzen schlich sie zum Fenster und blieb direkt hinter den Vorhängen stehen, wo sie aufmerksam lauschte.

Die Öllampe neben dem Bett flackerte leicht und spuckte. Oh, bitte, lass das Öl nicht gerade jetzt ausgehen. Normalerweise hätte sie die Lampe schon längst gelöscht.

Vor dem Fenster war eine Art Murmeln zu hören. Sie zuckte zusammen. Konnte es das Geräusch einer kriechenden Schlange sein? Irgendetwas schien direkt vor ihr über die Scheibe zu streichen. Dann hörte sie, wie ihr Name geflüstert wurde. So leise, dass es auch das Rascheln des Windes in den Ranken hätte sein können.

Sie hielt die Ungewissheit nicht mehr aus, griff entschlossen zu und zog mit einem Ruck die Vorhänge auf. Der Balkon war völlig leer, das Mondlicht fiel ins Zimmer.

Mr. Dunglass erwartete sie wie beim ersten Besuch, als sie in den Burghof geritten kamen. Er versorgte die Pferde, führte die Damen ins Museum und ließ sie nach einigen belanglosen Höflichkeiten allein, nicht ohne bekräftigt zu haben, dass sein Herr ganz gewiss noch in Amerika weile.

Sarah sah ihm nach, wie er sich übers Pflaster entfernte.

»Heute Morgen scheint er nicht besonders gesellig zu sein.«

»Nein.« Louisa drückte den Beutel mit ihren Malsachen fest an die Brust und sah sich um. »Das soll mir nur recht sein. Mir ist auch nicht besonders gesellig zumute.« Sie nahm den hohen Hut mit dem Schleier ab und legte ihn zusammen mit der Reitgerte auf einen Stuhl neben der Tür.

»Und was wollen wir nun tun?«, flüsterte Sarah. Sie hatten sich bisher nicht weiter als einige Schritte in den Raum gewagt.

»Ich weiß es nicht.« Louisa betrachtete den riesigen Kopfputz. »Ich muss den Federschmuck zeichnen. Mr. Dunglass wird irgendetwas sehen wollen. Aber vorher ...« Ihr Blick wanderte zur hinteren Ecke des Raumes, wo die ägyptische Sammlung untergebracht war.

Die Augen der Mumie starrten riesig und leer. Die Stille wurde nur vom Saum des Reitkleids durchbrochen, der über den Steinboden strich, und vom Tappen ihrer Reitstiefel. Louisa blieb vor dem Schaukasten mit der Schlange stehen und betrachtete sie mehrere Sekunden, dann klopfte sie laut ans Glas. Das Tier bewegte sich nicht.

»Sie haben doch nicht etwa geglaubt, das Tier könne echt sein ...« Sie zuckte zusammen, als Sarah auf einmal neben ihr stand.

»Nein, ich habe sie nicht für echt gehalten.«

»Aber Sie haben Angst davor.«

»Er hat in Ägypten eine Schlange für seine Magie eingesetzt, Sarah. Sie hat ihm gehorcht, sie hat für ihn getötet.«

Sarah starrte Louisa entsetzt an. »Und im Traum ist Ihnen jetzt eine Schlange erschienen?«

»Nein.« Louisas Wangen wurden heiß. »Aber in der letzten Nacht glaubte ich auf der Terrasse etwas zu hören ...« Sie hielt inne. »Ich will mir keine Angst einjagen lassen, Sarah. Ich will mich nicht von ihm einschüchtern lassen. Es muss einen Weg geben, ihn abzuwehren.«

Sarah schauderte. »Ich fühle mich hier nicht wohl. Jetzt nicht mehr. Ich hätte nie angenommen, dass diese Dinge böse sein könnten. Auf diesen Gedanken bin ich bisher einfach nicht gekommen. Aber jetzt …« Sie spähte über Louisas Schulter hinweg zur Schlange.

»Nun, Sie haben doch sicher gehört, welchen Ruf er genießt?«

Sarah schien verlegen. »Ich fürchte, ich habe das alles für überzogen gehalten. Ich habe nicht geglaubt, all das könne wahr sein. Er war immer äußerst charmant, und ich dachte, dieses Gerede über sein Interesse am Okkulten müsse übertrieben sein.«

Louisa schürzte die Lippen. »Der Charme strömt diesem Mann gewiss aus jeder Pore. Aber wenn Sie genauer hinschauen, wenn Sie ihm in die Augen sehen, dann …« Sie brach unvermittelt ab und sah sich um.

Sarah fuhr zusammen. »Was ist? Was ist passiert?«

»Er ist hier. Ich kann spüren, wie er uns beobachtet.« Louisa fasste die andere Frau am Arm.

»Seien Sie nicht albern«, gab Sarah flüsternd zurück. »Das kann nicht sein.« Auch sie sah sich jetzt ängstlich um.

»Er ist hier. Ich kann die Pomade riechen, die er benutzt. Und da ist auch dieser eigenartige rauchige Duft, den ich im Traum bemerkt habe.« Sie seufzte verzagt. »Können Sie die Trommeln hören?«

»Nein.« Sarah schüttelte entschieden den Kopf. »Nein, ich höre keine Trommeln. Kommen Sie, lassen Sie uns nach draußen gehen.« Sie wollte Louisa wegziehen, doch Louisa riss sich los und presste sich die Hände an den Kopf. »Trommeln! Ich höre Trommeln!«

»Nein, das ist nicht möglich. Sie bilden sich das nur ein.«

Louisa schüttelte den Kopf. Sie hatte die Augen geschlossen. »Er will in meinen Kopf eindringen. Ich kann ihn sehen. Er kommt näher.«

Sarah war der Panik nahe. Sie zerrte noch einmal an Louisas Arm, dann drehte sie sich um und rannte zur Tür. »Mr. Dunglass, kommen Sie, rasch!« Sie packte den Türgriff, aber die Tür ließ sich nicht öffnen. Sie zog fester, rüttelte verzweifelt. Die Tür gab nicht nach. »Oh, mein Gott!« Sie lief zu einem Fenster, doch die Fenster waren hoch angesetzt und von außen vergittert. Sie fuhr herum und kehrte zu Louisa zurück. »Lou, ist mit Ihnen alles in Ordnung? Lou, hören Sie mich? Das spielt sich alles nur in Ihrem Kopf ab. Er ist nicht hier. Das kann nicht sein. Er kann Sie nicht erreichen. Er ist in Amerika. Das ist nur Ihre Einbildung. Es kann nicht anders sein! Kämpfen Sie dagegen an, Lou!«

Louisa konnte ihn jetzt deutlich sehen. Er saß in einem Kreis indianischer Krieger. Im Zentrum des Kreises brannte ein Feuer, das die dunkle Prärienacht weithin erhellte. Die Männer reichten eine Pfeife herum, jeder nahm einen langen Zug vom duftenden Rauch, bevor er sie an seinen Nachbarn weitergab. Wie alle anderen trug Roger Carstairs Wildlederhosen und ein loses, mit Perlen besetztes Hemd. Seine Haare waren lang, aus der Stirn zurückgekämmt, und wurden hinten mit einem bestickten Band zusammengehalten, an dem Federn und Perlen hingen. Seine Augen waren geschlossen.

Louisa trat näher zu ihm. Sie spürte den warmen Prärieboden unter den nackten Füßen, roch den duftenden Rauch. Der scharfe Wind fuhr durchs Gras und berührte kalt ihre bloße Haut. Langsam schlug er die Augen auf und sah sie direkt an.

»So, dann habe ich Sie also zu mir geholt, Mrs. Shelley. Wie erfreulich.« Er stand langsam auf und trat aus dem Kreis in die warme, duftende Dunkelheit außerhalb des Feuerscheins.

Er reichte ihr die Hand. Sie wich hastig zurück. Auf einmal wurde ihr bewusst, dass sie wieder die grüne Reiterkluft trug. Die Schleppe war in den Gürtel geklemmt, damit sie nicht störte, und ihre Füße, gerade noch nackt, steckten wie zuvor in den hohen Reitstiefeln. »Rühren Sie mich nicht an!« Offenbar war sie nur in seinem Traum nackt.

Er lächelte. »Ich werde Sie nicht anrühren. Nicht hier, Mrs. Shelley. Nicht vor meinen Brüdern und ... wer ist denn das da bei Ihnen?« Er spähte an ihr vorbei. »Ah, Lady Douglas. Meine treue und überhaupt nicht neugierige Nachbarin. Dann haben Sie sie also in mein Netz hineingezogen. Egal.« Er streckte den Arm aus und fuhr mit dem Finger leicht über die Knöpfe ihres Reitanzugs. »Wir werden uns später treffen, meine Liebe, wenn wir allein sein können. Sie müssen doch zugeben, dass Sie sich darauf genauso sehr freuen wie ich. Unsere Liebesnacht war einfach spektakulär, finden Sie nicht?«

»Louisa! Kommen Sie zu sich!« Sarah schüttelte sie am Arm. »Lou! Können Sie mich hören?«

Louisa blinzelte. Er war verschwunden. Keine Spur war von ihm, von den Indianerkriegern oder dem Lagerfeuer zu sehen. Sie befand sich wieder bei Sarah im Carstairs Castle im Nebengebäude mit der hohen Decke.

»Louisa?« Sarah schien den Tränen nahe. »Bitte, reden Sie doch mit mir.«

»Ich bin hier.« Louisas Mund war trocken, in ihrem Kopf drehte sich alles.

»Oh, Gott sei Dank! Ich dachte schon, Sie hätten die Besinnung verloren. Was ist nur geschehen? Sie sind in eine Art Trance gefallen.«

»Ich war in Amerika.« Louisa schlug sich die Hände vors

Gesicht. Sie schauderte und holte tief Luft. »Ich war dort, wo Carstairs ist. Am Lagerfeuer bei den Indianerkriegern. Er war wie sie gekleidet …« Sie zitterte heftig. »Aber ich war doch nicht wirklich dort, oder? Das ist nicht möglich. Es war nur ein Traum. Ein entsetzlicher Traum!« Sie fasste Sarahs Hand. »Wie hat er das nur gemacht? Er benutzt irgendwelche Drogen, um sich in Trance zu versetzen. Opiate. Ich weiß nicht, was. Aber ich habe doch nichts genommen! Wie hat er es nur geschafft, dass ich dorthin zu ihm gelangen konnte?«

Die beiden Frauen sahen sich ängstlich im Raum um, während sie redeten. Eine Wand wurde von einem verglasten Bücherregal eingenommen, doch erst jetzt bemerkte Louisa die Titel. Die meisten Bände waren Reiseberichte aus fernen Ländern, einige handelten jedoch auch von Magie: Drogen, Schamanismus, okkulte Studien in mehreren Sprachen. Daher hatte er also sein Wissen. Für Lord Carstairs stellten Ozeane kein Hindernis dar. Es gab keinen Ort, an den er nicht gehen konnte, und nichts, was er nicht tun konnte, wenn er es wünschte.

Plötzlich hörten sie draußen auf dem Pflaster Schritte. Füße tappten geschwind die Treppe herauf, und gleich darauf wurde die Tür aufgerissen. »Habe ich da jemanden rufen hören?« Ein Knabe stand in der Tür – groß, rothaarig, hübsch, mit hellgrauen Augen. Louisa keuchte, sie erkannte ihn sofort. Er musste einer von Lord Carstairs' Söhnen sein.

»In der Tat, hier hat jemand gerufen.« Sarah schob sich schützend vor ihre Freundin und wandte sich empört an den Jungen. »Ich konnte die Tür nicht öffnen. Sie war versperrt.«

»Versperrt?« Der Junge schien verblüfft. »Aber nein. Ich habe sie doch gerade ohne Schwierigkeiten geöffnet, Lady Douglas.« Er setzte ein kleines, nachsichtiges Lächeln auf. »Warum sollte sie denn auch verschlossen sein?«

»Das weiß ich nicht, und es ist mir auch egal.« Sarah machte einen Schritt auf ihn zu. »Könntest du Mr. Dunglass bitten, unsere Pferde zu holen? Wir haben genug gesehen.«

»Aber Mrs. Shelley will doch sicher noch nicht gehen.« Der Junge sah sie offen an. »Sie hat doch gewiss noch nicht genug Zeit gehabt, den Kopfputz zu zeichnen, den sie noch einmal sehen wollte. Mein Vater hat mir eigens aufgetragen, ich solle herkommen und dafür sorgen, dass sie alles hat, was sie braucht.«

»Dein Vater?« Sarah richtete sich zu ihrer vollen Größe auf. »Dein Vater ist nicht hier. Ich wüsste nicht, wie er dir etwas gesagt haben sollte.«

»Ich versichere Ihnen, dass er es getan hat, Lady Douglas.« Der Junge lächelte, und Louisa staunte erneut über die Ähnlichkeit mit seinem Vater. Jetzt konnte sie Dunglass' offensichtliche Antipathie verstehen. Hinter dem äußerlichen Charme und dem ausgesprochen guten Aussehen verbarg sich eiskalte Berechnung. Dieser Bursche war gefährlich.

Sie hatte einige Sekunden gebraucht, um sich so weit zu fassen, dass sie sprechen konnte, doch nun trat sie vor. »Du hast völlig Recht, junger Mann. Ich hatte noch nicht genügend Zeit, alles zu tun, was ich tun wollte. Vielleicht gibst du uns noch einige Minuten, und dann werden wir Mr. Dunglass selbst rufen.« Sie holte tief Luft. »Du bist deinem Vater sehr ähnlich. Er muss stolz auf dich sein.«

Der Junge erschrak, und sie bemerkte eine Spur von Unsicherheit in seinem Blick. »Ich glaube nicht, Mrs. Shelley. Er beklagt sich immer über mein Verhalten und das meines Bruders.« Er zuckte mit den Achseln. »Nur wenn wir kleine Dienste für ihn erledigen wie das Überbringen dieser Botschaft, nimmt er überhaupt wahr, dass wir existieren.« Einen Moment lang sah er so niedergeschlagen aus, dass er ihr regelrecht Leid tat, doch dann kehrte sein Selbstvertrauen zurück, und sie sah wieder die Überheblichkeit des Vaters aus den jungen Augen schauen. Mit einer kleinen Verbeugung zog er sich zurück und entfernte sich über den Hof. Zu Sarahs Erleichterung ließ er die Tür offen.

»Geben Sie mir ein paar Minuten. Ich will etwas suchen«, flüsterte Louisa. »Außerdem muss ich mir schnell ein paar Notizen machen, damit ich später Skizzen zeichnen kann, und dann wollen wir gehen.« Sie ließ Sarah an der Tür stehen und lief zur ägyptischen Abteilung des Raumes. Es musste doch etwas geben, das sie mitnehmen konnte. Etwas, das sie als Druckmittel gegen ihn einsetzen konnte. Ein Unterpfand, das ihm wirklich wichtig war. Sie sah sich in den Regalen um und betrachtete die Statuen und Krüge, die Schnitzereien und die Stücke zerbrochener Kacheln. Es musste etwas Wertvolles sein, das dennoch nicht sofort vermisst wurde. Dunglass erweckte nicht unbedingt den Eindruck, als seien ihm die Exponate, abgesehen von den wenigen Ausstellungsstücken, die er ihnen beschrieben hatte, besonders wichtig. Er würde es wohl auch kaum bemerken, wenn in der Sammlung seines Herrn eines fehlen würde, doch der scharfsinnige junge Bursche war nicht so leicht hereinzulegen. Sie blickte zu den Glaskästen, die sie umgaben. In einem war eine Auswahl von Schmuck. Gold, Emailhalsbänder, Armreifen und Ringe. Sie probierte den Deckel des Schaukastens. Zu ihrer Überraschung war er nicht verschlossen und ließ sich leicht anheben. Sie griff hinein und nahm einen schweren goldenen Ring an sich – er war klein und hatte halb verborgen unter einem größeren Objekt gelegen –, der vermutlich von niemandem außer von Carstairs selbst je vermisst werden würde. Mit einem boshaften Lächeln klappte sie den Deckel langsam wieder zu, verwahrte den Ring in einer Tasche ihrer Reitkluft und wandte sich zur Tür.

4

Es war schon spät, als Louisa an diesem Abend endlich den Weg in ihr Schlafzimmer fand. Zwei Nachbarn der Douglas' waren zum Abendessen vorbeigekommen, und man hatte am Klavier eine ganze Reihe schottischer Lieder gespielt, ehe die Gäste unter einem strahlenden Mond schließlich wieder nach Hause ritten. Glücklich und zufrieden hatte Louisa sich zu ihrem Schlafgemach begeben. Der Docht der Lampe brannte ruhig und warf ein weiches Licht auf die Bettdecken, die Kirsty vorher aufgeschlagen hatte.

Auf dem Kopfkissen lag eine zusammengerollte riesige Schlange.

Louisas Schrei ließ die Douglas' herbeieilen, dicht gefolgt von mehreren Hausmädchen, einem Diener und der Haushälterin. Sir James schritt in den Raum, einen mit Silber beschlagenen Gehstock angriffslustig erhoben. »Was ist hier los? Was gibt es denn?« Herausfordernd schaute er sich um.

Louisa deutete aufs Bett. Ihr Herz pochte so heftig, dass sie kaum noch atmen konnte.

»Was? Wie?« Sir James marschierte quer durchs Zimmer und starrte das Bett an, während seine Frau Louisa in die Arme nahm.

»Eine Schlange!« Louisa konnte kaum sprechen.

»Eine Schlange?« Sir James zog sich einen Schritt zurück.

»Da.« Sie deutete aufs Bett, doch sie wusste schon, dass man nichts finden würde. Carstairs war viel zu raffiniert, um sich erwischen zu lassen.

»Schau doch, James.« Sarah schob Louisa sachte zur Seite und trat näher ans Bett. »Da auf dem Kissen. Du kannst noch den Abdruck sehen, wo sie gelegen hat. Und dort …« Sie zog die Decke hoch. »Sand.«

»Sand?« Sir James war verwirrt.

»Mr. Graham.« Sarah wandte sich an den Butler, der mit einer gewissen Verspätung eingetroffen war. Seine Jacke saß schief, als habe er sich mit großer Hast angekleidet. Nach der leichten Whiskyfahne zu urteilen, war er just in dem Augenblick gestört worden, als er sich im Dienstbotenflügel zu entspannen suchte. »Nehmen Sie zwei Burschen und durchsuchen Sie den Raum.« Sie drehte sich wieder zu Louisa um. »Wie groß war sie?«

»Groß.« Louisas Mund war ausgetrocknet. Sie bekam kaum ein Wort heraus.

»Wir werden Sie in einem anderen Zimmer unterbringen.« Sarah umarmte sie noch einmal. »Kirsty kann Ihnen woanders ein Bett richten, nicht wahr, Kirsty? Hier können Sie ja unmöglich bleiben.« Sie schauderte. »Oh, wie schrecklich.«

»Ich verstehe das alles nicht.« Sir James sah sich nachdenklich im Raum um. »Die Fenster sind geschlossen. Wie, um Himmels willen, kann eine Schlange hier hereinkommen? Was für eine Schlange war es überhaupt? Eine Kreuzotter? Oder eine Ringelnatter?«

»Es war eine Kobra«, flüsterte Louisa.

»Eine Kobra?« Sir James starrte sie an, offenbar glaubte er ihr nicht. »Was für ein Unsinn. Sind Sie sicher, dass Sie sich das nicht nur eingebildet haben? Vielleicht sind Sie eingeschlafen und haben geträumt.«

»Sie kann doch wohl kaum aufrecht stehend geträumt haben, James«, widersprach Sarah leise. Die Diener hinter ihnen sahen sich nervös um. Mr. Graham neigte offenbar zur gleichen Ansicht wie sein Herr, während die jungen Frauen ängstlich umherblickten. »Und wir haben uns erst vor wenigen Augenblicken gute Nacht gesagt, wenn du dich erinnern willst.«

Sir James schnaubte. »Also gut. Dann geht, Mädchen,

und richtet ein anderes Zimmer für unseren Gast her, und die anderen suchen hier drinnen. Aber Vorsicht. Falls es wirklich eine Kobra war, dann ist sie giftig.« Sein himmelwärts gerichteter Blick entging den anderen im Zimmer natürlich nicht. Sir James glaubte offensichtlich nicht an die Existenz einer Schlange.

Eine Stunde später war Louisa wieder allein. Gerüstet mit zwei Lampen, einer Tasse heißer Milch und der Gewissheit, dass dieser Raum ebenso wie alle anderen im Haus durchsucht worden war, befand sie sich in einem anderen der reichlich vorhandenen Gästezimmer. Weder in ihrem ursprünglichen noch in irgendeinem anderen Raum hatte man, abgesehen von den rätselhaften Sandkörnchen, etwas finden können.

Bevor sie in ihr eigenes Schlafzimmer zurückkehrte, hatte Sarah noch einmal die Hand der Freundin genommen. »Geht es Ihnen denn jetzt besser?«

Louisa nickte. »Er hat mich überrumpelt. Das nächste Mal werde ich besser gewappnet sein.«

»Seien Sie vorsichtig.« Sarah beäugte sie unsicher.

»Ganz bestimmt.« Louisa beugte sich vor und gab ihr einen Kuss. »Gute Nacht.«

Sobald die anderen sie allein gelassen hatten, sah Louisa sich gründlich um. Auch dieser Raum ging nach hinten hinaus. Auch er hatte zwei hohe Fenster, die sich zum langen Balkon hin öffneten. Sie holte tief Luft, ging hinüber, zog die Vorhänge weg und drückte die Fensterflügel auf. Der Mond beleuchtete den Garten und den Park, die hohen Bäume warfen tiefe Schatten. Nichts rührte sich.

»Nun, Mylord«, flüsterte sie. »Haben Sie mit dieser letzten Darbietung Ihre ganze Kraft verbraucht? Haben Sie sonst nichts mehr, um mich zu erschrecken?«

In der Ferne hörte sie den gespenstischen Schrei einer

Eule. Sie schauderte. Die Nacht war beunruhigend still. Sie streckte die Hand aus und berührte das Steingeländer. Am Zeigefinger trug sie den schweren Goldring, den sie im Carstairs Castle aus dem Schaukasten genommen hatte. Er funkelte schwach im Mondlicht.

»Ich habe hier einen Ihrer Schätze, Mylord. Können Sie ihn sehen? Er ist wunderschön. Zweifellos sehr wertvoll.«

Aus der Dunkelheit kam keine Antwort. Kein Zeichen, dass er sie gehört hatte und etwas erwidern wollte.

Sie nahm den Ring ab und wog ihn in der Hand. »Erinnern Sie sich noch an mein kleines Duftfläschchen? Dasjenige, das Sie unbedingt Ihrer Sammlung einverleiben wollten? Sie dachten, es enthalte die Tränen der Isis, und Sie glauben, ich hätte es in den Nil geworfen, damit Sie es nicht bekommen.« Sie hielt inne und drehte den Ring in der Hand hin und her. »Aber jemand hat es geborgen und mir zurückgegeben. Ich habe das Fläschchen noch. Und jetzt habe ich auch Ihren Ring. Morgen gehe ich vielleicht noch einmal zur Burg und hole mir etwas anderes. Und dann noch etwas und dann wieder etwas anderes.« Sie hielt inne und starrte lächelnd in die Dunkelheit. »Schachmatt, Mylord.«

Die Steine fühlten sich kühl an unter ihren Händen. Bröckchen vom Moos verfingen sich in ihrem Rock.

Auf einer weit entfernten Ebene trat ein weißer Mann aus seinem Tipi und verneigte sich vor seinen Gastgebern, ehe er sich an ihrem Feuer niederließ. Die Stammesältesten erwiderten den Gruß und starrten wie zuvor schweigend ins Feuer. Er war wie sie ein Wanderer zwischen den Welten, ein Medizinmann mit außergewöhnlichen Kräften. Ein Mann, der sich in der Gegenwart des Großen Geistes wohl fühlte. Sie wussten nicht, wohin ihr Gast unter dem Einfluss des Peyotegottes reiste. Es war ihnen auch einerlei. Das war ausschließlich seine eigene Angelegenheit.

Er kam nicht. Sie ließ die Fenster offen, damit die laue Nachtluft hereinwehen konnte, dann kehrte Louisa ins Zimmer zurück. Sie trank ihre Milch, drehte die Lampen herunter, die inzwischen von flatternden Motten umgeben waren, und begann sich auszukleiden. Sie war halb erleichtert, dass alles so friedlich blieb, und halb zornig und gespannt vor nervöser Vorahnung. Nachdem sie ihr Nachtgewand angezogen hatte, nahm sie die Haarnadeln heraus und langte nach der Haarbürste. Angezogen von der Schönheit des Mondlichts ging sie zum Fenster. Sie hatte den Ring neben der Lampe auf den Tisch gelegt. Dort funkelte er sanft, während sie die Bürste durch ihr langes Haar zog.

Dieses Mal war seine Brust entblößt. Er trug Wildlederhosen und Halsketten mit Perlen, als er draußen erschien und mit seinen seltsamen farblosen Augen durchs Doppelfenster hereinschaute. Er verneigte sich. »Heute haben Sie mich erwartet, glaube ich.«

Der Ring. Sie hatte den Ring abgenommen. Trotzig richtete sie sich auf und sah ihm in die Augen. »Warum haben Sie eine Schlange in mein Zimmer geschickt?«

Er lächelte. »Damit sie Ihnen als Leibwächter dient, falls Sie einen brauchen. Sie wussten doch, dass sie Ihnen nichts tun würde.«

»Dann sind Sie immer noch ein Jünger der Isis? Trotz all Ihrer Reisen durch Indien und Amerika ist Ihr Herz noch immer in Ägypten?«

Er sah sie aufmerksam und mit forschendem Blick an. »Genau wie Ihres, nehme ich an. Oder haben Sie Ihren einheimischen Geliebten endlich vergessen?«

Sie ballte die Hände zu Fäusten und holte tief Luft. »Hassan werde ich nie vergessen, Mylord. So wenig wie die Tatsache, dass Sie ihn getötet haben.«

Er lachte. Es war ein böser, kalter Laut. »Er wurde von

einer Schlange getötet, Louisa. Selbst meinen ärgsten Feinden fällt es schwer zu glauben, dass ich so etwas hätte arrangieren können, und Sie sind gewiss nicht meine ärgste Feindin.«

»Nein?« Sie sah ihn mit halb geschlossenen Augen an. Er war nicht real. Dieser Mann, so überzeugend er auch wirkte, war eine Art Trugbild, das im Drogenrausch in seinem und vielleicht auch in ihrem Kopf heraufbeschworen wurde. Sein Körper war weit entfernt in Amerika oder vielleicht auch in Ägypten oder Indien. Wo er auch war, seine Seele hatte gelernt, sich vom Körper zu lösen und über die ganze Erde zu reisen. Seine Seele aber war nichts weiter als ein Schatten. Ein Geist, ein Traum.

Der Gedanke hatte sie beruhigt, sie lächelte.

Er zog eine Augenbraue hoch. »Ich sehe Sie amüsiert, Mrs. Shelley?«

»In der Tat. Ich habe mich an Ihre körperlose Natur erinnert.« Sie richtete sich zu ihrer vollen Größe auf.

»Körperlos, aber dennoch befriedigend«, erwiderte er. In seinen Augen funkelte der Spott, und sie errötete heftig.

»Ein Traum, Mylord, nichts weiter.«

»Aber was für ein Traum!« Er machte einen Schritt auf sie zu, und sie wich instinktiv vor ihm zurück. »Ein Traum voller Ekstase und Hingabe«, fuhr er fort. »Ein Traum, dem Sie nicht widerstehen konnten.«

»Kommen Sie ja keinen Schritt näher!« Sie hob die Hand, um ihn abzuwehren, und ihre Finger berührten feste, glatte Haut.

Er sah ihr in die Augen. »Ein außergewöhnlich realistischer Traum, Mrs. Shelley, das müssen Sie schon zugeben.« Er war ihr jetzt so nahe, dass sie den Hauch seines Atems auf der Wange spürte und den bittersüßen Rauch der fernen Zeremonie wahrnehmen konnte. »Sie haben unsere letzte

Begegnung genossen, nicht wahr?« Er hob die Hand und streichelte ihr Haar, und auf einmal konnte sie sich nicht mehr bewegen. Verzweifelt versuchte sie, sich von ihm zu lösen, doch es gelang ihr nicht. Sie wollte plötzlich nichts sehnlicher, als dass er sie berührte, dass er sie hielte und sie noch einmal an sich zöge. Langsam erstarb ihre Fähigkeit, sich gegen ihn zu wehren. Sie hob ihm das Gesicht entgegen und schloss die Augen, während er sich vorbeugte, um sie zu küssen. Ihr ganzer Körper reagierte mit einem Schauder der Erregung auf die Berührung seiner Lippen. Ihre Knie wurden weich, sie sehnte sich danach, sich ihm hinzugeben, sie wollte zu Boden sinken und ihn mit sich ziehen, sie wollte sich in der Ekstase des Liebesakts mit ihm verlieren.

Sein leises Kichern, als er spürte, wie nahe er dem Sieg war, brachte sie zu sich. Mit einem kleinen erschrockenen Ruf entfloh sie ihm, lief zum Tisch neben dem Bett und hob mit einem Triumphschrei den Ring auf. »Nein, Mylord. So einfach ist es nicht, mich zu übertölpeln. Sehen Sie das hier? Einer Ihrer Schätze, Mylord. Ägyptisches Gold. Etwas, das für Sie zweifellos einen großen Wert besitzt.« Draußen kam der Mond hinter der großen Zeder im Garten hervor. Sein Licht strömte durchs Fenster herein auf den Boden und warf einen Schatten, der so deutlich war wie ihr eigener.

»Ach?« Er schien amüsiert. »Meine Schätze stehen Ihnen zur Verfügung, meine Liebe.«

»Wirklich?«, fragte sie erstaunt. »Dennoch waren Sie bereit, für meine kleine Flasche zu töten.«

Er hielt ihrem Blick stand. »Das war etwas anderes, Louisa. Die Tränen der Göttin, aufbewahrt von ihren Tempelpriestern, waren unersetzlich. Sie haben nicht nur ein Stück Geschichte zerstört, sondern auch eine mächtige Verbindung zur Göttin selbst. Etwas von unermesslichem Wert. Etwas von so großer Macht, dass es dem Besitzer die Schlüssel zur

Beherrschung der Welt gegeben hätte. Es war ein unverzeihlicher Frevel.«

»Aber jetzt haben Sie mir anscheinend verziehen?« Sie zog eine Augenbraue hoch.

»Nein, ich habe Ihnen nicht verziehen.« Seine Stimme wurde hart. »Sie amüsieren mich. Es ist mir einfach ein Vergnügen, mit einer schönen Frau zu sprechen. Umso mehr, wenn dies dazu führt, dass sie sich selbst verachten wird.«

Sie schloss einen Moment die Augen, um sich dem Hass zu entziehen, den sie in seinem Gesicht aufleuchten sah. Sie war schockiert, als sie erkannte, wie sehr sie das Wissen verletzte, dass er nur mit ihr gespielt hatte. »Und wenn ich Ihnen nun sage, dass die Tränen der Isis noch existieren?«

Er fuhr auf und starrte sie an. »Was meinen Sie damit? Ich habe gesehen, wie Sie die Flasche in den Nil geworfen haben.«

So. Dann konnte er also doch nicht alles sehen. Es beruhigte sie, diese Tatsache bestätigt zu wissen. »Die Flasche war in ein Stück Tuch gewickelt, das an der Oberfläche trieb. Mein Diener hat es geborgen und mir zurückgegeben.«

Sie sah, wie sich jeder Muskel in seinem Körper spannte. »Und wo ist die Flasche jetzt?«

Nun war es an ihr zu lächeln. Wo gerade noch Schwäche in ihr gewesen war, empfand sie jetzt so etwas wie Triumph. »An einem Ort, an dem Sie sie nicht finden können, Mylord. Es ist ein Geheimnis.«

Er stieß einen wütenden Schrei aus, packte ihr Handgelenk und zog sie grob an sich. »Wenn die kleine Flasche noch existiert, dann muss ich sie haben. Dieses Mal, Mrs. Shelley, werde ich sie bekommen.«

Sie stellte fest, dass sie ihm nahezu ohne Angst in die Augen sehen konnte, als sie ihm trotzig antwortete. »Nein, und dies soll meine Rache sein, Mylord. Die Rache für Hassans Tod. Sie sagen, Sie seien nicht für seinen Tod verantwortlich gewesen, doch wir wissen beide, dass Sie die Schlange in die Höhle geschickt haben. Mit großer Freude werde ich stets daran denken, dass Sie von der Existenz der Flasche wissen und gleichzeitig einsehen müssen, dass Sie sie nie, nie wieder sehen werden. Falls ich mich entschließe, sie zu zerstören, dann werde ich es tun. Falls ich sie behalten will, bleibt sie in meinem Besitz. Doch Sie werden sie nie wieder sehen.«

Sie stieß einen kleinen Angstschrei aus, als er sie unsanft rückwärts aufs Bett stieß und ihr sofort folgte. Er klemmte sie mit den Knien ein. »Ich glaube, ich weiß schon, wie ich Sie überzeugen kann.«

»Ich glaube nicht.« Sie hielt tapfer den Ring fest. »Ich fürchte mich nicht mehr vor Ihnen, Mylord.« Zu ihrer eigenen Überraschung stellte sie fest, dass es der Wahrheit entsprach. »Und ich habe Ihre Schwäche entdeckt. Sie sagen, Ihre Schätze stünden mir zur Verfügung, Mylord, aber ich glaube nicht, dass Sie es gern sähen, wenn sie verloren gingen oder zerstört würden. Ich glaube sogar, das würde Sie sehr wütend machen. Wütend und traurig. Und ich vermute, wenn Sie wirklich in Amerika sind, dann sind wir hier außerhalb Ihrer Reichweite. Sehen Sie?« Sie hielt ihm die geballte Faust vor das Gesicht. »Ihr Ring. Ich werde ihn in den See werfen. Wissen Sie, wie leicht es war, ihn zu stehlen? Sie können mich nicht aufhalten. Wie Sie schon sagten, sind Sie ja nicht wirklich hier. Morgen werde ich wieder Ihr Museum aufsuchen, Ihren Mr. Dunglass anstrahlen und für Ihren Sohn die Wimpern flattern lassen. Ich werde darum bitten, noch weitere Objekte Ihrer Sammlung malen zu dürfen, und man wird mich einlassen. Nacheinander werde ich dann alle Ihre Schätze zerstören. Das Gold und das Silber. Den Kopfputz mit den Federn, die empfindliche Mumie und vor allem diese trockene hohle Haut, die einmal eine Schlange war. Und Sie können nichts dagegen tun, überhaupt nichts! Weil Sie viertausend Meilen entfernt sind!«

Er starrte mit unbewegtem Gesicht auf sie herab. Nur seine Augen schienen in den tiefen Höhlen zu brennen. Er lächelte kalt. »Glauben Sie denn wirklich, ich sei nicht in der Lage, mich meinen Söhnen oder meinem Verwalter mitzuteilen, um sie zu warnen? Glauben Sie mir, das kann ich. Es ist nicht einfach, so viel muss ich Ihnen zugestehen, denn der Mann ist ein Idiot, aber meine Söhne sind viel versprechend und empfänglich. Sie werden auf mich hören.« Er schwieg einen Moment und blickte nachdenklich auf sie herab. »Doch im Grunde wäre es mir lieber, mit Ihnen zusammenzuarbeiten. Sie sind so offen, so …« Er hielt inne. »So bereitwillig.« Er gab ihr Handgelenk frei und legte die Hand auf das Band, das ihr Nachthemd am Hals verschloss. Er zog es sachte auf. »Sie sind, für eine alternde Frau, immer noch schön.« Er sagte das beinahe abwesend, dann veränderte sich sein Gesichtsausdruck und zeigte kalten Hohn. »Doch Ihre Anziehungskraft hat erheblich gelitten. Sie haben sich als bockige Hexe gezeigt. Und mit Hexen muss man sich befassen.« Er nahm die Hand weg und starrte Louisa wieder eine kleine Weile nachdenklich an. »Ich frage mich nur, wie. Es gibt so viele Möglichkeiten. So viele Wege, diesen Trotz zu brechen.« Mit dem Gewicht seines Körpers hielt er sie fest und klemmte mit den Unterschenkeln ihre Beine ein. Dann berührte er leicht ihre Wange. »Träumen Sie von Rache, Louisa, weil Hassan im Staub gestorben ist? Haben Sie gesehen, wie sich das Gift vom Schlangenbiss in seinen Adern ausgebreitet hat, und haben Sie dabei an mich gedacht? Wie befriedigend.«

Sie konnte seine Schadenfreude nicht mehr ertragen und versuchte, sich seinem Griff zu entwinden. Sie warf sich zur

Seite, doch sie konnte sich nicht bewegen. Lächelnd fasste er ihr Kinn und zwang sie, ihn wieder anzusehen. »Ich habe eine Idee. Sie mögen doch mein Museum. Ich glaube, wir werden es zusammen besuchen. Möchten Sie mit mir auf den geheimen Pfaden des Medizinmanns wandeln, durch die dunklen Tunnel des Schamanen, über die verborgenen Wege des Hexendoktors? Ich kenne sie alle.« Er lachte leise. »Ich weiß, wie ich sie betrete und wie ich sie wieder verlasse, und ich weiß auch, wie ich die Seele eines Menschen für immer in den Nebeln und Schatten und in ihrer Dunkelheit fangen kann. Ich muss nur mit dem erprobten Siegel der Besitzergreifung, mit dem Verräterkuss, Ihre Seele in die meine aufnehmen.«

Verzweifelt wehrte sie sich und stieß wild gegen seine Brust, doch er fasste ihre Handgelenke mit einer Hand und zwang sie mit der anderen, ihn wieder anzusehen. Langsam und die ganze Zeit lächelnd beugte er sich vor und presste noch einmal seine Lippen auf ihren Mund.

Sie hielt den Atem an, sie kämpfte gegen ihn, panisch versuchte sie sich ihm zu entwinden, sie trat, sie rang, doch es nützte nichts. Ihre Kräfte erlahmten. Die Welt um sie herum drehte sich, und schließlich konnte sie nicht anders, als tief und keuchend einzuatmen und sich von der rauchigen Aura des Mannes einhüllen zu lassen. Sofort versank sie in einem dunklen Strudel.

Als sie die Augen öffnete, war es dunkel. In ihrem Kopf pochte es, und ihr war sehr kalt. Sie wollte etwas sagen, doch kein Laut kam über ihre Lippen. Ringsum herrschte tiefe Stille. Vorsichtig versuchte sie, die Gliedmaßen zu bewegen. Ihr Körper war steif und zerschunden, und sie hatte große Angst.

»Dann sind Sie also mitgekommen.« Die Stimme sprach dicht neben ihrem Ohr.

»Wo sind wir? Was ist geschehen?«, konnte sie endlich sagen.

»Ich habe Sie in mein Museum mitgenommen.« Sie hörte eine Bewegung neben sich. »Warten Sie, ich zünde die Lampe an.«

Sie spürte, wie er sich entfernte, dann klapperten Streichhölzer, und eine Flamme entstand. Einige Sekunden später war der Raum von Licht erfüllt, und er schob die Glasröhre über den Docht.

»Wie sind wir hierher gekommen?« Sie stand in der Nähe der ägyptischen Objekte im Raum. Ein rascher Blick zeigte ihr, dass sie noch ihr Nachthemd trug, der Ring steckte auf ihrem Finger.

»Wir sind geflogen.« Das hämische Funkeln seiner Augen entging ihr nicht.

»Ich verstehe.« Sie schürzte die Lippen. »Ich träume. Ich weiß, dass ich träume. Haben Sie mir Drogen eingeflößt?«

Er legte den Kopf schief. »Ein paar Tropfen Laudanum in Ihrer Milch wären mehr als genug.«

Sie stöhnte. »Waren Sie etwa die ganze Zeit hier? Sind Sie in dieser großen Burg herumgeschlichen und haben Spielchen gespielt? Nein, das kann ich mir nicht vorstellen.« Auf einmal war sie auf sich selbst wütend, weil sie Angst hatte. »Was wollen Sie nun mit mir tun? Sie haben deutlich gemacht, dass Sie mich alt und hässlich finden, also dürfte meine Tugend nicht in Gefahr sein.«

»Ich glaube mich zu erinnern, dass Ihre Tugend schon bei anderer Gelegenheit gelitten hat.« Er zog eine Augenbraue hoch. »Aber ich wäre eher geneigt, Louisa, mich zu fragen, ob nicht eine Gefahr für Ihr Leben besteht.« Er verschränkte die Arme vor der Brust. »Niemand weiß, wo Sie sind, und ich bin in Amerika.« Er lächelte leicht. »Falls Sie hier verschwinden sollten, würden Sie nie gefunden werden. Man wüsste ja nicht einmal, wo man suchen muss.«

Sie starrte ihn an. Seine Augen waren wie klares Glas, die Pupillen dunkle Punkte im Licht der Lampe. Der sinnliche Mund spannte sich und wurde hart. »Heißt das, Sie wollen mich töten?« Sie runzelte erstaunt die Stirn, doch ihre Furcht hatte seltsamerweise etwas nachgelassen. Sie war weit entfernt von ihm, er war nicht real.

»Ob Sie leben oder sterben, ist mir ziemlich gleichgültig. So sollte es jeder sehen, der das Wesen der Seele und ihrer Wanderungen erfasst hat. Der Tod ist nur ein Druckmittel gegenüber den normal Sterblichen, die an diesem vergänglichen Leben hängen.« Er lächelte kalt. »Ich bin bereit, mich auf einen Handel einzulassen. Die Tränen der Isis gegen ein Menschenleben.« Er beobachtete sie genau. »Die Götter der Unterwelt werden diesen Handel freilich nicht ganz unproblematisch finden, wenn sie erfahren, dass Sie diejenige waren, die die heilige Ampulle gestohlen hat.«

»Ich habe nichts gestohlen.« Sie richtete sich ein wenig auf. »Die Tränen der Isis, wie Sie sie nennen, sind in Sicherheit. Ebenso Ihr Ring. Für den Augenblick jedenfalls. Sie dagegen scheinen einen gewaltsamen Raub zu planen. Ich nehme doch an, das wird erheblich gegen Sie sprechen, wenn es zur Abrechnung kommt.« Sie wandte sich von ihm ab und ging zum Schaukasten mit den ägyptischen Schätzen, hob den Deckel und starrte sie an. »Ihre Drohung schreckt mich nicht, Mylord. Sie vergessen, dass Sie mich zu Hassan schicken, wenn Sie mich töten. Ich könnte mir keine größere Freude vorstellen.« Sie schaute zu ihm auf, und nun war es an ihr zu lächeln. »Das menschliche Leben ist Ihnen mehr als gleichgültig, und daher sind Sie in meinen Augen ein böser Mann.« Sie wandte sich wieder ab. »Geben Sie nur gut auf Ihre Seele Acht, Mylord. Ich kann Dämonen um Sie kreisen sehen, die schon darauf lauern, Sie kreischend in die Hölle zu zerren.«

Er warf den Kopf zurück und lachte. »Nicht schlecht, Mrs. Shelley. Sie lernen schnell.« Er tat einen Schritt auf sie zu, bis er neben ihr stand und wie sie die Objekte im Kasten betrachten konnte. Leise lächelnd fuhr er sachte mit den Fingern über eine kleine Statue. Dann schloss er behutsam den Deckel. »Leider fehlt mir die Zeit, um noch länger mit Ihnen über diesen Punkt zu diskutieren. Wo ist das Fläschchen?«

»In London.« Sie erwiderte sein Lächeln. »Gut und sicher verwahrt.«

»Dann gehen wir dorthin. Auf der Stelle.«

»Jetzt gleich?« Sie starrte ihn an. »Ich glaube nicht. Wie wollen Sie uns dorthin befördern?«

»Auf die gleiche Weise, wie wir hierher gekommen sind.« Seine Stimme klang barsch. Er griff nach ihrem Handgelenk, doch sie sprang zurück. »Nein. Es reicht mir jetzt. Ich gehe mit Ihnen nirgendwohin.« Sie fasste die Lampe am Sockel und hielt sie hoch. »Bleiben Sie mir vom Leib, sonst werfe ich die Lampe in Ihre kostbare Sammlung. Ich meine es ernst. Bleiben Sie mir vom Leib.«

Er erbleichte. »Seien Sie vorsichtig! Manche dieser Objekte sind unersetzlich. Bitte stellen Sie die Lampe wieder ab.«

»Ich denke nicht daran.« Die Lampe war schwer, sie konnte sie nicht mehr lange halten.

Als er sich mit einem Wutschrei auf sie stürzte, ließ sie die Lampe sinken und schleuderte sie in den mit Glas abgedeckten Schaukasten. Die Scheibe brach, und ein Schwall brennenden Öls ergoss sich über die kostbaren Objekte im Kasten. Nach wenigen Sekunden fingen die empfindlichsten Gegenstände Feuer, und eine Stichflamme schoss empor. Sie hörte Carstairs rufen und sah ihn noch zum Brandherd springen, dann drehte sie sich um und floh zur Tür.

Der Ausgang war versperrt. Sie zerrte am Griff und begann zu schluchzen, als die Hitze sie einhüllte, und dann versank zum zweiten Mal in dieser Nacht alles in der Dunkelheit.

»Mrs. Shelley? Mrs. Shelley? Ich bringe Ihnen heißes Wasser.«

Die Stimme war drängend und zerrte sie in den Wachzustand. »Mrs. Shelley, es ist schon spät. Lady Douglas hat sich Sorgen gemacht.«

Louisa öffnete die Augen und starrte ins ängstliche Gesicht des kleinen schottischen Dienstmädchens, das sich, nachdem es die Vorhänge weggezogen hatte, über ihr Bett beugte.

»Kirsty?« In ihrem Kopf pochte es, ihre Augen und der Hals brannten. »Es tut mir Leid. Ich hatte einen schrecklichen Albtraum.« Irgendwie schaffte sie es, sich aufzurichten. Sie sah sich im Zimmer um. Der Himmel draußen war bedeckt.

»Da zieht ein Unwetter auf.« Kirsty hob Louisas Morgenmantel vom Boden auf. »Hören Sie den Donner? Das schöne Wetter ist dann wohl für eine Weile vorbei.« Sie sah Louisa an. »Soll ich Ihnen noch etwas bringen, Mrs. Shelley? Sie sehen schrecklich aus.«

Louisa lächelte gequält. »Ich fühle mich auch schrecklich. Ich denke, es liegt am Unwetter. Und an dem schlechten Traum.«

Allmählich fielen ihr die Einzelheiten wieder ein. Carstairs. Seine Drohung, sie zu töten. Der Brand. Sie starrte ihre Hände an, die das Laken festhielten. Der große Goldring saß noch auf dem rechten Zeigefinger.

»Louisa?« Sarahs Stimme ließ die beiden Frauen aufschauen und zur Tür blicken. Sarah eilte herein, warf einen

Blick auf ihren Gast und wandte sich sofort an das Mädchen. »Würdest du bitte etwas Kaffee holen, Kirsty?«

Kirsty knickste leicht und verschwand, während Sarah sich aufs Bett setzte. »Nun? Wie haben Sie geschlafen? Nicht sehr gut, wenn man Sie ansieht.« Sie beugte sich vor und strich Louisa das Haar aus dem geröteten Gesicht. »Ist etwas geschehen?«

»Oh, ja.« Louisa lächelte böse. »Ich habe von ihm geträumt. Er kam her und bedrohte mich, und dann ...« Sie zögerte. »Wir waren wieder im Museum. Er drohte mich zu töten, aber ich habe die Lampe ausgekippt und seine kostbare Sammlung in Brand gesteckt.« Sie schlug sich die Hände vors Gesicht. »Oh, Sarah, es war entsetzlich. Ich kann Ihnen gar nicht sagen, wie schlimm es war.«

»Meine arme liebe Freundin.« Sarah drückte ihre Hand, dann stand sie auf und ging zum Fenster. »Schauen Sie, es beginnt zu regnen. Ich will die Fenster für Sie schließen.« Sie hielt inne. »Wie seltsam. Sehen Sie nur.« Sie löste etwas, das wie ein Halsband aussah, aus den Glyzinien, die die Tür umrankten. »Gehört das Ihnen? Wie reizend. Es ist ganz aus Muscheln und Perlen gemacht.«

Louisa sprang aus dem Bett und tappte barfuß zur Tür. Sie nahm das Schmuckstück in die Hand und starrte es an. »Das gehört ihm. Er hat die Kleidung der amerikanischen Ureinwohner getragen.« Sie schaute zu Sarah auf. Ihr Gesicht war kreidebleich. »Das gehört ihm, Sarah.«

Die Frauen sahen einander an.

»Dann war er hier?«

Louisa nagte an der Unterlippe. »Das kann nicht sein.«

»Dann war es nur ein Traum.«

Louisa sah sich um, ihre Augen waren groß und verschreckt. »Ich verstehe das nicht. Ich dachte, es sei ein Traum gewesen, doch ...« Sie hielt inne und betrachtete die Halskette. »Er sagte, er habe mich mit Laudanum betäubt. Vielleicht hat er Kirsty bestochen …«

»Unsinn!«

»In meiner Milch. Sie hat es vielleicht in meine Milch getan.«

»Keinesfalls. So etwas würde sie nie tun. Sie ist absolut vertrauenswürdig.«

»Dann war es ein Traum. Dann war alles nur ein Traum. Aber wie ist dieses Ding hierher gekommen?«

Wieder starrten sie einander schweigend an. Louisa erinnerte sich an die Brosche. »Wenn ich ihn sehe, trägt er immer seltsame Kleidung«, erklärte sie schließlich nachdenklich. »Auch in Ägypten hat er die Kleidung der Einheimischen getragen. In der letzten Nacht trug er Felle und Perlenketten.« Sie schüttelte den Kopf. »Warum tut er das? Will er mich damit erschrecken?«

»Ich habe noch nie gesehen, dass er irgendetwas anderes als normale Kleidung getragen hätte«, erklärte Sarah. Sie lächelte amüsiert. »Er ist ja wirklich ein gut aussehender Mann.«

»Ja, das ist er«, räumte Louisa widerwillig ein. Sie blickten zur Tür, als Kirsty das Tablett mit dem Kaffee brachte. Das Mädchen stellte es auf dem Tisch ab und wandte sich mit aufgeregten, strahlenden Augen an sie. »Mylady, haben Sie schon gehört? Die ganze Dienerschaft spricht davon. Es hat letzte Nacht auf Carstairs Castle einen Brand gegeben. Lord Carstairs' Museum und alle Nebengebäude und Stallungen sind niedergebrannt. Den Pferden ist nichts passiert, aber all seine wundervollen Dinge sind verloren!«

Louisa keuchte. Sie taumelte zum Bett zurück und setzte sich. Kirsty starrte sie an. »Geht es Ihnen nicht gut, Mrs. Shelley? Aber natürlich!« Sie schlug sich die Hand vor den Mund. »Sie beide waren ja erst gestern noch dort! Oh, Mylady!« Sie wandte sich bestürzt an ihre Herrin. »Es ist so schrecklich. Ich weiß gar nicht, was seine Lordschaft tun wird, wenn er es erfährt.«

»Die Diener müssten es doch wissen, falls er unerwartet zurückgekehrt sein sollte, nicht wahr?«, fragte Sarah mit einem nachdenklichen Blick zu Louisa.

Kirsty nickte. »Oh, ja, das wüssten wir. Catriona hat diesem Mann, Donald heißt er, der mit dem Lord nach Amerika gefahren ist, ihr Herz geschenkt. Sie werden nicht vor dem nächsten Frühling zurückerwartet. Mr. Graham sagt, man gebe dem Verwalter Mr. Dunglass die Schuld. Er habe dort drinnen eine Lampe brennen lassen, die in der Nacht umgeworfen wurde.«

»Wie?«, fragte Louisa scharf. »Wie wurde die Lampe umgeworfen? War denn jemand dort drinnen?«

»So muss es wohl gewesen sein. Aber ich weiß es nicht genau, Mrs. Shelley.« Kirsty zuckte mit den Achseln.

Als das Mädchen die Tür hinter sich geschlossen hatte, setzte Sarah sich zu Louisa aufs Bett. »Es scheint so, als sei Ihre Rache real gewesen.«

Louisa nickte. »Und ich bin entkommen, Sarah. Aber er?«

5

In den folgenden Tagen redete die ganze Gegend von nichts anderem als vom Feuer auf Carstairs Castle. Soweit man es sagen konnte, war bei diesem Unglück niemand verletzt worden. In den Trümmern wurde niemand gefunden, doch die Sammlung, die einen Wert von vielen tausend Pfund dargestellt hatte, war völlig zerstört. Man schickte Telegramme und Briefe an Lord Carstairs, doch wie sich herausstellte, wusste niemand recht zu sagen, wo sich der Schlossherr aufhielt. Er hatte New York im Spätfrühling verlassen und war nach Westen gereist, und seitdem hatte man nichts mehr von ihm gehört. Mr. Dunglass wurde ebenso wie die beiden Söhne seiner Lordschaft und der Hauslehrer von der Polizei vernommen. Alle bestritten, die Lampe ins Museum gebracht oder gar angezündet zu haben. Louisas hastig hingeworfene Skizzen wurden als Beweismittel hinzugezogen, um zu bestimmen, was sich zur fraglichen Zeit im Museum befunden habe. Sie wandte ein, sie hätte sich wohl kaum die Mühe gemacht, einen alltäglichen Gegenstand wie eine Lampe zu zeichnen, doch bevor die Polizei sie und Lady Douglas weiter über ihre Besuche im Museum befragen konnte, stellte sich heraus, dass Mr. Dunglass seine Siebensachen gepackt hatte und verschwunden war. Die überstürzte Flucht war in den Augen vieler Menschen ein Eingeständnis seiner Schuld.

Louisa zog wieder in ihr altes Schlafzimmer und malte wie zuvor die Gärten und Moore, während die Stürme abzogen und das schöne Wetter zurückkehrte. Ihr Schlaf blieb ungestört. Sie hatte keine nächtlichen Besucher mehr, doch die Angst war immer noch da. Sie hatte den Ring und die Perlenkette zusammen mit der Topasbrosche in ihr Schmuckkästchen gesperrt und versuchte, nicht mehr über das nachzudenken, was geschehen war.

Bis sie eines Morgens einen Brief erhielt. Er kam von George Browning, dem Privatlehrer ihres Sohnes. »Ich will Sie nicht beunruhigen, doch es scheint, als hätten wir einen ungebetenen Gast im Haus gehabt. Alle Räume wurden gründlich, ich würde beinahe sagen, professionell, auf den Kopf gestellt. Ich kann nicht behaupten, dass etwas gestohlen wurde, oder wenigstens nichts, das sofort als fehlend erkannt werden könnte. Allerdings muss ich Ihnen mitteilen, dass Ihr Arbeitszimmer besonders gründlich durchsucht wurde, und es ist denkbar, dass einige Zeichnungen und Gemälde verschwunden sind. Andererseits scheint etwas hinzugekommen zu sein, das ich vorher noch nie dort gesehen habe. Ich habe mich bei den Jungs vergewissert, und auch sie haben es vorher noch nie bemerkt. Ein kleiner Briefbeschwerer in der Form einer zusammengerollten Schlange, anscheinend aus massivem Gold, wurde auf dem Tisch Ihres Ateliers zurückgelassen. Darunter lag ein Blatt, das mit einer Art Hieroglyphenschrift bedeckt ist. Die Jungen glauben, es sei eine Botschaft von jemandem, den Sie auf Ihren Reisen nach Ägypten kennen gelernt haben, und sind sehr aufgeregt. Ich sollte Ihnen noch erklären, dass sie aufgrund dieser Ereignisse keineswegs erschrocken waren, sondern im Gegenteil sogar einen großen Widerwillen zeigen, nächste Woche in die Obhut ihrer Großmutter zurückzukehren …«

Louisa gab Sarah den Brief. »Ich muss nach Hause. Heute noch. Er ist wieder da. Er hat mir eine Botschaft hinterlassen.«

Sarah begleitete sie. Auf Louisas dringende Anweisungen hin hatte George die Knaben sofort wieder zu ihrer Großmutter gebracht, sodass die beiden Frauen vom Bahnhof aus in einer Mietkutsche zu einem verlassenen Haus fuhren. Nur Louisas Köchin und Haushälterin, Mrs. Laidlaw, und ein Dienstmädchen, Sally Anne, waren noch zugegen, um sie zu begrüßen.

Louisa ging schnurstracks in ihr Atelier. Dort auf dem Tisch lag, wie George Browning geschrieben hatte, die goldene Schlange. Das letzte Mal hatte sie das Objekt im Museum von Carstairs Castle gesehen.

»Will er mich denn niemals in Ruhe lassen?« Louisa wandte sich mit gequältem Gesicht an Sarah.

Sie hatten ihre Hüte und Mäntel abgelegt und sich im hübschen Salon niedergelassen, von dem aus sie den kleinen Garten hinter Louisas mehrstöckigem Londoner Haus überblicken konnten.

»Hat er irgendetwas mitgenommen?«

»Das weiß ich nicht.« Louisa sah sich im Raum um. »Mir ist nichts aufgefallen. Es gibt nur eines, das er haben will.«

»Ist es denn noch da?«

Louisa zuckte mit den Achseln. Sie stand auf, kehrte ins Studio zurück und blieb vor dem Sekretär stehen, an dem sie ihre Korrespondenz erledigte. Es war kalt im Atelier, und in der Luft hing ein eigenartiger Geruch, den sie nicht sofort einordnen konnte – Farbe war es nicht. Auch kein Leinsamenöl und keine Holzkohle. Ein süßer, leicht exotischer Duft. Sie schauderte. »Ich habe es gut versteckt.«

»Sehen Sie doch nach, ob es noch da ist«, sagte Sarah, die inzwischen auch im Atelier war.

Louisa streckte die Hand zum polierten Holzdeckel des Sekretärs aus, dann schüttelte sie den Kopf. »Und wenn er mich nun beobachtet?«

»Sie beobachten?« Sarah sah unbehaglich über die Schulter. »Wie sollte er Sie denn beobachten?«

»Wie kann er irgendetwas von dem tun, was er tut?«, gab Louisa ärgerlich zurück. Sie entfernte sich vom Schreibtisch. »Er war in diesem Raum. Wie sonst soll die Schlange dorthin gekommen sein? Es ist eine Botschaft. Eine Warnung. Oh, Sarah, was soll ich nur tun? Können Sie es nicht fühlen? Hier ist etwas. Jemand.« Sie hob das Blatt mit der seltsamen, nicht lesbaren Botschaft auf und starrte es an, dann drehte sie sich abrupt um und verließ rasch den Raum. Sarah folgte ihr.

Im Salon, wo Mrs. Laidlaw ihnen unterdessen ein Tablett mit Tee bereitgestellt hatte, warf Louisa das Stück Papier mit den gekritzelten Hieroglyphen auf den Tisch.

»Was steht auf dem Blatt? Können Sie es lesen?«

Louisa schüttelte den Kopf. Sie beugte sich darüber und fuhr mit dem Finger leicht über die Schriftzeichen, dann zog sie erschrocken die Hand zurück.

»Was ist? Was ist los?« Sarahs blaue Augen starrten das Blatt an.

»Nichts. Es hat sich heiß angefühlt, aber das war nur meine Einbildung.«

Sarah hob abrupt den Kopf. »Sind Sie sicher?«

Louisa zuckte mit den Achseln. »Ich bin mir bei überhaupt nichts mehr sicher. Ich weiß nicht, warum er mir dies hier hinterlassen hat. Er muss wissen, dass ich es nicht lesen kann.«

»Er versucht nur, Sie zu erschrecken. Zerreißen Sie es.«

Louisa schüttelte den Kopf. »Es könnte wichtig sein. Diese Zeichen hier, sie haben Macht.«

»Genau.« Sarah stand auf und griff nach dem Papier. »Wenn Sie es nicht zerstören wollen, dann werde ich es tun.« Doch als sie das Papier in den Kamin werfen wollte, hielt sie keuchend inne.

Die Gestalt vor ihnen war nicht realer als ein Nebelschleier, doch beide Frauen konnten sie sehen und wichen ängstlich zurück. Das Blatt entglitt Sarahs Hand, und sie sank mit bleichem Gesicht auf den Stuhl.

»Guter Gott!« Louisas Flüstern war kaum hörbar. »Der Dschinn. Der böse Dschinn!«

Die Gestalt – kaum mehr als ein Schatten – war schon wieder verschwunden.

»Was war das?«, fragte Sarah mit bebender Stimme.

»Hatsek, der Priester Sekhmets. Zwei Priester folgen meiner Ampulle und kämpfen um sie.« Louisa sprach wie im Traum. »Hassan hat die beiden als Dschinns bezeichnet. Auf dem Blatt, das zur Flasche gehörte, waren ihre Namen aufgeschrieben. Ich kann keine Hieroglyphen lesen, aber ich vermute, dass hier der gleiche Text steht.« Sie holte tief Luft.

Dann bückte sie sich und hob das Blatt auf. »Sie haben Recht, es muss zerstört werden.« Ohne zu zögern ging sie zum Kamin und warf das Blatt hinein. Dann schnappte sie sich die Schachtel Streichhölzer vom Sims, und Sekunden später war vom Papier nur noch Asche übrig.

Sie seufzte tief. »Ich hoffe, das war das Letzte, was wir von ihm gesehen haben.« Sie schauderte.

Sarah lachte schrill. »Was sagen Sie da? Louisa! Ist Ihnen denn nicht klar, was gerade geschehen ist? Wir haben etwas gesehen, einen …« Sie unterbrach sich, weil sie nicht wusste, wie sie es beschreiben sollte. »Einen Geist? Ein Gespenst? Einen alten Ägypter? Und Sie hoffen, es käme nicht zurück?«

»Es war eine Warnung.« Louisa zuckte mit den Achseln.

»Und das Feuer soll es daran hindern, zurückzukommen?« Sarah starrte den kleinen Aschehaufen an.

Louisa nickte. »Ich glaube schon.« Sie lachte humorlos. »Feuer hat auf die meisten Dinge eine reinigende Wirkung.«

Es schien, als sollte sie Recht behalten. In den folgenden Tagen kam das Haus zur Ruhe. Louisa packte ihre Sachen aus, richtete sich ein und zwang sich, das Haus peinlich genau zu überprüfen. Es gab keinerlei Anzeichen, dass irgendetwas fehlte. Der einzige Ort, an dem sie nicht nachschaute, war der Sekretär. Das war auch nicht nötig.

Aus Schottland kamen Nachrichten, dass Mr. Dunglass in Glasgow verhaftet worden sei. Wie es schien, hatte er sich insgeheim ein kleines Vermögen an Bargeld und Wertgegenständen aus der Burg beiseite geschafft, und die Behörden forschten nicht weiter nach den Ursachen des Brandes. Der Fall war abgeschlossen. Die beiden Carstairs-Jungs wurden dem Vernehmen nach zu einem entfernten Verwandten weit oben im Norden Schottlands geschickt, wo sie den Rest des Sommers verbringen sollten. Vom abwesenden Lord selbst hatte man immer noch nichts gehört.

Im Oktober kam ein Brief von Augusta Forrester: Die Fieldings seien nach Hause zurückgekehrt, und man könne die wundervolle Neuigkeit berichten, dass Venetia in Edinburgh einen Witwer kennen gelernt hatte, der sie heiraten wolle. Er führte sogar einen Titel, wenngleich keinen so edlen wie Lord Carstairs, und er besaß neben einem kleinen Vermögen auch einen standesgemäßen Landsitz, womit Venetia es also recht gut getroffen habe. Louisa lächelte, als sie den Brief las. Die arme Venetia. Sie konnte ja nicht wissen, welches Schicksal ihr geblüht hätte, wenn sie das Herz des edlen Lords erobert hätte.

Mit vielen Umarmungen und Küssen und dem Versprechen, sich im nächsten Jahr wieder in Schottland zu treffen, sagte Sarah Lebewohl und reiste ab, als Louisas Jungs von der Großmutter zurückkehrten. David, der Älteste, wollte sein zweites Jahr in Eton beginnen, der jüngere John musste sich wieder zu George Browning ins private Klassenzimmer setzen. Schließlich beendete auch Louisas Diener Norton seinen Urlaub bei seiner Familie in Hertfordshire, und ihr Haushalt war wieder vollständig.

Am Tag nach Sarahs Abreise setzten Louisas Albträume von Ägypten wieder ein. Jetzt aber träumte sie nicht mehr von Hassan, sondern sie sah sich am Ufer des Nil stehen, das Fläschchen in der Hand haltend, um es gleich ins Wasser zu werfen. Auf einmal erschien ein Mann vor ihr. Ein großer schwarzer Mann, der in ein Löwenfell gekleidet war. »Wage nicht, es wegzuwerfen!« Sein Mund bewegte sich nicht, doch sie fing seine Gedanken auf, als hätte er sie angebrüllt. »Wirf es nicht weg! Was du da hast, ist heilig.«

Zitternd fuhr sie aus dem Schlaf hoch. Der Priester von Sekhmet war in ihren Traum eingedrungen. Das Gesicht streng und unfreundlich, die Augen durchdringend, hatte er sich vor ihr aufgebaut. In der folgenden Nacht war sie nicht mehr am Ufer des Nil, sondern er kam in ihr Zimmer und beugte sich über ihr Bett.

Ihre Schreie ließen Mrs. Laidlaw und Sally Anne aus ihren Schlafkammern, die direkt über Louisas Schlafzimmer auf dem Dachboden lagen, herbeilaufen. Glücklicherweise hatten John und George Browning nichts gehört und wurden nicht aufgeschreckt.

Am nächsten Morgen ging sie ins Atelier und starrte den Sekretär an. Warum war der Priester zurückgekehrt? Was wollte er von ihr? Die Antwort sollte auf dem Fuße folgen. Zwei Tage später, sie machte sich am Abend gerade fürs Bett bereit, stand verträumt im Raum und bürstete sich im Licht der Kerze am Nachttisch die Haare, als sie jemanden bemerkte, der dicht bei ihr in den Schatten lauerte. Die Bürste entglitt ihr, und sie drehte sich um.

»Ägypten. Bringe sie nach Ägypten zurück«, dröhnte die Stimme in ihren Ohren. »Die Tränen der Isis gehören in ihr eigenes Land. Die Ampulle muss dorthin zurück, wo sie hergekommen ist.« Sie konnte ihn im Schatten deutlich sehen.

»Wie soll ich das tun? Wie kann ich sie zurückbringen?«, stammelte sie, doch er war schon wieder verschwunden.

Als die kalten Herbstnächte kamen, schwanden Louisas Kräfte. Sie mochte kaum noch essen und hustete unablässig, doch sie nahm die Malerei wieder auf. Tag für Tag zog sie sich ins Atelier zurück und arbeitete an einer neuen Bilderreihe mit Motiven aus Schottland. Der Zauber von Loch und Berg konnte jedoch die Dämonen nicht vertreiben, und schließlich musste sie auch die Priester des alten Ägypten malen. Sie malte Hatsek und seinen damaligen Amtsbruder und ewigen Feind Anhotep, die ihre Träume heimsuchten, als könne sie die beiden aus ihrem Kopf vertreiben, indem sie sie auf die Leinwand bannte.

Es gelang ihr nicht. Immer wieder erschienen sie ihr, manchmal einzeln, manchmal gemeinsam, sie stritten miteinander und mit ihr, und jedes Mal kamen sie näher und schienen etwas bedrohlicher. Es gab kein Entrinnen. In ihrer Not schrieb sie an Sarah, an die Forresters und sogar an die Fieldings. Dann, eines Nachts, als sie lesend im Bett saß, weil der Schlaf wieder einmal nicht kommen wollte, tauchte der Einzige auf, der ihre Träume in London bisher nicht heimgesucht hatte: Carstairs war wieder da.

Sie schaute aus dem Buch auf und sah ihn am Fußende des Betts stehen. Er beobachtete sie. Er trug ein weites, offenes Hemd aus weißem Stoff und weite Hosen mit einer breiten Schärpe, in die ein Krummsäbel gesteckt war.

»Nun, meine kluge Mrs. Shelley? So hinterlistig und so raffiniert. Sie haben die Ampulle vor mir versteckt und einen Priester angewiesen, sie zu beschützen, und obendrein haben Sie auch noch mein Lebenswerk zerstört. Ich glaube aber nicht, dass Sie mich noch einmal überlisten können. Ich werde die Flasche bekommen. Ich weiß, dass sie hier ist.«

Louisa zog sich schaudernd die Decke um die Schultern. »Wenn Sie die Flasche bisher nicht gefunden haben, Mylord, dann werden Sie sie vermutlich niemals finden«, erwiderte sie trotzig. Sie hielt seinem Blick stand. »Wo waren Sie denn? Wo sind Sie jetzt? Immer noch in Amerika? Sind Sie inzwischen nach Schottland zurückgekehrt? Oder sind Sie tatsächlich hier, in Fleisch und Blut, nachdem Sie wie ein gewöhnlicher Sterblicher die Treppe hochgestiegen sind?

Haben Sie geläutet und Norton gebeten, Sie nach oben zu führen? Ich muss allerdings gestehen, dass ich Sie nicht habe anklopfen hören.«

»Ein Wanderer zwischen den Welten braucht nicht anzuklopfen.« Er verschränkte die Arme vor der Brust. »So wenig wie ein Priester der alten Götter.« Seine Augen wurden schmal. »Wenn ich wieder gehe, werde ich etwas zurücklassen, das die heilige Flasche vor Ihnen und vor dem Priester schützt. Wo die Ampulle auch ist, meine Schlange wird sie bewachen. Ich kann freilich nicht für die Sicherheit Ihres Hauses und Ihrer Kinder garantieren, Mrs. Shelley. Bitte opfern Sie nicht noch ein weiteres Leben für etwas so Unwichtiges. Sie haben ohnehin kein persönliches Interesse an der Flasche, abgesehen von Ihrem Wunsch, mich zu behindern. Ist es nicht so?«

Sie zuckte mit den Achseln. »Wahrscheinlich haben Sie Recht. Allerdings kann ich mich des Eindrucks nicht erwehren, dass die Kräfte, die in dieser Flasche ruhen, zum Guten verwendet werden sollten, so sie überhaupt entfesselt werden. Sie, Mylord, wollen diese Macht dagegen für Ihre eigenen finsteren Machenschaften einsetzen.«

»Wollen Sie denn wirklich das Leben Ihrer Söhne aufs Spiel setzen?«

»Es besteht keine Gefahr.« Trotzig hielt sie seinem Blick stand. »Ich kann John jederzeit zu seinen Großeltern schicken. Dort ist er sicher ...«

Er schüttelte den Kopf. »Unterschätzen Sie mich immer noch so sehr, Louisa?«

»Ich unterschätze Sie keineswegs. Ganz gewiss nicht. Doch mir ist bewusst geworden, dass ich Sie bekämpfen kann. Erinnern Sie sich noch an den Priester Sekhmets, Mylord? Erinnern Sie sich an die Löwengöttin? Die Löwengöttin ist unbesiegbar, wenn sie ihre Kinder schützt. Wenn

Sie meine Kinder bedrohen, dann werde ich mehr Zorn entfesseln, als Sie sich jemals vorzustellen vermögen.«

Sie wusste nicht, wie, doch auf einmal kniete sie auf dem Bett. Er wich einen Schritt zurück. »Wenn eine Schlange in meinem Atelier auftaucht, dann werde ich sie verbannen. Wenn es Böses in diesem Haus gibt, dann werde ich es zerstören und Sie dazu.« Sie hielt inne. »Wo sind Sie, Lord Carstairs? Sind Sie immer noch bei Ihren Indianerkriegern in Amerika?« Jetzt erst erkannte sie das Kostüm, das er trug. »Nein, natürlich nicht. Sie sind in Ägypten.« Sie lächelte. »Ist der Ruf dorthin wirklich so stark?«

»Der Priester Sekhmets will seine Ampulle zurückhaben. Sagen Sie mir, wo sie ist, und ich werde Sie in Frieden lassen.«

»Nein! Hassan hat mir die Ampulle gegeben. Sie war ein Geschenk von ihm. Sie ist alles, was ich noch von seiner Liebe habe. Sie werden die Ampulle niemals zu sehen bekommen. Niemals!« Sie hatte verzweifelt die Stimme erhoben, und einige Sekunden später klopfte es energisch an der Tür. »Mrs. Shelley? Ist Ihnen etwas zugestoßen, Madam?« Es war Norton. »Soll ich Mrs. Laidlaw rufen?«

»Danke, Norton. Ich bin wohlauf. Es tut mir Leid, dass ich Sie geweckt habe. Bitte gehen Sie wieder zu Bett«, rief sie über die Schulter zur Tür. Als sie sich wieder zum Raum umwandte, war Lord Carstairs verschwunden.

Mit ihm verschwand auch die goldene Schlange. Als Louisa am nächsten Morgen nach unten in ihr Atelier ging, lag die Schlange nicht mehr in dem Regal neben dem Tisch, an dem sie arbeitete. Sie machte sich nicht einmal die Mühe, ihre Bediensteten zu rufen und zu fragen, wo sie geblieben sei. Sie wusste, wer sie genommen hatte.

Sie durchsuchte das Atelier von oben bis unten, aber nicht nach einer goldenen, sondern nach einer lebendigen Schlange. Jeden Augenblick rechnete sie damit, Schuppen über den

Boden oder in einem Regal schaben zu hören. Doch sie fand nichts, und allmählich richtete sie sich auf einen normalen, der Malerei gewidmeten Tag ein, auch wenn sie aufmerksam auf alle Geräusche im Haus lauschte – die Bediensteten, die ihren Verrichtungen nachgingen, John und George im kleinen Arbeitszimmer, das für ihre Studien eingerichtet worden war, das ferne Klappern von Rädern und Hufen auf der Straße, das Rauschen des Windes in den herbstlich verfärbten Blättern im Garten.

Die Gestalt Lord Carstairs warf keinen Schatten, als er zwischen ihr und dem von Sonne durchfluteten Fenster erschien. »Wo ist das Fläschchen?« Seine Stimme war ein wütendes Zischen.

Sie beging nicht den Fehler, zum Sekretär zu blicken. Langsam stand sie auf, den Pinsel fest in der Hand. »Da, wo Sie es niemals finden werden!«

Auf einmal bemerkte sie, dass sie nicht allein waren. Zwei weitere Gestalten schwebten im Raum. Zwei Priester. Die Hüter der Flasche. Er bemerkte sie fast im gleichen Moment wie sie und fuhr zu ihnen herum. »Oh, dann ist der Augenblick der Konfrontation gekommen! Ich bin sicher, Mylords der alten Welt, dass ihr so dringend wie ich die heilige Ampulle an den Ort zurückbringen wollt, an den sie von Rechts wegen gehört. Ich kann sie hinbringen. Ich kann sie über Zeit und Raum hinweg befördern.« Er trat näher an Louisa heran. »Nur ein einziger Mensch steht zwischen uns und dem, was wir von Herzen begehren, Mylords.«

»Rühr sie nicht an!« Die Stimme dröhnte so laut, dass sie jede Fuge im Raum, das ganze Haus und den ganzen Himmel draußen auszufüllen schien.

Carstairs sank in sich zusammen. Dann legte er die Hand an den Gürtel, und Louisa bemerkte, dass auch dieses Mal der Krummsäbel mit der breiten Klinge an seiner Hüfte hing. Als er ihn blank zog, ließ sie den Pinsel fallen und floh zur Tür. Der Hilferuf erstarb auf ihren Lippen. Sie sah sich um, während sie nach dem Türknauf tastete, und bemerkte, wie sich im Krummsäbel blendend hell das Sonnenlicht fing. Es gab ein lautes Krachen. Nicht sie hatte er angegriffen, sondern die beiden Priester, die Geister aus einer anderen Welt. So schnell, wie sie aufgetaucht waren, verschwanden alle drei Männer wieder.

Zitternd vor Angst machte sie einen Schritt ins Zimmer hinein. Dann noch einen. Anscheinend war nichts im Raum verändert worden. Das einzige Zeichen einer Störung war der kleine helle Farbklecks auf dem dicken Aquarellpapier, der entstanden war, als der Pinsel ihr aus der Hand gefallen war.

Sie sollte Lord Carstairs nie wieder sehen. Auch die Priester tauchten nicht mehr auf, und wenn sich im Atelier eine Schlange blicken ließ, um die heilige Ampulle zu bewachen, dann bemerkte sie es nicht. Dies war natürlich nicht das Ende der Geschichte, denn das Fläschchen blieb in ihrem Schreibtisch. Sie vergaß es nie, doch sie dachte auch nicht weiter darüber nach. Wenn einer ihrer Söhne oder einer ihrer Nachkommen es eines Tages nach Ägypten zurückbringen wollte, dann sollte dies deren Sache sein. Das Porträt der beiden Priester schob sie in eine dunkle Ecke. Es war auf keiner ihrer Ausstellungen zu sehen.

Sie konnte nicht wissen, dass eines Tages, irgendwann lange nach ihrer Zeit, jemand auf die Idee kommen sollte, das kleine Fläschchen sei ein hübsches Schmuckstück, das man einem Kind schenken konnte.

Zwischen den Zeiten

Die Hitze legte sich über den Garten wie eine Decke. Helen seufzte vor Erleichterung und kehrte dem jetzt makellos sauberen Chalet den Rücken. Mit ihrer Teetasse, einem dicken Taschenbuch und einer Decke bewaffnet trat sie durch die Terrassentür ins Gras hinaus. Tim war mit den Kindern zum Strand gefahren, und sie hatte zwei bis drei Stunden absoluter Ruhe vor sich.

»Komm doch auch mit, Hen.« Tim hatte ihr einen Kuss auf den Scheitel gedrückt, es sogar mit Bestechung versucht. »Und wenn ich dir ein Eis kaufe?«

Keine Chance. Sie hatte die Möglichkeit, zwei Stunden allein, völlig allein zu verbringen, fernab von den Tausenden von Menschen und kreischenden Kindern, ganz zu schweigen von der größten Drohung von allen: zerlaufende Eiscreme, die klebrig auf die vom Sonnenbrand wunde Haut tropfte. Nein danke!

Sie legte die Decke in den Schatten eines kleinen Kirschbaums, streifte die Sandalen ab und setzte sich mit überkreuzten Beinen hin, den Tee auf der einen und das Buch auf der anderen Seite. Tiefe Stille herrschte ringsum.

Sie liebte ihre drei Kinder – Jack, Felix und Polly –, und sie liebte ihren Mann, aber sie waren alle so laut, so fordernd und die ganze Zeit so unausweichlich *da*, dass sie Momente wie diesen nur noch selten genießen konnte. Nachdenklich hob sie den Becher und nippte am Tee. Er war köstlich. Kühlend, obwohl er ihr fast den Mund verbrannte. Sie legte die Hände um den Becher und lächelte ironisch. Hatte sie denn wirklich schon vergessen, wie man eine Tasse Tee genoss und wie man sich schweigend hinsetzte?

Es war der erste echte Urlaub, den sie gemeinsam verbringen konnten, und Tim war wirklich wundervoll. Endlich einmal hatte er jeden Gedanken ans Büro abschütteln können. Er hatte ihr befohlen, das Gleiche zu tun, und die Kinder unter seine Fittiche genommen. Sie reinigten ihre Spielsachen, halfen beim Abwasch, nahmen sich jedes ein Handtuch und einen Badeanzug, und auf einmal war es still, und es gab nichts – gesegnet sei dieses Wort, nichts – mehr zu tun.

Sie trank noch einen Schluck Tee und sah sich träge um. Sogar das Buch aufzuheben war ihr in diesem Augenblick zu viel. Jedes dieser Chalets hatte einen eigenen Garten. Die Häuser standen schon lange und hatten ordentliche Hecken und Blumenbeete, Zierbäume und winzige Rasenflächen. In der Nähe hörte sie den schrillen Alarmruf eines kleinen Vogels. Sie sah sich um, konnte ihn aber nicht entdecken. Auch in den Nachbargärten war es völlig still. Zweifellos waren die anderen Familien ebenfalls am Strand. Dann sah sie ihn, den winzigen braunen Vogel mit dem lächerlich kecken Schwanz. Mit hellen Knopfaugen beobachtete er sie aus seinem Versteck in der Nähe in den Efeuranken am Zaun. Sie lächelte, trank den Tee aus und legte sich mit einem seligen, zufriedenen Seufzer auf die Decke.

War sie eingeschlafen? Später sollte sie sich diese Frage immer wieder stellen. Natürlich war sie eingeschlafen. Wie sonst hätte man das Ganze erklären können?

Wie sie dort lag und schläfrig durch die filigranen Zweige nach oben blickte, während die Sonne helle Flecken auf ihr Gesicht tupfte, bemerkte sie auf einmal, dass noch jemand bei ihr im Garten war.

»Tim? Hast du etwas vergessen?« Ihre erste Reaktion war

Gereiztheit. Konnte man ihr denn nicht einmal diese kleine Verschnaufpause gönnen?

Als sie keine Antwort bekam, drehte sie den Kopf herum und schirmte die Augen mit dem Arm gegen das grelle Sonnenlicht ab.

Von dem Platz aus, wo sie lag, konnte sie durch eine Lücke in der Hecke in den nächsten Garten sehen. Dort stand ein Mann, der sie beobachtete. Sie setzte sich hastig auf und warf dabei den Teepott um.

»Entschuldigen Sie. Habe ich Sie erschreckt?« Er trat zwischen dem Lorbeer hindurch, und sie konnte sehen, dass er von mittlerer Größe war, gut aussehend und gebräunt, das Haar von der Sonne fast weiß gebleicht. »Die Kinder sind am Strand, und Mary schläft. Wie geht es dir?« Er setzte sich ihr gegenüber aufs Gras, beugte sich vor und legte einen Moment seine Hand auf die ihre. Es war eine seltsame, vertraute Geste. Nicht im Mindesten bedrohlich. Er lächelte sie an, und sie erwiderte sein Lächeln. Ihre anfängliche Empörung über sein Eindringen war verschwunden. Außerdem war er kein Fremder, sie kannte ihn gut.

»Es ist ein Segen, dieser Frieden, wenn sie eine Weile nicht da sind, nicht wahr?«, sagte sie leise. Ihr wurde bewusst, dass sie ihm immer noch in die Augen sah. Sie ertrank in seinem Blick. Ja, sie ertrank. Sie hatte diesen Ausdruck in einem ihrer Romane gefunden und nicht ganz verstanden, was dieses Klischee bedeuten sollte. Jetzt begriff sie es auf einmal. Sie konnte bis in die Tiefen seiner Seele blicken, und sie konnte sehen, dass er sie liebte. Er liebte sie mit quälender, schmerzhafter Leidenschaft.

»Mein Lieber.« Sie hob die Hände den seinen entgegen, bis ihre Handflächen sich berührten und ihre Finger sich verflochten. »Wie lange werden sie noch fort sein?« Sie konnte sich nicht an den Namen dieses Mannes erinnern, den sie schon immer geliebt hatte und den sie, das wurde ihr schlagartig klar, hier lieben würde, hier im rückwärtigen Garten eines gemieteten Ferienchalets an einem Ort, an dem sie noch nie zuvor gewesen war.

Er lächelte sie an. »Lange genug.« Seine Hand wanderte zu ihren Schultern, er drehte eine Haarsträhne um einen Finger. »Ich fahre morgen zurück. Dies ist unsere letzte Gelegenheit, zusammen zu sein. Vielleicht für immer.«

»Sag das nicht.« Ihre Augen füllten sich mit Tränen. »Du wirst wieder herkommen. Wir werden beide wieder herkommen.«

Er trug ein Hemd mit offenem Kragen, die Ärmel waren bis über die Ellenbogen hochgerollt, und sie langte nach den Knöpfen und öffnete sie nacheinander. Als sie ihre Hände auf die heiße Haut seiner Brust legte, entdeckte sie eine raue, frisch verheilte Narbe. Sie berührte sie leicht und beugte sich vor, um sie zu küssen. »Mein armer Liebster. Ich hatte gehofft, die Verletzung sei schwer genug, damit du bleiben konntest. In Sicherheit.«

Traurig schüttelte er den Kopf. »Lass uns nicht darüber reden. Lass uns aus der Zeit, die wir haben, das Beste machen.«

Wie seltsam, dachte sie in einem fernen Winkel ihres Verstands, als sie ihn an sich zog, ich weiß immer noch nicht seinen Namen. Dann gab sie sich seinen drängenden Küssen hin, zog ihm das Hemd von den Schultern und half ihm, den Ledergürtel und die Hosenknöpfe zu öffnen. Sie streifte die Träger ihres kurzen Sommerkleids herunter, bis sie beide nackt im Gras lagen. Einmal oder zweimal glaubte sie einen hohen Baum zu sehen, der ihnen Schatten und Schutz spendete, als sie sich leidenschaftlich liebten. Dann lagen sie endlich erschöpft nebeneinander, und sie blickte in die weit gespannten Zweige hinauf, seufzte glücklich und lächelte.

Ihr Körper war schwer und auf unaussprechliche Weise zufrieden.

»Helen?«

Die Stimme schien über Hunderte von Meilen zu ihr zu dringen.

»Helen, Darling?«

Sie drehte träge den Kopf zu dem Mann neben ihr. Ihre Hand berührte ein geschlossenes Buch, das neben ihr im Gras lag.

»Helen, um Himmels willen!«

Es war Tim, der sie gerufen hatte, und jetzt hörte sie auch die Kinder kichern. »Mummy hat ja gar keine Sachen an!« Das war Felix. Sie hörte Füße trampeln.

»Mummy, du holst dir noch einen Sonnenbrand.« Das war die fürsorgliche Polly, ein wenig verlegen. Sie hob Helens Kleid auf und reichte es ihr. »Der Mann im nächsten Chalet konnte dich sehen!«

Helen schnappte sich ihr Kleid und zog es sich über den Kopf. Sie konnte sich nicht erinnern, es ausgezogen zu haben. Sie hatte wohl ein Sonnenbad genommen und die Gelegenheit genutzt, sich am ganzen Körper zu bräunen, als sie in ihrem kleinen Garten allein war. Sie blickte zu Tim und zuckte mit den Achseln, doch er starrte sie mit einem seltsamen Ausdruck an. Er schien wütend zu sein. Sie sah sich zur Hecke um, und plötzlich erinnerte sie sich. Der Mann im nächsten Chalet, hatte Polly gesagt. Der Mann, den sie nur Minuten zuvor noch leidenschaftlich geliebt hatte. War er noch da? Hatte Tim ihn gesehen? Oder hatte sie das alles nur geträumt?

Von hier aus gesehen, schien die Hecke undurchdringlich zu sein. Es gab keine Möglichkeit, von den Fenstern des benachbarten einstöckigen Gebäudes aus in ihren Garten zu spähen, und man konnte sich auch nicht durch die Hecke zwängen, ohne sich selbst und den Büschen beträchtlichen Schaden zuzufügen.

»Du sagst, da sei ein Mann gewesen?« Helen strich sich das Haar aus dem Gesicht und wandte sich stirnrunzelnd an ihre Tochter. »Welcher Mann? Von da aus kann mich niemand sehen.« Sie war aufgeregt, unsicher.

»Der Mann von nebenan. Ich habe ihn durchs Tor weggehen sehen.« Sie deutete zur Hecke.

»Dort ist niemand, Pol«, sagte Tim streng. »Deine Mum hat geschlafen. Niemand konnte sie sehen. Ich habe mir nur Sorgen gemacht, sie könne einen Sonnenbrand bekommen, wenn sie so entblößt hier liegt.« Er hielt Helens Blick einen Moment und sie sah Verwirrung und Verletztheit in seinem Gesicht.

»Polly hat das nur erfunden.« Felix spürte, dass etwas nicht in Ordnung war. Er zwickte seine Schwester in den Arm. »Da ist überhaupt kein Tor.«

»Aber ich habe ihn doch gesehen.« Polly stampfte mit dem Fuß auf und rieb sich heftig die Stelle, die ihr kleiner Bruder so fachkundig misshandelt hatte. »Er hat sich angezogen. Er hat ein weißes Hemd und braune Hosen angezogen, und er hatte blonde Haare wie ich!« Sie hatte von den drei Kindern die hellsten Haare. Helen starrte ihre Tochter an. Nein, das kleine Mädchen irrte sich. Er war viel heller als Polly gewesen. Viel heller.

»Wer war er?« Erst als die Kinder am Abend im Bett waren und das Geschirr abgewaschen und verstaut war, brach Tim das gespannte Schweigen.

»Da war niemand, Tim.« Sie hatte sich ein Baumwollhemd über das Kleid gezogen, als der Seewind, der durchs Fenster hereinstrich, kühler geworden war.

»Komm mir nicht mit so etwas!« Tims Stimme war hart.

»Wenn du dich hättest dort liegen sehen, mit gespreizten Beinen. Es war widerlich. Du hast förmlich nach Sex gerochen!«

Sie schüttelte den Kopf. »Tim! Das ist nicht wahr. Da war niemand, ich schwöre es.«

»Dann hat Polly also gelogen?«

»Sie hat eine lebhafte Fantasie, Tim. Du weißt doch, dass dort kein Tor ist. Wie hätte jemand in den Garten kommen können?«

Aber Polly hatte ihn beschrieben.

»Es war so heiß und still im Garten, dass ich dachte, ich könne ein Sonnenbad nehmen. Was soll daran verkehrt sein?« Sie war empört. »Niemand konnte mich sehen! Wenn ich nicht eingeschlafen wäre, dann hätte ich mich wieder angezogen, bevor ihr wieder zurück gewesen wärt. Nicht, dass das eine Rolle spielt. Die Kinder haben mich schon öfter nackt gesehen ...« Ab und zu liefen sie auch daheim nackt vor ihren Kindern herum. Sie hatten darüber gesprochen und entschieden, dass es wahrscheinlich so am besten war – sie wollten die Kinder zur Sittsamkeit erziehen, ihnen aber gleichzeitig zu verstehen geben, dass der menschliche Körper nichts sei, wofür man sich schämen musste.

»Du hattest Knutschflecke am Hals, Helen.« Seine Stimme war so kalt, dass sie schauderte. »Und sie waren nicht von mir.«

Sie starrte ihn schweigend an, dann ging sie zum Spiegel, der über der Kommode hing. Sie zog das Hemd weg, hob die Haare vom Hals und musterte sich im Spiegel. Die beiden grellroten Male waren unübersehbar und unverkennbar.

Charles.

Charles Douglas.

Auf einmal kam der Name aus dem Nichts angeflogen.

»Er musste zurück an die Front«, sagte sie stirnrunzelnd

und verwirrt angesichts der Plötzlichkeit, mit der die Erinnerungen kamen. »Es war unsere letzte Begegnung. Er ist drei Wochen später gefallen. An der Somme.« Sie wandte sich wieder an Tim. »Ich erinnere mich jetzt. Er war so jung. So hübsch.« Sie schüttelte benommen den Kopf, und sie sah den Zorn und die Verständnislosigkeit im Gesicht ihres Mannes. »Es war ein Traum, Tim. Ich habe von ihm geträumt. Es war nicht real.«

Doch die Male auf ihrem Hals waren real. Schweigend drehte sie sich wieder zum Spiegel und hob die Finger, um sie zu berühren. Sie fühlten sich wund an, es tat weh.

»Und diese Flecken hast du dir sicher auch nur erträumt, nehme ich an.« Er war und blieb wütend.

»So muss es wohl gewesen sein.« Sie zuckte mit den Achseln. »Bitte, Tim. Du weißt, dass es keinen anderen gibt. Ich liebe dich!«

»Das dachte ich auch.« Ihm war anzuhören, wie verletzt er war.

Doch sie hatte gewusst, dass sie ihn betrog, als sie sich Charles zugewandt und sein Hemd aufgeknöpft hatte, ebenso wie Charles gewusst hatte, dass er seine Frau und seine Kinder betrog.

Sie setzte sich. Auf einmal wurde ihr bewusst, dass sie zitterte. »Es war so real.« Sie sollte nicht darüber reden. Sie sollte nichts mehr sagen, doch auf einmal konnte sie sich nicht mehr zurückhalten. »Er war so verängstigt und so einsam. Er wusste, dass er sterben würde. Sie alle müssen gewusst haben, dass sie sterben würden. Er hat mit geborgter Zeit gelebt, und seine Frau hat ihn nicht verstanden. Sie war eine dumme, eitle Frau, die nur für sich selbst und ihre eingebildeten Gebrechen Interesse hatte. Sie war nicht für ihn da, Tim, als er sie brauchte. Als sie die schrecklichen Narben auf seinem Körper sah, bekam sie Angst und wandte sich ab.«

Woher wusste sie das alles?

Tim starrte sie an. Sein Gesicht war kreidebleich, doch er schwieg, als sie fortfuhr. »Niemand war für ihn da. Deshalb kam er. Nur zum Reden. Nur um ein wenig zu beschreiben, wie es ihm ging. Um seine Albträume zu verarbeiten. Zuerst war es ganz harmlos. Er war kaum mehr als ein kleiner Junge, und er liebte seine Mary so sehr, aber auch sie war einsam. Sie heirateten, kurz bevor er nach Übersee versetzt wurde, und als er fuhr, war sie schwanger. Sie sah ihn ein ganzes Jahr nicht mehr. Er bekam Urlaub und begegnete einer Fremden mit einem kleinen Kind. Als er ein Jahr später auf einer Bahre zurückkam, hatte sie ein weiteres Kind, jedoch nicht von ihm. Sie sagte, es sei seine Schuld. Sie tobte und beschimpfte ihn und versuchte sich zu rechtfertigen. Was sollte er tun?«

»Das muss ja ein eigenartiger Traum gewesen sein«, sagte Tim trocken, als sie schwieg. »Aber wo kommst du dort hinein?«

»Ich war auf der anderen Seite der Hecke.«

»Eine Nachbarin?«

»Ich glaube schon.«

»Und du hast ihn getröstet.«

Sie wandte den Blick ab. »So scheint es.«

»Und danach hast du gestrahlt, du warst zufrieden und hattest Liebesmale.« Er ging zur Tür.

»Tim, bitte. Du musst mir glauben ...«

Doch er war schon fort. Sie hörte, wie er die Tür öffnete und hinter sich schloss und über die stille Straße zum Meer ging.

Sie blieb lange reglos im Zimmer sitzen und blickte zum Meer hinaus. Es dunkelte langsam. Sie verzichtete darauf, noch das Licht einzuschalten. Ihre Tränen waren schon lange auf ihrem Gesicht getrocknet. Es war alles so dumm. Ein Traum. Wie konnten sie sich nur wegen eines Traumes streiten? Dann berührte sie die wunden Stellen an ihrem Hals und seufzte. Das war kein Traum.

Tim kam nicht zurück. Wohin war er gegangen? Sie malte sich aus, wie er elend am Strand umherwanderte, allein in der Dunkelheit. Sie wollte ihm folgen, ihn trösten, es erklären. Doch wie konnte sie etwas erklären, was sie selbst nicht verstand?

Es war fast Mitternacht, als sie die Tür öffnete und in den Garten trat. Sie konnte nicht schlafen. Der Mond war aufgegangen und tauchte die Umgebung in silbernes Licht. In der Ferne glaubte sie das leise Rauschen der Wellen zu hören. Sie roch die frische Meerluft und den süßen Duft des Geißblatts und der Rosen in den Beeten ringsum. Das Gras war feucht vom Tau, als sie die Treppe hinter sich ließ. Sie konnte den Porzellanbecher im Gras schimmern sehen, wo sie ihn liegen gelassen hatte. Niemand hatte daran gedacht, ihn aufzuheben. Auch ihr Buch war noch dort, die Seiten feucht und wellig.

Leise ging sie zur Hecke. Das Tor war dort, wo sie es zu finden erwartet hatte. Sie streckte die Hand aus, legte sie aufs kalte Holz, stieß es auf und trat hindurch. Das Haus auf der anderen Seite stand groß und imposant im Mondlicht. Eine Zeder erhob sich in der Mitte der Rasenfläche und warf dunkle Schatten über die abschüssige Wiese. Tiefes Schweigen herrschte ringsum. Das Meer konnte sie nicht mehr hören.

Langsam näherte sie sich dem Haus und starrte zu den Fenstern hinauf. Sie wirkten seltsam leer, sperrten mit geschlossenen Läden das Mondlicht aus. Hinter dem Haus säumten Hecken eine verlassene Landstraße. Keine Spur mehr von den kleinen Ferienhäusern, die in ihrer Welt in einer langen Reihe bis zum Strand an der Straße standen. Sie bekam auf einmal Angst, drehte sich um und blickte zum Tor, durch das sie gekommen war. Es war noch da, stand offen, wie sie es hinterlassen hatte. Dahinter konnte sie die große Eiche sehen, unter der sie mit Charles gelegen hatte. Dort stand jetzt kein Chalet mehr. Kein Kirschbaum war dort zu sehen. Keine Wäscheleine mit kleinen Badeanzügen und bunten Handtüchern, die hereinzunehmen sie vergessen hatte.

Plötzlich weinte sie. Sie weinte um ihren toten Geliebten, der vor so langer Zeit im Morast Nordfrankreichs begraben worden war, um ihren Mann, der einsam und elend im Mondlicht über den Strand wanderte, und um ihre Kinder, die verwirrt und unglücklich zu Bett gegangen waren, weil sich nach einem bisher so glücklichen Familienurlaub die Stimmung zwischen ihren Eltern verschlechtert hatte.

Fast als hätte sie es aus der Nacht heraufbeschworen, sah Helen auf einmal ein kleines Mädchen, das übers Gras zu ihr kam.

»Sei nicht traurig, Mami.« Polly schob eine kleine warme Hand in die ihre. »Macht dich das Haus da traurig?« Ernst sah das kleine Gesicht sie an. »Ich mag es nicht. Durch die Fenster sieht man ja nichts.«

Also hatte auch Polly es bemerkt, die geschlossenen Fensterläden und die Aura von Unglück.

»Jemand hat die Fensterläden geschlossen, Liebes. Deshalb kann man die Fenster nicht sehen. Es ist ein trauriges Haus, weil jemand gestorben ist.«

»Der Mann, der dich geküsst hat?«

Guter Gott! Was hatte sie noch alles gesehen?

»Er war ein alter Freund. Von früher.«

»Warum ist er gestorben?«

Helen runzelte die Stirn. Ihre Gedanken flogen zwischen den Zeiten hin und her, und sie wusste nicht zu antworten. »Er hat vor langer Zeit gelebt, Polly, und er musste im Krieg kämpfen.«

»Dann ist er ein Geist.« Das Kind sah sie vertrauensvoll an.

»Ich glaube, das ist er. Ja. Zuerst dachte ich, es sei ein Traum, aber wenn du ihn auch gesehen hast, dann kann es kein Traum gewesen sein.« Helen sah über Pollys Kopf hinweg zum Garten des Nachbarhauses, und auf einmal war alles wieder, wie es sein sollte. Das große Haus war verschwunden, ebenso die Bäume. An deren Stelle erstreckte sich wie zuvor im Mondlicht die Zeile kleiner Ferienbungalows mit Hecken und Zäunen dazwischen.

»So ist es besser.« Pollys Stimme klang viel mutiger. »Jetzt ist alles wie immer. Blöder Traum.« Sie griff wieder nach Helens Hand. »Ich sage es Daddy, und dann ist er nicht mehr böse.«

»Glaubst du?« Helen lächelte traurig. »Hoffentlich hast du Recht, meine Liebe.« Gegen ihren Willen sah sie sich über die Schulter um. Der Garten war immer noch, wie er sein sollte.

Als sie ins Haus zurückkehrten, stand Tim in der Tür. Er schien gedankenverloren.

»Tim?« Helen trat zu ihm. Zögernd legte sie ihm eine Hand auf den Arm.

Er runzelte die Stirn. »Wo wart ihr?«

»Im Garten, Daddy«, sagte Polly. Sie schlang ihrem Vater die Arme um die Hüften. »Ich habe das Traumhaus gesehen, wo der Geist gelebt hat. Es sah im Mondlicht ganz komisch aus. Der Mann, den Mami gesehen hat, ist tot. Er ist jetzt weg. Er war ein Geist!«

»Ein …« Tim starrte Helen an.

»Es scheint mir, als wäre ich in die Tragödie eines anderen Menschen hineingezogen worden, Tim. Einer Person, die vor langer, langer Zeit gelebt hat. Wenigstens das Eine musst du mir glauben: Es war nicht real.«

Einen langen Augenblick starrten sie einander schweigend an, das kleine Mädchen sah besorgt zwischen ihnen hin und her.

»Wir werden wohl nie verstehen, was geschehen ist, Tim. Es war ein Zeitsprung.«

Tim seufzte. »Ich denke, dann muss ich dir wohl glauben.« Er zuckte mit den Achseln. »Vor allem, weil ich die Alternative nicht ertragen könnte.« Er ging an ihr vorbei ins Wohnzimmer und setzte sich, stemmte die Ellenbogen auf die Knie und fuhr sich mit gespreizten Fingern durch die Haare. »Als ich am Strand auf und ab gegangen bin, wurde mir klar, dass ich nicht ohne dich leben könnte. Du bist alles für mich.«

Helen lächelte unsicher. Sie kniete sich vor ihn hin und legte die Arme um seinen Hals. Als sie ihn küsste, sprang Polly aufs Sofa und schob sich zwischen sie, zwischen ihre schützenden Arme.

Draußen im Mondlicht stand Charles ungesehen auf der Wiese und starrte zu den hellen Fenstern des Bungalows hinüber. In seiner eigenen Zeit wartete er im Dunklen unter einer Eiche mit ausladenden Ästen. Hinter ihm stand das Haus seiner Träume verrammelt und leer. Seine Frau und die Kinder waren fort. Nur ein einziger Mensch hatte ihm jemals das Gefühl gegeben, geliebt zu werden und glücklich zu sein. In seiner kalten, verlorenen Einsamkeit wanderte er durchs Gras und suchte nach ihr, nach der warmen, sanften, freundlichen Frau, die er im Sonnenschein unter dem Baum gefunden hatte. Er war entschlossen, wenn es nötig sein sollte, bis in alle Ewigkeit zu suchen, um sie wieder zu finden.

Meeresträume

Wie sollte sie es ihm nur erklären? Rachel blickte über den Tisch hinweg zu Alex und sah ihm liebevoll zu, während er sein Frühstücksmüsli in die Schale kippte und nach dem Milchkrug griff. Keine Kinder, hatten sie gesagt. Jedenfalls nicht in den nächsten Jahren. Zu viel Arbeit. Zu wenig Geld. Zu viel Stress. Zu früh.

Er schaute auf und grinste sie an. »Alles klar?«

Sie nickte. »Alles klar.«

Wie war es nur geschehen? Nun, das wusste sie ja eigentlich. Magen-Darm-Grippe. Sie hatte die Pille erbrochen. Ganz einfach. Und jetzt war ihr schon wieder schlecht.

Alex stand auf, hauchte ihr einen Kuss auf die Stirn und ging zur Tür. »Du kommst noch zu spät zur Arbeit, Rachel.«

Sie nickte. »Ich geh gleich.«

Er schloss die Tür hinter sich, und sie schlug die Hände vors Gesicht. Vielleicht war es auch nur falscher Alarm. Vielleicht war es doch nur die Grippe.

An diesem Sonnabend ging Rachel zum zweiten Mal in den Yogakurs. Alex hatte gesehen, wie angespannt sie war und wie unglücklich sie ganz gegen ihre sonstige Art wirkte, und ihr vorgeschlagen, den Kurs dennoch zu besuchen. Langsam und behutsam führte Eileen ihre zwölf Schülerinnen durch die Asanas und die Atemübungen, bis sich am Ende der Stunde alle auf die Matten legten, sich zudeckten und die Augen schlossen, um eine Weile zu entspannen.

»Stellen Sie sich vor, Sie seien an Ihrem Lieblingsplatz auf dem Land.« Die tiefe, melodische Stimme schien aus größerer Ferne zu kommen als nur von der niedrigen Bühne des Saals. »Spüren Sie, wie Ihre nackten Füße durchs Gras laufen, hören Sie die Vögel und den Wind in den Bäumen und riechen Sie die Blumen.«

Doch Rachel, die sich sehr bemühte, ihre Sorgen aus dem Kopf zu verbannen, sah sich schlagartig an einen Strand versetzt. Die Kiesel schlugen ohrenbetäubend aneinander, wenn die Wellen sich zurückzogen, und sie hatte den scharfen, kalten Geruch von Salz und Tang in der Nase.

»Suchen Sie sich einen schönen, geschützten Ort unter einem Baum ...« Eileens Stimme war jetzt kaum noch zu hören. »Setzen Sie sich und stellen Sie sich vor, Sie lehnten sich an den Baumstamm an.«

Wieder krachte eine Welle auf die Steine, und Rachel sprang erschrocken zurück, um der Gischt auszuweichen. Ihre Füße rutschten auf den Steinen aus.

So sollte es eigentlich nicht sein. Sie machten doch eine Entspannungsübung. Dabei sollte es warm und sicher sein, um meditieren zu können und den Geist leer werden zu lassen.

»Wenn Sie sich irgendwann nicht mehr wohl fühlen«, sagte Eileen auf einmal, »dann öffnen Sie einfach die Augen.«

»Meine Augen öffnen.« Rachel war sicher, dass sie es laut wiederholt hatte. »Meine Augen öffnen.« Die nächste Welle brach sich noch höher am Strand, und auf einmal konnte sie Schritte hören. Jemand rutschte und kletterte mühsam über knirschende Steine zu ihr.

»Einfach meine Augen öffnen.«

Doch ihre Augen waren schon geöffnet. Sie wusste, dass sie geöffnet waren. Sie mussten geöffnet sein. Sie konnte alles ganz deutlich sehen.

»Maddy!« Der junge Mann war jetzt neben ihr und sah

sie offen an. »Maddy, du musst kommen, sie haben ihn gefunden.«

»Nein!« Dieses Mal wusste sie nicht, ob sie die Worte laut ausgesprochen hatte.

»Du musst kommen, Maddy.« Der Wind zerzauste sein Haar und riss ihm beinahe das Hemd von den Schultern. »Du musst mitkommen …«

»… kehren Sie langsam in diesen Raum zurück, und wenn Sie bereit sind, dann öffnen Sie die Augen.« Eileens Stimme ertönte direkt in ihrem Ohr. Erschrocken setzte Rachel sich auf. In ihrem Kopf drehte sich alles. Sie sah in die Runde. Die anderen lagen noch flach auf dem Rücken, schlugen gerade langsam die Augen auf und streckten sich.

Eileen saß am Rand der Bühne und ließ die Beine baumeln. Sie sah Rachel an, und ihr freundliches, markantes Gesicht verdüsterte sich. Sie rutschte von der Bühne herunter und kam auf leisen, barfüßigen Sohlen herüber. »Alles in Ordnung, Rachel?«

Rachel zuckte mit den Achseln. Sie fühlte sich, als würde sie gleich in Tränen ausbrechen.

»Sie haben sich zu abrupt aufgesetzt, meine Liebe. Atmen Sie langsam.« Eileen klopfte ihr auf die Schulter, dann richtete sie sich wieder auf und wandte sich ab. »Das war's für heute«, rief sie ihrer Gruppe zu. »Wir sehen uns dann nächste Woche wieder.«

»Alles in Ordnung, Rachel?« Die große, drahtige junge Frau neben ihr rollte ihre Decke zusammen. »Bist du eingeschlafen? Das kann leicht mal passieren.«

»Nein, mir geht es gut, alles in Ordnung.« Irgendwie kam Rachel auf die Füße. Sie schnappte ihre Decke und faltete sie zusammen.

»Wollen wir noch einen Kaffee trinken?« Susie ließ nicht locker. Sie schwang sich den Beutel über die Schulter.

»Komm schon. Das Leben ist viel zu kurz, um es nicht zu genießen.«

Es war einfacher, ihr nicht zu widersprechen. Rachel folgte ihr wortlos nach draußen. Sie verabschiedeten sich von den anderen, warfen die Decken in ihre Autos und schlenderten die Dorfstraße hinunter bis zum Café.

Susie bestellte an der Theke Kaffee und Teekuchen für sie beide, dann setzte sie sich gegenüber von Rachel an den Tisch. »Willst du mir nicht erzählen, was passiert ist?«, fragte sie behutsam.

Rachel schüttelte den Kopf. »Nichts, wirklich nichts.«

»Warum hast du dann geweint?«

»Habe ich doch nicht. Oder …«

Doch, sie hatte geweint. Es war einfach zu viel. Abgesehen von ihren Sorgen wegen der Schwangerschaft hatte die Szene am Strand sie aus irgendeinem Grund aus dem Gleichgewicht gebracht. Sie beugte sich vor und schob die kleine Vase mit Nelken zur Seite, die zwischen ihnen auf dem Tisch stand. »Es ist etwas Verrücktes passiert. Als wir uns einen Wald oder so etwas vorstellen sollten, war ich plötzlich am Meer.«

»Du bist eingeschlafen. Du hast geträumt.«

»Nein.« Rachel schüttelte energisch den Kopf. »Nein, ich habe nicht geträumt.«

Der eiskalte Wind. Die donnernden Wellen. Die Angst.

Es war real.

»Was ist passiert?«, flüsterte Susie. Sie betrachtete das Gesicht ihrer Freundin.

»Das ist es ja. Ich kann mich nicht erinnern. Irgendjemand war dort.«

»Zwei Teekuchen, zwei Kaffee.« Die Unterbrechung, als ihre Bestellung serviert wurde, lenkte sie ab. Als die Kellnerin den Beleg unter die Vase mit den Nelken geschoben hatte und sich wieder entfernte, hatte Rachel den Faden verloren.

Susie dagegen war gespannt. »War es ein hübscher Er?«

Rachel lächelte und zuckte mit den Achseln. »Ich kann mich wirklich nicht erinnern. Es ist weg. Vielleicht habe ich doch bloß geträumt.«

An diesem Abend ließ Alex das Essen ins Haus liefern. Und er war voller Pläne. »Was hältst du von einem Urlaub, Rachel? Seit unseren Flitterwochen haben wir keinen mehr gemacht. Und wir haben uns ein paar freie Tage wirklich verdient, Liebste.«

Sie lächelte. »Wohin möchtest du denn fahren?«

»Ich weiß nicht. Wie gefällt dir eigentlich dein Yogakurs? Wie wäre es mit Tibet?« Er scherzte natürlich.

Um drei Uhr morgens fuhr sie plötzlich im Bett auf, zitternd wie Espenlaub.

»Rachel, was ist los? Was ist denn mit dir?« Alex tastete im Dunklen nach dem Lichtschalter. Er nahm sie in den Arm. »Liebes, nun beruhige dich doch. Es war nur ein Traum.«

Nur ein Traum! Die donnernden Wellen, der lange Kiesstrand, der Wind, der ihr in den Ohren heulte und an ihrem langen Kleid zerrte, ihr Schal, das Haar, das um ihren Kopf flatterte.

»Oh, Alex.« Sie schmiegte das Gesicht an seine Brust. »Es war schrecklich!« Sie hob eine Hand an den Kopf. Ihr Haar war glatt und kurz und walnussbraun. Im Traum war es lang, dunkel und wild gewesen.

»Du hast schlecht geträumt.« Alex drückte sie fest. »Soll ich dir eine Tasse Tee machen?«

Sie klammerte sich noch einen Augenblick an ihn, dann nickte sie widerstrebend. Sie wollte nicht, dass er sie allein ließ. Sie wollte ihm alles erzählen, doch zugleich wurde ihr auch klar, dass sie allein sein musste, um die unerklärliche Angst, mit der sie aufgewacht war, zu verstehen.

Sie holte tief Luft und presste sich die Hände auf die Ohren.

»Maddy!«

Die Stimme kam aus dem Raum, in dem sie sich befand. Sie zog die Bettdecke bis zum Kinn hoch und sah sich erschrocken um.

»Maddy!«

»Alex!«, rief sie verzweifelt.

Doch er konnte sie nicht hören. Er war unten, lauschte dem Geräusch des heiß werdenden Wassers im Wasserkochtopf und starrte verschlafen zum mondbeschienenen Garten hinaus. Das Gerät schaltete sich automatisch ab, und in der plötzlichen Stille hörte er eine Eule rufen. Es lief ihm kalt den Rücken herunter. Einen Augenblick stand er reglos da und lauschte, dann schüttelte er gereizt den Kopf, drehte sich um und griff nach der Kanne und der Teebüchse.

»Hier kommt der Tee, Rachel. Da wir schon mal wach sind, können wir auch gleich weiter über den Urlaub reden.« Er stieß die Schlafzimmertür mit dem Ellenbogen auf und trug das Tablett hinein. »Rachel?«

Das Bett war leer.

»Du musst mitkommen, Maddy.« Er streckte ihr die Hand entgegen. Eiskalter Regen hatte sein Hemd durchnässt und lief über sein Gesicht.

»Ich kann nicht!« Sie wich einen Schritt zurück. Hinter ihr krachten riesige Wellen auf den Strand. »Bitte, zwinge mich nicht, ihn anzusehen.«

»Aber er lebt, Maddy!« Auf einmal lächelte er. »Sie haben ihn lebendig herausgezogen.«

Heiße Freude keimte auf, dann Hoffnung gefolgt von Unglauben, und dann sah sie sich von Angst und Schrecken überwältigt wie von einer Flutwelle. Er lebte noch. Er würde ihr Geheimnis verraten. Sein Leben bedeutete ihren Tod.

Ralph hatte die Hand ausgestreckt und sie am Handgelenk gepackt. Seine Hand war eiskalt, glitschig von der salzigen Gischt und dem Regen.

»Da drüben.« Er zog sie mit sich.

Sie konnte sie jetzt sehen. Vier Männer beugten sich über einen liegenden Fünften. Sie bedeckten ihn mit Mänteln und wärmten seine Hände.

»Francis!« Sie blieb stehen und starrte auf ihn hinab. Er saß jetzt aufrecht, sein Gesicht war bleich, er klapperte mit den Zähnen, und sein Gesichtsausdruck war ein Spiegel des ihren: Erleichterung und Liebe, dann Wachsamkeit und schließlich und endlich auch Angst. »Maddy! Ich dachte, du seist ertrunken. Das Boot ging unter, und ich wollte dir folgen.«

Es folgte ein langes Schweigen. Schließlich konnte sie nicht anders, als ihnen die Wahrheit zu sagen. »Wir wollten zusammen weglaufen. Nach Frankreich wollten wir. Wir wollten ein neues Leben beginnen, wo niemand weiß ...« Unwillkürlich hatte sie sich die Hand auf den Bauch gelegt. Ralph, der die Geste gesehen hatte, bemerkte jetzt auch die kleine Schwellung, als der Wind und der Regen das Kleid gegen ihren Körper pressten. Ungläubig riss er die Augen auf. »Du bist schwanger?« Unversöhnlicher Zorn schwang in seiner Stimme mit. »Du, meine Frau, trägst das Kind meines Bruders unter dem Herzen?«

»Ralph ...« Francis kam mühsam auf die Beine und warf die Mäntel ab, in die man ihn gehüllt hatte. »Höre, Bruder, du darfst nicht ihr die Schuld geben.«

»Nein? Darf ich nicht?« Der Wind riss ihnen die Worte von den Lippen, als sie voreinander standen und sich Vorwürfe machten. »Wem soll ich sonst die Schuld geben? Meiner eigenen Impotenz vielleicht? Oder dir, nachdem du ihr so großzügig zu Hilfe gekommen bist?«

Die Männer, die bei ihnen gewesen waren, hatten sich außer Hörweite zurückgezogen und murmelten betreten miteinander, schauten von einem zum anderen, dann wieder verstohlen zu Maddy.

Tränen strömten über ihre Wangen. »Ralph! Francis ...«

Sie hörten nicht auf sie. Dies war Männersache.

Langsam drehte sie sich zum Meer um.

Sie hörte, wie Ralph hinter ihr einen Schritt vortrat. Er packte das Hemd seines Bruders und zog ihn böse starrend näher an sich heran.

Die Kälte der Wellen verschlug ihr den Atem. Sie machte einen Schritt, dann noch einen, taumelte unter der Macht des Wassers. Sie blickte nicht zurück. Als die Wellen sie umwarfen, breitete sie die Arme aus, um das Wasser zu umarmen, als sei es ihr Geliebter, den sie vor so kurzer Zeit gewonnen und so rasch wieder verloren hatte.

Zuerst dachte Alex, sie verstecke sich nur. Er suchte sie und lachte, während der Tee kalt wurde. Dann setzte er sich ans untere Ende der Treppe und stützte den Kopf in die Hände. Seine anfänglichen Regungen – Verwirrung, Neugierde, Unsicherheit – waren inzwischen einem einzigen Gefühl gewichen: Angst.

Er sah auf die Uhr. Endlich wurde es hell.

Er brauchte nur drei Minuten, um die Schuhe anzuziehen und die Autoschlüssel zu nehmen. Wenn er auf den Straßen herumfuhr, hatte er wenigstens das Gefühl, etwas zu tun. Wenn sie nun im Schlaf wandelte? Die Vordertür war verschlossen, die Schlüssel lagen noch auf der Kommode. Wenn sie aber nun einen Reserveschlüssel für die Vordertür gefunden und aufgesperrt und wieder abgeschlossen hatte? Angenommen, sie war barfuß ins Mondlicht hinausgetreten – ihre Pantoffeln standen noch am Bett, wo sie sie am vergangenen Abend ausgezogen hatte. Angenommen, sie war in tiefem Schlaf die Straße hinuntergelaufen, die still und leer in der frühmorgendlichen Dämmerung lag. Angenommen, sie war durchs Dorf gelaufen und weiter bis zu den vielen Wegen zwischen dem Moor und dem Meer.

Er bog von der Straße ab und in die nächste ein, schaltete das Fernlicht ein und musterte die Hecken mit ihren eigenartigen Schatten.

»Sie ist fort, Francis!« Die Stimme ertönte hinter ihm im Auto.

Alex trat auf die Bremse. Der Motor ging aus, und in der plötzlichen Stille hielt er den Atem an und starrte auf die verlassene Straße vor ihm. Schließlich griff er nach dem Zündschlüssel.

»Schau nur! Dort. Im Meer.«

Eiskalter Schweiß benetzte Alex' Schultern. Er ließ die Hand wieder sinken, ohne den Schlüssel berührt zu haben.

»Mach schnell, Mann, wenn du sie liebst!«

Das Meer? Wie konnte Rachel das Meer erreicht haben? Es war drei oder vier Meilen entfernt. Wie in Trance griff er ins Handschuhfach und holte das Handy heraus. Rachels Freundin Susie wohnte am Meer, an der Promenade in einem kleinen, rosa gestrichenen Häuschen. Idyllisch im Sommer, im Winter von Gischt umweht und von eiskalten Winden geschüttelt.

»Ja, ich weiß, wie spät es ist.« Es knisterte im Telefon, die Batterie war fast leer. »Bitte, Susie, geh raus und sieh nach. Ich bitte dich. Ich bin gleich da.« Er schluchzte, als die Verbindung unterbrochen wurde.

»Maddy!« Die Stimme verlor sich im Brausen des Windes und der Brandung.

Der Instinkt, der ihr zu schwimmen befahl, war zu stark. Sie schlug wild um sich, als sie spürte, wie die Kleider sie behinderten und sie in die Tiefe zogen.

»Francis!« Das Wasser war in ihrem Mund, in ihren Augen, in ihrer Nase. »Francis …« Eine Welle erfasste sie und hob sie hoch, zerrte sie zum Strand und schlug über ihrem Kopf zusammen, während sie auf einmal wieder scharfe Steine unter den Füßen spürte. Sie tastete hektisch nach einem Halt und verlor ihn, bekam den Kopf über Wasser, und dann sah sie die beiden Männer, ihren Ehemann und seinen Bruder, wie sie sich durch die Wellen zu ihr kämpften.

»Maddy! Halte durch! Halte durch, meine Liebe.« Es war Ralph. Er war jetzt ganz nah, sie konnte seinen Kopf über der grünen Decke aus Wasser erkennen. Sie konnte sehen, wie er die Hand nach ihr ausstreckte, konnte ihn fast berühren. Hinter ihm, weiter draußen in der Brandung, konnte sie Francis sehen, der verzweifelt schwamm.

»Francis!« Ihr Schrei wurde von der Welle unterbrochen. Sie spürte, wie das Wasser über ihr zusammenschlug und sie nach unten zog. In der grünen Tiefe war es still, eigenartig friedlich. Sie konnte Francis jetzt sehen, ganz in der Nähe. Er streckte lächelnd die Arme nach ihr aus …

»Rachel, um Himmels willen, Rachel, so atme doch!«

Jemand schlug ihr auf den Rücken. Sie rutschte auf den Steinen hin und her, und auf einmal war ihr bitterkalt. Sie würgte ohnmächtig und keuchte, dann atmete sie noch einmal durch und drückte sich auf die Ellenbogen hoch.

»Gott sei Dank!« Man hatte ihr eine Decke um die Schultern gelegt, und sie wurde in die Arme genommen. Sie zitterte. »Rachel, um Himmels willen, was hast du nur getan?«

Es war Susie, die sich einen Regenmantel über das Nachthemd gezogen hatte. Ihre nackten Füße steckten in schweren Schuhen, das lange Haar war wirr und nass und klebte auf den Schultern. »Ich konnte es nicht glauben, als ich dich gesehen habe. Ich konnte es einfach nicht glauben.« Sie schüttelte ihre Freundin. »Komm schon, steh auf. Du musst aufstehen. Du musst mit nach drinnen kommen.« Der Strand war verlassen, die Wolken reflektierten das kalte Licht der Sonne, die noch unter dem Horizont stand. »Komm schon!«

Rachel kam taumelnd auf die Füße, und irgendwie schaffte Susie es, sie vom Strand hinauf zur schmalen Straße und schließlich in ihr Häuschen zu bugsieren. Als sie aus dem Wind heraus waren, war es gespenstisch still.

»Spar dir die Erklärungen. Zieh die Sachen aus und nimm meinen Morgenmantel.« Susie verfrachtete sie aufs Sofa und packte Rachel mit Decken und Kissen ein.

»Was ist passiert?« Rachel nahm die angebotene Wärmflasche und drückte sie an sich. Ihre Zähne klapperten.

»Das darfst du mich nicht fragen. Du bist doch ins Meer gelaufen!« Susie warf etwas Treibholz aus einem Korb auf die Feueranzünder und sah zu, wie die Flammen erwachten. »Wo ist Alex? Er hat mich angerufen, aber wir wurden unterbrochen.«

»Alex ist im Bett. Wir waren beide im Bett ...« Rachel begann zu weinen. »Susie ...«

»Ich glaube, wir sollten lieber einen Krankenwagen holen ...«

»Nein, nein, tu das nicht. Es geht mir gut. Ich will zu Alex.« Die Tränen liefen Rachel übers Gesicht. »Ich verstehe das nicht. Es war ein Traum.«

»Ein Traum?«, sagte Susie. »Das hast du schon einmal gesagt. Ein Mann am Strand?«

»Francis.« Rachel nickte langsam. Sie war sichtlich verwirrt. »Er hieß Francis. Das Meer hat ihn genommen.« Ihre Stimme brach beinahe. »Sein Bruder Ralph war auch da. Er wollte Francis retten, wollte ihn festhalten, aber er war schon untergegangen.« Sie richtete sich auf und strich sich das nasse Haar aus den Augen. »Er war sehr freundlich. Er hat alle glauben lassen, das Kind sei von ihm«, fuhr sie hastig fort. Sie hielt Susies Hand fest. »Er hat das Mädchen erzogen und geliebt, als sei es seine eigene Tochter. Niemand hat es gewusst. Aber Maddy hat er nie verziehen. Niemals.«

Hinter ihnen ging die Tür auf, und Alex lugte herein. Sie hatten wegen des knackenden Feuers im Kamin sein Auto nicht vorfahren gehört. Mit zwei Schritten war er bei Rachel und kniete vor dem Sofa. »Was ist nur passiert? Du bist ja ganz nass. Um Himmels willen, was ist nur passiert, Susie?«

»Erkläre du es mir«, sagte Susie achselzuckend. »Du hast hier angerufen, Alex. Du hast mir gesagt, was ich tun sollte.«

Rachel starrte ihn an. Sie zog ihre Hand unter den schützenden Decken hervor und streichelte sein Gesicht. »Woher wusstest du, wo ich war, Alex?«

»Ich habe eine Stimme gehört … im Auto.« Alex schüttelte unsicher den Kopf, es war ihm sichtlich peinlich. »Die Stimme sagte, du seist im Meer.«

Mach schnell, Mann, wenn du sie liebst!

Rachel runzelte die Stirn. »Ich weiß noch, dass du aufgestanden bist. Du bist nach unten gegangen, um Tee zu kochen. Dann war ich auf einmal im Wasser …« Sie zog ein Kissen an sich und umarmte es verzweifelt. »Ich muss verrückt geworden sein.«

»Wenn du verrückt bist, Rachel, dann sind wir anderen es auch«, wandte Susie sanft ein. Es folgte ein langes Schweigen. Sie runzelte schließlich die Stirn. »Ich glaube, Rachel hat einen Blick in die Vergangenheit geworfen.« Sie sah die beiden an und zuckte mit den Achseln. »Das bricht zwar alle Regeln von Raum und Zeit, die wir in der Schule gelernt haben, aber das heißt noch lange nicht, dass wir verrückt sind. Ich glaube, wir durften etwas ganz Besonderes miterleben.«

Sie stand auf und trat an den Kamin. »Nach allem, was du erzählt hast, Rachel«, erklärte sie, während sie in die Flammen blickte, »kommt es mir so vor, als ginge es vor allem um ein Kind.« Sie hielt inne und drehte sich um. »Du bist nicht zufällig schwanger, oder?«

Die Frage kam aus heiterem Himmel. Alex keuchte. Er drehte sich zu seiner Frau um und betrachtete ihr Gesicht.

Die biss sich auf die Lippe. »Ich habe noch keinen Test gemacht, aber ich habe mich gefragt …«

»Rachel!« Alex beugte sich vor und umarmte sie. »Oh, meine Liebste, das ist ja wundervoll!«

»Aber wir hatten doch nicht geplant …«

»Das spielt keine Rolle. Nichts spielt eine Rolle, wenn du nur wohlauf bist.«

»Meinst du das ernst, Alex?« Rachel fasste seine Hand. »Es macht dir wirklich nichts aus?«

»Aber natürlich nicht. Liebes, wir werden schon zurechtkommen. Wir haben es doch immer geschafft.« Er beugte sich zu ihr und küsste sie, dann wandte er sich an Susie. »Woher hast du es gewusst?«

Susie lächelte und zuckte mit den Achseln. »Ich habe geraten.« Sie schwieg einen Moment und begann schließlich zu kichern. »Es tut mir Leid, aber wenn wir für diese Ereignisse eine rationale Erklärung suchen wollen, dann wird uns das vermutlich nicht gelingen. Ihr kennt ja meine Lebensphilosophie. Ich sage immer, wir fragen zu viel. Ihr könnt meinetwegen den Rest eures Lebens damit verbringen, euch über etwas Sorgen zu machen, das ihr sowieso nicht erklären könnt.« Sie bückte sich und warf noch etwas Treibholz ins

Feuer. »Wir sollten etwas Heißes trinken, denke ich. Und ich glaube, Rachel sollte bald zum Arzt gehen, damit ihr sicher seid.«

»Wenn ich schwanger bin, und es wird ein Mädchen, dann will ich sie Maddy nennen.« Rachel lehnte sich stirnrunzelnd zurück und starrte in weite Fernen. »Wisst ihr, was ich glaube? Ich glaube, dies ist meine Chance, mit meiner Vergangenheit aufzuräumen. Ich … ich glaube, wir haben eine zweite Chance bekommen. Aber warum?« Sie drehte sich um und sah zum Kamin, wo Susie stand. »Warum ich? Warum Alex?«

Susie schüttelte den Kopf. »Warum denn nicht? Hauptsache, uns dreien ist klar, dass in unserem ganz gewöhnlichen Leben in unserer ganz gewöhnlichen Welt ein kleines Wunder geschehen ist, und dass ihr damit glücklich seid.«

Rachel drückte Alex' Hand. »Alles in Ordnung?«, flüsterte sie.

Er nickte. »Alles in Ordnung. Wenn ich mir vorstelle, dass ich dich beinahe verloren hätte …« Er schauderte.

»Aber du hast mich nicht verloren.« Rachel lächelte.

»Ich glaube, ihr habt einander gefunden«, warf Susie leise ein. »Ich glaube, ihr habt einander nach einer möglicherweise sehr, sehr langen Zeit endlich gefunden.«

Heiliger Grund

Irgendwo auf diesem Feld ist heiliger Grund.
Unter dem Pflug und unter den Hufen,
unter dem Mähdrescher,
unter den achtlos trampelnden Füßen
gibt es einen Ort, wo unsere Vorfahren
vor sechstausend Jahren
in einem Kreis,
der von den Priestern
für alle Ewigkeit geweiht war,
ihre Toten bestattet haben.

Heute sieht man keine Spuren mehr.
Von den Zeremonien und den Gebeten
höchstens noch
einen leichten Hauch in der Luft,
eine Stille,
einen Ort, wo der Wiesenpieper kreist.
Das Düsenflugzeug hoch droben weiß nicht, dass es
heiligen Raum zerteilt.
Tausende Fuß hoch haben sich die Gebete aufgelöst,
werden zu den Sternen weitergetragen
oder vom Wind zu nichts verweht.

Die Götter wurden abgesetzt.
Sie sind zum Rand des Feldes umgezogen,
zu einem winzigen Gebüsch, das über einem Fluss
hängt.

Übertönt vom glucksenden Wasser
und dem Rascheln der Blätter
kann niemand sie mehr hören,
außer denen, die nach ihnen suchen.
Und lauschen.

Eine Frau in Not

Auf den ersten zehn Meilen hatte sie noch geweint und sich wütend mit dem Ärmel die Tränen von den Wangen gewischt, während sie den schweren alten Wagen durch die engen Kurven der Landstraßen steuerte. Die Gedanken an Murray und an das, was er getan hatte, kreisten unaufhörlich in ihrem Kopf.

Als sie in den frühen Morgenstunden die Hütte am See erreicht hatte, war ihr zunächst nicht die Frage in den Sinn gekommen, wem denn wohl der MGF gehörte, der so ordentlich hinter Murrays Saab in der Parkbucht abgestellt war. Sie hatte nur geflucht, weil ihr gewohnter Parkplatz besetzt war, sodass sie ein paar hundert Yards die Straße hinunterfahren musste, bis sie ein Weidetor fand, wo sie ihren eigenen Wagen parken konnte. Dies war der Grund dafür, dass die beiden sie nicht hörten, als sie, die Reisetasche über die Schulter gelegt, kurz danach das Haus erreichte. Auch als sie das Gartentor öffnete, den Weg hinauflief, das Haus betrat und die schmale Holztreppe hinaufstieg, blieb sie unbemerkt.

Sie ließ die Reisetasche in der Tür fallen und ging im Dunklen zum Bett. »Murray! Überraschung! Ich hab's doch noch geschafft!«

Erst als sie die Arme ausstreckte und sich auf ihn werfen wollte, wurde Murray wach, keuchte und langte nach dem Lichtschalter. Die Frau im Bett neben ihm war blond, mindestens zehn Jahre jünger als Ruth und selbst in dieser Situation – schockiert und durcheinander wie sie war – eine atemberaubende Schönheit.

Eine volle Minute schien zu verstreichen, während die drei einander schweigend anstarrten. Dann bewegten sich alle auf einmal. Die Unbekannte zog sich die Decke über den Kopf. Murray langte nach dem Morgenmantel, und Ruth drehte sich um und rannte die Treppe hinunter.

Draußen war über dem Hügel hinter dem Landhaus der Vollmond aufgegangen. Das silberne Licht überflutete den Garten und die Dorfstraße und das Loch, als sie zum Auto zurückrannte.

»Ruth!« Murray war dicht hinter ihr. »Ruth, Darling, warte doch. Ich kann das erklären.« Immer die gleichen Worte, seit so vielen Generationen von Ehemännern gesagt, die gehofft hatten, sie nie aussprechen zu müssen.

Sie hörte nicht auf ihn, sondern stürmte zwischen den Hecken hindurch, in denen Geißblatt blühte und bleiche Motten flatterten. Sie packte den Türgriff des Autos und zerrte ohnmächtig daran, bis ihr einfiel, dass sie den Wagen abgeschlossen hatte. Sie wühlte mit zitternden Händen in ihren Jackentaschen nach dem Schlüssel und erinnerte sich daran, dass ihre Reisetasche noch auf dem Teppich des Schlafzimmers stand.

Schluchzend riss sie die Tür auf, stieg ein und steckte den Schlüssel in die Zündung. Murray hatte Schuhe gefunden, um seine bloßen Füße zu schützen, und kam nun den Weg heraufgerannt. Sie verriegelte die Türen von innen, sobald der Motor lief, legte den Gang ein und fuhr weg. Er blieb hinter ihr zurück, hilflos mit beiden Armen fuchtelnd.

Das Landhaus im Hochland mit den weiß getünchten Wänden und dem niedrigen Schieferdach war ihr Traum gewesen. Eine Möglichkeit, aus dem Durcheinander ihres hektischen Lebens in Edinburgh zu entfliehen. Das Landhaus war ein Heiligtum, ein Ort des Friedens und ein Ort, der in ihren Fantasien eine lebhafte und ganz besondere Rolle spielte, auch wenn sie nur zweimal im Jahr die Zeit fanden, gemeinsam hinzufahren. Ein Traum, der nie verblasst war. Ruth hatte rings um ihren Schreibtisch Fotos vom Landhaus aufgehängt. Ein wundervoller funkelnder Stein vom Ufer des Lochs diente ihr als Briefbeschwerer. Auf dem Aktenschrank stand ein Glas mit getrocknetem Heidekraut von der Böschung hinter der Geißblatthecke.

Ein Jahr zuvor hatte Ruth wegen einer kurzfristig in Amsterdam anberaumten Konferenz einen Ausflug zum Landhaus absagen müssen und Murray vorgeschlagen, allein hinzufahren. Er hatte Einwände erhoben und gesagt, er werde den Aufenthalt ohne sie nicht genießen können, und sie könnten den Urlaub doch aufschieben. Schließlich war er aber doch allein gefahren und hatte es genossen. Er war Anlageberater und hatte weit mehr freie Wochenenden als Ruth, die als Konferenzorganisatorin arbeitete, und so fuhr er schließlich immer öfter ohne sie aufs Land. »Ich stelle fest, dass ich die Einsamkeit genieße«, sagte er. »Es wäre mir natürlich lieber, wenn du dabei wärst, Darling, keine Frage. Aber wenn ich allein bin, dann kann ich meine Batterien auf eine Weise aufladen, wie ich es in der Stadtwohnung niemals tun könnte …«

»Da gehe ich jede Wette ein!« Sie klatschte die Hand aufs Lenkrad, als der Wagen durch die Dunkelheit dröhnte. »Schweinehund! Wie konntest du! Wie konntest du mir das nur antun!«

Ohne über den Weg nachzudenken, fuhr sie über Landstraßen zurück zur Wohnung, zu ihrer einzigen Zuflucht. Nach Hause. Auf dem Armaturenbrett blinkte ein rotes Licht. Sie warf einen Blick darauf und fuhr weiter. Gleich darauf bog sie zu schnell in eine Kurve und konnte den Wagen nur mit Mühe auf der Straße halten. Ihr wurde bewusst, was sie tat, und sie bremste etwas ab. Beinahe wäre sie von der Straße abgekommen. Sie musste langsamer fahren. Dieses Mal blieb die rote Lampe an, und sie schielte etwas länger darauf. Verdammt. Es war die Reserveanzeige. Normalerweise tankte sie vor der Rückfahrt im Dorf. Wo war sie? Sie hatte keine Ahnung. Ihr persönliches Drama hatte sie so stark beschäftigt, dass sie kaum auf die in der Dunkelheit vorbeifliegende Straße geachtet hatte. Vielleicht war sie sogar an einer Tankstelle vorbeigefahren, doch offenbar war hier alles geschlossen. Außerdem hatte sie das Gefühl, schon seit Stunden keinem anderen Wagen mehr begegnet zu sein.

Lag ein Reservekanister im Kofferraum? Murray hatte sie immer ermahnt, auf diesen langen Überlandfahrten stets einen Reservekanister mitzunehmen, doch sie wusste nicht, ob einer im Kofferraum lag, und wenn, ob er gefüllt war. Sie schniefte laut und bemühte sich, eine weitere Tränenflut zurückzukämpfen. Sie musste irgendwo halten. Die Straße war schmal, kurvenreich und steil. Es wäre gefährlich, hier am Straßenrand zu parken. Noch während ihr dieser Gedanke durch den Kopf ging, rumpelte der Wagen über groben Untergrund, und ihr wurde klar, dass sie in ihrer Panik eine Kurve völlig ausgelassen hatte und einen Feldweg hinunterholperte. Ein paar Sekunden später stotterte der Motor und erstarb, und der Wagen rollte aus.

Es dauerte lange, ehe sie sich bewegte. Vor Müdigkeit und Elend taten ihr alle Knochen weh, als sie endlich die Tür aufstieß und ausstieg. Die Luft war kalt und roch würzig nach Kiefernharz, und abgesehen von dem schmalen Streifen Mondlicht über dem Weg war es sehr dunkel. Sie lauschte. Das Schweigen war drückend. Sie war nicht weit von der Straße abgekommen, doch sie fühlte sich, als sei sie tausend Meilen von der Menschheit entfernt. Sie hörte keine Nachtvögel und auch keinen Windhauch in den Bäumen am Weg. Nichts.

Schaudernd ging sie nach hinten und öffnete den Kofferraum. Dort im schwachen Licht stand die Kiste mit den Lebensmitteln, die sie vor ein paar Stunden so aufgeregt eingepackt hatte. Champagner für eine mitternächtliche Feierstunde, die sie als Überraschung für Murray geplant hatte. Champagner, um die Tatsache zu feiern, dass sie sich ein paar freie Tage erkämpft hatte, die sie mit ihm verbringen wollte. Champagner, weil morgen – nein, heute – ihr Geburtstag war.

Blind langte sie an den Kisten vorbei, wühlte sich durch Decken und Werkzeug und all den Kram, der sich in den Jahren gesammelt hatte, seit sie den alten Wagen benutzte, während Murray den Saab fuhr. Heiße Tränen rollten ungehindert über ihre Wangen und tropften auf ihre Hände, während sie den Reservekanister suchte. Er war nicht da. Sie schloss die Augen und sprach ein kurzes Gebet. Als sie sie wieder öffnete, war er immer noch nicht da.

Sie knallte den Kofferraumdeckel wieder zu, ging zur Fahrerseite, stieg ein, lehnte sich an die Kopfstütze und schloss die Augen. Ihr Handy war in der Reisetasche, die sie im Schlafzimmer auf dem Boden stehen gelassen hatte. Ebenso ihr Geld. Und ihre Kreditkarten. Alles bis auf ihre Schlüssel. Ihr ganzes verdammtes Leben!

Sie seufzte. Vielleicht sollte sie etwas schlafen. Es war … sie sah auf die Uhr … 2.30 Uhr morgens. In ein paar Stunden wurde es hell, dann konnte sie zur Straße laufen und versuchen, per Anhalter das nächste Dorf zu erreichen.

Der Schlaf wollte jedoch nicht kommen. Schaudernd spähte sie durch die Windschutzscheibe in die Dunkelheit. Die Bäume standen auf beiden Seiten dicht am Weg, doch in der Ferne, wo der Wald lichter wurde, konnte sie den helleren Nachthimmel erkennen. Sie seufzte, stieg aus dem Auto und knallte die Tür zu. Sie sah sich um. Vielleicht konnte sie auf dem Weg weitergehen, bis der Wald zu Ende war, und von einem Hügel aus irgendwelche Lichter sehen. Unwahrscheinlich um diese frühe Morgenstunde, aber sie musste etwas unternehmen. Sie konnte ja sowieso nicht schlafen.

Die Nachtluft war weich und kühl, und es war sehr still. Der Weg stieg steil an, bis sie schließlich auf dem Hügel stand. Die ganze Landschaft war in silbernes Mondlicht getaucht. In der Nähe konnte sie zwei große einsame Kiefern ausmachen und deren würziges Harz riechen. Das Mondlicht zeichnete kräftige Schatten ins Heidekraut. Irgendwo in der Ferne hörte sie eine Eule rufen. Sie blieb stehen und sah sich um. Es war unglaublich schön und beruhigend. Ihre Verletztheit und ihr Zorn verblassten zu einer dumpfen Wehmut. Oben, von der Anhöhe aus, sah sie das Land zum Meer hin abfallen, das in der Ferne gerade noch zu erkennen war. Sie stellte sich vor, sie könne sogar das ewige Murmeln der Wellen auf den Felsen hören, wenn sie die Luft anhielte.

Der Mann stand ungefähr fünfundzwanzig Fuß entfernt im freien Gelände und beobachtete sie. Sie hatte ihn nicht kommen sehen und auch keine Schritte gehört. Sie hatte überhaupt keine Vorwarnung bekommen, dass er da war. Sie holte tief Luft und stellte im Hinterkopf eine blitzschnelle Berechnung an, wie schnell sie zum Wagen kommen und sich einschließen konnte, falls sie überhaupt schneller rennen konnte als er. Ein anderer Teil ihres Verstands suchte seinen Gesichtsausdruck zu deuten. Sie wandte sich ihm halb zu und konnte keine Bedrohung erkennen.

Sie holte tief Luft. Im Grunde hatte sie ja auch Hilfe gesucht. Vielleicht hatte er ein funktionierendes Handy dabei. Vielleicht kam er von einem Bauernhof in der Nähe und hatte irgendwo ein oder zwei Kanister Diesel gelagert, die sie sich ausborgen konnte.

Sie lächelte unsicher. »Ich habe nicht damit gerechnet,

hier draußen jemandem zu begegnen«, rief sie. Es war nicht zu überhören, wie nervös sie war. Sie holte tief Luft und machte einen Schritt auf ihn zu. »Es ist eine wunderschöne Nacht, nicht wahr? Nur dass ich so dumm war, meinen Tank leer zu fahren ...«

Er rührte sich nicht. Seine Augen, das sah sie jetzt, blickten an ihr vorbei zu den Hügeln und zum Meer.

Sie machte noch einen Schritt. »Könnten Sie mir vielleicht helfen?«

Schatten jagten ihr über das Heidekraut entgegen. Sie blickte auf. Eine zerfetzte Wolke streckte die Finger zum Gesicht des Mondes aus. Nicht mehr lange, und er wäre ganz dahinter verborgen. Sie sah sich nach dem Mann um, doch er war verschwunden. Nichts als ein leerer Weg war dort, wo er gestanden hatte, und zu beiden Seiten befanden sich Gras, Steine und Heidekraut. Die beiden hohen Kiefern hinter ihr bildeten den einzigen Orientierungspunkt in der leeren Landschaft.

Sie keuchte entsetzt. »Wo sind Sie? Kommen Sie zurück! Bitte, ich brauche Ihre Hilfe ...« Sie brach ab. War er überhaupt da gewesen? Oder hatte sie eine Halluzination gehabt? Nein, sie hatte ihn deutlich ausmachen können, das Gesicht, das weite, am Kragen offene Hemd, die bis zu den Ellenbogen hochgerollten Ärmel, die groben Hosen, die in zweckmäßigen Stiefeln steckten, das unordentliche Haar, der sanfte Gesichtsausdruck, die hohen Wangenknochen, die traurigen, im Schatten liegenden Augen.

»Bitte, kommen Sie zurück!« Sie drehte sich einmal um sich selbst und versuchte sich zu orientieren.

Dann sah sie ihn wieder. Er hatte sich ein Stück von ihr entfernt und war in die Heide gelaufen. Er drehte sich um, und sie sah ihn nicken, als wollte er ihr bedeuten, ihm zu folgen. Sie zuckte mit den Achseln und lief ihm vorsichtig hinterher. Durchs dicht stehende Heidekraut führte ein Trampelpfad.

Der Bauernhof war, von der Straße aus unsichtbar, in eine kleine Senke geschmiegt. Es gab nur ein Stockwerk, das Dach war mit Grassoden gedeckt, und er lag im Geviert einer Steinmauer still im Mondlicht. Im rechten Winkel zum Hof stand eine Scheune. Der Fremde trat vor ihr durch die Lücke in der Mauer und führte sie hinter die Scheune, wo ein alter Traktor abgestellt war. Daneben standen einige rostige Kanister.

»Ist das Diesel? Mein Auto braucht Diesel.« Aber natürlich war es Diesel, wenn es für den Trecker gedacht war. Sie hob einen Kanister hoch und schüttelte ihn. Er war leer. Sie nahm einen zweiten, der ein erfreuliches Gluckern von sich gab. Mit Mühe konnte sie den verrosteten Deckel aufschrauben und schnüffeln. Diesel.

»Vielen Dank. Ich verspreche Ihnen, alles zu ersetzen.« Sie drehte sich wieder zum Hof um.

Er war verschwunden. Die Tür war geschlossen, die Fenster waren dunkel. Sie runzelte die Stirn, dann zuckte sie mit den Achseln. Offenbar wollte er keinen Dank für seine gute Tat.

Nicht ohne Schwierigkeiten schleppte sie den rostigen alten Kanister durch die Dunkelheit zurück zu ihrem Auto. Sie stolperte durch das dichte Heidekraut und die hohen Grassoden, bis sie den unebenen Feldweg erreichte. Hinter ihr hellten sich die Schatten wieder auf. Die Wolke war verschwunden, und das Mondlicht kehrte zurück. Irgendwo bellte ein Fuchs, dann war es wieder still.

Auf einmal bekam sie schreckliche Angst. Ihr war eiskalt, sie zitterte. Ihr Magen bockte und ihre Kehle schnürte sich zusammen. Die Handflächen waren klamm. Etwas stimmte nicht. Die ganze Landschaft geriet aus den Fugen. Im kalten

Mondlicht hatte die Umgebung ihre samtige Weichheit verloren und wirkte hart, zweidimensional. Bedrohlich. Einen Moment lang konnte sie sich nicht bewegen, und ihr Atem stockte. Dann war es vorbei. Sie spürte einen Windhauch auf den Wangen, dann noch einen, und schließlich begannen die Bäume hinter ihr beruhigend zu wispern. Als sie den Wald fast erreicht hatte, sah sie sich noch ein letztes Mal über die Schulter um. Die Landschaft wirkte still und leer.

Mit zitternden Händen öffnete sie den Treibstoffkanister und betete, es möge auch wirklich Diesel sein, der hoffentlich nicht zu sehr durch Rost verunreinigt war. Sie füllte den Tank auf, und als der Kanister leer war, warf sie den alten Behälter in den Kofferraum. Sie würde ihn wieder auffüllen und zurückbringen, doch im Augenblick wollte sie nur noch nach Hause.

Der Anrufbeantworter zeigte blinkend eine Nachricht an, als Ruth endlich die Wohnung betrat. Es war schon hell, wenngleich noch sehr früh, und die ersten Sonnenstrahlen wärmten den Parkettboden, als sie die Schlüssel hinwarf und auf den Knopf drückte, um die Nachricht abzuhören.

»Ruth, Darling, es tut mir so Leid. Es war ein riesiger Fehler, und es ist nicht so, wie du denkst. Bitte. Wir müssen reden. Nimm doch den Hörer ab.«

Sie schüttelte traurig den Kopf und ging ins Schlafzimmer. Es war leer. Die Wohnung war verlassen. Also war Murray zwar erschrocken, aber doch nicht so betroffen, dass er in den Saab gesprungen und hinter ihr hergefahren war. Was hatte er getan? War er wieder ins Bett gegangen? Saß er im Cottage herum und redete über die Ehefrau, die ihn nicht verstand? Oder jagte er hinter der wütenden Freundin her, die nichts von der Ehefrau gewusst hatte?

Erschöpft setzte sie sich an den Küchentisch und barg das

Gesicht in den Händen. Sie war unglaublich müde, sie konnte keinen klaren Gedanken mehr fassen. Das Telefon ging, doch sie ignorierte es. Sie hörte das Klicken und Surren, als die Nachricht aufgezeichnet wurde. Sie achtete nicht einmal darauf, ob es Murrays Stimme war oder nicht. Es war ihr egal.

Schließlich stand sie steifbeinig auf, ging wieder ins Schlafzimmer und ließ sich aufs Bett fallen. Sie schlief sofort ein. Erst am Spätnachmittag, als sie den Schlüssel im Schloss hörte, wurde sie wieder wach.

Nach einiger Zeit legten sie den Streit bei. Sie bemühte sich, seine Entschuldigungen zu glauben, versuchte, diese bedeutungslose Affäre durch seine Augen als ihren eigenen Fehler zu sehen, versuchte zu glauben, es werde nicht wieder passieren. Doch nur drei Wochen später sah sie ihn wieder, den Arm um die Schultern der Frau gelegt. Sie standen in der Hanover Street an einer Ampel und sahen einander in die Augen, als gebe es niemanden sonst auf der Welt außer ihnen beiden. Gegen diesen Blick war jede Versöhnung machtlos. Es war sinnlos, es überhaupt zu versuchen.

Wie um ihre veränderte Haltung und ihre tiefe Verletzung anzuerkennen, akzeptierte Murray eine Versetzung ins New Yorker Büro seiner Firma. Es sollte keine unerwarteten Anblicke seines Glücks mit einer anderen Frau mehr geben. Wenigstens das wollte er ihr ersparen. Ruth fragte nicht, ob die neue Freundin auch nach New York ging. Er sagte von sich aus nichts dazu, doch es schien eine Gewissheit zu sein. Die Scheidung verlief nicht unbedingt freundschaftlich, aber wenigstens zivilisiert. Schuldbewusst, und vielleicht auch, weil er sich nicht nur über das freute, was er gewann, sondern auch bedauerte, was er verlor, überließ Murray ihr seine Hälfte von dem, was von Rechts wegen sowieso ihr Landhaus war, damit es nicht wie die Stadtwohnung verkauft werden musste. »Vergiss nicht die glücklichen Zeiten«, flüsterte er mit traurigem Achselzucken, als er ihr die Schlüssel gab. »Ich will dir nicht auch das noch zerstören.«

Er hatte es ihr nicht zerstört, doch es brauchte seine Zeit. Als sie endlich wieder hinfuhr, war es Winter, und es gab inzwischen einen neuen Mann in ihrem Leben. Ihre Beziehung war noch voller Fragen, und es hatte einige Wochen gedauert, ehe sie ihm vorschlug, zum Loch zu fahren. Unterwegs wollte sie einen Kanister Diesel abliefern und sich bei ihrem mitternächtlichen Retter bedanken.

Sie hatte oft an den geheimnisvollen Mann gedacht und sich gefragt, was ihr neuer Gefährte wohl zu dieser seltsamen nächtlichen Begegnung sagen würde. Ob er sich so, wie sie selbst, fragen würde, warum der Mann nicht mit ihr gesprochen hatte und ihren Dank nicht wollte? Schließlich hatte sie Edward die Geschichte erzählt, um ihm ihren Schmerz und diese Verletzlichkeit zu erklären, die sie jedes Mal empfand, wenn sie ihn sah. Sie wollte ihm erklären, warum sie am Beginn einer Beziehung, die in so vieler Hinsicht genau das Richtige zu sein schien, so zurückhaltend war.

»Ich bin nicht Murray, Ruth«, sagte Edward behutsam, als sie sich wieder einmal an einen sicheren Ort in ihrem Innern zurückzog. »Ich werde dich nicht verletzen.«

Sie nickte. »Ich weiß. Ich will dir glauben. Ich will an Liebe und Vertrauen glauben. Wirklich. Es ist nur …« Sie zögerte mutlos. »Ich bin noch nicht so weit. Noch nicht.«

Er lächelte und küsste sie zärtlich wie ein Bruder. »Dann lass dir Zeit, meine Liebe«, sagte er. »Du brauchst Zeit. Ich werde warten. Ich werde da sein, wenn du mich willst.«

Nun brütete sie über der Karte und überlegte sich, wo sie in dieser schrecklichen Nacht gewesen war. Sie verfolgte mit dem Finger ihre Fluchtroute über die Hauptstraße, erinnerte sich an die Stelle, wo der Wagen durchs Dorf gerast war, an den langen Hügel und die Böschung, und dann sah sie es. Die fast rechtwinklige Kurve, wo sie im Dunklen geradeaus gefahren war und unwissentlich den Rückweg zum Meer genommen hatte. Auf der Karte konnte sie sehen, dass es ein unbefestigter Weg war, der in die Hügel führte und im Nirgendwo endete. Sie sah den Wald und das Moor und den winzigen schwarzen Fleck, wo der Hof stand.

Edward war ein guter Fahrer. Sie konnte sich zurücklehnen und beruhigt zusehen, wie geschickt er mit dem Wagen umging. Sie las die Karte und amüsierte sich ein wenig über seine hochgezogenen Augenbrauen, wenn sie die Abzweigung übersah, die er hätte nehmen sollen. Murray hätte gekocht und sie kritisiert und ungeduldig gestritten. Und Murray hätte sich bestimmt nicht die Mühe gemacht, den geborgten Diesel zurückzubringen.

Edward jedoch bremste einfach ab, fand eine Stelle, wo er wenden konnte, und fuhr zu der Abzweigung zurück. Sie verpassten sie noch einmal. Der Weg, falls er überhaupt noch existierte, war bei Tageslicht offenbar schwerer zu erkennen als in der Nacht. Sie steckten die Köpfe zusammen und sahen auf die Karte, wobei sich ihre Hände beinahe berührten, und dann legte er den Gang ein und fuhr noch einmal langsam bis zur Ecke. Da war er. Ein schmaler Weg, überwachsen und schlammig, der mitten in den Wald führte.

»Ich kann gar nicht verstehen, wie ich diesen Weg für die Hauptstraße halten konnte«, sagte Ruth stirnrunzelnd, als sie durch die Schlaglöcher holperten.

Edward zuckte mit den Achseln. Er lächelte leicht. »Du warst eben aufgebracht und wütend.«

»Aber doch nicht sinnlos betrunken!« Sie verzog das Gesicht, als sein Wagen kurz aufsetzte und die Räder seitlich wegrutschten. »Hör mal, vielleicht ist das doch keine so gute Idee. Ich bin nicht einmal sicher, ob wir hier richtig sind.«

Doch es war richtig. Hinter der nächsten Kurve erreichten sie die Stelle, wo ihr Wagen schließlich stehen geblieben war. Sie erkannte das Gelände, den Hügel, die beiden Kiefern.

Sie ließen den Wagen stehen und gingen zu Fuß den Weg hinunter. Edward trug den neuen Kanister mit Diesel. Er lachte. »Ich werde mich hüten, dich jemals so wütend zu machen. Du musst einen enormen Adrenalinschub gehabt haben, als du dachtest, du seist noch auf der Hauptstraße.« Er stellte den Kanister ab und breitete die Arme aus. »Aber der Ausblick ist es wert.« Vom Weg aus konnten sie quer über das Moor bis zum Meer sehen und sogar noch die Inseln erkennen.

Ruth runzelte die Stirn. »Hier war aber beim letzten Mal kein Zaun. Da stimmt etwas nicht.«

»Nein?« Er sah sie an. »Aber dieser hier ist schon lange da, Ruth. Schau nur.« Er war rostig, vertrocknete Winden und Farn hatten sich in ihm verfangen. Stellenweise waren die Pfosten schon halb verfault und hingen wie trunken im Draht, den sie eigentlich stützen sollten.

Ruth ging weiter. Dort war der Stein, bei dem sie den geheimnisvollen Mann bemerkt hatte. Und dort im Heidekraut war der von Schafen getrampelte Weg, dem sie gefolgt waren. Um ihn zu erreichen, mussten sie jedoch über den Zaun klettern.

»Ich verstehe das nicht.« Sie schüttelte den Kopf. »Irgendwie stimmt es nicht. Alles ist, wo es sein sollte. Der Weg, die Steine, die Bäume. Aber der Zaun war nicht da.«

»Nun, wir werden es ja gleich sehen. Falls wir den Bauernhof finden.« Er stellte den schweren Kanister ab und reichte ihr die Hand. Der Wind war kalt, und das fahle Sonnenlicht schien Hagel anzukündigen. Doch da war noch etwas anderes. »Du siehst verängstigt aus.«

»Ich habe auch Angst.« Sie zitterte. Murray hätte sich jetzt über sie lustig gemacht. »Und mir ist gerade eingefallen, dass ich auch beim letzten Mal Angst hatte. Große Angst. Aus keinem erkennbaren Grund. Die Angst kam ganz plötzlich, und es hat sich seltsam angefühlt. Ich fühlte mich so einsam. Und bedroht.« Sie biss sich auf die Lippe. »Ich bin froh, dass du dabei bist.«

»Ich auch.« Sie wechselten einen Blick, er lächelte. Dann nahm er den Kanister wieder auf und setzte sich in Bewegung. »Komm. Wir gehen über den Hügel dort, und dann werden wir sehen, ob wir die richtige Stelle gefunden haben.«

Der Bauernhof war noch da, doch er hatte keine weißen Wände und kein struppiges Grasdach. Ein paar Steinhaufen, ein zerstörter Giebel, die Fundamente der Scheunenwände, umzingelt von Nesseln. Das war alles, was von den Gebäuden noch übrig war.

Ruth starrte das Gelände mit offenem Mund an. »Ich verstehe das nicht.«

Edward betrachtete sie. Er hatte den Kanister wieder abgestellt. »Wo hast du den Diesel gefunden?«, fragte er leise.

»Da drüben. Hinter der Scheune. Da stand ein alter Trecker …«

Er ließ sie stehen und bahnte sich einen Weg durch Unkraut und Disteln.

»Lass nur, Edward, es ist nicht die richtige Stelle. Wir sind hier sicher falsch«, rief sie. Sie schob die Hände tief in die Manteltaschen und folgte ihm.

Der Trecker war noch da. Oder besser das, was von ihm noch übrig war. Ein Haufen rostiges Metall. Die Reste des zweiten alten Kanisters standen an der verfallenen Mauer. Sie hatte den Kanister doch aufgehoben und geschüttelt, oder nicht? Inzwischen war eine Eberesche durch den Behälter gewachsen.

»Nein!« Sie schüttelte den Kopf und wich zurück. »Hier stimmt was nicht!«

»Es muss eine einfache Erklärung geben.« Edward nahm sie wieder in den Arm. Sie zitterte. »Du hast sicher Recht. Wahrscheinlich gibt es hier mehrere alte Höfe und Cottages, die einander sehr ähnlich sind. Wahrscheinlich haben sie alle einen alten Trecker herumstehen, und natürlich gibt es da auch Reservekanister, weil die Leute hier so weit abseits der Zivilisation leben.«

Sie nickte. »Du hast Recht.«

Auf der Karte hatten sie nur einen einzigen Feldweg gesehen. Nur ein einziges Quadrat, das ein Gebäude anzeigte, inmitten vieler Hektar unbesiedelter Moorlandschaft zwischen den Bergen.

»Vielleicht können wir auf der Hauptstraße ins Dorf fahren und uns dort im Geschäft erkundigen«, sagte sie hoffnungsvoll.

Er nickte. »Es muss ein schöner Flecken gewesen sein, nur im Winter etwas einsam.« Jetzt schauderte er. »Der Boden ist sehr schlecht. Der Trecker hatte sicher viel zu tun.«

Sie blieben noch einige Minuten stehen und sahen sich um, dann kehrten sie zum Auto zurück.

Die alte Dame im Postamt starrte sie über die Brille hinweg an. »Sie meinen sicher Carn Breac.« Sie schüttelte den Kopf. »Das Haus stand schon vor dem Krieg leer. Michael Macdonald ist nach dem Tod seiner Eltern noch ein oder zwei Jahre geblieben, dann gab er es auf und ging fort. Ich glaube, er hat sich in Kanada niedergelassen.« Sie dachte stirnrunzelnd nach. »Warten Sie mal, ich habe hier ein Foto.« Sie kam hinter der Theke hervor und verschwand kurz im Wohnzimmer, das direkt hinter dem Geschäft lag. Als sie zurückkam, hatte sie ein Fotoalbum dabei. »Ja, sehen Sie hier.« Sie schlug es auf und deutete auf ein verblichenes

Foto. »Das ist Michael. Und dort neben ihm, das ist sein Vater Donald.« In Sepiatönen festgehalten, standen ein halbes Dutzend Männer an einer Mauer und starrten in die Kamera. Derjenige, der Michael hieß, hielt eine hölzerne Harke in der Hand.

Ruths Mund wurde trocken. Sie fürchtete, gleich ohnmächtig zu werden.

»Was haben Sie denn überhaupt mit ihm zu tun?« Die Postbeamtin klappte das Album langsam wieder zu.

Ruth konnte nicht sprechen, doch Edward kam ihr zu Hilfe. »Wir haben etwas von ihm, das wir ihm zurückgeben wollen.«

»Ich kenne seine Adresse nicht.« Sie schüttelte den Kopf. »Es ist ja schon so lange her. Fragen Sie doch den Pastor. Er ist zwar erst seit zwanzig Jahren oder so im Sprengel, aber ich glaube, wenn irgendjemand weiß, wo Michael geblieben ist, dann er.«

»Könnte Michael denn noch leben?«, forschte Edward.

Die Frau zuckte mit den Achseln. »Keine Ahnung.«

Der Pastor kannte die Familie. Michael James Macdonald war am 24. Juli dieses Jahres in Prince George, British Columbia, im Alter von neunundachtzig Jahren gestorben. Das war der Tag, an dem Ruth ihn an einen Felsblock gelehnt auf dem Hof gesehen hatte, auf dem er geboren worden war.

Edward schenkte für sie beide Wein ein und kam zu ihr zum Kamin. »Geht es dir jetzt besser?«

Sie nickte. »Ich kann immer noch nicht glauben, dass ich ein Gespenst gesehen habe!«

»Du hast Glück gehabt, denn du hast nicht nur ein Gespenst gesehen, sondern du bist sogar von einem gerettet worden.«

Sie trank von ihrem Wein. »Wie kommt es, dass der Diesel noch brauchbar war? Man sollte doch meinen, dass er inzwischen nutzlos gewesen wäre. Rostpartikel, verdunstet, was auch immer.«

Er starrte nachdenklich in sein Glas. »Der zweite Kanister war tatsächlich völlig zerstört.«

»Vielleicht hat ein Bauer ihn erst vor kurzem dort abgestellt?« Sie sah ihn fragend an.

Er lächelte. »Vielleicht. Aber ich glaube, die Antwort darauf wirst du wohl nie erfahren.«

»Und wenn er es war, wieso ist er dann als junger Mann erschienen und nicht in dem Alter, in dem er war?«

»Auch das können wir nicht beantworten.« Edward legte ihr den Arm um die Schulter. »Nur in einer Hinsicht kannst du sicher sein. Er muss diesen Ort geliebt haben. Es muss ihm sehr schwer gefallen sein, ihn für immer zu verlassen. Vielleicht hat er sich vorgenommen, eines Tages zurückzukehren.«

»Wenigstens hat er ein glückliches Leben und eine wundervolle Ehe geführt.« Der Pastor hatte es ihnen erzählt. Sie wusste selbst nicht, welche Sehnsucht sich mit diesen Worten verband, bis sie sie ausgesprochen hatte.

Edward schwieg. Er starrte ins Feuer.

»Warst du schon einmal verheiratet?« Erschrocken stellte sie fest, dass sie ihm diese Frage noch nie gestellt hatte.

Er schüttelte den Kopf. »Beinahe. Wir haben es uns dann aber anders überlegt. Inzwischen haben wir uns seit fünf Jahren nicht mehr gesehen, und seitdem ist mir dieser Gedanke nicht mehr gekommen.«

»Oh.« Ihre Stimme klang enttäuscht.

»Bis jetzt.« Er zögerte. »Das mag ja sehr kitschig klingen, aber wenn man etwas Kostbares gefunden hat, dann sollte man es auch festhalten, weil man es sonst sein Leben lang bedauert. Und unsere Beziehung damals – ich meine jetzt

Sarah und mich – war eben nicht so kostbar.« Wieder hielt er inne. »Warum ist es mit dir und Murray denn so schnell zu Ende gegangen?«

Sie ließ sich mit der Antwort Zeit. »Ich denke, sie war vielleicht auch für ihn nicht sehr kostbar. Nicht so, wie du es gemeint hast. Und vielleicht ...« Sie dachte wieder eine Weile nach. »Vielleicht war er mir auch nicht so wichtig. Ich habe ihm noch einmal eine zweite Chance gegeben, aber eine dritte hatte er nicht verdient.« Sie zuckte mit den Achseln. »Das wirft natürlich kein gutes Licht auf mich.«

»Es zeigt nur, dass du realistisch bist. Und dein Michael Macdonald war es vermutlich auch. Er wusste, dass er mit diesem Hof nicht überleben konnte. Aus seiner Sicht hatte er keine Wahl.«

Sie stand auf und setzte sich vor dem Kamin auf den Boden. »Es ist eine traurige kleine Geschichte.«

»Nein.« Er folgte ihr, kniete nieder und küsste sie zärtlich. »Eigentlich ist es eine wundervolle Geschichte. Warum lassen wir uns davon traurig machen? Sie hat ein schönes Ende. Er ist nach Hause zurückgekehrt. Und er hat einer Frau in einer Notlage geholfen. Er hat Entscheidungen getroffen, und allem Anschein nach waren sie richtig. Schließlich hat er Kinder und Enkelkinder und sogar Urenkel hinterlassen. Zweifellos werden sie eines Tages hierher kommen und genau dort stehen, wo du gestanden hast, und den winzigen Hof ihres Ahnen betrachten. Doch ich frage mich, ob sie ihn sehen werden, wie du ihn gesehen hast.« Er hob sein Glas. »Lass uns auf sein Andenken trinken. Und auf unsere Zukunft.« Er grinste. »Wer weiß, vielleicht komme ich später wieder hierher und suche dieses Cottage hier heim, wenn ich neunundachtzig bin.«

Sie lachte. »Vielleicht wirst du das tun. Aber vielleicht kommst du dann auch noch in Fleisch und Blut hierher.« Sie stieß mit ihm an. »Wer weiß?«

Im Tempel verirrt

Der erste Tag der Kreuzfahrt verlief völlig normal. Der Nil wimmelte vor Booten aller Größen und Formen. Palmen standen als stumme Wächter am gegenüberliegenden Ufer, und vor dem lebhaft blauen Himmel erhob sich ein anmutiges Minarett. Emma warf einen Blick zu Gill, als sie Müsli und Früchte von der Anrichte holten. »Ich kann noch gar nicht glauben, dass wir wirklich hier sind!«

Gill grinste. Sie war groß und blond und vom Solarium gebräunt. Sie war eine Frau, die sofort auffiel. Am Vorabend, bei ihrer ersten Mahlzeit an Bord, hatte Emma sich umgesehen und bemerkt, wie die bewundernden Blicke einiger Männer in ihre Richtung schweiften, nicht zuletzt die ihres Fremdenführers, der sich, nachdem er an den Tischen seine Runde gemacht hatte, auf einem freien Stuhl bei ihnen niedergelassen und sich vorgestellt hatte. Sein Name war Mahmoud, und nachdem er sich vergewissert hatte, dass sie ohne männliche Begleitung und deshalb möglicherweise verfügbar waren, hatte er nur noch Augen für Gill.

Emma seufzte. Sie war daran gewöhnt. Sie selber war eher zierlich und schüchtern, ihr dunkles Haar war schulterlang geschnitten, und sie hatte sich schon vor Jahren damit abgefunden, für immer im Schatten ihrer Freundin zu stehen. Seltsamerweise war es am Ende jedoch Emma gewesen, die als Erste geheiratet hatte, auch wenn ihre Ehe nicht lange hielt. Und hier spielte dies sowieso keine Rolle. Sie waren nicht nach Ägypten gekommen, um Männer kennen zu lernen. Sie wollten die Altertümer sehen. Zumindest sie selbst wollte das.

Doch als sie in dem Bus Platz genommen hatte, der sie vom Boot durch wimmelnde, lärmende Straßen zum Tempel von Karnak bringen sollte, stellte sie fest, dass Gill nicht mehr neben ihr saß. Sie suchte mit Blicken die Sitzreihen vor sich ab, bis sie den Blondschopf ihrer Freundin entdeckt hatte. Sie hatte sich ganz nach vorne gesetzt. Neben Mahmoud. Eigentlich war Emma sogar recht froh darüber. Sie wollte nicht reden, sie wollte nur schauen.

Komprimierte Luft zischte, die Türen schlossen sich, und der Bus fuhr los. Er holperte vom Flussufer den Weg bis zur Straße hinauf. Links und rechts standen Häuser aus Lehmziegeln, vor denen bunte Teppiche und Decken zum Lüften in die Sonne gehängt waren. Sie wechselten sich ab mit Palmenhainen und exotischen Pflanzungen. Als der Bus ausscherte, um einen alten Mann zu überholen, der wacklig auf einem kleinen Esel hockte, stand Mahmoud auf. Er musste sich an einer Lehne festhalten, um nicht das Gleichgewicht zu verlieren. Emma konnte sehen, wie er zu Gill hinuntersah und ihr zuzwinkerte, als er mit seinen Erklärungen begann. Mit resigniertem Lächeln lehnte Emma sich zurück und sah aus dem Fenster. Es sollte der schönste Urlaub ihres Lebens werden, den sie sich durch nichts verderben lassen wollte.

Als sie am Ziel ausgestiegen waren und über den staubigen Parkplatz zum Tempel wanderten, gesellte Gill sich wieder zu ihr. Mahmoud war vollauf damit beschäftigt, Eintrittskarten zu kaufen, seine Schutzbefohlenen durch die Tore zu scheuchen und die Straße mit den widderköpfigen Sphinxen zu beschreiben. Er hatte gerade keine Zeit für Gill. Emma griff lächelnd nach der Kamera. »Es sieht ganz so aus, als hättest du eine Eroberung gemacht.«

Gill zuckte mit den Achseln. »Ist er nicht prächtig?«

Emma stand nur da, starrte die Statue von Ramses an und nickte verträumt.

Ihre Gefährtin lachte perlend. »Nicht das da. Ich meine Mahmoud.«

Emma zog eine Augenbraue hoch. »Jeder so, wie er mag. Ich ziehe den Pharao vor.«

Sie ließ sich immer weiter zurückfallen, während Gill an Mahmouds Lippen hing. Es war unerträglich heiß. Die Sonne brannte auf Hüte und Sonnenbrillen herunter und wurde von jeder Steinfläche reflektiert.

Ringsum standen mächtige Steinsäulen, die ihre riesigen Schatten warfen. Emma blickte zu einem lotusförmigen Kapitell hoch, das vermutlich einst einmal ein Dach getragen hatte. Eine Gruppe italienischer Besucher kam an ihr vorbei, einen Augenblick lang war sie von Lärm und Gelächter umgeben, dann verschwanden die Touristen im nächsten Tor. Wehmütig sah sie ihnen hinterher. Als sie fort waren, stand sie wieder schweigend und allein da. Sogar das Tschilpen der Spatzen hatte aufgehört. Niemand sonst war in der Nähe. Sie schauderte, doch nicht etwa, weil die Hitze auf einmal nachgelassen hätte. Im Gegenteil, es war heißer denn je.

Sie trat aus dem Schatten heraus, sah sich um und versuchte sich zu orientieren. Auf einmal wünschte sie, bei Mahmoud und den anderen Teilnehmern des Ausflugs zu sein. Der Tempel wimmelte vor Besuchern. Sie war nicht in irgendeinen Bereich abgeirrt, der für die Öffentlichkeit geschlossen war. Erst vor ein paar Sekunden hatte sich ein großer, elegant gekleideter Italiener lächelnd zu ihr umgedreht und eine Hand zu einem galanten *ciao* erhoben, bevor er seinen Gefährten folgte und verschwand.

Sie hakte entschlossen den Daumen in den Gurt ihres Rucksacks und marschierte die Straße hinunter.

Es war so heiß, dass sie kaum atmen konnte. Die Luft ringsum schien fast greifbar zu sein. Sie blieb stehen und sah sich noch einmal um. Sie war vielleicht zwei oder drei Minuten gelaufen, doch sie hatte den Eindruck, sich überhaupt nicht bewegt zu haben. Aufgrund irgendeiner seltsamen optischen Täuschung schienen sich die Säulen vor ihr bis in die Ewigkeit zu erstrecken, und hinter ihr sowie links und rechts sah es nicht anders aus. Doch auf einmal gab es mehr Schatten. Ohne es zu bemerken, hatte sie einen Bereich betreten, der noch überdacht war. Hier war der Sand vom Boden gefegt worden, und man sah glatte Bodenplatten. Und es war endlich ein wenig kühler.

In der Ferne bemerkte sie eine Bewegung. Emmas Herz tat einen Satz. »Hallo?« Ihre Stimme klang eigenartig gedämpft und schien kaum die tiefen Schatten ringsum durchdringen zu können. Da tauchte plötzlich eine junge Frau auf, die durch die Säulen zu ihr gerannt kam. Sie trug ein langes weißes Kleid. Ein Schleier war über die Schultern gelegt und bedeckte Kopf und Hals.

Emma lächelte und hob eine Hand zum Gruß. Dann aber gefror ihr das Lächeln auf den Lippen. Die Frau blieb stehen, sah sich über die Schulter um, und jede Geste und ihre ganze Körperhaltung drückten Angst aus. Ein Mann war hinter ihr her. Seine Sandalen klapperten auf den Bodenplatten. Er trug das lange und weite Alltagsgewand, das so viele Ägypter bevorzugten, die Galabiya. In der Hand hielt er ein Messer. Er blieb stehen. Selbst aus der Ferne konnte Emma sehen, dass er nach Luft schnappte. Die andere Hand hatte er sich in die Seite gepresst, als sei er völlig außer Atem. Der Mann und die Frau starrten einander eine nicht messbare Spanne lang an, während Emma sie beobachtete. Sie sah das Verlangen in seinen Augen und das Bedauern, als er die Hand gegen sie erhob. Eine Hand, die mit Blut beschmiert war. Die Frau zögerte einen Augenblick. Sie streckte ihm eine Hand entgegen, und ihre Geste sprach von melancholischer Liebe und Verlust, dann drehte sie sich um und rannte weiter auf Emma zu. Sie war jetzt so nahe, dass Emma ihr Gesicht sehen konnte. Dunkle Augen, geweitet vor Angst. Langes Haar, das sich aus dem Schleier gelöst hatte und schwarz hinter ihr wehte, Blutflecken auf dem Kleid, auf der Brust und auf den Händen. Ihre Wangen waren feucht von Tränen.

Erschrocken wich Emma ihr aus. Von einer Sekunde zur anderen war die Frau bei ihr, nahe genug, um sie zu berühren und um alle Einzelheiten ihres gerissenen bestickten Kragens zu sehen, die zerfetzte Seide des Schleiers, der um ihren Hals hing, die nackten schlanken Füße, die sich geräuschlos auf den Platten bewegten. Als sie an Emma vorbeigelaufen war, drehte diese sich rasch nach ihr um, doch die Frau war verschwunden. Zitternd wandte sie sich wieder zu dem Mann um, der sich außer Atem gekrümmt hatte. Aber auch von ihm war nichts mehr zu sehen.

Emma wagte kaum zu atmen. Sie schlich zu der Stelle, wo er gestanden hatte, und betrachtete den Boden. Es musste doch irgendwo Blutspuren geben. Irgendwelche Atemgeräusche des erschöpften Mannes oder andere Laute. Nichts.

Sie sah sich zu der Säule um, an der sie selbst gestanden hatte. Die Sonne brannte zwischen den Pfeilern auf nacktem Sand.

»Mein Gott!« Sie drehte sich langsam um sich selbst und starrte nach oben. Keine Spur von einem Dach. Nur hohe Säulen, die sie ringsum überragten. Unter ihr waren auch keine Bodenplatten mehr zu sehen. Allmählich geriet sie in Panik. Sie halluzinierte. Es musste an der Hitze liegen. An der Erschöpfung. Und an der fremdartigen Umgebung.

»Gill?« Ihr verängstigter Ruf durchbrach das Schweigen. »Mahmoud? Ist jemand hier? Irgendjemand?« Sie holte tief Luft, dann erstarrte sie vor Schreck. Jemand hatte geantwortet. Sie bemühte sich, es zu verstehen.

»Hallo?«

Da war es wieder. Kam näher. Eine Männerstimme. Sie fuhr herum und versuchte weiter, den Ursprung der Rufe auszumachen. Sie klangen seltsam, gedämpft und wie tot.

Dann sah sie ihn. Groß, das dichte helle Haar von einem breitrandigen Sonnenhut geschützt. Die Augen waren hellgrün wie die einer Katze. Er tauchte plötzlich, nur ein paar Schritte entfernt, hinter einer Säule auf. Sie starrten einander einen Moment lang erstaunt und schweigend an, dann entspannte sich sein Gesicht, und er grinste. »Sie müssen Emma sein, nicht wahr?«

»Oh, Gott sei Dank!« Verwirrt und verunsichert, wie sie war, hätte sie sich ihm beinahe an den Hals geworfen. »Haben Sie gesehen, was passiert ist?« So peinlich es ihr auch war, sie konnte die Tränen nicht ganz zurückhalten.

Er nahm sie in die Arme und hielt sie fest, dann schob er sie sanft wieder weg und legte die Hände auf ihre Schultern. »Ich habe nichts gesehen. Was ist denn los?« Er konnte spüren, dass sie heftig zitterte.

»Ich habe eine Frau gesehen.« Emma konnte vor Schluchzen kaum sprechen. »Ein Mann hat sie gejagt. Ich glaube, er wollte sie umbringen.« Sie sah sich aufgeregt um.

»Und wo sind sie jetzt?« Er runzelte die Stirn. Sie dachte schon, er werde sich abwenden, doch dann wurde ihr klar, dass sein Blick so nervös war wie ihrer. Er nahm den Hut ab und strich sich mit dem Handrücken die Haare aus den Augen.

»Ich weiß es nicht. Ich konnte spüren, wie erregt sie waren. Es war, als seien ihre Liebe und ihre Angst körperlich spürbar geworden. Dann war alles schlagartig vorbei.« Sie rieb sich mit den Handkanten die Augen trocken. Er konnte doch gar nicht verstehen, was sie gesehen hatte. Und wie konnte sie sich einem Fremden so offenbaren? Einem Fremden, der ihren Namen kannte.

Als hätte er ihre Gedanken gelesen, sagte er: »Erinnern Sie sich nicht an mich? Ich bin Patrick.« Seine Stimme war tief und sanft. »Gestern Abend habe ich am Nachbartisch gesessen. Als ich sah, dass Sie sich von der Gruppe entfernten, dachte ich, es sei eine gute Idee, Sie aus der Sonne zu holen. Ich nehme an der Kreuzfahrt teil, weil ich für eine Reisezeitschrift einen Bericht schreiben soll. Gerade eben habe ich die Säulen fotografiert.« Er hatte sich eine Kameratasche über die Schulter gehängt, vor dem Bauch hing eine Nikon. »Dann habe ich Sie rufen hören.«

Sie lächelte ihn unsicher an. »Es tut mir Leid, dass ich mich so auf Sie gestürzt habe. Ich hatte solche Angst. Es war so eigenartig. Und nachdem diese Leute verschwunden waren, kam es mir so vor, als sei ich auf einmal der einzige Mensch auf der Welt.«

Er sah sich um. »Das verstehe ich.« Er runzelte die Stirn. »Hier herrscht eine gespenstische Atmosphäre, da haben Sie allerdings Recht. Aber ich bin sicher, dass es nicht so schlimm war, wie es vielleicht ausgesehen hat. Wer sie auch waren, sie sind anscheinend verschwunden.« Patrick hatte etwas an sich, das sie sehr beruhigend fand.

Sie liefen ein paar Schritte auf einem Weg zwischen den Säulen, dann blieb Emma stehen. Sie schüttelte den Kopf. »Als ich die beiden gesehen habe, war das Dach noch da. Und der Boden war mit Platten ausgelegt. Irgendwie habe ich mich von der Stelle entfernt.« Sie drehte sich langsam um sich selbst. Überall konnte sie Säulen sehen. Sie bemerkte, wie Patrick sie nachdenklich anschaute, und verzog das Gesicht. »Sie müssen glauben, ich hätte mir das alles nur zusammenfantasiert.« Sie schüttelte langsam den Kopf. »Verliere ich jetzt den Verstand? Aber es war so real, so klar.« Sie biss sich auf die Lippe.

Er starrte an ihr vorbei in die Ferne. »Nein, ich glaube

nicht, dass Sie verrückt werden. Irgendetwas stimmt hier nicht.« Er entfernte sich einige Schritte von ihr und streckte vorsichtig die Hand aus, um die nächste Säule zu berühren.

Emma sah ihm zu und konnte beobachten, wie er mit den Fingern über die Linien auf dem behauenen Stein fuhr. Er zog die Hand zurück und griff in die Gesäßtasche, um einen stark benutzten Führer herauszuziehen. »Das ist wirklich seltsam. Ich glaube, wir sollten Mahmoud suchen. Er wird schon wissen, was man davon zu halten hat.« Er machte einige Schritte, blieb aber sofort wieder verwirrt stehen. »Eigentlich sollten hier Menschen sein. Unmengen von Besuchern. Ich verstehe das nicht.«

»Sogar die Spatzen sind still«, ergänzte Emma nervös. Ihre Stimme bebte. »Haben Sie es auch bemerkt?« Auf einmal schien dieses Detail schrecklich wichtig zu sein.

Er kam zurück und nahm sie wieder in den Arm. Doch irgendwie machte ihr die Geste, so schützend und tröstend sie auch war, nur noch mehr Angst. Sie schmiegte sich an ihn. Ihr Mund war trocken vor Furcht. »Davon steht nichts in Ihrem Führer, nicht wahr?« Sie deutete zur offenen Seite. »Sehen Sie nur, die vielen Säulen. Die Säulengänge dort. Irgendwie ist alles ganz anders. Die Anlage hier ist riesig, wir haben uns verlaufen!«

»Wir können uns nicht verlaufen, Emma. Das ist nicht möglich. Das Gelände ist zwar groß, aber nicht so groß.«

»Dann sind wir durch eine Falltür in der Zeit gefallen …« Sie brach abrupt ab. Das sollte ein Scherz sein, doch ihre Blicke trafen sich, und einen kleinen Augenblick lang fragten sich beide, ob es wahr sein könnte. »Es waren Geister, nicht wahr?«, meinte sie schließlich.

Ein kurzes Schweigen folgte. »Das könnte sein.« Seine Antwort klang vorsichtig.

»Glauben Sie denn an Geister?«

»Bis gerade eben habe ich noch nicht an sie geglaubt.«

»Die Frau war so real, Patrick. Sie ist nur wenige Schritte entfernt an mir vorbeigelaufen.« Allerdings ohne ein Geräusch zu machen und ohne dass sich die Luft um sie bewegt hätte. Emma lächelte verzagt. »Vielleicht sollten wir uns gegenseitig zwicken.« Er grinste und streckte die Hand nach ihr aus. Ihre Fingerspitzen berührten sich. Dann wurde die Welt schwarz.

Sie hielt den Atem an und wusste nicht, was sie denken sollte, dann drangen die Geräusche auf sie ein wie eine Explosion. Patrick packte ihr Handgelenk, und sie rannten los. Sie hörten Musik und die Rufe körperloser Stimmen.

»Was hat das zu bedeuten?« Sie war verwirrt und verängstigt.

»Ich weiß es nicht. Kommen Sie, wir sollten hier verschwinden.«

Wenigstens war es jetzt nicht mehr so still. Und es gab Licht. Er presste sich die Hände auf die Ohren, als Trompeten und andere Blasinstrumente im Tempel hallten. Dann blieb er stehen und zog sie im Schutz einer Steinmauer an sich.

»Schon gut, Emma, es ist schon gut. Das ist die Vorführung für die Touristen. Ich weiß nicht, wie oder warum, aber irgendwie sind wir da mitten hineingeraten. Schauen Sie nur!« Ringsum flammten helle Lichter auf.

»Es ist Abend. Wie kann es denn jetzt Abend sein?« Emma hatte seine Hand nicht losgelassen.

»Das weiß ich nicht, und im Augenblick ist es mir auch egal. Wenigstens sind wir dort heraus.« Er drückte ihre Hand, und sie rannten weiter, wichen Obelisken und Statuen aus, liefen zwischen Säulen hindurch und an Mauern vorbei, bis sie neben sich auf dem Stein Scheinwerfer sahen, die weiterwanderten und danach einen anderen Bereich erfassten.

Am Tor war niemand. Der Parkplatz war voller leerer Busse. Keuchend blieben sie stehen und sahen sich um.

»Wir nehmen ein Taxi.« Patrick sah sich um, als einer der Scheinwerfer zum Himmel hinaufzeigte.

Zu Emmas Erleichterung schien er zu wissen, wo man ein Taxi finden konnte. Er handelte mit dem Fahrer einen Preis aus und wusste sogar noch, wo das Boot angelegt hatte. Als sie durch die Straßen von Luxor rumpelten, bemerkte Emma, dass sie immer noch seine Hand hielt.

»Patrick«, sagte sie leise. »Was ist dort nur passiert?« Sie sah ihn im Schein der Straßenlaternen an, als das Taxi hinter einem schläfrigen Mann auf einem Esel halten musste. Ihr Fahrer beugte sich aus dem Fenster und ließ einen Schwall einheimischer Beschimpfungen los. Der Esel machte Platz.

»Ich habe keine Ahnung, wieso, aber irgendwie haben wir fast zwölf Stunden verloren!« Patrick sah stirnrunzelnd auf die Uhr. Dann beugte er sich vor und tippte dem Fahrer auf die Schulter. »Wie spät ist es, mein Freund?« »Es ist 22.40 Uhr«, antwortete der Taxifahrer. Patrick starrte einen Moment auf seine Uhr. Sie war stehen geblieben.

Emma sah ebenfalls stirnrunzelnd auf ihre Uhr. »22.34 Uhr. Das wird uns niemand glauben.«

»Nein.« Er lehnte sich seufzend zurück.

Sie schwiegen eine Weile.

»Ob sie uns schon als vermisst gemeldet haben?«

Er zuckte mit den Achseln. »Wahrscheinlich. Glücklicherweise bin ich allein hier. Meine Exfrau hätte mich umgebracht, wenn ich stundenlang mit einer schönen Frau verschwunden wäre.«

Emma nahm das Kompliment mit einem Lächeln zur

Kenntnis. »Ich bin auch geschieden. Ich bin mit einer Freundin hier.«

»Ich hoffe, sie ist nicht böse, weil Sie verschwunden sind.«

»Um ehrlich zu sein, hat sie mich wahrscheinlich nicht einmal vermisst.« Emma schüttelte den Kopf. »Mahmoud dürfte uns aber vermisst haben. Er zählt ja dauernd die Leute.«

Das Taxi hatte das Stadtzentrum hinter sich gelassen und fuhr nun durch dunklere Straßen. »Wir haben jetzt mehrere Möglichkeiten«, sagte er nachdenklich. »Wir können auf Unzurechnungsfähigkeit plädieren. Wir können sagen, einer von uns sei krank geworden. Oder ich kann behaupten, ich sei einer Story hinterher gewesen und hätte die Zeit vergessen oder mich verirrt. Wir können sagen, Sie hätten mich begleitet und wir seien abgelenkt worden ...«

Dies war die Geschichte, für die sie sich letzten Endes entschieden. In gewisser Weise entsprach sie ja sogar der Wahrheit. Wie zwei unartige Kinder standen sie nebeneinander, während Mahmoud ihnen eine Gardinenpredigt hielt, weil sie sich verspätet und er sich ihretwegen Sorgen gemacht hatte. Danach gingen sie zusammen in den leeren Speisesaal, wo Mahmoud, inzwischen etwas milder gestimmt, für sie eine Suppe und ein Getränk bestellte.

Dort fand Gill sie.

»Da ist ja unser verschollenes Mädchen!« Sie setzte sich neben Emma. »Wie hast du dir nur den hübschesten Mann auf dem Boot angeln können?« Sie schenkte Patrick ein strahlendes Lächeln.

»Ich dachte, Mahmoud sei der Schönste«, gab Emma leise zurück.

»Das ist er auch. Also gut, den zweithübschesten Mann.« Gill kicherte. »Wir brechen bald auf und fahren stromaufwärts. Wir sehen uns dann auf Deck.«

Patrick wartete, bis sie die Tür hinter sich geschlossen

hatte, ehe er Emmas Hand nahm. »So, dann haben Sie mich also an der Angel?«

Emma lächelte. »Sie müssen zugeben, dass meine Methode originell ist.«

Er nickte. »Einzigartig«, sagte er trocken.

»Wir werden wohl nie herausfinden, was in der Tempelanlage geschehen ist, nicht wahr?«

Lachend schüttelte er den Kopf. »Wahrscheinlich nicht. Aber ich werde mir große Mühe geben und es wenigstens versuchen. Da erwacht der Journalist in mir.« Er schob die Suppenschüssel weg und stützte die Ellenbogen auf den Tisch. »Wollen Sie mir dabei helfen?«

Sie nickte. »Aber natürlich.«

»Haben Sie denn noch Angst?«

»Sie nicht?«

Sie schwiegen beide einen Augenblick. »Wenn ich ehrlich sein soll, ja«, gab er schließlich zu.

»Ich frage mich, ob man herausfinden kann, wer der Mann und die Frau waren, die ich gesehen habe.«

»Ein einziger kleiner Vorfall im Laufe von viertausend Jahren?« Er überlegte. »Das wird nicht leicht. Aber es müsste Aufzeichnungen geben. Schließlich ist das ja ein sehr geschichtsträchtiger Ort. Wenn das Boot gegen Ende der Woche zurückkehrt, können wir im Museum beginnen.«

Unter ihren Füßen erwachte die Maschine zum Leben. Er stand auf. »Wollen wir an Deck gehen?«

Bald standen sie nebeneinander an der Reling und betrachteten die Lichtspiegelungen im Wasser und die scharfe Linie der fernen Berge vor dem Nachthimmel. »Das wird sicher eine interessante Reise«, sagte er schließlich.

»So kann man das auch sehen.« Sie sah ihn schräg von der Seite an. »Ich habe mich noch gar nicht bedankt, dass Sie mich gerettet haben. Ich glaube, ich hätte den Verstand verloren, wenn Sie nicht aufgetaucht wären. Ich habe anscheinend einen Zeitsprung erlebt.«

»Und ich mit Ihnen.« Er wandte sich ihr zu, und ihre Blicke begegneten sich.

Hinter ihnen ging der Mond auf, riesig und unberührt von allem.

»Ich frage mich, in welcher Beziehung die beiden zueinander standen. Waren sie Geliebte, die durch irgendeine Art von Betrug in die Verzweiflung getrieben wurden? Hat er versucht, sie zu töten, und sie hat sich verteidigt? Oder war es umgekehrt? Oder waren sie vielleicht Priester und Priesterin aus dem Tempel, die sich im Namen rivalisierender Götter gestritten haben?« Sie schauderte. »Ich würde es gern herausfinden.«

Er legte ihr den Arm um die Schultern, und sie standen schweigend beisammen und betrachteten die vorübergleitenden Silhouetten der Palmen. Emma genoss die ruhige Wärme des Mannes neben sich. Die eigenartige Weise, auf die sie sich kennen gelernt hatten, die unvermutete Nähe, die zwischen ihnen entstanden war, all dies hatte sie auf eine Weise zusammengeschweißt, die ihr das Gefühl gab, ihn schon ewig zu kennen.

Sie schaute auf und stellte fest, dass auch er sie wieder ansah. Er lächelte, und sie wusste mit absoluter Sicherheit, dass sie zum Tempel zurückkehren würden. Sie schauderte. Doch sie wusste auch, dass sie ihm folgen würde, wohin auch immer er ging, was auch immer dort geschehen sollte und welche Tragödie sie aufdecken sollten. Irgendein seltsamer Pakt, geboren aus den Geheimnissen dieser gespenstischen ägyptischen Nacht, hatte ihre Zukunft in einem Tempel besiegelt, der so alt war wie die Zeit.

Schnipsel

Amanda reiste am liebsten allein. So war es schon immer gewesen. Ihre Freunde mochten schon auf den kleinsten Reisen ihre Gefährten und den gegenseitigen Beistand nicht missen, doch sie tat alles, um die Hektik und das endlose Geschnatter zu vermeiden, das die unvermeidliche Folge war, wenn jemand anders sie begleitete. Sie schlich geduckt über Bahnsteige oder betrachtete mit äußerster Konzentration ein Schaufenster, wenn Bekannte vorbeikamen, und wartete auf den seligen Augenblick, wenn sich die Türen schlossen, der Zug anfuhr und ihr Geist fliegen konnte. Ganz egal, wohin sie fuhr, sie war keine Frau, die ein Handy mitnahm.

Nicht, dass sie ungesellig gewesen wäre. Ganz und gar nicht. Sie liebte die Menschen, und sie liebte deren Gesellschaft, sie liebte ihren Job als Leiterin einer Werbeagentur, sie gab Partys und kochte für ihre Freunde, ohne sich lange bitten zu lassen. Aber das Reisen – und im Grunde auch das Leben – war etwas, das sie vollends auskosten und deshalb allein tun musste.

Sex konnte man natürlich nicht allein haben. Nun ja, man konnte schon, aber Amanda spielte dieses Spiel nicht gern allein. Sie hatte einen reizenden, aufmerksamen und verständnisvollen Mann, der die Regeln ihres eigenartigen Lebensplans kannte und gern befolgte. Sie wusste, dass er noch ein anderes Leben führte. Er arbeitete in der Stadt, und es war kaum anzunehmen, dass er keinen Trost fand, wenn sie unterwegs war. Manchmal machte diese Gewissheit sie traurig. Doch sie konnte nichts anderes erwarten. Wenn sie eine private, heimliche Seite haben wollte, dann sollte er auch eine haben.

So kam es, dass er mit ihr zum Flughafen fuhr, als sie nach Kanada reiste, einen Kaffee mit ihr trank, nachdem sie eingecheckt hatte, liebenswürdig über ihre Reise schwatzte und zum Abschied winkte. Wenn sie sich noch einmal umgedreht und ihn angesehen hätte, dann hätte sie nicht mehr als ein kleines wehmütiges Lächeln bemerkt.

Amanda ließ sich glücklich auf ihrem Platz nieder. Sie hatte ein neues Taschenbuch als Lektüre, einen Reiseführer über Kanada und einen neuen Spiralblock für Notizen. Denn Amanda war, obwohl sie es selbst nicht wusste, eine Schriftstellerin. Unter den Tausenden von Genen, die sie von ihren Eltern geerbt hatte, war auch das Talent zum Schreiben. Zwar hatte sie nie bewusst den Wunsch verspürt, Reiseschriftstellerin, Romanautorin oder Dichterin zu werden. Auch an Schriftstellerzirkeln oder Autorengesprächen im Waterstones-Buchladen nahm sie nie teil, ja sie führte nicht einmal regelmäßig Tagebuch. Andererseits jedoch, und man muss zugeben, dass es eher verstohlen, oder wie manch einer sogar sagen würde, beinahe heimlich geschah, schrieb sie die ganze Zeit. Sie nannte diese Texte ihre »Schnipsel«. Sie beschrieb, was sie getan hatte. Dinge, die sie gesehen, was sie gedacht hatte. Menschen, denen sie begegnet war. Dies war der wahre Grund dafür, warum sie auf ihren Reisen bekannten Menschen auswich. Sie lenkten sie von den Menschen ab, die sie nicht kannte. Und von den unerschöpflichen Geschichten, die ihr durch den Kopf gingen, während zu ihrem Entzücken eine Person nach der anderen an ihr vorüberzog.

Just an diesem Morgen im Zug war es wieder passiert. Sicher, Derek hatte sie begleitet, doch er hatte die Nase in seine *Financial Times* gesteckt und nichts gesehen und sie auch nicht abgelenkt. Die Szene, die ihre Aufmerksamkeit erregte, war so belanglos gewesen, dass niemand sonst sie bemerkt hatte, oder falls sie jemandem aufgefallen war, dann hatte er sie ignoriert. Ihnen gegenüber hatte eine Frau gesessen, bleich und abgehärmt, mit tief in den Höhlen liegenden Augen, unglücklich. Amanda hatte insgeheim ihr Gesicht studiert. Unter der hässlichen Baseballmütze, die sie in die Stirn gezogen hatte, um ihr Haar zu verbergen, war sie unglaublich schön, wenigstens sah es so aus, als könnte sie es sein. Kaum dass sie sich gesetzt hatte und ins Leere starrte, klingelte ihr Handy. Die ersten Töne der Ouvertüre von »Wilhelm Tell« störten mit zunehmender Lautstärke die Stille im Wagen. Zuerst tat die Frau so, als sei sie nicht gemeint. Als die Klänge drängender wurden, schnappte sie ihre Tasche, wühlte darin herum und fand das Handy. Doch statt es abzuschalten, wickelte sie es in ihr Halstuch und vergrub es am Boden der Tasche. Rossinis elektronisches Meisterwerk wurde zu einem zornigen, aber immer noch vernehmbaren Quäken degradiert. Als der Anrufer endlich aufgab, nahm die Frau noch einmal ihre Tasche, holte das Handy heraus, gab eine kurze Nummer ein und steckte es wieder weg. Zwei zornige rote Flecken waren auf ihren Wangen aufgeflammt. An der nächsten Haltestelle stieg sie aus und ließ eine entsetzlich neugierige Amanda zurück. Vermutlich sollte die Nummer, die sie eingegeben hatte, die Anrufe der betreffenden Person blockieren. Doch warum schaltete sie das Telefon nicht einfach komplett ab? Und wenn sie es nicht abschaltete, auf wessen Anruf wartete sie dann? Wer? Warum? Wohin?

Als sie einige Zeit später in der Boeing 767 saß und aufs freudlose Panorama von West London hinunterschaute, griff sie automatisch zu ihrem Notizblock.

Wenn man sie nicht schon in der Abflughalle vor dem

Start beobachtet, ist es schwer, sich ein Bild von den Mitreisenden in einem Flugzeug zu machen. Wer direkt neben dir sitzt, ist besonders wichtig. Vor allem, wenn sie unerfreuliche Angewohnheiten haben oder besessene Plauderer sind, oder zu jung, um sich höflich zurückzuhalten. Die anderen kann man nur in winzigen Ausschnitten sehen, wenn sie aufstehen oder herumlaufen oder wenn sie hintereinander in den Reihen sitzen und einem entgegensehen, wenn man zur Toilette geht und jede Sekunde der gesegneten Freiheit auskostet, bevor man sich wieder auf seinen Platz quetschen muss.

Auf der längsten Flugreise, die sie je unternommen hatte, bekam Amanda unerklärlicherweise Langeweile. Es war nicht so, dass sie einen Urlaub vor sich hatte, auf den sie sich freuen konnte. Der Anlass der Reise war geschäftlicher Natur, eine Reihe von schwierigen Verhandlungen, und sie war von ihrem feigen Chef an die Front geschickt worden.

Sie war es müde, den Sitz vor sich anzustarren. Den Bildschirm, auf dem ein Film lief, konnte sie auch nicht sehen. Darin ging es um eine Baseballmannschaft, die aus Strafgefangenen bestand, also nicht unbedingt ihr Lieblingsthema. Sie aß. Sie schlief. Sie las. Sie studierte die Wolkenformationen, und sie blickte zum schönen blauen Krepp hinunter, das sich zu allen Seiten erstreckte, während sie über dem Atlantik nach Westen flogen.

Ihre schläfrige Langeweile wurde vom Piloten unterbrochen. »Sehr verehrte Damen und Herren, unter uns liegt gerade die Küste von Labrador. Es interessiert Sie vielleicht, dass die Temperatur dort unten minus achtundzwanzig Grad beträgt.«

Amanda riss die Augen auf. Sie beugte sich zum Fenster vor und spähte hinab. Das endlose schimmernde Blau war verschwunden. Weit, weit unten war das Meer grau und weiß, und hier und dort ragten Eis und Fels hervor. Bald war nur noch Eis zu sehen. Sie schauderte trotz der Tatsache, dass die Temperatur in der Kabine annähernd bei achtundzwanzig Grad über Null lag. Die Leere, die Öde, die Reinheit und die Wildheit dieses unendlichen Landes waren atemberaubend schön.

Amandas Nachbar auf der anderen Seite des Ganges war aufgestanden und streckte sich. Insgeheim hatte er sie hinter seiner Zeitung hervor schon eine Weile beobachtet. Er räusperte sich und beugte sich herüber. »Verzeihung.«

Sie hörte es nicht. Sie war völlig in der Betrachtung der Landschaft unter ihr versunken.

Lächelnd und nickend kehrte er zu seinem eigenen Platz zurück. Sie war in ihrer eigenen Welt. Gewiss ein schöner Ort.

Das Flugzeug flog jetzt niedriger. Hätte es dort unten Menschen gegeben, dann wären sie als kleine schwarze Punkte zu sehen gewesen, von den Stümpfen gefällter Bäume oder, so dachte sie auf einmal, von Bären nicht zu unterscheiden. Jetzt war eine schnurgerade Straße zu sehen, die sich wie ein Lineal durch die Landschaft zog. Sie flogen noch niedriger, und sie konnte in dieser ganzen trostlosen Gegend ein einziges Auto ausmachen. In der Nähe erkannte sie zwei kleine Punkte, die sich vom Auto entfernten. Wer? Warum? Wohin? Sie waren zu weit voneinander entfernt, um zusammen zu sein. Und doch, wie konnten sie in dieser unendlichen Landschaft voneinander unabhängig sein?

Amandas Nachbar auf der anderen Seite des Ganges blickte zu ihrem Sitz und runzelte die Stirn. Er hatte nicht gesehen, dass sie aufgestanden war und ihren Platz verlassen hatte. Er drehte sich um und blickte zum Heck der Maschine. Keine Spur von ihr. Lächelnd sah er wieder nach vorn und fragte sich, wohin sie gegangen war und wie lange sie fortbleiben werde.

Die schneidend kalte Luft und das Knirschen des Schnees unter den Füßen kamen so plötzlich, das Heulen des Windes klang so einsam, dass sie im ersten Augenblick unfähig war zu reagieren. In der Nähe sah sie die Frau. Sie trug einen mit Fell besetzten Parka und dicke Hosen, doch die Handschuhe waren fort. Ihre Hände waren wie ihr Gesicht rissig und wund. »Helfen Sie mir«, keuchte die Frau.

Es gab kein Entrinnen. Kein Versteck weit und breit. Nur eine einzige Chance, während der Wind die oberste Schneedecke von der Straße fegte wie die Gischt auf dem Meer. »Da unten – vielleicht können wir uns im Schnee verstecken.« Sie fasste die Frau am Arm und schob sie in eine Schneewehe neben der Straße. Hektisch schaufelte sie mit beiden Händen Schnee, und die Frau war verschwunden.

Sie hatte keine Zeit mehr, sich selbst zu verstecken. Zitternd stellte sie sich dem Mann, sah das vor Wut fleckige Gesicht, den hasserfüllten Mund, die mit Eis verkrusteten Haare, die vor seiner Kapuze pendelten. Er trug Handschuhe und hatte ein Gewehr dabei.

»Wo bist du, Mary-Anne?«

Er rannte Amanda entgegen, ohne sie zu sehen. »Ich wollte doch nur, dass du mich liebst!« Sie konnte sehen, wie die Tränen auf seiner Wange gefroren und hörte die Verzweiflung in seiner Stimme. »War das denn zu viel verlangt?« Er blieb taumelnd stehen und sah sich in der leeren Landschaft um, ohne Amanda zu sehen. Seine Lungen pumpten schwer, er schluchzte hemmungslos und gequält. Dann auf einmal warf er das Gewehr in das wirbelnde Weiß und sank auf die Knie.

Neben ihr regte sich etwas im Schnee. »Andy!« Die Frau arbeitete sich heraus und ging ihm entgegen. »Andy, es tut mir Leid. Ich liebe dich. Ich liebe dich.«

Er streckte die Arme zu ihr aus. Jetzt weinten sie beide.

Der Wind wurde stärker. Das Auto hinter ihnen war nicht mehr zu sehen.

»Geht zurück! Steigt wieder ins Auto!«, flehte Amanda. Sie schielte mit schmalen Augen zum Himmel. War das ihr Flugzeug, das sich da oben silbern vor der dicken Schneewolke abhob? Die Panik fuhr ihr wie ein Messer in den Bauch. Das Paar taumelte gegen den Wind die Straße hinunter und entfernte sich von ihr. Gleich würden sie außer Sicht sein und Amanda wäre allein. »Wartet!« Der Wind riss ihr die Worte von den Lippen und zerstreute sie im Nichts. »Wartet ...«

Sie konnte nicht atmen. Die Luft war heiß. Abgestanden. Ihre ausgestreckte Hand traf das Fenster neben ihrem Ohr. Sie hatte geschlafen. Geträumt! Irritiert richtete sie sich auf und stieg über den leeren Sitz neben ihr, um zur Toilette zu gehen. Vielleicht war es nur ein Traum, ein eingebildetes Zwischenspiel gewesen, doch ihre Hände und das Gesicht waren rissig und halb erfroren, und ihr Atem rasselte noch in der Brust.

Der Mann auf der anderen Seite des Ganges lächelte. »Na, wo waren Sie denn?«

Sie starrte ihn verwirrt an.

»Sieht aus, als wären Sie mal eben Luft schnappen gewesen.« Er betrachtete ihre Füße.

Sie folgte seinem Blick und erschrak. Ihre Schuhe waren mit schmelzendem Schnee bedeckt. Kleine Eiszapfen hingen an den Säumen ihrer Hose.

Sie schaute auf und begegnete seinem Blick. Er sah die ersten Anzeichen aufkeimender Furcht in ihren Augen. »Gehen Sie nur und erfrischen Sie sich«, sagte er. »Ich bestelle Ihnen einen Drink.«

Als sie zu ihrem Platz zurückkehrte, hatte er einen Whisky und Ingwerbier bestellt, doch er machte keine Anstalten, auf den Sitz neben ihr zu wechseln, sondern lehnte sich nur über den Gang herüber. »Alles klar?« Sein Lächeln war sanft. Nicht bedrohlich.

»Was ist mit mir passiert?« Ihre Hände zitterten auf einmal.

Er zuckte mit den Achseln. »Ein Traum? Eine außerkörperliche Erfahrung? Eine Trance? Schreiben Sie sich darin selbst das Drehbuch dazu?« Er nickte zu ihrem Buch mit den Schnipseln hin, das neben ihr auf dem freien Sitz lag. Der Stift ruhte am Spiraldraht in der Mitte.

»Das klingt ja so, als fänden Sie das völlig normal.«

»Wer sagt denn, dass es das nicht ist?«

»So etwas ist mir noch nie passiert.« Sie war erschüttert.

»Vielleicht bisher nur in Ihren Träumen.«

Sie trank einen Schluck und spürte, wie die Wärme ihre Adern durchflutete. Als sie sich den Mann genauer ansah, bemerkte sie, dass er älter war, als sie vermutet hatte, und sie spürte echte Anteilnahme und Freundlichkeit in seinem Blick.

»War ich denn wirklich nicht hier? Nicht mehr auf meinem Platz?« Sie blickte zu ihren immer noch feuchten Schuhen hinunter.

Er nickte.

»Ich will nicht, dass es noch einmal passiert.«

»Ich bin nicht sicher, ob Sie das verhindern können.« Er runzelte die Stirn. »Es gibt aber einige Dinge, die Ihnen die Sache leichter machen könnten. Soll ich Ihnen ein paar Bücher empfehlen?«

»Wie kommt es, dass Sie so viel darüber wissen?«

»Ich halte Vorträge über solche Dinge.« Er lächelte. »In Toronto zum Beispiel einen über Parapsychologie.«

»Was für ein Zufall.« Sie trank noch einen Schluck, dann fiel ihr etwas ein. »Es ist doch ein Zufall, oder? Sie haben mich doch nicht da hinuntergebeamt oder so?«

Er lachte. »Wenn so etwas nur möglich wäre, meine Liebe.«

»Aber diese Leute im Schnee ... ist das wirklich passiert?«

Er zuckte mit den Achseln. »Welche Leute? Welcher Schnee?«

Niedergeschlagen sackte sie auf ihrem Sitz zusammen.

Nach einem kurzen Schweigen beugte er sich wieder zu ihr hinüber. Er musste die Stimme ein wenig heben, um das Dröhnen der Motoren zu übertönen. »Der Schnee war real. Ich habe ihn auf Ihren Stiefeln gesehen.«

»Dann werde ich also nicht verrückt?«

Er schüttelte den Kopf. »Machen Sie sich keine Sorgen. Sie haben eine Begabung – vielleicht sollte man besser sagen, eine Fähigkeit. Kultivieren Sie sie, wenn Sie es wagen. Es könnte sehr aufregend sein.«

»Niemand wird mir jemals glauben.«

»Nein. Aber Sie sind Schriftstellerin. Schreiben Sie darüber. Erzählen Sie die Geschichte. Lassen Sie diejenigen daran glauben, die es wollen. Die anderen können es einfach lesen und vielleicht darüber nachdenken.«

Er hatte ihr Notizbuch betrachtet. Sie hob es nachdenklich auf. Er meinte, sie sei eine Schriftstellerin, und das entsprach der Wahrheit. Schließlich hatte sie jede freie Sekunde ihres Lebens mit Schreiben verbracht. Sie wollte mit Derek darüber sprechen. Ihm erzählen, was passiert war. Nein. Er würde ihr nicht glauben. Ihr unbekannter Freund hatte Recht. Wenn sie ihre Schnipsel überhaupt zur allgemeinen Lektüre niederschrieb, dann konnten sie nur als fiktives Werk erscheinen. Ein Traum, den eine Zeitschrift als Artikel veröffentlichte. Oder vielleicht als Roman? Ganz automatisch hatte sie ihren Stift in die Hand genommen.

Doch tief in ihr hat sich etwas verändert. Sie ist sich nicht darüber im Klaren, doch sie hat jetzt Angst, allein zu reisen.

Sie hat Leidenschaft und Furcht kennen gelernt und eingesehen, wie distanziert sie immer war. Wenn sie wieder zu Hause ist, wird ihre Beziehung zu Derek enger werden, verbindlicher. Wenn er sie in sechs Monaten bitten wird, sie zu heiraten, wird sie ja sagen.

Auf der anderen Seite des Ganges lächelte Jack Kennedy. Auch er hatte nach seinem Notizbuch gegriffen. Seines war allerdings ein elektronisches.

Fall 128. Name der Person: Amanda Jones. Er hatte ihren Namen auf dem Anhänger ihrer Bordtasche gesehen. *Geschätzte Empfänglichkeit: 7/10. Tatsächlich: 10/10. Verifizierbare Fakten: Möglicherweise Bestätigung durch zwei Personen auf der Straße? Zeit und Ort prüfen.* Er lächelte in sich hinein.

Er hatte aus Erfahrung gelernt, sich danach um seine Versuchskaninchen zu kümmern. Whisky und Ingwerbier für diejenigen, die diese Einöde im Schnee besuchten. Eiskalter Gin und Zitrone für die, die in der Sahara landeten. Creme gegen den Sonnenbrand. Und natürlich ein signiertes Exemplar seines Buches über Trans- und Bilokation, dazu eine E-Mail-Adresse, unter der sie ihn erreichen konnten, wenn sich in ihrem Leben und in beruflicher Hinsicht etwas änderte, und wenn sie Rat brauchten, falls es sich wiederholte, was eigentlich immer geschah …

Natürlich gab es auch stets ein Risiko. Es bestand immer die Möglichkeit, dass einer von ihnen eines Tages nicht ins Flugzeug auf den Sitz neben seinem eigenen zurückkehrte. Das würde interessant werden. Ein ebenso denkwürdiges wie unglückliches Ereignis. Sicherlich einen eigenen Anhang in seinem nächsten Buch wert. Ein Schnipsel. Er lächelte, als er an das Wort dachte, das sie auf den Titel ihres Notizblocks geschrieben hatte. Seltsam, wie oft er angesichts der sonst recht willkürlichen Auswahl seiner Opfer auf Schriftsteller traf. Zwei Romanautoren, ein Reiseschriftsteller und vier

Journalisten waren es bisher gewesen. Alle waren allein gereist.

Als er die letzten Details eingetragen und den Computer ausgeschaltet hatte, lehnte er sich in seinem Sitz zurück. Amanda war auf der anderen Seite ins Schreiben vertieft. Er lächelte nachdenklich. Vielleicht sollte er dafür sorgen, dass sein nächstes Opfer – Nummer 129 – da unten blieb. Der Rückflug nach London in drei Tagen könnte die ideale Gelegenheit sein. Man stelle sich nur den Tumult vor, wenn unterwegs ein Passagier verloren ging. Die Verwirrung. Man stelle sich das Gefühl von Macht vor, wenn er jemanden auswählte, der dieses Mal das Opfer eines perfekten Verbrechens werden sollte. Denn auch wenn es im Namen der Wissenschaft geschehen würde, es würde ein Mord sein. Daran bestand nicht der leiseste Zweifel.

Die Küche im Cottage

Als Roz das Fen Cottage zum ersten Mal sah, war sie sofort sicher, ihr neues Zuhause gefunden zu haben. Nur die Küche hielt sie davon ab, auf der Stelle ein Angebot zu machen. Der Rest des Hauses war idyllisch. Es hatte niedrige Decken mit dicken Balken, ein Strohdach, drei reizende kleine Schlafzimmer mit winzigen Fenstern, ein hübsches Wohnzimmer, das zu einer von Blumen förmlich überwucherten Terrasse hinausging, und ein Esszimmer mit einer großen Kaminecke. Die Küche befand sich im Anbau. Sie war lang, schmal, dunkel und primitiv. Roz dachte nach, machte ein paar Zeichnungen, stellte einige Berechnungen an und machte ein Angebot. Es wurde sofort akzeptiert.

Acht Wochen nach dem ersten Blick auf das Cottage schloss sie zum letzten Mal die Tür ihrer Londoner Wohnung, holte tief Luft und fuhr aufs Land. Sechs Monate zuvor war ihr bewusst geworden, dass sie nicht mehr in London leben wollte. Dank der modernen Technik konnte sie als freiberufliche PR-Beraterin zu Hause arbeiten und leben, wo immer sie wollte. Nur die Gewohnheit hatte sie in der Stadt gehalten. Und ganz gewiss kein Mann. Ihre letzte Beziehung war verlaufen wie alle anderen zuvor – ganz schön, so lange sie andauerte, aber irgendwie nicht wirklich befriedigend. Sie hatte, so dachte sie, ihren wahren Seelengefährten noch nicht gefunden, und vielleicht würde sie ihn auch niemals mehr finden. Zu ihrer eigenen Überraschung bereitete ihr diese Vorstellung keine Sorgen. Sie spürte viel mehr eine ungeahnte Freiheit.

Eins der Schlafzimmer – das schönste – verwandelte sie in ein Büro. Es bot einen prächtigen Ausblick auf den wilden, überwucherten Garten (ein Projekt für die fernere Zukunft) und über die Hecke hinweg bis zu den Feldern. Um den Kontakt zum Rest der Welt zu halten, richtete sie Telefon, Fax und Modem ein. Abends begann sie mit der Arbeit am Esszimmer, das ihre neue Küche werden sollte.

Offensichtlich war der Raum früher schon einmal die Küche des Hauses gewesen, dachte sie. Deren Überreste konnte man noch sehen. In der Kaminecke fand sie Spuren des Backofens und einen Salzkasten. Sogar der senkrecht stehende Stab, mit dem man den Topf über das Feuer schwenken konnte, war noch da, alles verborgen unter einer jahrhundertealten Kruste aus Ruß.

Sie begann mit der Blumentapete. Sie war die oberste von etwa sechs Schichten, die sie in großen Streifen ablöste. Als die braun gestrichenen edwardianischen Schränke, die Beleuchtung aus den fünfziger Jahren und der feuchte Boden an der Reihe waren, beschloss sie, auf die Hilfe eines Bauhandwerkers aus dem Ort zurückzugreifen. Zwei Angebote lagen ihr bereits vor, als Edwin Fosset auftauchte.

»Wie ich hörte, gibt es hier einiges zu tun.« Er blickte aus sanften grauen Augen ernst auf sie herab. Er war groß und schmal und hatte ein freundliches, vom Leben gezeichnetes Gesicht, das auf seine Weise recht attraktiv war und ihr Vertrauen einflößte. Nur wenige Augenblicke später hatte sie das Gefühl, ihn schon ihr Leben lang zu kennen. Sie bat ihn sofort herein und holte ihre Zeichnungen.

Er sah sie kritisch durch. »Das könnte ein schönes Zimmer werden. Kein Problem, soweit ich es sehen kann. Ich könnte sofort anfangen.« Er schauderte. »Es ist kalt hier drin. Vielleicht sollten wir erst einmal die Fenster öffnen und etwas Sonne hereinlassen.«

Das war eins der Probleme. Der Raum war außerordentlich kalt. Und deprimierend. Sobald sie sich darin befand, hatte sie das Gefühl, ihre ganze Begeisterung und Lebenskraft würden aus ihr weichen, als hätte jemand einen Stöpsel aus ihren Fußsohlen gezogen.

Sie erwähnte das ihren ersten Gästen gegenüber, ihren neuen Nachbarn Bob und Julie, die ein Stück weiter die Straße hinauf wohnten. Sie bewunderten das Wohnzimmer und das Schlafzimmer, kamen mit ihr in die Küche, wo sie Kaffee machte, und stimmten zu, dass sie viel zu klein sei. Dann gingen sie mit den Tassen ins alte Esszimmer. »Dies ist ein besonders schöner Raum«, sagte Roz. »Potenziell jedenfalls.«

»Ah, ja«, meinte Bob. »Potenziell.«

»Und was heißt das?«, fragte Julie, die sich umsah. »Potenziell!« Sie äffte ihn nach. »Es ist wirklich ein hübsches Zimmer. Schau nur, man sieht ja sogar die Obstbäume.«

Roz ließ Bob nicht aus den Augen. »Sagen Sie jetzt nicht, dass hier jemand gestorben ist.« Sie wollte einen Witz machen, doch der Gedanke tauchte mit deprimierender Regelmäßigkeit auf. Nicht zuletzt dank einiger Londoner Freunde, die versprochen hatten, irgendwann später zu Besuch zu kommen und etwas Essbares mitzubringen. Als gebe es außerhalb des Londoner Autobahnrings keine Supermärkte, sondern nur alte Häuser, in denen es möglicherweise spukte.

Bob zuckte mit den Achseln. »Ich habe nichts davon gehört, dass hier jemand gestorben sei. Aber die Grahams, von denen Sie das Haus gekauft haben, haben diesen Raum nie benutzt. Betty sagte, er sei immer kalt gewesen, sogar im Sommer. Einer von Jim Fossets Jungen wird für Sie arbeiten, nicht wahr? Er könnte es wissen.«

»Ein Junge?« Roz kicherte. »Er muss an die vierzig sein.«

Bob lächelte. »Wir sind hier auf dem Dorf, Roz. Die Leute werden hier nach Generationen definiert. Die Fossets leben schon seit Jahrhunderten hier. Die Großmutter des Jungen hat die Dorfschule geleitet, und die Urgroßmutter war früher mal Köchin im Herrenhaus. Die Ururgroßmutter war ...« Er zögerte und sah seine Frau an.

»Sagen Sie nichts. Sie war eine Hexe?« Roz sah erwartungsvoll von einem zum anderen.

Julie zuckte mit den Achseln. »Nein, davon habe ich nichts gehört. Ich habe keine Ahnung, was sie war. Ich frage mich nur, wie Ihr Bauhandwerker da hineinpasst. Er scheint älter zu sein als die Söhne, also ist er vielleicht der Vetter, der weggegangen ist. Er soll zur Universität gegangen sein, und wenn man dem Tratsch im Dorf glauben kann, dann hat er einen Haufen Geld verdient. Aber wenn das stimmt, warum ist er dann wieder da und arbeitet als einfacher Handwerker?«

»Meiner Ansicht nach ist er jedenfalls ein guter Handwerker«, warf Roz zu seiner Verteidigung ein. »Vielleicht mag er es, auf dem Bau zu arbeiten.« Sie hatte auf einmal die niederschmetternde Vision, ihr neu gewonnener Freund könne sie inmitten aufgetürmter Werkzeuge und Staubplanen sitzen lassen, um sich wieder um seine anderen Vorhaben zu kümmern. Doch sie war neugierig geworden.

Sie dachte oft an Edwins starke braune Hände, während er Hammer und Schaufel schwang. Sein ruhiger, reservierter Charme gefiel ihr besser als die extrovertierten Männer, die bisher in ihrem Leben gekommen und gegangen waren. Sie musste zugeben, dass sie ihn sehr attraktiv fand. Doch sie war nicht auf der Suche nach einem Mann. Was sie brauchte, war eine Küche.

Nur zwei Tage später stieg Edwin die Treppe zu Roz' Arbeitszimmer hoch und klopfte an, als sie gerade ein Telefonat mit New York beendete. »Können Sie mal runterkommen?«

»Was ist denn?« Sie fühlte sich auf einmal beklommen.

»Da ist etwas, das ich Ihnen zeigen möchte.« Mehr wollte er nicht verraten, und sie musste der rätselhaften schweigsamen Gestalt die gewundene Treppe bis hinunter ins Esszimmer folgen, wo er den Boden ausgehoben hatte, um ein wasserdichtes Fundament zu legen.

»Sie haben doch hoffentlich keine Leiche gefunden, Edwin?«, versuchte sie es mit Humor zu nehmen. »Ich habe schon damit gerechnet, dass Sie hier früher oder später etwas ausgraben.«

Er grinste, und sein Gesichtsausdruck hellte sich merklich auf. »Nein, keine Leiche. Schauen Sie.«

Sie spähte in das Durcheinander von Erde und Staub. »Und was genau soll ich da sehen?«

Er seufzte. »Hier, schauen Sie her.« Er hockte sich hin und kratzte im losen Erdreich herum.

Sie hockte sich neben ihn. »Das sieht aus wie alte Ziegel.«

»So ist es.« Er lächelte sie an. »Eigentlich sind es Fliesen. Das Haus soll Fundamente aus dem Mittelalter haben, und das hier ist der alte Fußboden.«

Sie kniete nieder und berührte die roten Kacheln. »Ich wusste gar nicht, dass das Haus schon so alt ist. Sie sind schön. Können wir sie freilegen und benutzen? Was meinen Sie?« Sie schaute zu ihm auf. »Entschuldigen Sie, wenn ich Sie das frage – aber ist es eigentlich wahr, dass Sie einen akademischen Abschluss haben?«

»Ja.«

»Darf ich fragen, in welchem Fach?«

»Archäologie.« Er runzelte die Stirn. Sie hatte verbotenes Terrain berührt.

Sie zog sich auf neutrales Gelände zurück. »Dann können Sie sicher beurteilen, ob wir hier etwas gefunden haben, das wir melden müssen?«

Er entspannte sich. »Ja, das würde ich erkennen.«

Mutiger geworden, wagte sie die Frage zu stellen, über die sie schon eine ganze Weile gebrütet hatte. »Ich bin neugierig. Darf ich Sie fragen, warum Sie in meiner Küche arbeiten, obwohl Sie einen Abschluss in Archäologie haben?«

Er zuckte mit den Achseln. »Es ist ein Job.«

»Aber kein sehr akademischer.«

»Ich bin auch kein Akademiker.« Er nahm die Kelle, mit der er gegraben hatte. »Sprachen Sie nicht gerade von einer Tasse Tee?«

»Sie wissen, dass ich das nicht habe.« Sie lächelte wieder. »Aber ich verstehe einen Wink mit dem Zaunpfahl, wenn ich ihn sehe.«

Um halb zwei in der Nacht erwachte sie, weil jemand gerufen hatte. Sie kämpfte sich aus dem Schlaf der Erschöpfung hoch und sah sich desorientiert im Zimmer um. Es war jetzt still, doch sie war sicher, dass der Lärm kein Teil eines Traums gewesen war. Sie stieg aus dem Bett, schlich auf Zehenspitzen zur Tür und lauschte. Im Cottage war kein Laut zu hören. Draußen vor dem offenen Fenster rief eine Eule, die hinter den Malven bei der Hecke jagte, dann war es wieder still. Der Duft der Rosen stieg zu ihr hoch.

So leise sie konnte, zog sie die Tür auf, trat auf den Treppenabsatz hinaus und schlich barfüßig bis zum oberen Ende der Treppe. Auf einmal bemerkte sie, dass die Härchen auf ihrem Arm aufrecht standen. Sie schauderte, obwohl es eine warme Nacht war.

Sie konnte das Mondlicht sehen, das im Esszimmer durchs Fenster in das schwarze Loch im Boden, in den Flur und fast bis zur Treppe fiel. Schlagartig empfand sie die Stille als bedrückend. Sie holte tief Luft, nahm ihren ganzen Mut zusammen und zwang sich, nach unten zu gehen. Am Fuß der Treppe blieb sie wieder stehen und starrte ins Zimmer. Sie sah undeutlich eine Gestalt am Kamin stehen.

»Edwin?« Sie brachte kaum mehr als ein atemloses Krächzen hervor.

Die Gestalt drehte sich zu ihr um. Sie sah ein bleiches, abgehärmtes Gesicht, sanfte graue Augen und ein braunes, abgetragenes Wams. Dann jedoch, während sie sie beobachtete, löste sich die Gestalt einfach auf und verschwand. Es war nicht Edwin, doch es war jemand, der ihm sehr ähnlich war.

Eine kleine Weile war es vollkommen still, dann setzten die gewohnten Geräusche im Cottage wieder ein. Die Uhr im Flur tickte, sie hörte in der Küche einen Wasserhahn tropfen, und auf einmal drangen die klaren, köstlichen Rufe einer Nachtigall durchs Fenster herein.

Sie hockte sich auf die Treppe und legte das Gesicht auf die verschränkten Arme. Sie zitterte, doch sie fühlte eher Überraschung als Furcht. An der Erscheinung war nichts Erschreckendes gewesen.

»Ich träume.« Sie sprach es laut aus, holte tief Luft und ging zur Tür des Esszimmers. Der Raum war völlig leer, das Mondlicht lag wie ein silberner Teppich auf dem Staub, den Ziegeln, der Erde und dem verstreuten Werkzeug. Sie ging ein paar Schritte in den Raum hinein und sah sich um. Der Mann hatte vor dem Kamin gestanden und vor seinen Füßen auf den Boden geschaut. Sie blickte forschend nach unten. Da war nichts.

Als Edwin am nächsten Morgen kam, telefonierte sie gerade. Sie stand oben und schaute zu ihm hinunter, als er aus seinem Lieferwagen stieg und den Weg heraufkam. Sie achtete nur noch halb auf das, was sie am Telefon sagte. Unwillkürlich schauderte sie.

Als sie schließlich nach unten ging, war der halbe Fußboden aufgerissen.

»Guten Morgen.« Er begrüßte sie mit einem Lächeln, ohne die Arbeit zu unterbrechen.

»Edwin.« Sie zögerte. Das Gesicht aus ihrem Traum – falls es denn ein Traum gewesen war – ging ihr nicht aus dem Sinn. Aber wie konnte sie ihm erzählen, dass sie von jemandem geträumt hatte, der ihm erstaunlich ähnlich sah?

»Wie lange werden Sie wohl noch brauchen?«, fragte sie schließlich lahm.

»Nicht mehr lange.«

Damit musste sie sich zufrieden geben.

Drei Nächte später wachte sie erneut auf. Von unten hörte sie Gelächter und Rufe. Sie sah sich in der Dunkelheit um, so gut es ging. In dieser Nacht gab es kein Mondlicht, und sie hörte das leise Prasseln des Regens in den Rosen unter ihrem Fenster. Süßer Duft von feuchter Erde stieg von dort auf. Sie blieb einige Sekunden still liegen, ihr Herz raste vor Angst, dann setzte sie sich langsam und widerwillig auf und schwenkte die Beine über die Bettkante.

An der Tür blieb sie stirnrunzelnd stehen. Sie konnte Bier riechen. Die Gespräche und das Gelächter wurden lauter, und sie hörte aus der Richtung des Esszimmers sogar Gläserklang.

Sie schlich hinunter, huschte auf Zehenspitzen durch den Flur, holte tief Luft und stieß die Tür auf.

Schlagartig herrschte tiefe Stille. Der Raum war leer.

Sie trat ein und sah sich um. Das Zimmer war, wie Edwin es verlassen hatte. Der Boden war fertig und sauber gefegt, die Wände gesäubert und die Fensterrahmen repariert. Jetzt musste man nur noch den Kamin in Ordnung bringen und das Zimmer tapezieren, dann konnten der große Ofen, die

Spüle und die alte Kommode geliefert werden, die sie im Antiquitätenladen des Dorfs erstanden hatte.

Sie betätigte den Lichtschalter. Der Biergeruch war völlig verschwunden.

»Kann es sein, dass das Fen Cottage früher mal ein Pub gewesen ist?«, fragte sie Julie, als sie ihre Nachbarin am nächsten Morgen beim Einkaufen im Dorfladen traf. Edwin war unterwegs, eine Ladung Ziegel holen.

»Davon weiß ich nichts. Wie kommen Sie darauf?« Julie verstaute ihre Einkäufe in einem Korb.

Roz zuckte mit den Achseln. »Nur etwas, das ich gehört habe.«

»Ja, es war mal ein Gasthof«, bestätigte Edwin später. Er hockte sich einen Augenblick auf die Hacken, auf der Kelle befand sich ein Klecks hellgelben Speis. »Das ist aber schon ein paar hundert Jahre her. Warum?« Er sah sie scharf an.

Sie zuckte mit den Achseln. »War nur so ein Gedanke.«

Als sie in der folgenden Nacht erneut Geräusche hörte, wäre sie beinahe nicht nach unten gegangen. Sie steckte den Kopf unters Kissen und blieb fünf Minuten liegen, dann stand sie widerwillig auf.

Dieses Mal hörte der Lärm nicht auf, als sie die Tür aufstieß. Der Raum war voller Menschen. Sie sah den Rauch vom Kaminfeuer und von den Tonpfeifen der Männer. Sie sah die Theke und die dicke Frau mit dem roten Gesicht, die aus einem hinter ihr aufgebockten Fass das Bier zapfte. Sie sah die hübsche Serviererin mit dem blonden Haar, die sich zwischen den Zechern hindurchschlängelte und quietschend die aufdringlichen Hände der Männer wegschlug, die mit ihr anbandeln wollten. Und sie sah den Mann, den sie schon einmal gesehen hatte.

Er stand mit dem Rücken zur Wand neben dem Feuer, die Augen auf das Mädchen gerichtet. Roz konnte beobachten, wie er eine Hand in die Tasche steckte und etwas herauszog. Ein kleines Silberamulett an einer dünnen, zierlichen Kette. Sie sah, wie er die Hand des Mädchens fasste, als sie vorbeikam, und wie er mit dem Mädchen sprach. Sein Verlangen kam in jeder Bewegung seines Körpers zum Ausdruck, als er ihr schüchtern den Anhänger in die Hand drückte. Als das Mädchen ihn betrachtete, glommen Liebe und Hoffnung in den Augen des jungen Mannes auf.

Dann lachte das Mädchen. Sie ließ die hübschen Locken fliegen, wackelte mit den Hüften und steckte ihm das Amulett in die Tasche zurück.

Er war verblüfft. Roz konnte sehen, wie er sich von der Wand entfernte, das Gesicht rot vor Verlegenheit, als ihm die johlenden Zecher zu verstehen gaben, dass sie das Zwischenspiel genau beobachtet hatten. Blitzschnell zog er das Amulett aus der Tasche und warf es ins Feuer, dann drehte er sich um und ging zur Tür hinaus auf die Straße.

Als die Tür zufiel, stand Roz allein im stillen Cottage und starrte den leeren Raum an.

Am nächsten Abend kam Bob vorbei, um ihr einen Katalog mit Lampen zu leihen. Sie gingen auf die Terrasse hinaus und tranken ein Glas Wein. »Wie ich hörte, haben Sie sich nach der Geschichte des Hauses erkundigt«, sagte er. »Sie hatten Recht, es war tatsächlich mal ein Pub. Und es gibt sogar eine Geschichte dazu. Ein Mann aus dem Dorf ging nach London und machte dort sein Glück. Dann verliebte er sich in die Kellnerin des Pubs. Sie wies ihn ab, und es heißt, er sei nach draußen gegangen und habe sich erhängt.« Er trank einen Schluck Wein, dann bemerkte er ihren Gesichtsausdruck. »Entschuldigen Sie, Roz. Vielleicht hätte ich Ihnen das besser nicht erzählen sollen.«

»Nein.« Sie wandte sich ab, damit er nicht die Tränen

in ihren Augen sah. »Ich bin froh, dass Sie es mir gesagt haben.«

Am nächsten Morgen fragte sie Edwin, ob er die Geschichte kannte. Er war gerade dabei, den Kamin einzurichten, und sie beobachtete sein Gesicht genau. Er hielt kurz inne und starrte in die Ferne, dann zuckte er langsam mit den Achseln. »Ja, ich glaube, das habe ich schon einmal irgendwo gehört.«

Das war alles, was er zu sagen hatte.

Doch an diesem Abend kam er auf die Terrasse heraus, wo sie saß und las. Er hielt etwas in der Hand.

»Ich habe das hier unter altem Mörtel gefunden.«

Das silberne Amulett war stumpf und beinahe schwarz. Sie sah es einige Augenblicke an, dann hielt sie es ihm hin. »Ich glaube, das gehört Ihnen.«

Ihre Blicke trafen sich.

»Deshalb sind Sie wieder hergekommen, nicht wahr?«, fragte sie.

Er sah das Amulett an und nickte langsam. »Sie sagten, er habe ausgesehen wie ich?«

»Ja.« Sie zögerte. »Sie hat seine Liebe nicht verdient, sie war es nicht wert«, erklärte sie viel nachdrücklicher, als sie es eigentlich gewollt hatte.

»Ich habe von diesem Haus geträumt, seit ich ein kleiner Junge war.« Er schaute auf und lächelte unsicher. »Ich glaube nicht an Reinkarnation oder solche Dinge. Aber manchmal, wenn man aufmerksam zuhört, dann kann man die Echos auffangen. Die Ausstrahlung des Kummers erreicht einen über die Jahre hinweg. Ich dachte, es könnte mir die Schmerzen nehmen, wenn ich Archäologie studiere. Damit die Vergangenheit erklärbar, durchschaubar und verständlich wird. Und durch das Bauen, so dachte ich, könnte man sie unter Kontrolle bringen, bis alles sicher ist.« Er betrachtete seine Hände. »Als ich hörte, dass Sie einen Handwerker brauchen, erschien mir das wie ein Wink des Schicksals. Als hätte ich schon die ganze Zeit darauf gewartet.«

»Und jetzt haben Sie es gefunden«, sagte sie sanft. Sie berührte das zerbrechliche Silber und spürte die Wärme seiner Hand, die sich langsam um ihre schloss.

Das Zimmer ganz oben

»Joe, ich habe ein Zimmer gefunden!« Das zerzauste rote Haar wirkte, wenn das überhaupt möglich war, sogar noch etwas temperamentvoller als sonst.

Joe blickte von seinen Büchern auf und sah den Wirbelwind zu seinem Schreibtisch in der Bibliothek eilen. Sie hatte die Arme voller Akten und Notizen, ein Segeltuchbeutel baumelte über ihrer Schulter. Er zuckte müde mit den Achseln. »Können wir es uns leisten?«

Der Hinauswurf aus ihrer Bude, zehn Tage vor dem Ende des ersten Semesters auf der Universität, war der Höhepunkt einer ziemlich miesen Woche gewesen.

Jill nickte energisch. »Ein großes Dachzimmer. Ein bisschen weit außerhalb, aber noch zu Fuß zu erreichen. Gerade eben noch.« Sie grinste und hielt zwei große Schlüssel hoch. »Wollen wir es uns ansehen?«

»Jetzt gleich?« Er blickte bedauernd zu seinem Schreibtisch. In der Bibliothek war es warm und gemütlich. Draußen wehte ein stürmischer Wind, Hagel prasselte wie Maschinengewehrfeuer an die Fenster. Der Gedanke, im Dunklen einen langen Spaziergang machen zu müssen, erfüllte ihn mit ebenso großer Begeisterung wie die Begegnung mit einem Hinrichtungskommando. Aber es musste sein. Ihr seid zum Wochenende raus, hatte ihr Vermieter gesagt, und Joe wusste den Grund. Der Mistkerl hatte jemanden gefunden, der mehr zahlen wollte, keine lästigen Forderungen stellte und keinen Mietvertrag verlangte.

Jill ging schnell und mit gesenktem Kopf, das Gesicht in

der Kälte verzogen und den Kragen bis zu den Ohren hochgeklappt. Er fragte sich, was sie tun würde, wenn er sie in den Arm nähme und an sich zöge. Natürlich nur, um es warm zu haben. Sie teilten sich aus purer Notwendigkeit ein Zimmer. Oder weil das Schicksal es so wollte. Geliebte waren sie jedenfalls nicht. Er hatte sie im Oktober vor der Tür des Wohnheims kennen gelernt. Sie hatten sich beide das Doppelzimmer angesehen und suchten jemanden, mit dem sie sich die Miete teilen konnten. Sie würfelten um das Zimmer. Er gewann und nahm sie als Untermieterin. Ganz einfach. Kein Sex. Keine schmutzigen Socken herumliegen lassen. Das waren ihre Regeln. Er hatte keine Probleme damit.

Er sah sich um, während sie liefen. Bei diesem Regen waren die Straßen verlassen, in eiskalten Tümpeln spiegelten sich die Straßenlaternen. Hin und wieder sah man einen Weihnachtsbaum in einem Fenster. Ansonsten hatten sich die Menschen eingeigelt und alle Vorhänge zugezogen. Er wünschte sich, er könne einfach Jills Hand nehmen. Einfach nur, um sich nicht so allein zu fühlen. Nicht so allein in einer einsamen Welt. Doch selbst das wäre gegen die Regeln gewesen.

Als hätte sie seine Gedanken gelesen, grinste sie ihn aus dem Schutz des Kragens heraus an. »Ich hab ja gleich gesagt, dass es ein weiter Weg ist.«

»Wie hast du überhaupt davon erfahren?«

»Ein Typ, den ich in der Uni kennen gelernt habe.« Sie schenkte sich die weiteren Details. »Er meinte, er wäre selbst dort eingezogen, wenn er nicht etwas Besseres gefunden hätte.«

»Das klingt ja nicht gerade nach einer Luxuswohnung.«

»Aber es ist billig.« Sie fischte ein Stück Papier aus der Tasche und blieb einen Moment unter einer Laterne stehen. Ein Regentropfen fiel auf das Blatt und verschmierte die

Tinte. »Die Nächste links, dann noch ungefähr eine halbe Meile.«

»Eine halbe Meile!« Er war entsetzt.

Sie bemerkte seinen Blick und zuckte mit den Achseln. »Aber es ist billig!« Sie sagten es gleichzeitig und mussten lachen.

Es war schwer zu finden. Die Hausnummer war vom Tor abgefallen, der Weg zum Haus überwuchert. Sie orientierten sich, indem sie die anderen Hausnummern zu beiden Seiten ablasen. Alle Häuser ringsum waren klein und ordentlich und hatten gut gepflegte Gärten. Nummer 40 aber war verwildert, die Farbe an der Tür warf Blasen. Und es war riesig.

»Niemand da.« Sie standen am Tor und blickten zu den dunklen Fenstern. »Mist!« Joe schnatterte vor Kälte. »Was jetzt?«

»Wir haben den Schlüssel. Der Typ, mit dem ich gesprochen habe, sagte, das Zimmer sei ganz oben. Er sagte, er habe die Leute, die hier wohnten, eigentlich nie gesehen.« Jill betrachtete unsicher die Schlüssel in ihrer Hand. Sie waren mit einem roten Band aneinander geknotet. »Komm schon, lass es uns ansehen, und dann essen wir Fisch und Chips in dem Laden, an dem wir vor zehn Meilen vorbeigekommen sind.« Sie versuchte, sich selbst und ihn aufzumuntern. »Wir haben ja sowieso keine Wahl. Gegen Ende des Semesters ist in der Stadt nichts mehr zu finden.«

Das Tor war eingerostet. Die Scharniere quietschten laut, als sie es aufstießen und rasch über den Weg liefen. Sie klopften und schellten an der Haustür, weil sie Hemmungen hatten, einfach so ins Haus zu gehen, doch niemand kam, um zu öffnen.

Als sie den langen, schmalen Flur betraten, roch es leicht nach Essen. Jill schnüffelte. »Kohl.« Sie tastete nach dem

Lichtschalter. »Warum kochen die eigentlich immer Kohl?« Die einsame Birne im orangefarbenen Lampenschirm beleuchtete einen schmalen Streifen Blumentapete und eine verschnörkelte Flurgarderobe aus Mahagoni mit eingebautem Spiegel. Eine zerknitterte Spitzendecke in der Farbe von kaltem Tee schmückte die Ablage.

»Hallo?« Jill klopfte an die einzige Tür, die auf der linken Seite vom Flur abging. Die braune Farbe war abgeblättert, und es sah aus, als sei die Tür irgendwann vor langer Zeit einmal aufgebrochen worden. Als niemand antwortete, drehte sie vorsichtig am Knopf. Es war abgeschlossen.

Sie standen unsicher herum und blickten die Treppe hinauf. »Ganz oben, sagst du?« Joe legte die Hand auf den riesigen Holzzapfen am unteren Ende des Geländers. Er schien zu groß und zu beeindruckend für den schmalen Flur. »Dann komm.«

Im ersten Stockwerk gingen fünf Türen vom Flur ab. Hinter einer verbarg sich ein Bad. Einfach, altmodisch, ohne Handtücher oder Fußmatten und sogar, wie Jill sofort bemerkte, ohne Toilettenpapier. Die anderen fünf Türen waren verschlossen.

Ganz oben fanden sie drei weitere Türen. Eine führte zu einer kleinen Toilette (ebenfalls ohne Papier), die anderen beiden waren wiederum abgeschlossen. Eine kleine Treppe ohne Teppich führte noch eine Etage höher. Oben starrten sie ins Dunkle. »Chez nous?« Joe hob fragend eine Augenbraue.

»Sieht wohl so aus.« Jill verzog das Gesicht. »Schön ruhig hier, was?«

»Ruhig wie ein Grab«, sagte er mit dumpfer Stimme. Gleich danach wünschte er sich, er hätte sich den Scherz gespart. »Komm, gib mir den Schlüssel. Ich gehe zuerst rein.«

Sie hatte nichts gesagt, doch er konnte spüren, dass sie sich nicht wohl fühlte. Um ehrlich zu sein, war ihm selbst auch unbehaglich zumute. Das Haus war einfach viel zu still.

Der Schlüssel ging mühelos ins Schloss, die Tür schwang auf. Sobald sie den Lichtschalter gefunden hatten, sahen sie im orangefarbenen Schein einer weiteren einsamen Birne im Lampenschirm einen langen Raum mit niedriger Decke und vier Mansardenfenstern. Zwei gingen zur Straße hinaus, die anderen beiden vermutlich zum Garten. Als Joe sich auf die Bank am Fenster hockte und nach draußen sah, konnte er jedoch nichts erkennen.

Der Raum war mit zwei Betten, zwei Kommoden, zwei Schränken und einem Tisch eingerichtet. Der Boden war mit schlichtem Linoleum ausgelegt. In einer Ecke hinter einem blauen Vorhang mit Blumenmuster fanden sie eine kleine, zerkratzte Spüle, einen Gaskocher und einen weiteren Schrank.

»Das Paradies!« Joe setzte sich probehalber auf ein Bett und wippte vorsichtig. Dann schaute er zu ihr auf. »Alles klar?« Sie war schrecklich bleich.

»Aber sicher.« Die Antwort kam ein wenig zu schnell. »Es ist prima. Und bei wem sagen wir jetzt Bescheid?«

Er zuckte mit den Achseln, stand auf und ging zum Fenster. »Ich dachte, ich hätte ein Auto gehört.«

Sie liefen nach unten und trafen an der Tür einen älteren Mann, der seinen Schirm auf- und zuklappte, um den Regen abzuschütteln. Verwundert und stirnrunzelnd schaute er auf.

»Wir sind gekommen, um uns das Zimmer anzusehen.«

»Sind Sie der Vermieter?«

Die Tatsache, dass er gleichzeitig mit einer Frage und einer Erklärung konfrontiert wurde, schien ihn zu verwirren. Er steckte den Schirm behutsam in die viereckige Öffnung an der Seite der Garderobe, die offenbar für genau diesen

Zweck gedacht war, und knöpfte langsam seinen Übermantel auf.

»Ist es in Ordnung, wenn wir unsere Sachen später holen?« Jill konnte durchaus ihren Charme spielen lassen, wenn es nötig war. Der Mann erinnerte sie ein wenig an ihren Großvater, und bei ihm hatte das immer funktioniert.

Er hängte seinen Mantel an die Garderobe und blieb einen Augenblick stehen, um seinen Schlips zurechtzurücken. Gedankenverloren starrte er in den fleckigen Spiegel.

»Ist das Ihr Haus, guter Mann?« Joe dachte, eine etwas weniger förmliche Anrede könne womöglich gut ankommen.

Der alte Mann lächelte leise in sich hinein. Er rückte seine Jacke zurecht und trat einen Schritt zurück. Dann drehte er sich zu der Tür hinter ihm um, die Joe vorher schon probiert hatte. Sie sahen schweigend zu, wie er sie öffnete und den Raum betrat. Als er sie hinter sich schloss, stieß Joe ein leises Pfeifen aus. »Ob er uns überhaupt gesehen hat?«

Jill zuckte mit den Achseln. »Sehr gesellig ist er jedenfalls nicht.« Sie schlich zur verschlossenen Tür und legte ein Ohr ans Holz.

»Jill!« Joe war schockiert.

»Es ist so verdammt still. Viel zu still.« Sie drehte sich zu ihm um. »Es gefällt mir hier nicht, Joe.«

Insgeheim musste er ihr zustimmen. »Aber welche anderen Möglichkeiten haben wir? Bis morgen werden wir nichts anderes mehr finden.« Er zuckte mit den Achseln. »Er hat ja ziemlich harmlos ausgesehen. Eigentlich sogar ganz nett.«

Sie lächelte ihn entnervt an. »Du Optimist. Also gut. Dann wollen wir mal.« Sie hob die Faust und klopfte an. »Er müsste doch wenigstens wissen, an wen wir uns wenden können.« Sie klopfte noch einmal.

»Oder vielleicht auch nicht.« Nach einer kleinen Pause verzog Joe das Gesicht. »Wie ich schon sagte, besonders gesellig ist er nicht.«

»Ach, komm schon.« Jill holte tief Luft und klatschte die flache Hand auf die Tür.

»Immer mit der Ruhe.« Joe legte ihr die Hand auf den Arm. »Vielleicht will er einfach nicht mit uns reden.«

»Tja, ich will aber mit ihm reden.« Sie schüttelte ihn ab, und Joe war überrascht, als er sah, dass sie den Tränen nahe war. »Er soll doch nur ein Wort sagen. Ich will das hier in Ordnung bringen, Joe. Ich will einziehen, und ich brauche einen Platz, wo ich wohnen kann. Komm schon, du alberner alter Trottel. Nun antworte doch!« Sie packte den Türgriff und rüttelte kräftig daran.

»Jill, nicht ...«

»Warte ... hör mal! Ich kann ihn hören!« Jill hob eine Hand. »Er kommt.« Ihre Erleichterung war fast körperlich spürbar.

Joe hörte es jetzt auch. Auf der anderen Seite der Tür näherten sich Schritte. Er wechselte einen Blick mit Jill, dann trat er vor und klopfte noch einmal, dieses Mal höflich. Die Tür wurde fast sofort geöffnet.

»Ja?« Der alte Mann starrte sie aus freundlichen hellblauen Augen an.

»Entschuldigen Sie die Störung ...« Joe starrte an der Schulter des Mannes vorbei ins Zimmer. Es war freundlich beleuchtet, und von der Tür aus konnte er im Kamin ein munter brennendes Feuer sehen, die Ecke eines blauen Sofas und einen Tisch mit einer Vase, in der rote Anemonen steckten. Er holte tief Luft. »Wir wüssten gern, ob wir das Zimmer ganz oben mieten können ...« Irgendwie fiel es ihm schwer, einen klaren Gedanken zu fassen.

Der alte Mann lächelte. »Aber natürlich.«

»Sind Sie der Vermieter?« Joes Blick verlor sich wieder im Zimmer, als er eine Frau husten hörte.

»Der bin ich.« Der alte Mann neigte den Kopf. »Sie können den Raum gern mieten, junger Mann.«

»Brauchen Sie Empfehlungen oder so etwas?«

»Morgen.« Er nickte freundlich, trat aus der Tür zurück und schloss sie sachte direkt vor Joes Nase.

Joe starrte noch einen Moment das braune Holz an, dann wandte er sich an Jill. »Tja. Was meinst du?«, flüsterte er.

»Ich denke, es muss uns reichen. Vorübergehend. Wir können uns ja im nächsten Semester immer noch nach etwas anderem umsehen, das zentraler liegt ...« Sie brach ab, als hinter ihnen, jenseits der geschlossenen Tür, erhobene Stimmen zu hören waren.

»Joe ...«

»Warte mal.« Er lauschte wieder. »Sie haben einen schrecklichen Streit. Da weint jemand ...«

Der Lärm war jetzt auch im Flur deutlich zu hören. Eine Frau rief etwas, jemand stieß einen Schrei aus. Hinter der Tür krachte es laut, dann war es wieder still.

Joe und Jill starrten einander an. »Soll ich nicht lieber mal nachsehen, ob da drin alles in Ordnung ist?« Joe runzelte unsicher die Stirn.

»Ich weiß nicht.« Jill wich zur Vordertür zurück. »Joe, ich glaube, wir sollten besser gehen.«

Er sah sie an, ihr Gesicht war kreidebleich. Er nagte an der Unterlippe. »Hör mal, wir müssen uns vergewissern. Es ist auf einmal entsetzlich still da drin.« Er hob die Hand und klopfte behutsam an. Keine Antwort. Er sah sich über die Schulter zu Jill um und klopfte noch einmal. »Hallo? Ist bei Ihnen alles in Ordnung? Können wir helfen?«

Mit einem leisen Klicken schwang die Tür langsam nach innen auf. Joe sprang erschrocken einen Schritt zurück. Er holte tief Luft. »Hallo? Entschuldigen Sie bitte, ist bei Ihnen alles in Ordnung?«

Joe warf Jill einen Blick zu, trat wieder vor und stieß die Tür ganz auf. »Hallo?«, rief er noch einmal. Dann blieb er wie angewurzelt stehen.

»Was ist denn?«

»Es ist leer!« Er trat ins Zimmer und sah sich verblüfft um. Es war ein großer Raum mit hoher Decke und einem schönen Kamin. Hinter dem Gitter war nichts als kalte Asche. Der Raum war leer und dunkel, die Fenster verrammelt, der Boden ohne Teppich.

»Das kann doch nicht sein! Wir haben ihn beide gesehen.« Jill war in der Tür stehen geblieben. »Es muss noch eine andere Tür geben. Er muss hier hereingekommen und woanders wieder verschwunden sein.«

Er schluckte. »Ich habe ihn gesehen. Du hast ihn auch gesehen. Im Kamin brannte ein Feuer. Im Zimmer war es warm. Das Licht war eingeschaltet ...«

»Ich will hier raus.« Jills Stimme klang jetzt sehr drängend. »Das gefällt mir nicht. Komm schon.« Sie zupfte an seinem Ärmel.

»Aber ich verstehe nicht ...«

»Das ist mir egal!« Jills Stimme sprang auf einmal eine Oktave höher. »Ich verschwinde hier.« Sie drehte sich um, rannte zum Flur und griff nach der Klinke, um die Vordertür zu öffnen. Sie fummelte am Riegel herum, dann ging die Tür endlich auf. »Komm schon, Joe!«

»Warte, Jill ... warte auf mich ...« Joe stand immer noch mitten im Raum und sah sich um.

Jill hörte ihn nicht. Sie zog die Haustür auf und rannte auf den Weg hinaus. Zwei Wagen standen am Bordstein, eine Gruppe von Männern hatte sich auf dem Gehweg versammelt. Sie konnte sie in der Dunkelheit nicht genau erkennen und blieb stehen. »Renn los, meine Liebe. Entferne dich von dem Haus!« Die Stimme drang aus der Dunkelheit zu ihr. »Rasch. Du bist jetzt in Sicherheit ...«

»Joe, was ist mit Joe?« Sie spürte, wie der eiskalte Regen ihr ins Gesicht schlug. Der Wind zauste ihr Haar. Sie blickte zum Haus zurück, dann wieder zum Tor. »Mein Freund Joe, er ist noch da drin ...«

Die Straße war verlassen. Das Auto und die Männer waren verschwunden.

Sie drehte sich zum Haus um.

Im Dunklen konnte sie nichts als Bäume sehen. Zu beiden Seiten standen die hübschen, kleinen, modernen Häuschen mit ihren erleuchteten Fenstern im Regen. Vor ihr wuchs schulterhohes, wucherndes Unkraut. Sie konnte Nesseln und totes Laub riechen. Das Haus war verschwunden.

»Joe?« Ihr war eiskalt, und es war ihr übel vor Angst. Sie machte einen Schritt. »Joe, wo bist du?«

Keine Antwort. Das einzige Geräusch, das sie hören konnte, war das Prasseln des Regens auf den glänzenden Lorbeerblättern der Hecke, die sich längs der Straße erstreckte. Im Nachbarhaus, hinter dem Zaun, betätigte jemand einen Schalter, und sie konnte undeutlich die Lichter eines Weihnachtsbaums im Dunklen aufleuchten sehen.

Mondschein

Chris schaltete die Nachttischlampe ein und setzte sich auf. Sie schlang die Arme um die Knie und legte den Kopf auf die Arme. Der Traum war wieder gekommen. Kräftezehrend, erschreckend, aber auch, nun ja, irgendwie erfreulich. Wieder einmal war sie mit dem eigenartigen Gefühl erwacht, es sei überhaupt kein Traum gewesen.

Erst vor wenigen Monaten war sie in dieses Cottage umgezogen, das ganz anders war als das Haus, in dem sie die Kinder aufgezogen und den größten Teil ihres Lebens als Ehefrau verbracht hatte. Sicher, es war verrückt, alles, was sie kannte, hinter sich zu lassen, doch andererseits hatte sie es einfach tun müssen. Ein Zeichen der Unabhängigkeit für eine seit kurzem allein stehende Frau. Außerdem war das College im Nachbarort für die Zwillinge sehr gut geeignet. Überrascht hatte sie festgestellt, dass die beiden auf die anstehende Veränderung mit Begeisterung reagiert hatten, aber wer konnte schon Kinder verstehen? Sie hatten keineswegs den Verlust ihrer Freunde und der Kinos und der unzähligen städtischen Freuden beklagt, sondern auf ganz unkindliche Weise von frischer Luft, von Vögeln und von Blumen gesprochen. Mehr als einmal hatte sie sich gefragt, ob die Geschwister auf jene beunruhigend fürsorgliche Weise, die Kinder manchmal an den Tag legten, übereingekommen waren, dass es gut sei, wenn ihre Mutter umzöge, damit sie von Paul und dessen neuer Frau Abstand gewinnen könne. Nicht, dass es ihr etwas ausmachte, die beiden zusammen zu sehen. Wenn eine Ehe vorbei ist, dann ist sie vorbei. Sie genoss ihre neu entdeckte Unabhängigkeit.

Sie legte sich wieder hin und schloss die Augen. Im Traum war sie auf dem Weg zwischen den Kräuterbeeten und ländlichen Erscheinungen wie Rittersporn und Malven bis zum langen Gras am Ende des Gartens gelaufen, wo drei alte Apfelbäume standen. Dort wartete es auf sie: ein wunderschönes weißes Pferd. Ohne Sattel und Zaumzeug, die Mähne weich wie Seide. Es kam zu ihr, schob ihr das samtene Maul in die Hände und blies leicht über ihre Finger. Das war der seltsamste Teil. Ihr ganzes Leben lang hatte sie vor Pferden Angst gehabt. Nicht, dass sie jemals irgendeinem Pferd nahe gekommen wäre. Aus der Ferne waren sie zweifellos wunderschöne Wesen, doch sie sahen auch stark, unbeherrschbar und gefährlich aus.

An dieser Stelle wurde ihr Traum sogar noch seltsamer. Nachdem sie dem Tier die Arme um den Hals geschlungen und es geküsst hatte wie einen alten Freund, sprang sie irgendwie auf seinen Rücken. Sie spürte die muskulösen Flanken des Tieres unter den nackten Beinen, sie flocht ihre Finger in die Mähne und beugte sich vor, um ihm etwas ins Ohr zu flüstern. Es lauschte, hob den Kopf und spitzte die Ohren, und dann drehte es sich um und schritt zielstrebig zum offenen Tor. Offen? Das Tor war noch nie geöffnet worden.

Im Traum hatte sie keine Angst. Sie beugte sich weit vor und ermunterte das Pferd, schneller zu laufen. Es wechselte vom Trab in einen leichten und schließlich gestreckten Galopp und trug sie auf die Felder, über Gräben hinweg, durch Tore und weiter bis zu den Downs.

Als sie zurückkehrten, war ihr Gesicht gerötet, das Haar zerzaust und die Beine schmerzten, doch sie war unermesslich glücklich. Im Garten glitt sie vom Pferd herunter, küsste es auf die Nüstern und schlich über das taufeuchte Gras durch die Hintertür wieder ins Haus, wo die Kinder endlich die Musik abgestellt hatten und schliefen.

Benommen starrte sie die Decke an, blieb noch einen Augenblick still liegen, warf die Bettdecke zurück und ging zur Kommode. Dort schaltete sie die Lampe an und betrachtete ihr Gesicht. Es war gerötet, und ihr Haar war wild und zerzaust, aber so sah sie doch eigentlich jeden Morgen aus. So sah jeder aus, wenn er gerade erwacht war. Sie untersuchte ihre Hände. Keine Spuren. Natürlich waren dort keine Spuren, weil sie keine Mähne festgehalten hatte, und es gab auch keinen Geruch. Sie hob die Hände vorsichtig zur Nase. Sie rochen nicht nach Pferd.

Seufzend drehte sie sich um und ging wieder ins Bett.

»Du bist doch verrückt, Mum!« Mat langte nach der Müslischachtel und kippte sich eine Portion auf den Teller. »In deinem Alter kannst du doch nicht mehr mit dem Reiten anfangen. Außerdem hasst du Pferde!«

»Halt den Mund, Mat!« Lyn goss sich ihr eigenes Frühstück ein – eine einsame Tasse schwarzen Kaffee. »Natürlich kann Mum reiten lernen. In ihrem Alter sollte man schon mal etwas Neues versuchen.«

»Vielen Dank.« Chris' trockene Bemerkung ging im Geplänkel der Zwillinge unter.

»Sie könnte aber herunterfallen und sich ein Bein brechen oder so.«

»Quatsch. Sie wird das ausgezeichnet machen.«

Jawohl, ich werde das ausgezeichnet machen. Sie sprach die Worte nicht laut aus, doch die beiden hörten sowieso nicht zu. Mit nachsichtigem Lächeln scheuchte sie die Kinder aus dem Haus und machte sich bereit, zur Arbeit zu gehen. Sie arbeitete halbtags als Empfangsdame in einer chirurgischen Ambulanz im Ort. Es war der beste Job, den sie sich überhaupt vorstellen konnte. Sie hatte praktisch jeden Menschen im Dorf kennen gelernt und von vielen bereits die Lebensgeschichten gehört.

Anita, die Kollegin, die an diesem Morgen mit ihr am Empfangstisch saß, kannte Sandra Hodge, die Besitzerin der Reitschule im Ort. Als zwischendurch gerade keine Patienten da waren, rief Chris an und buchte ihre erste Reitstunde, bevor sie es sich noch einmal anders überlegen konnte.

Das Pferd war braun und war schon mit Sattel und Zaumzeug gerüstet. Als sie jedoch die Hand ausstreckte, um seine Nüstern zu streicheln, legte es die Ohren an und schüttelte den Kopf. Sie hörte aufmerksam den Anweisungen zu, wie sie aufzusteigen hatte, und war dankbar, dass sie die erste Lektion allein bekam und nicht unter den Blicken von zwanzig kleinen Mädchen, die wie die Engel oder Teufel ritten. Schon auf das Biest aufzusteigen war ein Problem. Ihr Fuß fand den Steigbügel nicht. Er war zu hoch, und jedes Mal, wenn sie es versuchte, wich das Pferd zur Seite aus, und sie hüpfte hektisch herum.

Sandra war es eher leid als das Pferd. »Kommen Sie hierher zur Aufsteighilfe.« Ein paar Sekunden später saß sie ordentlich gedemütigt im Sattel. Das Pferd war dicker als ihr Mondschein, wie sie ihn getauft hatte. Die Lederriemen der Steigbügel schnitten durch ihre Hosenbeine, und als sie ins Rondell geführt wurde, waren die Bewegungen des Tieres ruckartig und ungemütlich. Ihr Selbstvertrauen war längst dahin.

»Sitzen Sie gerade. Entspannen Sie sich. Halten Sie die Zügel, wie ich es Ihnen gezeigt habe. Setzen Sie sich mitten auf den Sattel. Beugen Sie sich nicht vor …« Die Anweisungen prasselten auf sie ein wie Maschinengewehrfeuer. Ihre Beine taten schon weh, lange bevor die Stunde vorbei war.

Als sie endlich absteigen konnte, brach sie beinahe zusammen, sobald ihre Füße den viel zu weit entfernten Boden berührten.

»Nicht übel.« Sandra lächelte verkrampft. »Wenn Sie dabeibleiben, dann werden Sie sicher irgendwann den Bogen raushaben. Früher oder später.«

Irgendwann den Bogen raushaben? Sie, die durch die vom Mond beschienene Landschaft galoppiert war, flach über den Hals ihres Pferdes gebeugt, den Wind im Haar, und das Pferd nur mit einem leichten Druck der Knie lenkend! Wütend fummelte sie an den Schnallen ihres geborgten Schutzhelms herum und schwor sich, nie wieder herzukommen.

Sie schaffte es, ein ausgedehntes Bad zu nehmen, ehe Mat und Lyn wieder nach Hause kamen. Es war nicht leicht, die lähmende Steifheit zu verbergen, doch sie lächelte verbissen, wankte durch die Küche und war froh, dass die beiden, mit Klatsch vom College beschäftigt, nichts bemerkten. Denn andernfalls hätte sie nicht so einfach wieder mit dem Reiten aufhören können.

Am nächsten Tag hatte sie nachmittags Dienst. So konnte sie morgens, nachdem die Zwillinge zum College gefahren waren, im Garten zu den Apfelbäumen hinuntergehen. Es war ein feuchter, warmer Monat gewesen, und das Gras und die Blätter wuchsen wie in einem tropischen Dschungel. Als Nächstes musste sie unbedingt lernen, wie man einen Garten pflegte.

Sie blieb an dem Baum stehen, wo sie im Traum das weiße Pferd zum ersten Mal bemerkt hatte, und sah sich in dem von der Sonne besprenkelten Gras um. Was hatte ihren Traum ausgelöst? Nichts, soweit sie es sagen konnte. Sie ging unter den Zweigen des Apfelbaums hindurch zum hinteren Tor. Der Riegel war verrostet und verbogen. Sie musste mehrere Minuten kräftig rütteln und schieben, um ihn zu öffnen und das Tor ein Stückchen aufziehen zu können. Draußen stand grüner Weizen auf dem Feld, frisch und vom Wind in Wellen bewegt wie das Meer. Am Feldrain verlief ein schmaler Pfad. Sie trat auf den Weg und fragte sich, ob sie die Landschaft aus dem Traum wieder erkannte. Doch es war sinnlos. Im hellen warmen Licht der Sonne sah alles ganz anders aus.

Sie wollte schon wieder zum Tor hineingehen, als sie auf dem Boden etwas sah. Sie starrte hinunter, und ihr Herz machte vor Überraschung einen Satz. Tief in den sandigen Weg eingedrückt konnte sie einen großen Hufabdruck erkennen.

Natürlich ritten die Leute um das Feld herum. Sie sah sich um, ob sie weitere Pferdespuren fand, doch trotz des weichen Untergrunds konnte sie nichts entdecken. Ratlos kehrte sie in den Garten zurück.

In der folgenden Nacht träumte sie wieder, und als habe sie sich an die unglückliche Reitstunde erinnert, zögerte sie, bevor sie durchs Tor nach draußen ritt. Sie lenkte das Pferd vom Weg herunter ins Feld und galoppierte in beiden Richtungen im Kreis, wie sie es bei einigen Reitschülern aus der Ferne gesehen hatte. Sie lauschte dem Rauschen der Pferdebeine im langen, süßen Getreide und sah, wie sich die vom Mond geworfenen Schatten vor ihr auf dem Boden drehten und streckten. Erst danach beugte sie sich vor und flüsterte dem Pferd etwas ins Ohr, damit es sie im Galopp zu den Downs trug.

Die nächste Reitstunde verlief anders als die erste. Eine andere Lehrerin, ein anderes Pferd. »Es tut mir Leid, Mrs. Hodge musste heute nach London.« Dieses Mal waren Pferd und Lehrerin attraktiv, schlank und freundlich. Chris kicherte, als ihr die Parallele durch den Kopf ging, und vergaß darüber völlig, Angst zu haben. Sie zauste die Mähne ihres neuen Pferdes. »Mrs. Hodge hat leider vergessen, mir zu sagen, wie viel Erfahrung Sie schon haben.« Das Mädchen ging zur Begrenzung des Übungsplatzes in der Halle und langte nach dem Sattel, den sie dort gelassen hatte.

»Nein, bitte – kann ich es ohne versuchen?« Chris hielt das Pferd am Zaumzeug fest und flüsterte ihm etwas zu. Es ließ aufmerksam die Ohren spielen. »Um ehrlich zu sein, ich habe noch nicht viel Übung, aber bisher war ich immer ohne Sattel unterwegs.«

Das Mädchen ließ den schweren Sattel wieder fallen. »Schön. Das ist eine gute Übung für Sie. Dann bringen Sie sie mal herüber, damit Sie aufsteigen können.«

Die Aufsteighilfe war dieselbe, doch dieses Mal gab es keine Steigbügel. Ohne groß nachzudenken, sprang Chris hoch und landete mühelos auf dem Pferderücken. Sie nahm die Zügel.

»Schön. Dann reiten Sie mal einen Kreis im leichten Galopp.« Das Mädchen setzte sich auf die Aufsteighilfe, um sie zu beobachten.

Chris holte tief Luft. So fühlte es sich schon besser an, und im Traum war es ganz einfach gewesen. Ein leichter Druck mit den Beinen, ein leiser Laut für die aufmerksamen Ohren.

Das Pferd ging sofort in einen leichten Galopp und lief leichtfüßig in dem mit Sägemehl ausgestreuten Ring herum. Es reagierte willig auf alle ihre Kommandos, und zu ihrer Überraschung gefiel es ihr. Es war leicht und aufregend, wenn auch nicht ganz so spannend wie draußen.

In den nächsten beiden Nächten träumte sie überhaupt nichts. In der dritten Nacht träumte sie, sie müsse Supermarktregale mit Keksen auffüllen, die sie selbst in einem

Freudenfeuer im hinteren Teil der Ambulanz gebacken hatte. Schwer enttäuscht ging sie am nächsten Morgen noch einmal in den Garten.

»Mondschein?«

Sie schüttelte verzweifelt den Kopf. Sie war schon ziemlich meschugge, wie Mat es ausgedrückt hätte. Ein Traumpferd aus einer Traumwelt laut rufen? Vielleicht hätte sie in der realen Welt keine Reitstunden nehmen sollen. Vielleicht hatte dieses reale Erlebnis ihren Traum zerstört.

Sie ging zum Tor und trat auf den Weg hinaus. Der Boden war inzwischen ausgetrocknet, der Weg hart und staubig. Sie wandte sich nach links und lief ein Stück, lauschte den Lerchen und spähte nach oben, bis sie die winzigen Punkte im strahlend blauen Himmel entdecken konnte.

Das Pferd war da, bevor sie überhaupt wusste, wie ihr geschah. Es kam um die Ecke galoppiert, der Reiter konzentrierte sich auf den Weg. Mit einem Schrei hechtete Chris seitlich ins Getreide, während das Pferd hochstieg und rutschend zum Stillstand kam.

»Alles in Ordnung? Mein Gott, es tut mir Leid, ich habe Sie überhaupt nicht gesehen!« Der Mann sprang vom Pferd und war schon an Chris' Seite, noch bevor das Pferd richtig stand.

Erschüttert blieb sie einen Moment ruhig liegen, dann setzte sie sich langsam auf. »Schon gut. Es ist ja nicht Ihre Schuld. Ich habe nicht aufgepasst. Ich hätte Sie hören müssen.«

Die kastanienbraune Stute war ein paar Schritt weitergetrottet und stehen geblieben. Sie zupfte mit schleifendem Zügel gierig am Gras vor der Hecke herum.

»Ich bin Tom Ketch von der Saddlers-Farm.« Er hatte ihren Arm gefasst und half ihr sanft auf die Füße. Er war groß, gebräunt und ungefähr in ihrem Alter oder ein wenig älter. Er trug Jeans, eine Lederjacke und Stiefel. »Sie sind Chris Dean, nicht wahr? Ich habe Sie schon öfter hier gesehen. Haben Sie sich den Fuß verstaucht?« Sie war leicht getaumelt, als sie den Fuß belastet hatte. »Es tut mir wirklich Leid. Hier, setzen Sie sich doch und lassen Sie mich nachsehen.«

»Es ist schon in Ordnung, wirklich.« Es war wundervoll, dass jemand sich so um sie bemühte. Doch zugleich war es ihr auch peinlich. Er musste sie für eine Idiotin halten, nachdem sie derart ins Feld gehechtet war. Sie löste sich von ihm und setzte den Fuß auf den Boden, stampfte versuchsweise auf und unterdrückte entschlossen den Schmerz, der ihr wie eine Nadel durchs Bein fuhr.

»Das ist ein wundervoller Weg zum Reiten«, sagte sie. »Bitte denken Sie nicht, Sie könnten hier meinetwegen nicht mehr galoppieren. Es ist meine eigene Schuld. Ich war viel zu sehr damit beschäftigt, den Lerchen zuzuhören.«

»Ja, warum auch nicht?« Er lächelte, und sie erwiderte das Lächeln und konnte den Blick nicht von seinem Gesicht wenden. »Vielleicht können wir mal zusammen ausreiten?«, fuhr er fort.

Sie wollte gern zusagen. Oh, ja, sie wollte es so sehr. Jetzt wusste sie, wer er war. Tom Ketch. Erst vor kurzer Zeit zurückgekehrt, nachdem er im Ausland gelebt hatte, um den Hof und die Stallungen seiner Familie zu übernehmen. Gut aussehend, etwas über vierzig. Man tratschte über ihn. Er war allein stehend.

Sie kam rasch wieder zu sich. »Aber ich kann nicht reiten. Oder vielmehr, ich habe gerade erst begonnen ...«

»Unsinn. Sie reiten gut. Ich habe Sie mehrmals gesehen.«

Sie lief rot an. Irgendwie musste er ihren letzten Auftritt in der Reitschule beobachtet haben. Aber mehrmals? Nein.

»Ich habe überhaupt keine Erfahrung. Ehrlich, ich wäre keine gute Begleitung.«

»Aber ganz im Gegenteil. Sie sehen aus, als könnten Sie eine sehr gute Begleitung sein.« Er unterbrach sich erschrocken. »Entschuldigen Sie. Das hat jetzt wie eine ziemlich kitschige Anmache geklungen.«

»Und eine sehr nette dazu.« Seine Unsicherheit gab ihr ein wenig Selbstvertrauen. Es war doch dumm, sich so ratlos zu fühlen. Es war lange her, dass sie ein Gespräch wie dieses geführt hatte – ein entspannter kleiner Flirt mit einem gut aussehenden Mann.

»Wo haben Sie Ihr Pferd eigentlich untergestellt? Ich dachte, ich kenne alle Ställe hier in der Gegend, und ich weiß, dass Sie bei sich am Cottage keinen Platz haben.«

Chris runzelte die Stirn. »Das verstehe ich nicht. Ich bin bei Hodges geritten.«

Er langte in die Hosentasche seiner Jeans und zog ein nicht mehr ganz sauberes Päckchen Pfefferminzbonbons heraus. Das Pferd hob sofort den Kopf und wieherte hoffnungsvoll. Ein langes Bündel gerade abgezupften Grases hing ihm seitlich aus dem Maul.

»Ja, du gieriges Mädchen, du kriegst auch eins.« Er hielt der Stute ein Pfefferminz hin, und sie kam wie ein hungriger Hund.

»Mag sie Pfefferminz?«

Er nickte, gab dem Pferd einen Bonbon und strich ihm über die Nüstern. Dann bot er, wie sie es befürchtet hatte, auch Chris eines an. Mit einem winzigen Lächeln schüttelte sie den Kopf.

»Ich wusste gar nicht, dass Hodges Einstellpferde nimmt.«

»Aber die Pferde, die ich geritten habe, waren nicht meine.« Chris sah ihn schüchtern an.

»Was denn, dieser prächtige Schimmel gehört nicht Ihnen?«

»Ein Schimmel?« Sie starrte ihn an.

»Das Pferd, mit dem ich Sie vor ein paar Nächten gesehen habe.«

Ihr Mund war trocken. Einen Augenblick stand sie schockiert da und konnte sich nicht rühren. Sie sah ihn nur an, musterte aufmerksam sein Gesicht. Dann wandte sie sich ab. »Sie haben mich in der Nacht reiten sehen?«

»Ja.« Er klang verwirrt. Das Geschirr der kastanienbraunen Stute klirrte, als sie mit den Nüstern gegen seine Taschen stieß und noch mehr Süßigkeiten forderte.

»Auf einem weißen Pferd? Im Mondlicht?« Sie starrte zum Feld hinaus.

»Ich wollte Sie nicht ausspionieren, Chris.« Jetzt konnte sie hören, dass er amüsiert war.

»Nein, nein. Das wollten Sie sicher nicht.« Plötzlich bekam sie Angst und ballte die Hände zu Fäusten.

Er bemerkte es. Was sie dagegen nicht sah, war, dass eine seiner Augenbrauen sich eine Winzigkeit hob und ein Funke des Verstehens in seinen Augen glomm. »Wessen Pferd war es? Haben Sie es genommen, ohne zu fragen?«

»Nein!« Ihr Ausbruch ließ ihn erschrocken zusammenzucken.

»Dann verstehe ich es nicht.«

»Nein.« Sie schüttelte heftig den Kopf. »Nein, ich verstehe es ja selbst nicht. Es tut mir Leid, Tom. Ich muss jetzt gehen. Ich komme sonst zu spät zur Arbeit.« Seufzend schob sie die Hände tief in die Hosentaschen. »Es tut mir Leid, aber ich kann nicht mit Ihnen ausreiten. Wirklich nicht.« Sie konnte seinen Blick nicht ertragen und wandte sich von ihm ab. Sie rannte trotz ihres schmerzenden Fußes beinahe zum Tor zurück und zerrte nervös am Riegel herum, bis sie endlich im Garten war.

In der folgenden Nacht ritt sie mit Mondschein in die Dunkelheit hinaus und dachte weder an Tom Ketch noch an die Reitschulpferde, die Ambulanz oder die Kinder. In ihrem Traum war sie eins mit dem Pferd. Sie beugte sich vor und schmiegte die Wange an den warmen, festen Hals, dann trieb sie es an und ritt schneller und immer schneller dem Horizont entgegen.

Im Schutz der Bäume stand Tom Ketch am Rand des Feldes und sah ihr schweigend zu. Erst als sie außer Sicht war, wandte er sich ab und ging über den Feldweg bis zu ihrem Tor. Es war geschlossen und mit Unkraut überwuchert. Im Strahl seiner Taschenlampe sah er keine Hufspuren, Gräser waren nicht umgeknickt, das Korn nicht niedergetrampelt. Lange und gedankenverloren stand er dort und starrte durch die Äste der Apfelbäume zu den Fenstern des schlafenden Cottage. Dann lächelte er in sich hinein und kehrte im Dunklen nach Hause zurück. Morgen wollte er Chris Dean noch einmal fragen, ob sie mit ihm ausreiten wollte. Auf einem seiner Pferde, auf der schönen grauen Araberstute, die er eigentlich hatte verkaufen wollen. Vielleicht, wenn er beharrlich genug war, würde es ihm zum ersten Mal in seinem Leben gelingen, einem anderen Menschen einen Traum zu erfüllen. Es war ein wundervoller Gedanke.

Das Mädchen auf der Schaukel

Charlotte legte die Hand ans Tor und stieß fest dagegen. Nach der Hitze auf der Straße war die Luft im weichen Dämmerlicht angenehm kühl und frisch. »Bist du sicher, dass dies das richtige Haus ist?«, rief sie über die Schulter zurück. Sie konnte den Gedanken, sich geirrt zu haben, nicht ertragen. Schon jetzt hatte sie sich in den Ort verliebt, und sie spürte, wie die Last von Stress und Erschöpfung von ihr abfiel, wenn sie nur davorstand.

»Ich bin sicher. Es sieht genau so aus wie das Foto in der Broschüre.« Tom knallte den Kofferraumdeckel zu und folgte ihr den Weg hinauf, einen Koffer in jeder Hand und die Reisetasche unter den Arm geklemmt. Er wartete, während sie den Schlüssel ins Schloss steckte und nach kurzem Probieren aufsperrte.

Die Stille im Zimmer sprang sie förmlich an, umschloss sie und machte sie vorübergehend stumm und sprachlos.

Tom ließ das Gepäck auf den Boden fallen. Das Geräusch durchbrach den Bann, und auf einmal konnten sie draußen wieder die Vögel singen hören. Irgendwo in der Ecke tickte eine Uhr, die Tür fiel quietschend hinter ihnen zu. »Es ist etwas kühl hier drin.« Er sah sich schaudernd um. »Wir lassen die Tür offen, damit etwas Wärme hereinkommt.«

Das Lilac Cottage war winzig. Ein Wohnzimmer, zwischen den schweren Eichenbalken rosa gestrichen, mit einem großen Kamin, in dem jetzt Trockenblumen standen, nahm zusammen mit der Küche und deren abgenutzten Kiefernholzmöbeln den größten Teil des Erdgeschosses ein. Dahinter hatte man ein kleines modernes Bad in einen Raum gequetscht, der früher vermutlich ein angebauter Schuppen gewesen war. Oben gab es zwei Schlafzimmer mit jeweils zwei Einzelbetten, auf denen bunte Tagesdecken mit asiatischen Motiven lagen. Die Vorhänge bestanden aus Baumwolle, auf den alten Dielenbrettern lagen Läufer.

Charlotte inspizierte rasch die Betten. Nicht gerade ideal, um eine Ehe zu kitten. Vier Betten in zwei Zimmern. Sie würden sich nicht unbedingt von selbst in die Arme laufen. Sie warf einen wehmütigen Blick zu Tom, doch der schaute aus dem Fenster.

»Sieh dir nur den Garten an. Er ist wundervoll.«

Die Farbenvielfalt, die in den Schlafzimmern vorherrschte, setzte sich draußen fort. Rot und Rotbraun, Violett und Blau, Rosa und Orange konkurrierten draußen in den Beeten miteinander. Das Ergebnis war eine ungeheuer lebendige Farbenpracht.

»Was hältst du davon, etwas zu essen?« Charlotte grinste ihn an. Das war wenigstens ein unverfänglicher Vorschlag, und die Anordnung der Betten konnte noch warten.

Er schenkte ihr ein Lächeln. »Klingt gut.«

Sie polterten über die schmale Holzstiege nach unten und hielten am Fuß der Treppe inne. Im Wohnzimmer stand jetzt das volle Sonnenlicht. Charlotte war verzaubert.

Tom war direkt hinter ihr. »Was ist denn los?« Er schob sich an ihr vorbei und holte einen Karton mit Lebensmitteln. »Komm schon. Wer zuletzt in der Küche ist, muss abwaschen.«

Sie stand mitten im Raum und sah sich um. Draußen im Garten hörte sie eine Amsel singen. Tom kramte fröhlich in der Küche herum. Einen Augenblick lang stand sie ganz still. Dann folgte sie ihm.

»Möchtest du etwas trinken?« Er hatte den Korkenzieher

und die Gläser gefunden. »Ich fürchte nur, der Wein ist ein bisschen zu warm.«

»Macht nichts.« Sie nahm das Glas von ihm entgegen und hob es. »Auf uns.« Er sah immer noch ziemlich gut aus, ihr Tom. Sein markantes, regelmäßiges Gesicht, die verblüffend blauen Augen, das dunkle Haar. Er hielt sich mit Squash und Besuchen im Fitnessstudio in Form.

»Auf uns.« Tom lächelte und beugte sich beinahe schüchtern vor, um sie auf die Wange zu küssen. »Friede«, sagte er leise. »Kein Streit mehr.«

»Friede.« Sie nickte.

Sie packten die Lebensmittel aus und bereiteten sich auf dem Küchentisch eine kalte Mahlzeit. Tom wärmte etwas Suppe auf, während Charlotte in den Schubladen nach Besteck suchte. Ein Krachen im Nachbarzimmer ließ sie aufmerken.

»Was war das?«

»Wahrscheinlich die Tür. Wir haben sie doch offen gelassen.« Tom drehte die Herdplatte herunter und ging hinaus, um nachzusehen.

Sie folgte ihm und sah, wie Tom sich ratlos umblickte. »Was ist denn los? Stimmt was nicht?« Sie war mindestens so nervös wie er. Es fühlte sich an, so dachte sie auf einmal, als sei noch jemand anwesend, der sie beobachtete.

»Die Tür ist noch offen. Ich habe sie mit einem Keil festgeklemmt.« Er lächelte sie unsicher an. »Wir dürfen uns nicht ins Bockshorn jagen lassen.«

»Wer lässt sich denn hier ins Bockshorn jagen?« Ihre Stimme klang etwas trotzig. »Wir sind auf dem Land. Wahrscheinlich war es nur ein Schaf oder so.«

»Ein Schaf!« Er lachte lauthals. »Oh, Carla, meine Liebe, hier sind auf Meilen im Umkreis keine Schafe.«

Sie mochte das Lachen. Sie hatte es lange nicht mehr gehört. Nicht mehr, seit sie ihm gesagt hatte, dass sie von den Problemen in der Firma wusste. Und von Serena.

Es sei vorbei, hatte er gesagt. Es war schon lange vorbei. Es war vorbei, bevor es richtig begonnen hatte. Nur der Stress durch die Firmenübernahme und die Angst, überflüssig zu werden, hatte ihn dazu getrieben, bei seiner Kollegin Trost zu suchen. Sie hatten gemeinsame Probleme, hockten Tag für Tag viele Stunden in der Firma. Er konnte nicht anders. Aber jetzt war er wieder vernünftig. Serena war fort, und er war wieder bei Charlotte.

Aber nicht ganz. Etwas fehlte noch. Die lebendige, grundlegende Wärme war aus ihrer Beziehung verschwunden, und Charlotte fühlte sich immer noch verloren und elend.

Der Urlaub war seine Idee gewesen. Dem Gewühl der Londoner Straßen entfliehen, den Auspuffgasen, der beengenden, viel zu heißen Stadt, hinaus ins duftende Grün des Landes, damit sie wieder Vertrauen zueinander fassen konnten. Sie hatte ihn nicht gefragt, was sie selbst getan hatte, um sein Vertrauen zu verlieren. Schließlich hatte er sie ja betrogen. Doch im Grunde wusste sie es. Der Grund war, dass sie es herausgefunden hatte. Er konnte nicht erwarten, dass sie ihn jemals wieder mit der früheren Unschuld und Offenheit anschaute.

Das hatte er verloren.

Sie gingen ins warme Zwielicht des wuchernden Gartens hinaus. Fledermäuse schossen vorbei, als sie sich umdrehte, um sich das Cottage von außen anzusehen.

»Es ist hier draußen immer noch wärmer als drinnen.« Tom trank einen Schluck Wein.

»Hast du es bemerkt?« Charlotte sah ihn fragend an. »Im Wohnzimmer ist es am schlimmsten.«

»Ich denke, es ist feucht. Wahrscheinlich hat das Haus den ganzen Winter über leer gestanden.«

»Und den ganzen Frühling? Und den Frühsommer?« Sie zuckte mit den Achseln.

Hinter ihnen hob sich die Silhouette eines alten Apfelbaums vor dem letzten grünlichen Schimmer am Himmel ab. Tom legte eine Hand auf den Stamm, der mit papierartigen Flechten überzogen war. »Ich liebe diese alten Bäume. Heutzutage sind Obstbäume nur noch zwei Fuß hoch. Man kann nicht mehr hinaufklettern. Und eine Schaukel kann man auch nicht mehr daran hängen.« Er tastete über die alten Ketten, die sich tief in die Rinde eingefressen hatten. Eine Handbreit unter dem Ast waren sie abgeschnitten. Rost und Spinnweben und alte Blätter hatten sie fast verborgen.

»Es muss ein wundervoller Ort gewesen sein, um als Kind hier aufzuwachsen.« Charlotte lehnte sich gegen den Ast. Sie spürte die Kälte des Taus auf ihren Füßen in den Sandalen.

»Nur in den Märchen.« Tom ging zum Haus zurück. »Keine Kanalisation, Krankheiten, Armut ...«

»Verdirb es mir nicht, Tom.«

Sie nahmen die Trockenblumen heraus und türmten Holzscheite im Kamin auf. Charlotte schnitt Rosen an der Pergola, und sie fanden auf Classic FM ein Konzert.

Es war schon nach elf. Das Kaminfeuer war nur noch Asche, und sie beschlossen, ins Bett zu gehen.

Charlotte ging zuerst. Tom hatte ihre Koffer auf dem Treppenabsatz stehen lassen. Sie seufzte. »Wo wollen wir schlafen?«, rief sie.

»Ist mir egal, du kannst es dir aussuchen.«

Sie nahm ihren Koffer und ging ins linke Zimmer. Es war das größere der beiden Schlafzimmer, ging aber wie das andere zum Garten hinaus.

»Das hier.« Sie legte den Koffer auf eins der Betten.

»Es ist gut, dass es zwei Zimmer gibt. So können wir uns

ausbreiten.« Er war hinter ihr heraufgekommen und brachte seinen Koffer ins andere Zimmer.

Charlotte sah ihm nach. Es sollte eine Versöhnung werden, ein neuer Anfang. Sie hatte sich vorgestellt, dass er kleine Geschenke mitbrachte, dass er sie umwarb und ihr Sicherheit gab, und vor allem, dass sie sich liebten.

Sie biss sich auf die Lippe und setzte sich aufs Bett. Im ersten Augenblick fürchtete sie, sie müsste weinen. Nach einer Weile legte sie sich hin und bedeckte die Augen mit einem Arm.

Mat? Wo bist du, Mat?

Die Stimme vor der Tür war jung und sehr klar.

Sie richtete sich auf und sah sich erstaunt um. »Tom? Bist du das? Wer ist da?«

Es war still im Cottage.

»Tom?« Sie bekam Angst. »Tom? Wo bist du?«

Es war, als lauschte jemand draußen vor der Tür. Sie nahm ihren ganzen Mut zusammen, schlich zur Tür und stieß sie auf. Der Treppenabsatz war leer.

»Tom?« Sie drückte die andere Zimmertür mit der Fingerspitze auf. »Tom, bist du da?«

Toms Koffer stand mitten im verlassenen Zimmer auf dem Boden.

Charlotte rannte nach unten und rief noch einmal nach ihm. Im ganzen Haus war nichts von ihm zu sehen, und auch im dunklen Garten fand sie ihn nicht. Auf der Wiese blieb sie stehen und sah sich verwirrt um.

Auf einmal stand er mit einem Teepott in der Hand hinter ihr in der Küchentür. »Tee?«, rief er.

»Wo warst du?« Sie starrte ihn fassungslos an.

»In der Küche.«

»Nein, jetzt gerade eben. Als ich die Treppe heruntergekommen bin.«

»Ich war in der Küche.« Sie sah Ungeduld in seinem Gesicht flackern. »Du bist direkt an mir vorbeigelaufen.«

»Aber nein.« Sie versuchte, es wie einen Scherz erscheinen zu lassen.

Er schüttelte den Kopf. »Schon gut. Vergiss es. Trink eine Tasse Tee.«

Er hatte gespült, wie sie bemerkte, und alles aufgeräumt. Zwei frische Holzklötze lagen im Kamin, und das Feuer glühte wieder behaglich.

Charlotte ließ sich auf dem Sofa nieder und nippte an ihrem Tee. Sie beobachtete ihn.

»Ich war nicht müde«, beantwortete er ihre unausgesprochene Frage. Er stand auf und stellte sich mit dem Rücken zum Feuer. »Es ist schön hier, nicht wahr? Unglaublich still. Ich hoffe, wir bekommen keine Entzugserscheinungen, weil uns London fehlt.« Er grinste sie schief an, halb belustigt und halb fragend.

»Das hoffe ich auch.« Sie hatte eigentlich nicht so abweisend antworten wollen.

»Es ist vorbei, Carla. Ich schwöre es.« Er schien sofort schuldbewusst. »Ich war ein kompletter Idiot, und ich werde es mein Leben lang bereuen. Bitte versuch doch, mir zu verzeihen.«

Sie starrte in die Tiefen ihrer Teetasse. »Das würde ich gern.«

»Aber?«

Ein einziges Wort, das so viel vermitteln konnte. Unsicherheit. Angst. Hoffnung. Resignation. Verärgerung.

Sie sah ihn an. »Aber du musst mir zeigen, dass du mich noch liebst.«

»Carla, das weißt du doch.«

»Nein, Tom. Ich weiß überhaupt nichts mehr. Worte sind so billig. Sie reichen nicht aus. Du musst es mir zeigen. Sage es mir. Gib mir Sicherheit. Jede Minute jedes Tages, wenn nötig.« Sie hielt inne und versuchte, ihre Bemerkung ein wenig zu entschärfen. »Zumindest so lange, bis ich überzeugt bin.«

»Ich verstehe.« Zuerst dachte sie, er werde sich nicht rühren, doch dann wurde sein Gesicht weicher. »Du wirst mich also nicht schlagen, wenn ich dich küsse?«

Sie lachte. »Nein, ich werde dich nicht schlagen.«

Sie machte es ihm leicht. Sie stand auf, stellte den Becher ab und streckte die Arme aus.

»Carla …« Er kam zu ihr, nahm ihre Hand. Dann erstarrte er.

Mat? Wo bist du, Mat?

Der Ruf kam von oben, vom oberen Treppenabsatz.

»Wer, zum Teufel, ist das?« Er ließ ihre Hand los und ging zur Treppe.

»Es klang nach einem Jungen.« Charlotte spähte über seine Schulter.

»Komm schon, wir haben dich gehört. Wir wissen, dass du da bist.« Tom rannte, zwei Stufen auf einmal nehmend, die Treppe hoch.

Charlotte blieb unten. »Sei vorsichtig …«

Er verschwand in ihrem Zimmer. Dann hörte sie die Schritte auf dem Absatz, als er sein eigenes Zimmer betrat.

»Hier ist niemand«, rief er herunter. »Sieh dich doch mal draußen um. Er muss im Garten sein.«

»Wie ist das möglich? Er kann doch nicht an uns vorbei …« Sie brach schaudernd ab. »Vergiss es, Tom. Es muss jemand draußen auf der Straße gewesen sein.«

Er polterte achselzuckend wieder herunter und steuerte seinen Teepott und das Feuer an. »Ich hätte schwören können, dass die Stimme von oben gekommen ist.«

Er setzte sich und beugte sich über die Stuhllehne, um

seine Aktentasche heranzuziehen. Er öffnete sie, zog einige Papiere heraus und lehnte sich mit einem behaglichen Seufzen bequem an. Der Vorfall war anscheinend vergessen.

Charlotte starrte ihn entsetzt an. Was war denn aus dem Kuss geworden? »Tom, du willst doch hoffentlich nicht arbeiten?«

»Nein, natürlich nicht.« Er nahm die Augen nicht von den Seiten auf seinem Knie. »Ich will nur ein Weilchen lesen und meinen Tee austrinken.« Plötzlich schaute er auf. »Es macht dir doch nichts aus, oder?«

»Nein, natürlich nicht.« Sie setzte sich ans andere Ende des Sofas und starrte ins Feuer. Dann stand sie ruhelos wieder auf. »Noch etwas Tee?«

Er hörte sie nicht.

Achselzuckend ging sie in die Küche und öffnete die Hintertür. Süß duftend lag der Garten im Mondlicht, fast so hell wie am Tag. Sie trat ins Gras hinaus und wanderte über die Wiese. Der Apfelbaum warf im Mondlicht seinen Schatten. Darunter war es pechschwarz. Irgendwo in der Nähe meldete sich eine Eule.

Mattie, wo bist du?

Die Stimme war jetzt weiter weg, am anderen Ende des Gartens. Der Junge war noch klein und sehr traurig.

»Hallo?«, rief Charlotte.

Sie machte einige Schritte. »Hallo? Hab keine Angst.«

Sie bekam keine Antwort. Schaudernd stand sie in der Stille.

Hinter ihr ging oben im Cottage ein Licht an. Sie bemerkte es nicht. Sie trat tiefer in die Schatten. »Wo bist du?«

Der Apfelbaum spannte dunkel seine Zweige über sie.

Im Cottage ging das Licht aus.

»Ich weiß, dass du da bist. Komm heraus, damit ich dich sehen kann.« Jetzt war es ringsum völlig dunkel. Der Boden unter ihren Füßen war feucht, die Luft war auf einmal kalt und roch bitter nach faulenden Blättern. Sie wusste, dass niemand dort war. Sie spürte die Leere der Nacht.

Dann bekam sie Angst und kehrte ins Haus zurück. Die Tür war halb offen, wie sie sie hinterlassen hatte. Im Wohnzimmer brannte am Kamin nur noch eine kleine Lampe. Von Tom war nichts zu sehen.

Sie stieg die Treppe hinauf und spähte in sein Zimmer. Seine Vorhänge waren offen. Sie konnte ihn im Mondlicht auf dem Bett liegen sehen.

»Tom!«, flüsterte sie.

Er schlief bereits.

In ihrem eigenen Zimmer wehte der Duft von Lavendel und Rosen zum offenen Fenster herein. Sie suchte in ihrem Koffer nach Waschzeug und Nachthemd und schlich nach unten ins Bad.

Einige Stunden später wachte sie schlagartig auf. Sie lag da und starrte nach oben zur unsichtbaren Decke. Der Mond war verschwunden, es war dunkel im Zimmer. Eine kleine Weile bewegte sie sich nicht, dann stand sie auf und ging zum Fenster. Der Mond stand jetzt hinter dem Haus, und der Garten war immer noch hell beleuchtet. Unter dem Apfelbaum stand jemand. Sie runzelte die Stirn und strengte ihre Augen an. Ein Mädchen in einem weißen Kleid. Es saß auf einer Schaukel und wiegte sich mit einem Fuß sanft hin und her.

Während Charlotte zusah, schaukelte das Mädchen immer höher. Es packte die Ketten fester und stieß sich kräftiger ab, warf den Kopf zurück und ließ das lange Haar hinter sich fliegen, während der Schwung der Schaukel es höher und höher trug. Es streckte die Zehen aus, das weiße Kleid flatterte im Mondlicht.

Mattie, wo bist du?

Die Stimme des Jungen war direkt hinter Charlotte, als blickte auch er aus dem Fenster.

Mattie, nein!

Charlotte fuhr mit jagendem Herzen herum.

Das Zimmer war leer.

»Tom, hast du das gehört?« Ihre Stimme war belegt. Sie zitterte. Dann drehte sie sich wieder zum Fenster um und sah hinaus. Der Garten war verlassen. Unter dem Apfelbaum war nur dunkler, leerer Schatten.

»Tom? Tom?« Sie lief über den Treppenabsatz und riss seine Tür auf. »Tom? Hast du ihn gehört?«

Tom stöhnte. Er drehte sich auf den Rücken, schlug die Augen auf und blinzelte. »Wie spät ist es denn?«

»Ich weiß nicht. So etwa drei Uhr, glaube ich. Tom, er war hier. Hier in meinem Zimmer.«

»Wer?« Tom richtete sich auf. Sein Oberkörper war nackt, er trug nur seine Shorts, und Charlotte wurde bewusst, wie sehr sie ihn begehrte.

»Ich weiß nicht, wer. Der Junge. Der Junge, den wir vorher gehört haben. Der Junge, der nach Mattie gerufen hat.« Sie unterbrach sich. Das Mädchen. Das Mädchen auf der Schaukel. War sie Mattie?

Aber sie war nur ein Traum gewesen. Ganz gewiss war das nur ein Traum.

»Tom, ich habe Angst. Kann ich hier bei dir bleiben?«

Sie fragte sich einen Moment, ob er sie abweisen würde. Er sagte nichts, sah sie nur an. Dann streckte er die Arme aus.

»Warum bist du allein ins Bett gegangen?«, fragte sie, als sie sich an ihn schmiegte.

»Du warst verschwunden. Ich dachte, du hättest vielleicht das Gefühl, es sei noch zu früh.« Er drehte sich zu ihr und küsste sie sanft auf die Stirn. Dann legte er ihr die Arme um die Hüften und zog sie an sich. »Es tut mir so Leid, Charlotte. Ich habe dich so sehr vermisst, Darling. Ich habe nur nicht zu hoffen gewagt, dass alles wieder gut werden würde.«

»Ich glaube, es spukt hier im Haus.« Sie beförderte gekochte Eier in die Eierbecher, stellte sie auf den Tisch und griff nach dem Toastständer. Ihre Haut war rosa und glühte nach der Dusche und vor Glück.

Tom nickte. »Ich habe mich schon gefragt, wann du endlich zu dieser Schlussfolgerung kommen würdest.«

»Also glaubst du es auch?«

Tom strich Marmelade auf seinen Toast. »Ich habe keine andere Erklärung dafür.«

»Aber du glaubst doch nicht an Gespenster.«

»Normalerweise nicht.« Er grinste.

»Hast du Angst?«

»Nein.« Er langte nach seinem Kaffee. »Es klang nach einem Kind. Ein besorgtes, verlorenes Kind. Verängstigt, aber nicht beängstigend. Ich glaube, es ist einer dieser Orte, wo die Ereignisse in den Hauswänden gespeichert worden sind. Wie bei einem Video. Es spielt immer wieder die gleiche Folge von Bildern ab.«

»Aber es muss doch einen Grund dafür geben. Er hat jemanden verloren. Er will sie unbedingt finden.«

Das Mädchen auf der Schaukel.

Sie setzte sich ihm gegenüber. »Der arme Junge. Ich wünschte, wir könnten ihm helfen.«

»Videofilme brauchen keine Hilfe.«

»Das mag sein.« Überzeugt war sie nicht.

Er schaute auf. »Das wird dir doch hoffentlich nicht den Urlaub verderben?«

Sie schüttelte lächelnd den Kopf. »Nach der letzten Nacht? Immerhin hat er uns wieder zusammengebracht.«

»Ja, das hat er wohl getan.« Er klappte ordentlich die Spitze seines Eis auf. »Was machen wir heute?«

Sie antwortete nicht. Als er aufschaute, sah er, dass sie lächelte.

Später am Vormittag schlenderten sie die Straße zum Dorfladen hinunter. Der alte Mann in der Schlange vor der winzigen Poststelle erkannte sie wieder. »Dann seid ihr die Leute aus dem Lilac Cottage?«

Tom nickte.

»Dachte ich's mir doch. Habt ihr die kleine Matilda schon gesehen?«

Tom hörte, wie Charlotte hinter ihm scharf einatmete.

»Wer ist Matilda?«, fragte er.

»Hör mal, Bill Forrest, musst du denn immer die Leute erschrecken?« Die Postbeamtin beugte sich vor und klopfte energisch an die Glaswand zwischen ihnen. »Hört nicht auf ihn, ihr beiden. Er ist ein alter Trottel.«

»Nein.« Charlotte trat vor. »Nein, warten Sie. Erzählen Sie es uns bitte.«

Der alte Mann sah sie an. Seine Augen waren wässrig blau, aber scharf. »Dann haben Sie sie gesehen?«

»Ja, auf der Schaukel.«

»Matilda Brew, das war ihr Name. Ihr Bruder hat die Schaukel gelockert, weil er ihr einen Streich spielen wollte. Er dachte, sie würde bloß im Gras landen, der arme Junge. Ist einfach nicht auf die Idee gekommen, dass der Sturz sie umbringen konnte.«

»Mein Gott, wie schrecklich.« Charlotte starrte ihn an.

»Wann war das?« Tim legte ihr einen Arm um die Schultern.

»Das ist lange her. War lange vor meiner Zeit.« Der alte Mann stopfte sich seine Rente tief in die Tasche. »Wenn Sie etwas über sie wissen wollen, dann gehen Sie doch zum Friedhof. Das Grab ist nahe beim Tor.«

Auf dem Rückweg zum Cottage besuchten sie den Friedhof. Der alte Grabstein war mit Moos bedeckt und stand ein wenig schief. Die Inschrift war stark verwittert.

Matilda Drew
Geboren 1753, gestorben 1827
Möge ihr Geist so frei fliegen
wie ein Vogel auf seinen Schwingen

Unter den Worten war eine Taube abgebildet, und wieder darunter war eine zweite, schlichtere Inschrift angebracht:

Und hier liegt auch ihr Bruder John
Geboren 1750, gestorben 1841

Tom runzelte die Stirn. »Das kann doch nicht stimmen. Das bedeutet ja, dass sie über siebzig war, als sie starb, und er war beinahe neunzig. Es muss das falsche Grab sein.«

»Nein, es bedeutet nur, dass John es sich anders überlegt hat. Er ist noch rechtzeitig zu ihr gekommen.« Charlotte fuhr mit einem Finger über die rauen Buchstaben. Dann sah sie ihn an. »Ich glaube, so ist es gewesen. Er hat erkannt, was er getan hatte, und ist in den Garten hinausgelaufen, als sie zu schaukeln begann, und damit hat er sie gerettet.« Irgendwie wusste sie, dass sie Recht hatte.

»Und seine Panik war so groß, dass sich das Haus über all die Jahre hinweg daran erinnert?« Tom nickte. »Sie müssen einander sehr nahe gestanden haben, wenn sie hier zusammen begraben wurden. Sie haben beide nicht geheiratet.«

»Glaubst du, sie waren glücklich in ihrem Haus?«

»Aber natürlich waren sie das.« Tom grinste sie an. »Ich glaube, da gibt es irgendwo eine Lektion zu lernen. Selbst wenn es am Ende doch noch gut geht, kann man einen Fehler bis in alle Ewigkeit bereuen.« Er zog sie sanft an sich und küsste sie, dann entfernte er sich einen Schritt und zupfte eine Heckenrose ab. Er legte sie vor dem Grabstein ab und blieb einen Augenblick schweigend stehen. Dann drehte er sich um und nahm wieder Charlottes Hand. »Komm«, sagte er. »Lass uns nach Hause gehen.«

Ein Nachmittag im Museum

Ein paar glückselige Augenblicke lang war es still in der Galerie. Zu still. Stephanie sah sich über die Schulter zur Tür um. Die ägyptischen Räume im Britischen Museum waren um diese Tageszeit normalerweise voller Kinder. Ordentliche Gruppen, die zu zweit in Uniformen marschierten und mit gedämpften, respektvollen Stimmen sprachen, oder chaotische Horden, die unkontrolliert herumrannten und kreischten. Wie auch immer, dies war einer der Orte, den sie immer als Erstes ansteuerten. Alle wollten sie die Mumien sehen. Die morbide Faszination, die von einem echten toten Körper ausging, ließ keinen kalt, vom angepassten Streber bis zum lauten, rebellischen Strolch.

Sie bemerkte einen Museumswärter in der Nähe. Er hielt die Arme vor der Brust verschränkt und beobachtete verwundert die Tür. Auch er wartete auf den nächsten Ansturm von Kindern. Grinsend widmete sie sich wieder ihrem Skizzenbuch. Sie musste den Frieden nutzen, solange er hielt. Die Zeitschrift wollte die Illustrationen bis spätestens heute Abend um sechs Uhr bekommen, und sie wollte sie persönlich abliefern – um dann nach Hause in die leere Wohnung zu gehen. Sie seufzte. Sie konnte sich nicht einmal mehr erinnern, wie der Krach begonnen hatte, doch er war so schlimm geworden, dass Dan schließlich gegangen war. Und er war nicht zurückgekommen.

Sie betrachtete die ordentliche, mit schwarzem Stift und Tinte angefertigte Zeichnung auf ihrem Blatt und runzelte die Stirn. Seit etwa zwanzig Minuten arbeitete sie in der Galerie und hatte eine Reihe von Zeichnungen produziert – einen Sarkophag, einen bandagierten Toten, mehrere Artefakte aus den Gräbern, eine mehrteilige Halskette aus Gold und Lapislazuli. Diese Zeichnung sollte die Letzte werden, die Mumie eines Kindes. Auf irgendeine Weise war der Anblick unglaublich bewegend, und es fiel ihr schwer, sich zu konzentrieren. Sie holte tief Luft, packte ihren Stift fester und zeichnete.

Hinter ihr baute sich der Lärmpegel wieder auf. Sie hörte aufgeregte Rufe, dreißig Paar Turnschuhe tappten eilig in ihre Richtung. Das ägyptische Kind rannte ebenfalls auf ihrem Blatt. Der Junge hatte den Kopf zurückgeworfen, eine Locke flatterte lose über der Schulter, die langen, anmutigen Gliedmaßen bewegten sich fröhlich in der Sonne.

Mit einem entnervten kleinen Ruf machte sie ihrem Ärger darüber Luft, was sie da gezeichnet hatte. Sie hatte einfach so herumgekritzelt und kostbare Zeit vergeudet. Jetzt erinnerte sie sich auch, worum es bei dem Streit gegangen war. Es ging darum, Kinder zu haben. Dan wollte heiraten. Er hatte seit Monaten Andeutungen gemacht. Das Ganze hatte sich zugespitzt, als sie gesagt hatte, dass sie keine Kinder wollte. Sie mochte sie nicht einmal. Er hatte sie angestarrt, als plante sie einen Mord, und von da an war es bergab gegangen.

»Was zeichnen Sie da, Miss?«, fragte eine atemlose, freche kleine Stimme direkt neben ihr. »Das sieht aber nicht wie eine Mumie aus.«

Sie sah den Jungen an. Er mochte acht oder zehn Jahre alt sein. Da sie keine Erfahrungen mit eigenen Kindern und kaum Freunde mit Nachwuchs hatte, fiel es ihr schwer, das Alter von Kindern zu schätzen. Er hatte ein schmutziges, sommersprossiges Gesicht, strahlende blaue Augen, einen fast kahl geschorenen Kopf, und er roch aus allen Knopflöchern nach Ärger. Reflexartig überprüfte sie, ob ihre Tasche verschlossen und in Sicherheit war.

»Siehst du die Mumie da drüben?« Sie deutete darauf. »Das war ein Kind. Ein Junge wie der hier.«

Ein Junge wie du.

Sie sprach es nicht aus, doch das Alter mochte ungefähr hinkommen, wenn sie es sich recht überlegte.

»Blödsinn.« Er wollte ihr nicht glauben. »Das waren doch alte Knacker, diese Mumien. Alle tot.«

Sie betrachtete noch einmal sein Gesicht, die langen und hellen Wimpern, die ihm zusammen mit den rundlichen Wangen etwas Engelhaftes gaben. Ihre Feindseligkeit verflüchtigte sich. »Sie haben damals alles mumifiziert«, erklärte sie grinsend. »Auch Tiere. Vögel. Krokodile. Alte Leute. Junge Leute. Sogar Babys.«

»Babys!« Er starrte sie an. Der kämpferische, freche Tonfall war verschwunden. Die Sache war ihm nicht geheuer. »Der Junge da ...« Er zielte mit einem schmutzigen Finger auf ihren Block. »Der rennt herum und spielt, ja? Fußball und so, ja?«

Sie nickte. Die Kindergruppe wanderte unterdessen zum anderen Ende der Galerie. »Mein Bild ist nur eine Fantasie«, erklärte sie sanft. »Ich habe mich gefragt, wie er ausgesehen haben mag, bevor er ...«

Bevor er gestorben ist. Irgendetwas in den blauen Augen hatte sie davon abgehalten, das Wort auszusprechen.

»Wo ist denn deine Lehrerin?« Sie lächelte ihn an. »Du willst doch die anderen nicht verlieren.«

Er berührte einen Moment lang noch einmal leicht die Zeichnung, dann drehte er sich um und sah zur Mumie. »Die haben das gemacht, damit die Körper noch einmal benutzt werden können, stimmt's?«

»Etwas in dieser Art.«

»Aber was passiert denn, wenn man den Körper nicht aufhebt? Was passiert, wenn er eingeäschert wird? Was wird aus dem betreffenden Menschen, wenn er zurückkommt und sein Körper ist nicht mehr da?« Die Leidenschaft, mit der die Frage gestellt wurde, und der Kummer, der in den blauen Augen zu sehen war, ließen sie unwillkürlich nach Luft schnappen.

»Wir glauben nicht an die gleichen Dinge wie die alten Ägypter«, erklärte sie behutsam. »Wir glauben nicht, dass unsere Körper aufgehoben werden müssen. Wir glauben auch nicht, dass wir Dinge mit ins Grab nehmen müssen, wie sie es getan haben.«

Das ging ihr allmählich zu weit. Der Rest der Gruppe war bereits im nächsten Raum, und in der Galerie war es wieder still.

Dann kam die Einsicht. Sie streckte die Hand aus und nahm seine. Zuerst glaubte sie, er werde sie wegziehen, aber er tat es nicht. Er kam einen Schritt näher heran, und sie bemerkte eine Träne auf seiner Wange. »Meine kleine Schwester. Sie ist gestorben.« Seine Stimme klang erstickt, als schämte er sich, überhaupt laut darüber zu sprechen. »Meine Mum hat ihr ihren Teddy mitgegeben, falls sie ihn braucht.« Wieder rollte eine Träne über seine Wange. »Dann haben sie sie in der Kiste verbrannt.«

Stephanie war entsetzt. Sie wusste nicht, was sie sagen sollte. Sie bückte sich, lehnte das Skizzenbuch an den Glaskasten und nahm ihn in die Arme. Sie spürte die schrecklich schmalen Schultern unter dem grauen Sweatshirt, die so gar nicht zu den runden Wangen passen wollten. »Das hätten sie nicht tun sollen, nicht wahr, Miss?«

»So machen wir das eben hier in unserer Kultur«, flüsterte sie unbeholfen ins weiche, kurz geschnittene Haar. »Wir glauben, dass wir den alten Körper nicht noch einmal brauchen. Wir glauben, dass wir im Himmel einen neuen bekommen.«

»Dann haben die da es falsch gemacht?« Er nickte zur Mumie hin.

»Ich glaube, sie haben es falsch gemacht.«

Er zitterte, und sie drückte ihn wieder an sich, verzweifelt bemüht, ihn zu trösten.

»Aber wir wissen es nicht genau. Es kann auch sein, dass wir uns irren. Ich will nicht verbrannt werden!« Die Worte kamen als gepeinigtes Wimmern heraus. »Ich bin älter als meine Schwester. Viel älter. Und dann könnte ich doch sterben, oder? Wie dieser Junge da ...«

Wieder drückte sie ihn an sich. »Ich denke, du siehst prima aus. Du kommst mir vor wie jemand, der ein ganz alter Mann werden kann, ehe du stirbst ...«

Sie unterbrach sich, als eine Hand hinter ihr erschien und den Arm des Jungen packte und ihn wegriss.

»Lassen Sie das Kind los! Was fällt Ihnen ein? Ich werde die Polizei rufen.«

Es war die Lehrerin. Die wütende Frau, die auf einmal vor ihr stand, war schmal und groß und trug einen Jeansrock und ein indisches Top, dazu praktische flache Schuhe und einen schweren Rucksack über der Schulter. Das tief gefurchte, erschöpfte Gesicht war in diesem Moment rot vor Wut.

»Geh zu den anderen und warte dort, Mat. Los!« Sie machte keine Anstalten, herauszufinden, warum er weinte.

Stephanie starrte sie schockiert an. »Sie verstehen das nicht. Er hat mich gefragt ...«

»Oh, doch, ich verstehe es sehr gut.« Die Frau spuckte sie fast an. »Leute wie Sie bekommen keinen richtigen Mann, und deshalb versuchen Sie, ein Kind zu verführen!« Ihre Stimme war hysterisch und schrill.

»Was meinen Sie damit? Das habe ich doch gar nicht getan. Sie irren sich!« Stephanie bemerkte, dass sich eine Menge von Schaulustigen um sie gesammelt hatte. Auch der Museumswärter war schon in ihre Richtung unterwegs. Die Kinder strömten zu ihnen zurück, andere Leute starrten sie an, schüttelten die Köpfe und murmelten.

»Hören Sie, er hat mich angesprochen. Er hat meine Zeichnungen angeschaut. Ich habe ihn in den Arm genommen, weil er geweint hat ...«

Die Frau hörte nicht zu. Sie brüllte jetzt. Sie schrie nach Zeugen und verlangte noch einmal, jemand möge die Polizei holen.

Dann war alles so schnell vorbei, wie es begonnen hatte. Der Wärter stand neben ihr. »Ich habe alles gesehen«, sagte er energisch. Er beruhigte die Frau. Erklärte ihr, was er gesehen hatte. Er beruhigte, schmeichelte und besänftigte. Ein paar Minuten später entfernte sie sich. Mat folgte ihr kleinlaut und trotzig, die anderen Kinder waren schon vorausgelaufen.

»Alles in Ordnung?«, wandte sich der Wärter an Stephanie. »Machen Sie sich deshalb mal keine Sorgen. Zu viel Verantwortung, zu niedrige Bezahlung. Niemand, der ihr hilft. Die arme Frau weiß nicht ein noch aus. Sie kann nur immer wieder ihre Kinder zählen und hoffen, dass ihr keins verloren geht.« Er hielt inne. Sanfte braune Augen in einem faltigen schwarzen Gesicht musterten sie mit einer Intensität, die sie beunruhigend fand. »Sie sind ja sogar noch aufgewühlter als die Lehrerin, nicht wahr?«

Stephanie nickte und blinzelte die Tränen weg. »Wegen des Jungen. Seine Schwester ist gestorben. Er wurde zum ersten Mal mit dem Tod konfrontiert und hat sich gefürchtet.«

»Und er hatte niemanden, mit dem er reden konnte.«

Sie schüttelte den Kopf. »Nein, er hatte wohl niemanden. Nur eine Mutter mit gebrochenem Herzen, die mit ihrem eigenen Kummer beschäftigt war.« Sie schniefte. »Er hat meine Zeichnung des Jungen gesehen.« Sie bückte sich und hob das Skizzenbuch auf. »Irgendwie hat er sich damit identifiziert und …« Sie hielt inne und starrte das Blatt an. Mitten auf der leeren Seite war die Mumie des Kindes zu sehen, sauber und mit allen Details gezeichnet, perfekt als Illustration geeignet. Sie blätterte die Seiten durch, wendete sie nacheinander um und suchte hektisch. »Das verstehe ich nicht. Es ist weg. Der Junge, den ich gezeichnet habe, ist weg!«

»Hat er das Bild gestohlen?« Der Wärter nickte den sich entfernenden Besuchern hinterher. Die Kindergruppe war nicht mehr zu sehen.

»Nein, nein! Natürlich hat er es nicht gestohlen, auf keinen Fall. Das hätte er gar nicht gekonnt. Es fehlt auch keine Seite. Es ist vielmehr, als sei die Seite niemals da gewesen.« Sie klappte das Buch zu und starrte ihn an. »Ich kann mir das doch nicht eingebildet haben, oder?«

Er zuckte mit den Achseln und sah sich ein oder zwei Minuten nachdenklich schweigend in der Galerie um. »Wenn man hier Tag für Tag arbeitet, sieht man eine Menge eigenartiger Dinge. Ich habe zwischen den Glaskästen Gestalten laufen sehen, wenn keine Besucher da waren. Ich habe gesehen, dass mich aus den Mumien heraus Augen beobachtet haben, deren Blicke mir durch den Raum gefolgt sind. Ich habe gesehen, wie sich in den Schaukästen etwas bewegt hat. Da war ein Paar Ohrringe. Wunderschön, aus Gold. Von der Art, wie eine schöne Dame sie tragen würde. Eines Tages lagen sie dann da drin …« Er nickte zu einem Schaukasten voller Schmuckgegenstände hin, »und am nächsten Tag waren sie bei ihr, wo sie hätten sein sollen.« Er deutete zur Mumie einer jungen Frau.

Stephanie starrte ihn an. Sie wusste nicht recht, ob sie ihm das glauben sollte. »Hat es denn niemand bemerkt?«

»Außer mir?« Er zog eine Augenbraue hoch und legte den Kopf schief. »Manchmal schon. Dann haben sie den Leuten, die die Ausstellungsstücke arrangiert haben, die Schuld gegeben.« Er kicherte.

»Und meine Zeichnung? Wie würden Sie das erklären?«

»Wer weiß? Nichts geschieht zufällig. Der Bursche in dem Glaskasten, der kleine Junge, Mat. Sie haben einander in diesem Augenblick gegenseitig gebraucht. Sie haben den kleinen Jungen mit Ihrer Zeichnung zum Leben erweckt. Sie haben Mat die Umarmung gegeben, die er brauchte. Und wer weiß, vielleicht haben Sie auch selbst gerade eine gebraucht.« Er grinste sie an.

»Sagen Sie mal, Sie sind ja ein richtiger Philosoph.«

Er zuckte mit den Achseln. »Muss man auch sein, wenn man hier arbeitet.«

Sie sah ihm nach, als er sich entfernte, dann konzentrierte sie sich wieder auf den Glaskasten und auf das großäugige, leere Starren der Mumie. Sie konnte die Erinnerung an den schmalen, verletzlichen Jungen, den sie kurz in den Armen gehabt hatte, nicht abstreifen. Äußerlich hatte er alles, was sie an Kindern hasste, repräsentiert. Lärmend. Aggressiv. Herausfordernd. Irgendwie außer Kontrolle. Und doch war er hinter diesem äußeren Anschein so verletzlich gewesen, er hatte Trost gesucht. Und er war zu ihr gekommen.

Langsam schob sie den Skizzenblock in ihren Beutel. Eine ihrer Zeichnungen war sicher für den Artikel geeignet. Sie hatte genug getan. In der Ecke der Galerie redete der Wärter mit einer Gruppe von Besucherinnen, und einige französische Studenten drückten sich jetzt in ihrer Nähe herum. Die Schülergruppe war längst verschwunden.

Auf einmal dachte sie an Dan. An sein stilles Flehen und

seine Geduld, als er ihr zu erklären versuchte, wie sehr er sich ein Kind wünschte, und an seinen Zorn, als sie sich weigerte, überhaupt darüber zu reden. Ob er dieses eigenartige Bedürfnis empfunden hatte, einem verletzlichen kleinen Menschenwesen Sicherheit und Liebe zu geben?

Sie wandte sich zum Gehen, warf noch einen Blick zum Wärter und sah, dass er lächelte und eine Hand hob. Nein, sie hatte es sich nicht schlagartig anders überlegt. So einfach war das nicht. Zu viele eigenartige Dinge waren in der letzten Stunde geschehen, die sie nicht einmal ansatzweise verstehen konnte. Aber vielleicht, vielleicht konnte sie noch einmal darüber nachdenken.

»Bye!« Erst als jemand, der ein paar Schritte entfernt war, erschrocken zu ihr aufschaute, wurde ihr bewusst, dass sie sich laut von der Mumie im sterilen Glaskasten verabschiedet hatte. Sie zuckte entschuldigend mit den Achseln.

Das gemurmelte Lebewohl, das sie zu hören glaubte, hatte sie sich ganz gewiss nur eingebildet.

Barney

Theo Dexter, der Makler, war ein junger Mann, etwa in ihrem Alter. Oder höchstens ein wenig älter als sie selbst, dachte Kay. Er sah auf eine lässige, selbstironische Weise gut aus, so ähnlich wie Hugh Grant. Als der Schlüssel sich nicht herumdrehen ließ, warf er ihr einen kurzen Blick zu und zuckte entschuldigend mit den Achseln.

Sie wurde wütend. Beinahe hätte sie ihm den Schlüssel aus der Hand gerissen. »Anscheinend war lange niemand mehr hier«, sagte sie und strich sich mit kaum verhohlener Ungeduld die Haare aus dem Gesicht.

»Dieses Cottage will sich niemand ansehen.« Er lächelte.

Sie ließ sich nicht einwickeln. Sie brauchte eine Wohnung. Sofort. Eine billige Wohnung. Sehr billig. Die Tatsache, dass diese Bruchbude beinahe zusammenbrach, war ein Pluspunkt. Es passte zu ihrer Stimmung. Außerdem würde sie hier niemand suchen.

»Bitte versuchen Sie es noch einmal. Und rütteln Sie an der Tür.«

Auf sein vorsichtiges Rütteln folgte ein lauter Knall, dann packte er den Schlüssel mit beiden Händen und spannte seine Muskeln an. Eher amüsiert als gereizt sah sie ihm zu. Der Ort hatte sie bereits in seinen Bann geschlagen. Noch ein kurzes Ringen, und das Türschloss gab ein knirschendes Geräusch von sich, dann wurde die Tür aufgestoßen. Im Inneren roch es schimmelig und feucht, aber nicht unangenehm. Es war sehr still. Sie blieben einen Augenblick im schmalen Hausflur stehen, um sich zu orientieren. Direkt vor ihnen führte eine schmale Treppe nach oben. Rechts war die Tür, die zum kleinen Wohnzimmer führte, links eine Küche mit einem alten Rayborn-Herd, einer Anrichte und einem zerkratzten Eichentisch.

»Wundervoll!«

Kays Begeisterung versetzte Theo einen solchen Schrecken, dass dieser sich zu einer Antwort hinreißen ließ, die ihrer Ansicht nach für einen Makler außergewöhnlich offenherzig war. »Sie machen Witze. Das Haus ist, ehrlich gesagt, eine Müllkippe.«

Sie lachte. »Es ist ruhig. Es ist hübsch. Es ist billig. Mehr kann ich mir nicht leisten.«

Er schnitt eine Grimasse. »Sehen Sie sich lieber noch oben um, ehe Sie sich festlegen.«

Sie ging voraus, kam sich lächerlich vor und fühlte sich unangebracht glücklich.

Die Treppe war steil und krachte, das Geländer war locker. Oben gab es einen kleinen Treppenabsatz, durch ein vom Geißblatt fast überwuchertes Fenster fiel ein wenig Licht herein. Links und rechts gab es identische Schlafzimmer.

»Immer noch perfekt?«

Kay bemerkte Theos Blick und grinste. Ihr war gar nicht bewusst, wie sehr dieses unverhoffte Glücksgefühl sie strahlen ließ. Ihr vorher eher strenges Gesicht war auf eine Weise schön geworden, die ihn faszinierte.

Sie wandte den Blick als Erste ab. »Ich kann wohl nicht erwarten, dass es hier auch ein Bad gibt?« Eine praktische Frage wie diese war gut geeignet, um wieder auf den Teppich zu kommen.

Er zog die Augenbrauen hoch. »Ob Sie es glauben oder nicht, es gibt hier ein Bad. Hinten. Der alte Knabe hat aber wahrscheinlich seine Kohlen in der Badewanne gelagert.«

»Dann habe ich ja reichlich Brennmaterial.« Sie drehte sich um, trat wieder auf den Treppenabsatz und hielt überrascht inne. Ein kleiner brauner Hund saß oben auf der Treppe.

»Hallo.« Sie bückte sich und streckte die Hand aus.

»Mit wem reden Sie?« Theo tauchte in der Tür auf.

»Mit dem Hund.« Sie hob den Kopf.

»Mit welchem Hund?«

»Mit dem da.« Sie drehte sich wieder um, doch der Hund war verschwunden. »Er ist wohl wieder nach unten gelaufen. Wir haben die Vordertür offen gelassen.«

Die frische Luft hatte die Atmosphäre im Haus merklich verbessert. Der modrige Geruch war verschwunden, und sie konnte die Rosen und den Falschen Jasmin im vorderen Garten riechen.

Das Bad war beinahe eine angenehme Überraschung. Modern war es gewiss nicht, aber es war auch nicht armselig zu nennen. Wenn das Haus wieder an Wasserversorgung und Elektrizität angeschlossen war, dann konnte man hier ganz sicher leben.

Auf dem Rückweg machten sie unterwegs Rast, um in einem mit Stroh gedeckten Pub ein Sandwich zu essen. Als sie im Garten am Tisch saßen, sah sie ihren Begleiter an. »Sie müssen mich für verrückt halten, weil ich Ihnen für so ein Haus ein Angebot mache.«

Er sah sie neugierig an und lächelte. »Etwas schrullig ist es schon. Aber ich sage mir einfach, der Kunde ist König.«

»Ich laufe vor etwas weg.«

»Ich hatte schon angenommen, dass Sie nicht unbedingt auffallen wollen.«

»Eine gescheiterte Beziehung. Gebrochenes Herz und eine Menge Publicity.«

Er lächelte wieder. Sie mochte sein Lächeln und besonders seine Augen. »Das ist hart. Nun, ich glaube, hier wird Sie niemand finden.«

»Ich glaube auch nicht, dass es jemand versuchen wird. Es ist vorbei. Aber ich brauche Freiraum.«

»Den werden Sie hier bekommen. Es gibt dort auch einen großen Garten, den wir noch gar nicht besichtigt haben.«

Sie nickte. »Ein halber Hektar voller Nesseln und Brombeeren, wenn wir ehrlich sind?« Darüber lachten sie beide, und sie wusste, dass die Heilung schon eingesetzt hatte.

Es war lächerlich einfach, das Haus zu kaufen. Sie schenkte sich das Gutachten, und ihr erstes, unglaublich niedriges Gebot wurde von Alice Cross, der alten Dame, die das Haus geerbt hatte, sofort akzeptiert. Nachdem sie erwartet hatte, feilschen zu müssen, stellte Kay verblüfft fest, dass die einzige an den Verkauf geknüpfte Bedingung darin bestand, dass sie das Haus genauso lieben müsse, wie »der alte Harry« es geliebt hatte. Und sie musste sich um Barney kümmern.

Nach einigem Nachfragen fand sie heraus, dass Barney ein Hund war. Ein kleiner brauner Hund. Sie mochte Hunde, also willigte sie ein. Das einzige Problem war, dass Barney seit jener ersten Begegnung spurlos verschwunden war. Niemand im Dorf schien etwas über ihn zu wissen. Alice zuckte nur mit den Achseln und meinte, er werde schon wieder auftauchen.

Zwei Monate nachdem sie das Cottage besichtigt hatte, zog Kay ein. Sie hatte sich mit einem Beutel Hundekekse gewappnet, falls Barney wieder auftauchte, und sie lud mit einer gewissen Beklommenheit Theo auf einen Drink ein, um das Ereignis zu feiern. Immerhin war er der einzige Mensch, den sie in der Gegend kannte. Er kam und blieb zum Essen. Als er ging, wusste sie, dass er nicht gebunden und sogar netter war, als sie ihn in Erinnerung hatte. Und er machte sie nicht mehr wütend.

Zwei Tage später kam er mit einem Rasentrimmer und einer Säge vorbei. Am folgenden Wochenende brachte er Wein, einige Pasteten und einen Strauß Rosen mit.

Am folgenden Sonnabend sah sie Barney wieder. Sie und Theo standen direkt hinter der Haustür. Der Hund war genau dort, wo sie ihn das letzte Mal gesehen hatte, oben auf der Treppe. Doch inzwischen war das Cottage sauber und mit den wenigen Dingen, die sie aus ihrem Vorleben gerettet hatte, karg, aber hübsch möbliert. Sie war mit weißer Farbe durchs Haus gezogen und hatte anschließend eine ganze Reihe von Nachlässigkeiten mit Bildern und strategisch günstig verteilten Topfblumen kaschiert. So sehr wie hier hatte sie sich noch nirgendwo zu Hause gefühlt.

»Barney?«, rief Kay. Der Hund wedelte mit dem Schwanz, drehte sich um und trabte davon, bis er nicht mehr zu sehen war.

»Wie, um alles in der Welt, ist er nur hereingekommen?«, fragte Theo. Sie hatten hinter sich die Tür geschlossen.

»Das spielt keine Rolle. Jedenfalls ist er jetzt da.« Kay ging zur Treppe.

Doch sie konnten ihn nicht finden.

Nachdem sie zehn Minuten gesucht hatten, gaben sie es auf. »Ich stelle ihm etwas Wasser und ein paar Kekse hin. Offenbar hat er einen Weg gefunden, unbeobachtet herein- und hinauszukommen.« Sie freute sich darauf, sich mit dem kleinen Hund anzufreunden.

Die nächste Besucherin kam ähnlich unerwartet. Sie waren gerade beim Gärtnern, als das Gartentor geöffnet wurde. Alice blieb am Tor stehen und sah ihnen einen Moment zu, lächelte und nickte zufrieden. »Das hätte Harry gefallen. Er war traurig, als er irgendwann zu alt war und sich nicht mehr um den Garten kümmern konnte.«

Darauf folgte die unvermeidliche Führung. Alles wurde

voller Entzücken aufgenommen. In der Küche bemerkte Alice die Näpfe auf dem Boden. »Sie sind tierlieb. Das ist gut.«

»Ich fürchte, wir waren aber nicht sehr erfolgreich mit Barney.« Kay hielt es für das Beste, ehrlich zu sein.

Alice drehte sich um und sah sie an. Die hellblauen Augen tränten ein wenig, als das Sonnenlicht durchs Fenster auf ihr Gesicht fiel. »Wie oft haben Sie ihn denn gesehen?«

»Eigentlich nur zweimal.«

Alice nickte. »Und Sie haben ihn beide gesehen? Sie und Ihr junger Mann hier?«

Kay lächelte. »Ja, wir haben ihn beide gesehen. Das letzte Mal heute Morgen. Oben.«

Alice lächelte. »Da sitzt er immer. Oben auf der Treppe.«

»Wir haben ihm etwas zu fressen hingestellt.« Kay deutete auf die Hundekuchen.

Alice lachte. »Die wird er wohl nicht angerührt haben.«

»Nein.«

Alice kicherte und legte Kay eine Hand auf den Arm. »Ich will Ihnen eine Geschichte erzählen. Harry und ich waren vor dem Krieg Geliebte. Dann ging er fort. Er kehrte nicht zurück, und ich habe keine Briefe von ihm bekommen. Schließlich habe ich mich mit jemand anderem eingelassen. Als er heimkam und hier einzog, in das alte Haus seiner Eltern, war ich schon verheiratet.« Sie hielt inne. »Ich habe ihn hier besucht.« Kay bemerkte das Funkeln in ihren Augen und warf Theo einen Blick zu. Er lächelte.

»Mein Bill war ein harter Mann«, fuhr sie fort. »Grausam, wenn der Alkohol ihn übermannte. Harry und ich haben uns immer noch so sehr geliebt. Erst bei meinem dritten Besuch habe ich Barney zum ersten Mal gesehen.«

Kay runzelte die Stirn. »Wann war das denn?«

»Ungefähr 1947«, erklärte Alice kichernd. »Barney hatte

Harrys Eltern gehört«, fuhr sie fort. »Sein Vater hat den Hund, als er noch klein war, Harrys Mutter zum ersten Hochzeitstag geschenkt. Sie waren so sehr ineinander verliebt.« Sie hielt inne. »Sie ist bei Harrys Geburt gestorben, hat aber dem Hund gesagt, er solle für sie aufs Haus aufpassen.«

Einen Augenblick lang herrschte verblüfftes Schweigen.

Kays Flüstern war kaum zu hören. »Wollen Sie damit sagen, dass der Hund ein Geist ist?«

Alice strahlte sie an. »Ganz recht. Er braucht Ihren Hundekuchen nicht, meine Liebe. Geben Sie ihm einfach nur das Gefühl, dass er willkommen ist. Lieben Sie ihn. Und lassen Sie ihn auf alles hier aufpassen.« Sie sah von einem zum anderen. »Das gilt für Sie beide. Sie gehören beide hierher, sonst hätten Sie ihn nicht beide gesehen.«

Theo blieb über Nacht. Es schien einfach richtig zu sein.

Die Tränen der Isis

1

Es hatte über Nacht geschneit, und am Morgen lag eine dünne weiße Decke auf dem Gras und drückte die Rhododendronzweige in anmutigen Bogen auf den Weg herunter.

Toby Hayward stellte das Auto neben den Ruinen der alten Burg ab, die sich vor ihm im Hügelland erhob. Er war ein großer Mann von Anfang vierzig und sah mit seinem hellblonden Haar, der frischen Gesichtsfarbe und dem hübschen, ebenmäßigen Gesicht wie der Inbegriff eines Schotten aus. Bekleidet war er mit einer abgetragenen Öljacke und alten Stiefeln. Er blieb einen Augenblick stehen, um sich zu orientieren. Die Gegend war verlassen, es war zu kalt für Ausflüge, und der Wetterbericht, der gesagt hatte, das Wetter werde noch schlechter, würde Fremde davon abhalten, ihn auf seiner ganz persönlichen Pilgerschaft zu behelligen. Die Ruinen waren pittoresk, riesig und finster – hohe, halb zerstörte Mauern und klaffende Fenster, Mauerzinnen hoben sich dunkel vor dem Schnee und den mächtigen alten Bäumen im Hintergrund ab.

Die weitläufigen Stallungen, die einst die Anlage ergänzt hatten, waren gegen Ende des neunzehnten Jahrhunderts bei einem Brand zerstört und schon vor langer Zeit abgerissen worden. Auch die Burg selbst war niedergebrannt, dies allerdings erst kurz nach Ende des Ersten Weltkrieges. Die Ruinen waren nicht wieder aufgebaut worden. Toby schnitt eine Grimasse. Zwei verheerende Brände. Ein Zufall? Man würde es wohl nie herausfinden.

Er suchte in der Tasche nach dem Führer, den seine Mutter ihm geschenkt hatte, bevor er vor einigen Wochen von London nach Schottland aufgebrochen war. Das Buch beschrieb die Geschichte der Burg und der Carstairs-Familie vom vierzehnten Jahrhundert bis zur Blütezeit unter dem neunten Earl, dem berüchtigten viktorianischen Weltreisenden und Okkultisten. Auf Seite zwölf gab es eine Abbildung des Earls. Toby blieb stehen, starrte das Bild an und nagte an der Unterlippe, und Roger Carstairs starrte aus dem Foto zurück. Auch er hatte ein hübsches, ebenmäßiges Gesicht, obschon der angenehme Ausdruck durch die dunklen, überheblich blickenden Augen getrübt wurde. Er trug die Gewänder des vorderen Orients, wie sie auch von Lord Byron und T. E. Lawrence bevorzugt worden waren.

Toby blätterte um und las den Eintrag zu Lord Carstairs. Vor allem der letzte Absatz faszinierte ihn.

Der neunte Earl war bis zu seinem Lebensende von Geheimnissen umwittert. Selbst der Zeitpunkt und die Art seines Todes sind unbekannt, doch es gab zahlreiche Gerüchte über schreckliche Ereignisse. Angeblich habe er die Kunst beherrscht, mittels magischer oder schamanischer Techniken, die er auf seinen Reisen in Ägypten, in Indien und in Nordamerika erlernt hat, von Ort zu Ort oder sogar von einer Zeitzone zur anderen zu springen. Wie es heißt, setzten ihn die Methoden, die er lernte, jedoch den Angriffen dämonischer Kräfte aus, denen er eines Tages zum Opfer fiel. Vielleicht ist der neunte Earl auch überhaupt nicht gestorben. Wenn Sie sich in den Ruinen der Burg umsehen, die einst sein Heim war, dann denken Sie daran, dass die Augen, die Sie aus den Schatten heraus beobachten, möglicherweise nicht die Augen eines Geistes sind. Es könnten die Augen eines Mannes sein, der in der Hölle ist.

Toby schauderte. Was für ein Unfug. Wie konnte man nur so etwas schreiben?

Er lief weiter durchs Gras und hinterließ durchsichtige, schimmernde Fußabdrücke in Schnee und Eis, bis der Haupteingang der Burg vor ihm lag. Die imposante Treppe führte zu einem runden Torbogen hinauf, in dem sich einst eine gewaltige Eichentür befunden hatte. Dort blieb er einen Augenblick stehen und blickte in den leeren Raum, der früher die Haupthalle gewesen war. Der hohle Schrei einer Dohle durchbrach die tiefe Stille. Er sah den schwarzen Schatten des Vogels zwischen den Fenstern umherhuschen, durch die Wind und Schnee ungehindert eindringen konnten.

Vier Jahre lang hatte Toby weniger als zehn Meilen von dieser alten Burg entfernt gelebt, ohne je von ihrer Existenz erfahren zu haben.

Jetzt wünschte er, nie von ihr gehört zu haben.

Er ging weiter zu dem Bereich, der früher den Mittelpunkt des Hauses gebildet hatte, und schaute nach oben. In einem der Kamine entdeckte er den Nistplatz einer Dohlenfamilie, derzeit wohl die einzigen Bewohner des Gebäudes, das so viel von Schottlands Geschichte gesehen hatte. Und das, wie sich herausgestellt hatte, auch mit der Geschichte seiner eigenen Familie eng verknüpft war. Er schauderte. Der Schrei der Dohle wurde vom wilden Kreischen eines Bussards beantwortet, der über den umliegenden Hügeln kreiste.

Toby stopfte den Führer wieder in die Tasche und ging weiter. Es war kalt zwischen den Mauern der Burg. Diese Schatten konnte die Sonne, die draußen den über Nacht gefallenen Schnee taute, nicht durchbrechen. Ringsum hörte er Wasser tropfen und rauschen – den Hochwasser führenden Fluss, der unterhalb der Burg um den Fuß der Klippe strömte, das Tauwasser im Rhododendron, die tropfenden Eiszapfen und den schmelzenden Schnee.

Er rutschte beinahe auf den vereisten, ausgetretenen Steinstufen aus, verließ geduckt den Burgfried und lief zu einem rechteckigen Bereich, wo, wie sein Führer sagte, früher der Nordturm gestanden hatte. Diese zusätzlichen Wohnquartiere waren im sechzehnten Jahrhundert gebaut worden, doch man hatte sie wieder abgerissen, und die Überreste sollten das Fundament der Remise und der Stallungen bilden, die viel später vom siebten Earl errichtet worden waren. Hier hatte dessen Enkelsohn Roger Carstairs sein Museum betrieben, jene Sammlung von Objekten, die bei einem verheerenden Brand vernichtet worden war. Angeblich, so hieß es, sei das Feuer von einem unzufriedenen Diener gelegt worden, während Roger auf Reisen war. Zu dieser Sammlung hatten vermutlich auch all die Dinge gehört, die er von seinen Reisen nach Ägypten mitgebracht hatte.

Toby seufzte. Ägypten. Dort hatte er nur wenige Wochen zuvor Anna kennen gelernt.

Er war voller Optimismus nach Ägypten aufgebrochen. Nun gut, es war ein Pauschalurlaub gewesen, eine Reise von Luxor bis Awan auf einem Boot voller Fremder, aber das war in Ordnung. Das gehörte ja schließlich zu seinem Job. Er war Maler und Reiseschriftsteller und sollte für eine Sonntagszeitung humorvoll und detailreich die Reise beschreiben – die Vorzüge, die Nachteile, die schönen wie unschönen Orte, die netten und weniger netten Leute. Er sollte sein Skizzenbuch mit großartigen Ideen füllen und durfte als Belohnung etwas Sonnenschein im Winter genießen.

Anna Fox hatte er auf dem Hinflug kennen gelernt. Oder vielmehr, er war ihr ausgewichen. Er wusste durchaus, wie flegelhaft ein solcher Vorsatz im Grunde war, doch er hatte sich geschworen, sich auf kein Gespräch einzulassen, falls er auf dem fünfstündigen Flug neben irgendeinem schwatzhaften Trottel sitzen sollte. Die Tatsache, dass die Frau neben ihm schön war, langes dunkles Haar und haselnussbraune Augen hatte und alles andere als ein schwatzhafter Trottel, sondern vielmehr ausgesprochen interessant war, vermochte nicht bis in seinen Dickschädel vorzudringen. Zumindest nicht zu diesem Zeitpunkt. Immerhin hatte er bemerkt, dass sie sich nicht etwa in ein schwachsinniges, am Flughafen gekauftes Taschenbuch vertiefte, sondern ein altes viktorianisches Tagebuch las. Mit einigen verstohlenen Blicken auf ihren Schoß, wo es ausgebreitet lag, konnte er feststellen, dass es wohl tatsächlich sehr interessant war.

Die Schreie des Bussards wurden lauter. Er kreiste jetzt in der Nähe und suchte den Boden ab. Toby duckte sich instinktiv, als der Schatten mit den breiten Schwingen über ihm vorbeizog und hinter den hohen grauen Mauern verschwand.

Gedankenverloren ging er weiter und kletterte über die Reste der neueren Mauern, die jetzt nur noch ein paar Lagen Steine hoch waren. Wie seltsam, dass nur die ältesten Fundamente übrig geblieben waren. Von der jüngeren georgianischen und viktorianischen Prachtentfaltung war nichts mehr zu sehen.

Er überquerte jetzt einen Bereich, der einst wohl ein offener Innenhof gewesen sein mochte, und rutschte auf den unebenen Pflastersteinen aus. Sich vorzustellen, dass Roger Carstairs hier gelebt hatte, war freilich gar nicht so abwegig. Ein urbaner, gebildeter Weltreisender dem äußeren Anschein nach, der seinem Blut nach jedoch immer ein wilder Schotte aus dem Grenzland geblieben war, der Nachfahre von Banditen und mordlustigen Wegelagerern. Ein Mann, der daran gewöhnt war, sich einfach zu nehmen, was er haben wollte, ob es nun ein Fundstück oder eine Frau war. Ein Objekt hatte er allerdings nicht bekommen können. Der Gegenstand hatte der einzigen Frau gehört, die er nicht für sich hatte gewinnen können. In Tobys Führer gab es auch einen Abschnitt über sie. Er überflog die Seite, die er jetzt aufgeschlagen hatte. Roger hatte Louisa Shelley in Ägypten kennen gelernt. Ihre Beziehung war, wenn man dem Verfasser des Führers glauben konnte, kurz und stürmisch verlaufen. Toby verzog das Gesicht. Das war wohl stark untertrieben. Aber der Autor hatte ja auch nicht die Gelegenheit gehabt, Louisas Tagebuch zu lesen. Das Tagebuch, in das Anna so vertieft gewesen war, als er sie das erste Mal gesehen hatte.

Hinter ihm, auf dem Burgfried, war wütendes Kreischen zu hören, ein Schauer von Zweigen prasselte fünf Stockwerke tief bis ins offene Gewölbe unter dem Gebäude. Offenbar gab es Streit unter den geflügelten Bewohnern der Burg. Toby schaute auf, als eine zerrupfte schwarze Feder herabwehte. Er bückte sich und hob sie auf, dann richtete er sich abrupt auf und sah sich, die Feder in der Hand haltend, um. Er hatte jemanden lachen hören. Er runzelte unbehaglich die Stirn. Das tiefe, kehlige Kichern war direkt hinter ihm zu hören gewesen. Er drehte sich um und starrte die dunklen Schießscharten und die offenen Eingänge an. Dort war niemand. Der Bussard war wieder zu den fernen Hügeln geflogen. Die Dohlen saßen schweigend oben auf der Mauer in der Sonne und putzten sich. Im Schatten des verfallenen Turms war es unangenehm kalt. Toby lauschte aufmerksam. Waren noch weitere Besucher gekommen, während er gedankenverloren herumgewandert war? Schaudernd schob er die Hände tief in die Hosentaschen. Einen Augenblick lang hatte er doch tatsächlich geglaubt, irgendjemand habe irgendwie seinen Namen geflüstert.

Bei Gott, der Ort setzte ihm zu. Die Atmosphäre erdrückte ihn. Er streckte die Hand aus, als sei es möglich, die Luft zu fassen. Nein, da war nichts. Niemand, den er sehen konnte.

Und doch hatte er das Gefühl, beobachtet zu werden. Aber von wem?

Er konnte nur raten.

Es war sein Urgroßvater.

Seine Hand, die den Führer hielt, verkrampfte sich. Als er zu seiner Reise nach Ägypten aufgebrochen war, hatte er nicht an Geister geglaubt. Er hatte an viele Dinge nicht geglaubt. Damals hatte er aber auch noch nicht gewusst, dass er ein Nachkomme von Lord Carstairs war. Wie viele andere hatte er dieses und jenes über den Mann gehört – sein übler Ruf sorgte dafür, dass man auch nach vielen Jahren noch über ihn sprach, und der Name hinterließ einen unangenehmen Geschmack im Mund. Die Ahnenlinie der Earls war mit dem elften Earl ausgestorben. Soweit er wusste, gab es keine unmittelbaren Nachkommen mehr. Nur seine Mutter Frances und ihn selbst.

Er lächelte humorlos. Was hatte er da nur für einen Cocktail in seinem Blut mitbekommen.

2

Serena Canfield kniete im vorderen Raum ihrer Maisonettewohnung in West Hampstead vor einem kleinen geschmückten Altar. Immer noch war die Leere in ihrem Heim deutlich zu spüren. Es war schon mehrere Jahre her, dass ihr geliebter Partner und Seelengefährte gestorben war. Die schmerzhafte Leere und Stille, die er hinterlassen hatte, war nur unzureichend von einer Reihe anderer Untermieter ausgefüllt worden. Charley, die Letzte, war gerade ins Elternhaus zurückgekehrt. Zuerst war der darauf folgende Frieden außergewöhnlich willkommen gewesen, doch in der letzten Zeit war die Stille unerträglich geworden, zumal ihre Nachbarn auf der rechten Seite verreist und die auf der anderen Seite den ganzen Tag auf der Arbeit waren.

Als sie ihr letztes Gebet gesprochen hatte, blieb sie in stiller Meditation hocken.

Sie war eine attraktive Frau von Mitte vierzig mit kurzem dunklem Haar, doch als Erstes erregten Serenas riesige grüne Augen die Aufmerksamkeit des Betrachters. Sie war eine moderne Priesterin der Isis von eigenen Gnaden, was die Mitreisenden zu Beginn der Kreuzfahrt auf dem Nil neugierig gemacht und amüsiert hatte. Ihr Besuch in Ägypten war ein Teil einer spirituellen Reise, die schon vor vielen Jahren begonnen hatte. Der Besuch war traumatisch und in vieler Hinsicht erschreckend verlaufen, ohne dabei ihrem Glauben Abbruch zu tun. Ganz im Gegenteil, sie war, was die Macht ihrer erwählten Gottheit anging, sicherer denn je.

Sie schlug die Augen auf und betrachtete den Altar. Zwischen der Statue der Isis und der majestätischen Katzengöttin Bast mit dem einzelnen goldenen Ohrring und dem undurchdringlichen Blick stand eine kleine alte Flasche. Das helle Mattglas reflektierte kein Licht, sondern schien sogar das ganze Licht zu absorbieren. Sie streckte die Hand aus, um die Flasche zu berühren, dann zögerte sie, nahm sie schließlich beinahe trotzig in die Hand. Die Flasche fühlte sich unnatürlich kalt an. Unbehaglich sah Serena sich im Raum um. Er war voller Schatten, das einzige Licht kam von den Kerzen auf dem Altar und einer kleinen Tischlampe in der anderen Ecke. Vor den Gebeten hatte sie die Vorhänge geschlossen. Inzwischen musste es draußen dunkel sein, auf den vom Schneeregen nassen Straßen spiegelten sich die Scheinwerfer der Autos, während die Berufstätigen nach Hause zurückkehrten und sich um die Parkplätze stritten. Sie hörte einen Motor aufheulen, als jemand sein Auto in eine unmöglich enge Parklücke zurücksetzen wollte. Ein verirrter

Strahl von den Scheinwerfern des einparkenden Wagens durchdrang die Vorhänge und fiel hinter ihr auf die Wand. Sie hielt den Atem an. Im Lichtstrahl hatte sich etwas bewegt. Eine Gestalt, hier bei ihr in ihrem Zimmer? Oder nur ein Trugbild ihrer überbeanspruchten Fantasie? »Gesegnete Isis, stehe mir bei. Schütze mich. Zeige mir, was ich mit dieser Flasche mit deinen Tränen tun soll.« Serena flüsterte die Worte. Sie holte tief Luft und versuchte sich zu beruhigen. Ihre Hände, mit denen sie die kleine Flasche hielt, zitterten.

Warum hatte sie Anna auch versprochen, sie werde sich darum kümmern, ihre Gebete würden die Flasche schützen und sie könne die Kräfte im Zaum halten. Eine Flasche, die in ihrer dreitausend Jahre langen Geschichte nichts als Kummer und Schmerz verursacht hatte. Wie hatte Anna es noch gleich in Ägypten ausgedrückt? Über Jahrtausende waren Generationen von Menschen in Kämpfen um Besitztümer wie dieses kleine Objekt mit seinem legendären Inhalt gestorben. Warum, im Namen der Götter, passte Serena nun darauf auf?

Draußen stellte der Nachbar den Automotor ab. Die Scheinwerfer gingen aus, und einen Augenblick später hörte sie die Tür zuschlagen. Sie freute sich, als nebenan die Lichter eingeschaltet wurden. Der Nachbar, wer es auch war, schaltete vermutlich gerade den Fernseher ein, schenkte sich einen Drink ein, warf einen Blick in den Kühlschrank und tat alle möglichen anderen Dinge, die einem Menschen Geborgenheit gaben. Auf einmal fühlte sie sich nicht mehr ganz so allein.

Sie stand auf und ging mit der Flasche zur Lampe. Seltsam, dass sie das Objekt noch nie aus der Nähe betrachtet hatte. Das Glas war geätzt und hatte mit der Zeit Kratzer bekommen. Kleine, zementharte Sandbrocken klebten am Rand des versiegelten Stopfens. Sie starrte die Flasche stirnrunzelnd an. So klein und doch so machtvoll. Es war ihre Schuld, dass die Flasche hier war. Anna hatte sie in Ägypten loswerden und der Göttin zurückgeben wollen, der sie gehörte. Serena hatte, welche Dummheit, die Flasche geborgen und mit ihr all die Legenden und Flüche auf sich genommen und auch die Wachgeister auf sich gezogen. Als Anna ein weiteres Mal versucht hatte, die Flasche loszuwerden, war alles schief gegangen. Die Flasche ließ sich nicht beseitigen. Sie war zurückgekehrt.

Serena schauderte. Ob Hatsek und Amhotep, die Geisterpriester aus dem alten Ägypten, zusammen mit der Flasche nach London gereist waren? Waren sie jetzt hier in ihrem kleinen Haus und wachten über die Flasche, die sie gerade in der Hand hielt? Sie zuckte plötzlich zusammen, und ihre Finger schlossen sich unwillkürlich um die Phiole. Ein eigenartiger Geruch umwehte sie. Sie schnüffelte vorsichtig und starrte angestrengt in die Ecken ihres Zimmers. Heute hatte sie auf dem Altar keinen Weihrauch benutzt, nur die Kerzen standen dort. Doch was sie roch, war kein Bienenwachs. Sie schluckte nervös. Es war ein feiner, exotischer Duft, der einen Hauch Wüstenwind enthielt. Es war der Geruch von Kyphi, dem Weihrauch der Götter.

Erschrocken wich sie einen Schritt zurück und sah sich im Zimmer um. Niemand war da. Keine gespenstischen Gestalten im Schatten. Es war nur ihre Fantasie.

Sie betrachtete die Flasche in ihrer Hand, dann trat sie rasch vor den Altar und stellte sie wieder ab. Sie blies die Kerzen aus, ging in den Flur und dann in die kleine Küche im hinteren Teil der Wohnung, wo das Telefon stand.

Sie knallte die Küchentür zu, lehnte sich dagegen und wählte Annas Nummer.

»Anna? Es tut mir Leid, aber ich muss dir die Flasche zurückbringen.«

Auf dem Altar im dunklen vorderen Zimmer verstreute ein kleiner Sandpfropfen, der sich beim Abstellen der Flasche gelöst hatte, seine Körner vor der Statue der Isis. Unter dem Pfropfen wurde ein Haarriss im alten Glas zum ersten Mal der Luft ausgesetzt. Eine Weile geschah nichts. Dann breitete sich an der Außenfläche des Glases ein winziger feuchter Fleck aus.

Im Dunkeln verdichteten sich zwei verschwommene Gestalten. Wie Rauch schwebten sie über dem Altar. Einen Augenblick verharrten sie, ungesehen. Als ein weiterer Scheinwerfer von der Straße drunten die Dunkelheit durchbrach, waren sie schon wieder mit den Schatten verschmolzen.

3

Anna saß im Wohnzimmer am Tisch und schrieb Briefe, als Serena am nächsten Morgen kam. Die Frauen umarmten sich, dann schob Anna Serena nach drinnen. Anna hatte Ringe unter den müden graugrünen Augen, ihr Gesicht war bleich, und das lange dunkle Haar hatte sie mit einem blauen Tuch zurückgebunden.

»Anna, du musst dich entscheiden, was wir damit tun sollen.« Serenas Stimme verriet ihre Anspannung. »Ich denke, wir können die Flasche nicht behalten, und um ehrlich zu sein, sie macht mir inzwischen auch Angst.«

Anna führte sie ins Wohnzimmer, wo Serena ein kleines, in Luftpolsterfolie gewickeltes Päckchen auf den Tisch stellte. »Was ist denn passiert?«

Serena zögerte einen Augenblick, als sie sich, das Päckchen in der Mitte zwischen ihnen, an den Tisch gesetzt hatten. »Ich habe Schatten gesehen. Sicher bin ich nicht.

Bisher ist noch nichts Greifbares passiert. Ich fühle mich einfach nicht mehr wohl damit, dieses Objekt im Haus zu haben. Ich glaube ...« Sie schaute auf und erwiderte Annas Blick. »Ich glaube, die Priester bewachen es immer noch. Ich glaube, ich habe sie gesehen.«

»Hier in London?«, fragte Anna schockiert.

Die beiden Frauen hatten sich schon bei ihrer ersten Begegnung in Ägypten auf jener schicksalhaften Kreuzfahrt angefreundet. Zusammen hatten sie Louisa Shelleys Tagebuch gelesen, zusammen hatten sie gelernt, die Mächte zu fürchten, die an die Flasche gebunden waren. Die Flasche, die einst Louisa Shelley gehört hatte und die jetzt, trotz aller Versuche, sich ihrer zu entledigen, anscheinend für alle Ewigkeit in Annas Besitz bleiben wollte.

»Ich habe dir angeboten, auf sie aufzupassen, als die ägyptischen Beamten sie dir zurückgaben. Ich weiß schon, ich sagte, ich käme damit zurecht. Aber jetzt bin ich nicht mehr so sicher.« Serena zögerte. »Wir müssen eine Entscheidung treffen. Etwas muss geschehen, und zwar schnell. Ich denke nicht, dass wir sie zerstören sollten. Ich glaube, das würde entsetzliche Schrecken entfesseln. Jedenfalls war Lord Carstairs davon überzeugt, nicht wahr? Er wusste mehr als jeder andere, und er wollte die Flasche unbedingt in seinen Besitz bringen, weil er glaubte, sie berge ungeheure Kräfte. Ich weiß nicht, was für Kräfte dies sind, aber wir sollten wohl besser annehmen, dass er Recht hatte. Hör zu, Anna, ich habe nachgedacht. Ich bin bereit, noch einmal nach Ägypten zu fahren, wenn du das für richtig hältst. Ich werde die Flasche nach Philae zurückbringen und sie im Tempel der Isis lassen. Die Göttin soll sie zurückbekommen.«

»Das kann ich doch nicht von dir verlangen, Serena.« Anna starrte sie erschrocken an. »Du hast schon so viel getan, um mir zu helfen. O Gott, ich wünschte, ich wüsste, was das

Beste wäre. Es ist zu gefährlich für dich, sie zurückzubringen, und auch zu gefährlich, sie hier zu behalten.«

»Jedenfalls müssen wir etwas unternehmen.« Wieder entstand ein kurzes Schweigen. »Das ist alles meine Schuld, Anna. Wenn ich dir zugestimmt hätte, die Flasche dort zu lassen, wo du sie lassen wolltest, im Tempel, dann wäre alles ganz anders gekommen.« Erneut zögerte Serena. »Was sollte denn deiner Meinung nach damit passieren?«

Anna stand auf. Sie ging zum Kamin und nahm das kleine in Leder gebundene Tagebuch herunter, das neben der Uhr auf dem Kaminsims stand. Sie starrten es beide an. »Ich weiß es nicht. O Gott, Serena, ich weiß nicht, wie ich mich entscheiden soll. Ich weiß einfach nicht, was ich tun soll. Ich will die Flasche nur noch loswerden. Ich will sie nie wieder sehen.«

»Wenn wir zu keiner Entscheidung kommen, dann könnten wir vielleicht jemand anders nach seiner Meinung fragen«, schlug Serena vorsichtig vor. »Was würde Toby deiner Ansicht nach sagen?«

»Er würde sagen, dass wir sie auf die eine oder andere Weise loswerden sollten.«

Serena nickte. »Warum hast du ihn überhaupt weggeschickt? Er hat dich doch wirklich sehr unterstützt, Anna.«

»Ich weiß.« Anna seufzte.

»Und er ist in dich verliebt.«

»Ja.« Anna nagte an der Unterlippe. »Ich glaube schon.« Sie holte tief Luft. »Ich bin zu nahe an die alten Geschichten herangekommen, Serena. Zu nahe an Louisa. Sie hat alles geopfert, um zu verhindern, dass die Flasche Lord Carstairs in die Hände fiel.«

»Aber Toby ist nicht Carstairs, um Himmels willen.«

»Ich weiß.«

In den letzten Wochen hatte sie oft über Toby nachgedacht und sich gefragt, wo er jetzt war und warum sie ihn fortgeschickt hatte. Es war doch nicht seine Schuld, dass er Roger Carstairs' Nachkomme war. Es war einfach nur eine Ironie des Schicksals. Und sie vermisste ihn mehr, als sie vor sich selbst zugeben wollte.

»Ruf ihn doch einfach an.« Serena beobachtete sie genau. »Bitte ihn vorbeizuschauen, und dann fragen wir ihn, was er dazu meint.«

»Du hast Recht.« Anna nickte. Auf einmal wollte sie dringend mit Toby sprechen.

»Er ist nach Hause gefahren, Anna.« Frances Hayward war ungeheuer erfreut, als Anna sich meldete. Sie hatte sich nicht verziehen, dass sie die Frau vertrieben hatte, von der sie gehofft hatte, sie könne die richtige Freundin für ihren einzigen Sohn sein. »Nach Schottland.«

Das verblüffte Schweigen, das auf diese Offenbarung folgte, verriet, dass Anna nicht im Traum an die Möglichkeit gedacht hatte, Toby könne nicht mehr in London sein, sofern sie überhaupt eine Erinnerung daran hatte, dass er nicht ständig in der Stadt lebte. »Ich kann Ihnen seine Telefonnummer geben.« Frances wünschte von Herzen, sie könne ihren Sohn mit einem Fingerschnippen herbeizaubern. Auf einmal schien das schottische Hochland unendlich weit entfernt.

Serena konnte sehen, wie Anna niedergeschlagen die Schultern hängen ließ, eine Nummer aufschrieb und das Telefonat beendete. Kopfschüttelnd blickte sie zur kleinen Flasche, die noch in der Luftpolsterfolie auf dem Tisch stand. »Es tut mir Leid. Ich dachte, ich könnte sie beliebig lange in meinem vorderen Zimmer aufbewahren. Aber dann konnte ich es nicht mehr aushalten.« Mit bekümmertem Achselzucken wandte sie sich an Anna. »Wahrscheinlich habe ich mir die Priester nur eingebildet.« Sie wandte rasch den Blick ab. »Aber ich habe trotzdem große Angst. Ruf ihn an. Ich glaube nicht, dass wir diese Entscheidung allein treffen sollten. Ich glaube, wir brauchen Hilfe.«

4

Toby stand im langen, niedrigen Wintergarten des kleinen Bauernhofs, den er jetzt sein Heim nannte, vor der Staffelei. Nach dem Tod seiner Frau hatte er lange gebraucht, um die Trauer zu überwinden, den Umzug in Angriff zu nehmen und sich einzurichten. Doch nach und nach war zwischen seinen Auslandsreisen eine gewisse Routine eingekehrt, und während er schriftstellerisch arbeitete, malte und sich durch den Dschungel hackte, der irgendwann einmal ein Garten werden sollte, entstand ein Gefühl, zwar keine dauerhafte Bleibe gefunden zu haben, aber wenigstens vorläufig mit sich selbst und seinem Haus in Frieden leben zu können.

Das Porträt gelang ihm besser, als er je zu hoffen gewagt hatte. Zuerst hatte er es für eine verrückte Idee gehalten. Die Illustration im Reiseführer war viel zu klein und verschwommen, man konnte kaum Einzelheiten erkennen. Die Reproduktion eines verschollenen Bildes aus einer obskuren Sammlung in Amerika. Vielleicht hatte ihn die leere Leinwand inspiriert. Sie hatte schon seit Monaten herumgestanden und war zugunsten von Wasserfarbenpapier ignoriert worden. Doch nach seinem Besuch des Carstairs Castle war die Idee auf einmal da gewesen. Er hatte die Leinwand mit Klammern befestigt und sich an die Arbeit gemacht, um diese strengen, düsteren Gesichtszüge in Farbe festzuhalten. Jetzt starrte er seinem berühmten Vorfahren in die Augen. Dunkel, zwingend, machtvoll. Der Illustration hatte man dies nicht entnehmen können. Die Augen, die er gemalt hatte, waren, auch wenn er es noch nicht erkannt hatte, seine eigenen.

Unvermittelt schaute er auf und runzelte die Stirn, der Pinsel verharrte mitten in der Bewegung. Das Licht schwand. Er ging zum Fenster und sah über den Garten hinweg zu den Hügeln. Der Himmel hatte die Farbe von Schiefer, große Tropfen Eisregen landeten auf den Blättern der Magnolie, die dem Haus eine so einmalige Atmosphäre gab. Er seufzte. Es war Zeit, mit der Arbeit aufzuhören.

Er trat einen Schritt zurück und langte nach einem Putzlumpen. Das Gesicht auf der Leinwand war beinahe beunruhigend lebensecht, stellte er stirnrunzelnd fest. Er war nicht übermäßig bescheiden, was seine Fähigkeiten anging, doch machte er sich auch nichts vor. Er konnte etwas Außergewöhnliches erkennen, wenn er es sah, und dies hier war außergewöhnlich. Seine beste Arbeit überhaupt.

Mach weiter, du brauchst kein Licht.

Die Stimme in seinem Kopf duldete keinen Widerspruch.

Toby lächelte schief. Normalerweise war er auch nicht so verbissen. Irgendein Vorwand, um aufzuhören – eine Tasse Kaffee machen, die Zeitung lesen –, käme ihm gerade recht.

Das Porträt ist fast fertig, warum solltest du es hinausschieben?

Ja, warum eigentlich? Er nahm die Palette wieder in die Hand.

Die Augen erwiderten seinen Blick so eindringlich, dass er sich ihnen kaum entziehen konnte. Es war, als blickte er in einen Spiegel. Unbehaglich runzelte er die Stirn. Hinter ihm prasselte der Regen mit ungewöhnlicher Heftigkeit gegen die Scheiben und über ihm trommelte er auf die Dachpfannen. Der Wind heulte durch die Zweige der Kiefer am Ende des Gartens. Ein sicheres Zeichen, dass sich im Norden ein böser Sturm zusammenbraute. Toby wich wieder einen Schritt von der Staffelei zurück.

Nein. Mach weiter. Vollende es!

»Das ist doch albern. Ich kann es nicht zu Ende malen. Es ist zu dunkel.« Zu seiner eigenen Überraschung hatte er laut gesprochen, um den Sturm zu übertönen. Über sich selbst erschrocken, sah er sich um. Die Stimme, die ihn weiter drängen wollte, war aus seinem eigenen Kopf gekommen. Oder etwa nicht? Er betrachtete das Bild. Außerhalb des Lichtscheins der Lampe konnte man kaum etwas erkennen. Er näherte sich ihm wieder. Es war vollendet oder nahezu vollendet. Es brauchte nur noch ein oder zwei Pinselstriche. Er nahm einen Pinsel, beugte sich vor und gab den Augen ein kleines Funkeln und einem Mundwinkel ein kleines, ironisches Lächeln. Dann trat er zufrieden zurück.

Ja! Es ist vollbracht.

Na so was. Der Gedanke, die Stimme sei vom Porträt gekommen, war die verrückteste Idee, die er bisher überhaupt gehabt hatte. Lord Carstairs, der Weltreisende, Visionär, Okkultist und Magier sprach aus einem Porträt, das gerade von einem entfernten Nachkommen gemalt worden war?

Mein Gott! Es lief Toby kalt den Rücken herunter. Was hatte er nur getan?

Es dauerte einige Sekunden, bis er auf das Telefon reagierte. Das Läuten hallte durch den Wintergarten und bildete einen gespenstischen Kontrast zum Trommeln des Regens. Als er schließlich abhob, starrte er weiter das Porträt an, als dürfe er den Blick auch nicht einen Moment lang davon abwenden.

»Toby?« Es war Anna. »Toby, bist du es?«

Ihre Stimme klang warm und freundlich. Das Zögern und Misstrauen, mit dem sie ihn fortgeschickt hatte, war verschwunden. »Serena und ich brauchen deinen Rat wegen der Flasche. Serena hat sie zu mir zurückgebracht. Sie fühlt sich damit nicht mehr wohl.« Sie musste Toby den Grund nicht erklären, denn er war auf der Kreuzfahrt dabei gewesen und hatte gesehen, was geschehen war.

»Bitte, Toby, kannst du nicht vielleicht zurückkommen?« Anna hielt inne. »Wir …« Wieder zögerte sie. »Ich brauche dich.«

Hinter Toby trommelte der Regen lauter denn je. Er lächelte. Irgendwie hatte er sich darauf eingestellt, sie nie wieder zu sehen und dass die zwischen ihnen aufblühende Wärme und Zuneigung, die er Liebe zu nennen nicht wagte, absterben musste, bevor sie eine Chance bekam, sich zu entwickeln. Doch jetzt wandte sie sich an ihn und bat ihn zurückzukommen.

»Natürlich komme ich.« Er drehte sich mit breitem Grinsen wieder zum Porträt um. »Ich komme so schnell wie möglich. Unternehmt nichts, solange ich nicht da bin.«

Als er auflegte, verspürte er ein seltsames, überwältigendes Triumphgefühl.

5

»Er kommt morgen.« Anna sah Serena achselzuckend an.

»Ich wette, er hat sich gefreut, von dir zu hören«, antwortete Serena lächelnd.

»Das glaube ich auch. Ja.« Anna seufzte tief. »Aber was tun wir in der Zwischenzeit?« Sie starrte das kleine Päckchen auf dem Tisch an. »Ich will die Flasche so wenig wie du über Nacht in meiner Wohnung haben. Nicht, wenn ich hier allein bin.«

Serena schnitt eine Grimasse. »Du hast doch einen Garten, oder? Dort können wir sie abstellen. Ein Londoner Garten im März. Das sollte jeglichen vorbeikommenden Geistern den Schneid abkaufen.«

»Vielleicht kannst du die Flasche auch segnen, damit sie über Nacht sicher ist.«

»Natürlich, das werde ich tun.«

»Und dann bleibst du hier bei mir?«

Serena lachte laut. »Das habe ich kommen sehen.«

»Bitte. Ich habe so großes Vertrauen zu dir, Serena. Du weißt, was zu tun ist. Du hast dich mit diesen esoterischen Themen beschäftigt. Du weißt, wie man mit paranormalen Phänomenen umgeht.«

»Warum habe ich die Flasche wohl zu dir zurückgebracht, Anna?« Serenas Stimme war sehr leise. »Weil ich Angst hatte und nicht mehr wusste, was ich tun sollte.«

Die Frauen saßen einen Moment lang schweigend da und starrten das Päckchen an. Dann stand Anna wieder auf. »Komm, ich weiß, wo wir es lassen. Nur bis Toby kommt.«

Draußen vor der Hintertür traf sie die Kälte mit voller Wucht. Sie zogen Mäntel an und gingen in den eingefriedeten Garten hinaus. Auf dem Weg blieben sie stehen. Serena sah sich entzückt um. »Das ist wunderschön! Hast du das alles gemacht?«

Anna nickte. »Mein Stolz und meine Freude. Deshalb habe ich auch begonnen, Fotos zu machen. Ich wollte alles festhalten. Aus dem Grund hat mein Exmann mir auch das Haus überlassen.«

»Teufel, das ist aber großzügig.«

»Nein. Das war der Preis, den er für seine Schuldgefühle zahlen musste.« Anna führte sie den Weg hinunter durch einen Laubengang in einen kleinen, verborgenen Bereich, der mit Clematis und Rosenspalieren abgetrennt war. In einer Ecke gab es einen kleinen Teich, und in dessen Zentrum saß auf einer kleinen Insel aus schimmerndem Granit ein verschnörkeltes Objekt aus Eisen, das im Sommer als Springbrunnen diente. »Ich lege es dorthin. Da ist es von

Wasser umgeben.« Sie hielt das Päckchen vorsichtig mit den Fingerspitzen fest, kniete sich auf den Rand des Beckens und beugte sich vor, bis sie es auf die Insel legen konnte. »So. Wird das als Schutz reichen? Was meinst du?«

Es entstand eine Pause, in der die beiden Frauen sich umsahen. Eine Bö raschelte in der Schneekirsche, zerrte an den hängenden Zweigen und zauste die zierlichen rosafarbenen Blüten. Blütenblätter fielen aufs Wasser wie Katzenpfoten.

Serena nickte und gab sich selbstsicherer, als sie sich fühlte. »Angeblich können Hexen kein Gewässer überqueren. Ich bin nicht sicher, wie das bei ägyptischen Geistern oder bei Dschinns aussieht, aber es ist einen Versuch wert.«

»Sprich doch noch einen Zauberspruch für mich. Einfach, damit wir sicher sind.«

Serena lachte tief und kehlig. »Ich weiß gar nicht, warum du so viel auf meine so genannten Kräfte gibst, Anna. Ich kann keine Zaubersprüche sprechen. Ich bin keine Magierin. Ich habe mich mit der ägyptischen Religion beschäftigt, das ist alles.«

»Das reicht doch.« Anna fasste ihren Arm und drückte ihn. »Nun mach schon. Es soll doch nur für diese Nacht sein.«

Sie stand da und sah zu, wie Serena betete. Sie schickte dem Ritual noch einige inbrünstige Wünsche hinterher, dann kehrten sie ins Haus zurück. Keine der Frauen sah sich noch einmal um.

Der Sturm setzte gegen Mitternacht ein. Anna lag im Bett, starrte zur Decke hoch und lauschte dem Regen. Sie fragte sich, ob Serena im Zimmer auf der anderen Seite des Flurs in einer ähnlichen Verfassung war. Schließlich schaltete sie die Nachttischlampe ein und richtete sich schaudernd auf. Sie stieg aus dem Bett und tappte zum Fenster, schob den Vorhang zurück und lugte hinaus. Der Garten lag in tiefer Dunkelheit, Regentropfen liefen an der Fensterscheibe herunter und platschten unten auf die Terrasse. Sie ging wieder zu Bett, rückte das Kopfkissen zurecht und schloss schaudernd die Augen. Die Lampe brannte noch. Anna machte keine Anstalten, sie auszuschalten.

Auf der Steininsel schimmerte das in Luftpolsterfolie gewickelte Fläschchen in der Dunkelheit. Ringsum waren Geräusche von Wasser zu hören – der Regen, der auf die Steinfliesen der Gartenwege und auf die Blätter in den Teich und auf die Seerosen fiel, das Tröpfeln auf dem kleinen Springbrunnen. Das Wasser im Becken stieg. Langsam sickerte der Regen unter die Folie. Im Innern löste sich ein weiterer Pfropfen aus uraltem Sand auf. Die Wächterpriester beugten sich vor. In der Dunkelheit waren die gespenstischen Schatten beinahe sichtbar. Ihr Zorn wurde stärker.

In ihrem Traum sah Anna einen Sonnenuntergang in der Wüste. Sie konnte die heiße Luft riechen, die aus großer Ferne heranwehte. Es duftete nach Kyphi. Sie spürte den Herzschlag der Wüste unter den Füßen. Im Schlafzimmer erschien ein Streifen aus Sand auf dem Teppich und wehte leise hin und her, als werde er vom Wüstenwind getrieben. Toby. Sie wollte Toby. Im Traum suchte sie nach ihm und wusste, dass nur er sie retten konnte. Irgendwo wartete er auf sie. Ruhelos drehte sie sich, das Haar breitete sich auf dem Kissen aus. Sogar im Schlaf hatte sie Angst.

6

Toby fuhr über Nacht durch den Sturm zum Haus seiner Mutter in Battersea, schlief einige Stunden, rasierte sich rasch, trank eine Tasse Kaffee und stand um zehn Uhr vor Annas Tür. Sie öffnete so schnell, dass er vermutete, sie habe ihn durch die Vorhänge beobachtet.

Sie standen einen Augenblick schweigend da und starrten einander unsicher an, dann trat Toby ein. Er gab ihr einen Kuss auf die Wange. »Hallo. Schön, dich wieder zu sehen.« Wie gern hätte er sie in den Arm genommen.

»Ebenso.«

»Ich freue mich, dass du angerufen hast. Ich war da oben in Schottland so weit vom Schuss. Ich habe mich schon gefragt, wie es dir geht und was hier so passiert ist.«

»Ich habe versucht, wieder zu einem normalen Leben zurückzufinden.« Sie starrte ihn an, als habe sein Blick sie hypnotisiert. Sie hatte vorher gar nicht bemerkt, wie sehr sie ihn vermisst hatte. »Es scheint, als käme ich ohne deine Ratschläge nicht zurecht.« Sie lächelte und nahm seine Hand. »Es ist so schön, dich zu sehen.« Ein unbehagliches Schweigen entstand, dann war alle Unsicherheit vergessen, sie lächelten und fielen einander in die Arme. Anna blinzelte die Tränen der Erleichterung und Freude weg.

Als Toby sie umarmte, überkam ihn eine tiefe Zufriedenheit. »Mein Gott, ich habe dich so vermisst. Ich hatte schon Angst …«

»Ich auch. Es war dumm, dich gehen zu lassen. Ich habe die ganze Zeit an dich gedacht.« Sie hielt ihn fest. »Oh, Toby, es war so schrecklich ohne dich, und das hier war wohl nötig, um mich zu Verstand zu bringen. Diese entsetzliche Angst. Ich kann dir gar nicht sagen, wie furchtbar die Nacht war, nachdem Serena die Flasche zurückgebracht hatte.«

Als sie am Morgen beim Kaffee in der Küche gesessen hatten, waren beide Frauen erschöpft gewesen. Beide waren in der Nacht aufgewacht, und beide hatten Albträume gehabt.

Das in Luftpolsterfolie gewickelte Päckchen war vorsichtig und voller Angst von der Insel geborgen und oberflächlich mit einem Geschirrtuch getrocknet worden. Es stand bereits auf dem Tisch, als Toby mit Anna hereinkam. Serena saß davor, und als die beiden sich zu ihr gesetzt hatten, starrten sie einige Sekunden schweigend das Fläschchen in der Hülle an.

Toby verspürte eine seltsame Erregung, die ihm die Kehle zuschnürte. Er wollte das kleine Päckchen schnappen, um sicher zu sein, dass es in guten Händen war. Er sah zwischen den Frauen hin und her. »Nun? Was ist geschehen und welche Möglichkeiten gibt es?« Sein Blick kehrte zu Anna zurück, und er strahlte sie an. Doch er spürte auch die Angst, die wie eine elektrische Spannung den Raum erfüllte.

»Serena hat angeboten, die Flasche nach Ägypten zurückzubringen. Nach Philae, um sie dort im Sand zu vergraben oder vielleicht auch, um noch einmal zu versuchen, sie in den Nil zu werfen.« Anna schauderte. »Oder einer von uns könnte sie in der Themse versenken, vielleicht funktioniert das. Sie verschwindet vielleicht einfach im Schlamm. Heute Morgen hatte ich noch eine andere Idee. Ich könnte sie auch dem Britischen Museum überlassen. Wir leben hier in London im einundzwanzigsten Jahrhundert. Im Zeitalter der Vernunft und Wissenschaft. Sollen die Experten entscheiden, was zu tun ist. Vielleicht ist ein Schaukasten der beste Ort dafür. Vielleicht wollen sie das Ding sogar öffnen und sehen, was drin ist …«

Ihr Gedankengang wurde mit tiefem Schweigen aufgenommen. Die anderen dachten über das nach, was sie gesagt hatte. Toby betrachtete nachdenklich das Päckchen. Dann kam ein Gedanke, der förmlich in seinem Kopf zu explodieren schien.

Nein!

Verunsichert legte er sich die Hand auf die Stirn.

Behalte sie, du Närrin!

Benutze sie!

Seine Lippen hatten sich nicht bewegt. Er war überzeugt, nicht laut gesprochen zu haben, doch die beiden Frauen sahen ihn ungläubig an.

»Toby?« Annas Gesicht war kreidebleich.

Sein Mund war trocken. Einen Moment lang wagte er nichts weiter zu sagen. Die Stimme, die so laut in ihm gesprochen hatte, war aus seinem Innern gekommen, doch er hatte im ersten Moment nicht verstanden, wie ihm geschah. Er streckte die Hände vor, als müsse er sich vergewissern, dass der Tisch noch vor ihm stand. »Habt ihr jemanden sagen hören, dass wir sie behalten sollen?«, flüsterte er.

Anna runzelte unsicher die Stirn, Serena nickte.

»Wer war das?«

Serena zog eine Augenbraue hoch. »Es war eine Stimme, Toby. Eine Stimme aus der Vergangenheit.« Manchmal wünschte sie, diese Dinge nicht ganz so deutlich hören zu können. Sie hatte so viel Zeit mit der Ausbildung verbracht, so viel Zeit mit Lesen. Sie hatte die alten Gebete gelernt, was auf viel Unverständnis gestoßen war, sie hatte so viele Stunden meditiert, um ihre Fähigkeiten zu vervollkommnen. Doch manchmal, in der letzten Zeit sogar immer öfter, hatte sie sich gewünscht, sie hätte es nicht getan. Sie wünschte, sie könne die Dinge, die den meisten Menschen stets verborgen blieben, weder hören noch sehen.

»Toby?« Anna langte hinüber und legte ihre Hand auf die seine. »Alles in Ordnung?« Auf einmal war es sehr kalt im Raum.

Er nickte. Er schluckte schwer, umklammerte ihre Finger. »Entschuldige. Ich weiß nicht, woher das gekommen ist. Vielleicht war es die schlaflose Nacht. Beachte es nicht weiter. Ich denke, alle Möglichkeiten, die ihr genannt habt, kämen in Frage. Haben wir damit entschieden, dass die Flasche nicht zerstört werden sollte?«

»Auf jeden Fall.« Serena runzelte die Stirn. »Dem Tagebuch zufolge haben die Hieroglyphen, die zur Flasche gehörten, unmissverständlich deren Kräfte beschrieben. Wenn diese Kräfte freigesetzt werden, geschieht etwas Schreckliches. Wir wissen nicht, was es ist, aber es ist sicher besser, kein Risiko einzugehen. Die Leute, die diese Flasche gemacht haben, die Priester, die die Tränen der Isis darin gesammelt haben, sie hielten die Flasche für wichtig genug, um Jahrtausende lang ihretwegen zu kämpfen. Lord Carstairs hielt sie für wichtig genug, um ihretwegen zu töten. Das ist nicht einfach nur eine Hautcreme.«

»Nein.« Toby runzelte die Stirn. Er betrachtete die Flasche, als fürchtete er, sie könne sich jeden Augenblick aus eigener Kraft bewegen. Abrupt stand er auf und trat ans Fenster. Er brauchte frische Luft. In Gedanken versunken zog er den Vorhang zur Seite, starrte auf die Straße hinaus und atmete tief durch. Dann drehte er sich wieder zu den Frauen um. Er musste sich wieder in den Griff bekommen. »Sind wir denn immer noch so sehr daran gekettet? Ich weiß ja, dass es in Ägypten schwierig war, dort waren wir alle beteiligt – Louisas Geschichte, die Geister, die Flüche. Aber hier ist das anders. Hier in London ist das anders.«

»Letzte Nacht«, erklärte Anna leise, »habe ich von Ägypten geträumt. Ich dachte, ich könnte wieder den Weihrauch riechen und die Hitze der Wüste spüren. Doch es spielte sich hier in diesem Haus ab. Über den Fußboden meines Zimmers ist Sand geweht. Ich konnte ihn ganz deutlich sehen. Und ich wusste im Traum, dass alles wieder in Ordnung kommt, sobald du hier bist.«

»Solange dieses Ding im Haus ist, wird überhaupt nichts in Ordnung kommen.« Toby kehrte zum Tisch zurück und setzte sich wieder. Er wollte nach der Flasche greifen, zog die Hand aber gleich wieder zurück, weil er Angst hatte, sie zu berühren. Er schaute auf und begegnete Serenas gelassenem Blick. Hatte auch sie erkannt, dass die Stimme in seinem Kopf nichts mit den Geistern aus dem alten Ägypten zu tun hatte? Sie hatte viel eher nach einem Adligen des viktorianischen England geklungen.

Und das war verrückt. Er wusste doch erst seit wenigen Wochen, dass er ein Nachkomme von Carstairs war. Konnte er denn wirklich so beeindruckt, ja sogar beeinflusst davon sein, dass er den Gedanken dieses Mannes eine Stimme gab? Den Gedanken eines Mannes, der seit mindestens einem Jahrhundert tot war? Auf einmal kam ihm ein Bild des Führers für das Carstairs Castle in den Sinn. Der Abschnitt, der in den Burgruinen seine Aufmerksamkeit erregt hatte. Der Abschnitt, der ihn, wenn er ehrlich war, derart erschreckt hatte, dass er ihn immer noch nicht aus dem Kopf bekam: »Vielleicht ist der neunte Earl auch überhaupt nicht gestorben. Wenn Sie sich in den Ruinen der Burg umsehen, die einst sein Heim war, dann denken Sie daran, dass die Augen, die Sie aus den Schatten heraus beobachten, möglicherweise nicht die Augen eines Geistes sind. Es könnten die Augen eines Mannes sein, der in der Hölle ist.« Er barg einen Moment das Gesicht in den Händen, ehe er wieder aufschaute. Dann holte er tief Luft. »Nun gut, Anna. Welche Lösung hältst du für die beste?«

Plötzlich wirkte sie wieder verzagt und niedergeschlagen, und die großen, ausdrucksvollen Augen waren leer. Zunächst reagierte sie überhaupt nicht auf die Frage, schließlich zuckte sie nur hilflos mit den Achseln. »Ich glaube, im Grunde gefällt mir Serenas Idee am besten. Ich glaube, die Flasche sollte nach Ägypten zurückkehren, falls Serena bereit ist, sie hinzubringen.«

Nein!

Wieder wütete die Stimme in Tobys Kopf.

Dumme, närrische Frauen!

Sie verstehen überhaupt nichts. Sie werden es nie verstehen!

Lass sie die Flasche nicht berühren!

Nimm sie! Bringe sie zurück nach Schottland! Dort können wir sie benutzen!

Nimm sie!

Ich werde dir sagen, was du damit tun kannst!

»Ich muss sie nach Schottland zurückbringen.«

Toby hörte sich selbst die Worte wiederholen wie ein Zombie.

»Das muss ich tun. Sie nach Schottland mitnehmen.«

»Nach Schottland?« Anna war verwirrt. »Warum nach Schottland?«

»Toby …« Serena fasste seine Hand. »Alles in Ordnung?« Sie wandte sich wieder an Anna. »Ich glaube, er ist erschöpft. Kannst du vielleicht etwas Kaffee aufsetzen?«

Anna zögerte, dann nickte sie. Sie stand auf und bewegte sich in Richtung Küche. »Ich verstehe nur nicht, warum es sinnvoll sein soll, die Flasche nach Schottland zu bringen.«

In Schottland kann ich sie gebrauchen. Nimm sie an dich, Mann. Verschwende keine Zeit mehr mit den Frauen.

»Toby!« Irgendwie drang Serenas Stimme in sein Bewusstsein durch. »Toby, hör mir zu. Lass dich nicht von ihm benutzen. Denke an etwas anderes!« Sie hatte den Stuhl zurückgeschoben, fasste über den Tisch hinweg Tobys Hände und hielt sie fest. »Sprich mir nach. Komm schon, sprich mir nach: Mary had a little lamb! Its fleece was white as snow!« Sie sprach drängend und übertönte die andere Stimme, bis sie ausgeblendet war.

Die Temperatur im Raum war jetzt spürbar niedriger.

»Mary had a little lamb …« Irgendwie schaffte er es, die Worte nachzusprechen.

»Gut. Noch einmal!«

»Mary had a little lamb …«

Obwohl seine Lippen kaum gehorchen wollten und sein Mund ausgetrocknet war, zwang er sich, die Worte zu sprechen.

Anna war in der Küchentür stehen geblieben. Jetzt kehrte sie mit kreidebleichem Gesicht zurück. »Was ist los? Was ist mit ihm los?« Es war kaum mehr als ein Flüstern.

»Er wird benutzt, Anna. Irgendjemand spricht durch ihn.« Serena hielt weiter Tobys Handgelenke auf dem Tisch fest.

»Wer?«, fragte Anna mit belegter Stimme.

»Ich glaube, es ist Lord Carstairs.« Serena schaute zu ihr auf. »Wer sonst könnte sich dafür interessieren, was mit der Flasche geschieht?«

»Nein«, keuchte Anna. »Das kann doch nicht sein. Ausgeschlossen. Warum? Und wie?«

Der Mann, der in den Tagebüchern ihrer Großmutter als Albtraum beschrieben wurde, als Gast aus der Hölle, als gequälte und quälende Seele, sprach nun durch den Mann, den sie zu lieben glaubte. Der Mann, dem sie inzwischen vertraute, der sie vor ihren eigenen persönlichen Dämonen gerettet hatte, kämpfte jetzt in einer ganz eigenen, entsetzlichen Schlacht.

Sie lief zu ihm und legte ihm die Hände auf die Schultern. »Toby? Sprich mit mir. Bitte …« Ihre Stimme brach fast vor Angst. »Sprich doch mit mir!«

Er drehte den Kopf zu ihr herum, und erst jetzt sah sie es. Das Gesicht war nicht seines, die Augen waren einen Sekundenbruchteil lang nicht die seinen.

»Toby!« Ihr Schrei riss ihn aus seinem schrecklichen inneren Kampf, und er brach stotternd mitten im Kinderlied ab, als er ihren Gesichtsausdruck sah. In ihren Augen konnte er alles lesen. Er riss die Hände aus Serenas festem Griff, sprang auf und schob Anna zur Seite, um sich zum Spiegel umzudrehen, der über dem Kamin hing. Das Gesicht, das zurückschaute, war nicht sein eigenes. Es war das Gesicht eines Fremden. Ein gut aussehender, überheblicher, herrischer Fremder. Der Fremde, dessen Porträt er mit solcher Geschicklichkeit und Sorgfalt in seinem Wintergarten in Schottland gemalt hatte. Mit einem Entsetzensschrei wich er zurück und schlug sich die Hände vors Gesicht, als wollte er sich vergewissern, dass es wirklich noch ihm gehörte. Dann drehte er sich blind um, lief zur Tür und rannte die Treppe hoch. Er wollte zum Bad. Seine erste Reaktion in Krisen war immer die, sich kaltes Wasser über den Kopf laufen zu lassen.

Über dem Waschbecken hing ein Spiegel. Einen Moment lang stand er mit geschlossenen Augen davor, dann fasste er sich schließlich ein Herz, schlug die Augen auf und beugte sich vor, um eingehend sein Gesicht zu betrachten. Ängstlich forschte er nach Anzeichen des Eindringlings. Nach dem Gesicht seines Ahnen. Was er sah, kam ihm jedoch auf beruhigende Weise bekannt vor. Er drehte den Kran auf und benetzte sein Gesicht mit einer Hand voll kaltem Wasser, dann betrachtete er sich noch einmal. Die Tropfen hingen in seinen blonden Augenbrauen, tropften von der Nase und liefen die Wangen hinunter. Das bekannte alte Gesicht. Um die vierzig, gut aussehend, markant. Blonde Haare, nettes Lächeln. Jedenfalls glaubte er das. Oder er hatte es gehofft. Bis gerade eben. Seufzend langte er nach dem Handtuch. Er war müde und erschöpft. Wahrscheinlich brauchte er nur einen Kaffee, mehr nicht. Die Vorstellung, ein anderer Mann habe in seinem Kopf gesprochen, und die Augen, die gerade eben noch unten aus dem Spiegel zurückgestarrt hatten, seien nicht seine eigenen, all das hatte nur einige entsetzliche Sekunden angehalten, doch dieser kurze Moment voller lebhafter Einbildungen hatte ihn stark erschüttert. Er stöhnte.

»Toby?« Hinter seiner Schulter tauchte ein Gesicht im Spiegel auf. Er schnitt eine Grimasse. Ihr plötzliches Erscheinen hatte ihm einen Schreck eingejagt.

»Serena?« Er drehte sich zu der Frau um, die in der Badezimmertür stand.

»Alles in Ordnung?«

Er nickte. »Mir war etwas seltsam zumute, das ist alles. Wie geht es Anna?«

Serena schüttelte den Kopf. »Sie ist fort, Toby.«

»Fort?«

Er starrte das Handtuch, das er in den Händen hielt, an, als wüsste er nicht, was es war. Dann klatschte er es auf den Handtuchhalter und machte einen Schritt auf sie zu. »Was heißt das, sie ist fort?«

»Nachdem du aus dem Zimmer gerannt warst, stand sie auf, schnappte sich die Flasche und lief zur Vordertür hinaus. Sie konnte Carstairs' Gegenwart nicht ertragen. Ich weiß nicht, wo sie ist.«

Dummkopf!

Suche sie!

Lass nicht zu, dass sie die Flasche wegwirft!

»Kämpfe dagegen an, Toby.« Serena streckte die Arme aus.

Er konnte nicht.

Er lachte.

Die dumme Frau stand ihm im Weg.

Er versetzte ihr einen heftigen Stoß, schob sich an ihr vorbei und rannte zur Treppe. Sekunden später war er auf der Straße und suchte Anna.

7

Anna hatte sich ihren Mantel und die Umhängetasche geschnappt. Sie zitterte vor Angst und Sorge, als sie die Flasche, die noch immer in der Luftpolsterfolie steckte, bis ganz nach unten in ihre Tasche stopfte.

»Anna!« Serena war ihr in den Flur gefolgt. »Wohin willst du?«

»Ich weiß nicht. Ich muss vor allem fort von hier. Du hast doch gesehen, was passiert ist. Warum habe ich ihn überhaupt gebeten zu kommen? Ich hätte gleich wissen sollen, dass es ein Fehler ist. Ich bin so dumm.«

»Gib sie mir. Ich bringe sie nach Ägypten zurück. Heute noch. Ich fahre sofort zum Flughafen.«

»Nein.« Anna schüttelte den Kopf. »Nein, Serena, damit muss ich allein fertig werden.«

Sie floh, rannte die Treppe hinunter und lief geduckt über die Straße, bevor Serena sich rühren konnte. Am Ende der Straße blieb sie stehen und blickte zurück. Serena war wieder nach drinnen gegangen und hatte die Tür geschlossen.

Plötzlich war Toby der Feind. Was auch immer geschehen sollte, was sie auch tat, sie durfte, um Louisas willen, nicht zulassen, dass die Flasche ihm in die Hände fiel.

Das Taxi setzte sie in der Great Russell Street ab. Mehrere Minuten blieb sie vor dem Britischen Museum stehen und starrte die Fassade mit den riesigen Säulen an. Sie war nicht ganz sicher, warum sie überhaupt hergekommen war. Es war eine spontane Idee gewesen. Eine der möglichen Antworten auf die Frage, was sie mit der Flasche tun konnte. Wenn sie durch die Ausstellungen wanderte und sich nach anderen Glasobjekten aus Ägypten umsah, fand sich vielleicht ganz von selbst eine Lösung. Sie war noch nicht zu einer endgültigen Entscheidung gelangt, und sie hatte auch nicht unbedingt die Absicht, jemandem die Flasche zu zeigen. Eigentlich musste sie im Augenblick überhaupt nichts tun. Langsam ging sie zum Haupteingang und stieg die Treppe hinauf.

Die ägyptische Abteilung wimmelte vor Besuchern. Sie blieb stehen und sah sich um. Wenn doch jemand auf sie zukäme und sagte: »Ich möchte mir gern Ihre ägyptische Flasche ansehen«, oder gar: »Dürfen wir sie haben?« Dann hätte sie ganz sicher eingewilligt und die Flasche abgegeben. Ihr wäre eine Zentnerlast von der Seele gefallen, weil die Flasche hier vor Lord Carstairs sicher war. Aber niemand wusste, was sie bei sich trug. Die Ägyptologen saßen irgendwo hinter verschlossenen Türen, außer Sichtweite der Besucher, und brüteten mit Skalpellen, Mikroskopen und Computern, oder was sie sonst benutzten, über alten Objekten. Die Wärter waren nicht an ihr interessiert. Vor einem Kasten mit einer Mumie blieb sie stehen und betrachtete sie. Irgendwo am Ende der Abteilung stieß ein Junge einen Ruf aus, und kleine Füße tappten eilig, als eine Gruppe gelangweilter Kinder außer Kontrolle geriet und zwischen den Ausstellungsstücken Fangen spielte. Sie achtete nicht darauf, sondern starrte das bemalte Holzgesicht und die großen, starren Augen an. Sie musste nur mit jemandem sprechen. Mit einem Fachmann. Das Ding abliefern. Es loswerden. Die Entscheidung jemand anders überlassen.

Also kehrte sie dem Glaskasten den Rücken und sah sich ungeduldig um. Es musste doch jemanden geben, mit dem sie reden konnte.

Ja, genau, dort. Die Frau kam Anna im Gang entgegen. Sie war um die fünfzig, das ergraute Haar war schick frisiert, die Brille baumelte an einer Halskette. Der blaue Rock und der dazu passende Pullover bildeten einen Kontrast zum roten Plastikklemmbrett, das sie an die Brust presste. Ein Namensschild und ein Schlüsselbund wiesen sie als Mitarbeiterin des Museums aus. Eine Ägyptologin. Eine Expertin. Sie wusste sicher, was zu tun war.

Anna hielt ihre Umhängetasche fest, trat einen Schritt vor und wartete auf die Frau, die sich ihr näherte, den Blick auf den Boden geheftet und mit abwesendem Gesichtsausdruck. Sie war offenbar tief in Gedanken und achtete kaum auf ihre Umgebung. Als sie sich Anna näherte, die mitten im Gang stand, wich sie ein wenig aus, doch Anna trat ihr in den Weg, und die Frau schaute endlich auf.

»Entschuldigen Sie«, begann Anna mit unsicherem Lächeln.

Die Frau zuckte entschuldigend mit den Achseln und wollte weitergehen, doch Anna legte ihr die Hand auf den Arm und hielt sie auf. Sie runzelte die Stirn.

»Bitte.« Anna fasste unwillkürlich ihren Ärmel. »Bitte, ich muss mit Ihnen reden.«

Die Frau wich zurück. Sie konnte sich offenbar nur mühsam aus ihren Gedankengängen lösen. Mit klugen hellblauen Augen musterte sie Anna und versuchte, einen Namen mit dem Gesicht zu verbinden.

»Es geht um eine Flasche. Eine ägyptische Flasche. Ich brauche Hilfe. Sie enthält die Tränen der Isis, sie ist verflucht. Und sie ist gefährlich …« Anna nestelte schon an der Klappe ihrer Umhängetasche.

Die Frau wich einen weiteren Schritt zurück. Sie runzelte besorgt die Stirn. »Ägyptisch, sagen Sie?« Ihr war offenbar nicht entgangen, wie aufgeregt Anna war. »Es tut mir Leid, aber dafür bin ich nicht zuständig.«

»Aber Sie müssen sich doch damit auskennen. Sie wissen sicher, was zu tun ist.« Annas Gewissheit, dass diese Frau ihr alle Verantwortung abnehmen werde, war unerschütterlich. »Bitte, ich möchte Ihnen die Flasche nur rasch zeigen. Es dauert nur einen Moment, und es ist so ungeheuer wichtig.«

»Es tut mir Leid.« Allmählich wirkte die Frau etwas entnervt. »Es tut mir wirklich Leid. Ich arbeite nicht in dieser Abteilung.« Sie sah sich nach einem Wärter um.

Anna starrte sie fassungslos an. »Aber das kann doch nicht sein, ich war so sicher.«

Ihr Schrecken und ihr Elend waren so offenkundig, dass die Frau beinahe Mitleid mit ihr bekam.

»Sie sind überhaupt keine Ägyptologin?« Anna konnte es immer noch nicht glauben.

»Nein.«

»Aber ich war mir so sicher.«

Die Frau zuckte noch einmal mit den Achseln und rückte weiter von Anna ab. »Abessinisches Basrelief«, sagte sie entschuldigend. »Ich habe nur meine Kollegen in der altägyptischen Abteilung besucht. Darf ich Ihnen vielleicht vorschlagen, sich an den zentralen Informationsstand zu wenden?« Damit drehte sie sich um und entfernte sich.

Anna schluckte schwer. Das Gewimmel der Besucher nahm zu, immer mehr Kinder strömten an ihr vorbei und drängten sich um die Mumienkästen. Jedes hatte ein kleines Klemmbrett dabei. Der Lärm hallte laut unter den hohen Decken. Sie fühlte sich allmählich desorientiert und benommen.

»Geht es Ihnen nicht gut?« Der Mann neben ihr hatte sie schon einige Minuten beobachtet.

Sie hatte Mühe, ihn überhaupt anzusehen. »Schon gut, alles in Ordnung.«

»Wirklich?« Über seiner Lesebrille runzelte er die Stirn. »Soll ich einen Wärter rufen?«

»Nein!« Sie presste die Umhängetasche eng an sich. »Nein, es geht mir gut. Ich gehe jetzt.« Hatte er schon die

Hand gehoben? Oder war er auf ihre Geldbörse aus? Vielleicht wollte er sogar die Flasche stehlen. Sie hätte beinahe hysterisch gelacht, als sie auswich und ihn stehen ließ. Er sah ihr verwirrt nach, wie sie sich einen Weg zum Ausgang bahnte.

Draußen brachte sie der eiskalte Wind wieder zu sich. Die feuchten Londoner Straßen, der Mann mit den heißen Maronen vor dem Eingang des Museums, die Stände mit teuren Souvenirs, darunter viele frisch aus der Produktion gelieferte, angeblich altägyptische Objekte – das war zu viel für sie. Sie trat auf die Straße, winkte ein schwarzes Taxi heran, stieg ein und sank mit erleichtertem Seufzen auf den Sitz.

Das Taxi war gerade in die Bloomsbury Street eingebogen, und sie war glücklich außer Sicht, als Toby erschien. Schnellen Schrittes lief er über den Vorplatz und die Treppen des Museums hinauf.

8

Toby stand beinahe dort, wo Anna der Spezialistin für Abessinien begegnet war, als Carstairs ihn mit einer Verwünschung wieder freigab. Schwitzend vor Furcht starrte Toby in die Runde. Er hatte keine Ahnung, wie er ins Museum gekommen war. Er erinnerte sich nicht an die Fahrt, und er wusste auch nicht, wie er den Weg in die altägyptische Abteilung gefunden hatte. Er wusste nur, dass er heftig zitterte und so schnell wie möglich wieder verschwinden wollte. Anna war offensichtlich nicht hier, sonst wäre Carstairs weiter bei ihm geblieben. Warum sonst hatte Carstairs ihn hergebracht? Toby rieb sich mit flachen Händen übers Gesicht und versuchte, sich wieder zu fangen. Was war nur mit ihm los? Was sollte er tun? Wohin sollte er sich wenden?

Er brauchte eine Weile, bis er wieder den Haupteingang erreicht hatte. Draußen suchte er ein Taxi. In der feuchtkalten Luft fühlte er sich rasch wieder besser.

Knapp eine Stunde später saß er seiner Mutter gegenüber am Tisch und schüttelte den Kopf. »Ich habe mir das wohl eingebildet. Es muss Einbildung gewesen sein. Aber die Stimme war so laut, so real. Und Serena und Anna haben sie auch gehört.« Er sah sie an. »Warum, in Gottes Namen, musstest du mir auch erzählen, dass wir mit Lord Carstairs verwandt sind?«

»Ich dachte, das interessiert dich, Toby.« Frances seufzte. Sie war eine große, hübsche Frau mit vollem grauem Haar. Die Ähnlichkeit zwischen Mutter und Sohn war unverkennbar. »Ich persönlich halte das für zauberhaft. Ich hab es bisher nie erwähnt, weil du dich für die Familiengeschichte nicht interessiert hast, aber als Anna mir das Tagebuch zeigte ...« Sie hielt inne. »Ich verstehe ja, dass du dich seltsam fühlst, soweit es um Anna geht. Es tut mir so Leid. Er hat anscheinend ihrer Urgroßmutter große Schwierigkeiten gemacht.«

Toby stöhnte. Die ganze traurige Geschichte war einzig und allein die Schuld seiner Mutter.

Jetzt war er endlich wieder unabhängig und hatte sich nach einer Reihe von Katastrophen, die sein Leben erschüttert hatten und die er so schnell wie möglich zu vergessen suchte, allmählich wieder gefangen, doch Frances hatte ihm in Annas Gegenwart einen Knüppel zwischen die Beine geworfen. Es war völlig unvermutet gekommen und hatte ihn unvorbereitet getroffen wie ein Keulenschlag. Er lächelte müde über die unerfreulichen Bilder und Klischees, die ihm durch den Kopf gingen. Er wusste ja, dass er ungerecht war, doch im Augenblick fiel es ihm schwer, die Sache anders zu sehen.

Vielleicht hatte Anna ja auch Recht. Ihm war aufgefallen, dass sie Menschen gut einschätzen konnte. Schließlich hatte sie zu Beginn ihrer Beziehung nicht viel auf ihn gegeben. Falls man es überhaupt eine Beziehung nennen konnte. Jetzt würde es gewiss keine mehr werden. Er seufzte. Sie war so schön. Anna. So verletzlich. Ihr Ehemann hatte sie irgendwie abgeschirmt und in einem Glaspalast gefangen gehalten. Als sie endlich aus der Ehe ausbrach, kam sie hervor wie ein schöner Schmetterling, unverdorben und unschuldig. Aber ganz sicher nicht so naiv wie er selbst.

Wieder stöhnte er. »Es ist die Untertreibung des Jahres, wenn du sagst, er habe Louisa Schwierigkeiten gemacht.« Er starrte finster ins Leere. »Und heute Morgen war es ein paar Minuten lang …« Er schauderte. »Anscheinend hat er auch mir zugesetzt. Glaubst du an Besessenheit? An das Leben nach dem Tod? Ist es etwa möglich, dass das, was ich dir erzählt habe, tatsächlich passiert ist, oder bin ich einfach nur verrückt geworden?«

Frances zog die Augenbrauen hoch. »Ich glaube nicht, dass du verrückt bist. Ich weiß auch nicht, was ich sagen oder glauben soll. Ich muss gestehen, dass ich einmal zu einer Wahrsagerin gegangen bin. Hat das nicht jeder schon einmal gemacht? Und was sie mir gesagt hat, klang überzeugend. Aber in diesem Fall könntest du sogar Recht haben. Ich meine nicht, dass du verrückt bist, sondern ich denke, du könntest vielleicht eine etwas zu lebhafte Fantasie haben. Ägypten scheint einen ziemlich starken Einfluss auf dich auszuüben.« Sie hielt inne. Es war unverkennbar, welche Qualen Toby litt. Sie nagte an der Unterlippe. »Das ist auch kaum verwunderlich nach alldem, womit du in letzter Zeit konfrontiert worden bist – Louisas Tagebuch, den Legenden, Mythen und Geistern und obendrein noch mit dem Tod des armen jungen Mannes, mit dem du gereist bist. All das verbunden mit der magischen Ausstrahlung des Nils.« Sie stand auf und legte ihm eine Hand auf die Schulter, dann setzte sie Wasser auf. »Ich bin sicher, dass es Anna gut geht. Sie ist nicht dumm, sie kann schon auf sich aufpassen.« Frances überlegte. »Vielleicht hättest du nicht nach London kommen sollen. Vielleicht könnte es auch nicht schaden, wenn ihr zwei euch eine Weile nicht seht, während ihr euch Klarheit verschafft. Was hat eigentlich Serena zu alledem gesagt? Wohin ist sie gegangen, nachdem Anna verschwunden ist?«

»Nach Hause, nehme ich an.« Er zuckte mit den Achseln. »Ich habe nicht mir ihr gesprochen, aber ich glaube, ich weiß, was sie denkt. Mein Gott, ich wünschte nur, ich wüsste, an wen Anna sich gewandt hat. Und was sie mit der verdammten Flasche tun will.«

»Es kann dir doch egal sein, was sie mit der Flasche macht, Toby«, sagte seine Mutter entschieden, während sie eine Kanne Tee zubereitete. »Oder?« Sie schaute auf und sah ihn scharf an.

Er nickte. »Ja, ganz egal.«

»Gut. Dann lasse es dabei bewenden. Sie weiß, wo wir wohnen. Sie kann hier jederzeit Kontakt mit dir aufnehmen, und ich bin sicher, dass sie das tun wird, wenn sie bereit ist.«

»Aber ich habe ihr Angst eingejagt ...«

»Nein, nach allem, was du mir erzählt hast, habt ihr euch gegenseitig Angst eingejagt. Rede dir bloß nicht ein, du seist eine Art Geisterbeschwörer oder Medium oder gar, Gott verhüte, die Reinkarnation von Lord Carstairs! Du hattest bis vor ein paar Wochen ja noch nie von dem Mann gehört. Du hast dich nicht schlagartig in einen niederträchtigen viktorianischen Okkultisten verwandelt, der einen mit Seide gefütterten Mantel trägt und seinen schwarzen Schnurrbart zwirbelt.«

»Er hatte gar keinen Schnurrbart.« Toby grinste schief.

»Wie dem auch sei, wenn man dem Tagebuch glauben kann, war er äußerst gut aussehend.« Sie stellte schwungvoll die Teetasse vor ihm ab, und ein kleiner Schwall Tee schwappte auf die Untertasse. »Anscheinend hatte er einige eigenartige Angewohnheiten, aber in der viktorianischen Ära gab es ja viele schrullige Leute. Halte dich an die soliden Pastoren in unserer Familie, Toby. Keiner von denen hat wie Carstairs Kobras besessen, die ihren Befehlen gehorcht haben. Da ist es doch viel vernünftiger, sich einen Labrador zuzulegen! Lass Carstairs nicht zu einer Besessenheit werden.« Sie runzelte die Stirn. »Hast du eigentlich das Carstairs Castle besucht?«

»Aber natürlich war ich dort. Du hast mir doch den Führer gegeben, weißt du nicht mehr?« Der Führer, der das Rätsel um Lord Carstairs' Verschwinden beschrieben hatte.

Sie starrten einander an. Toby lief es kalt den Rücken hinunter. Er fröstelte. »Dort ist es passiert. Er hat darauf gewartet, dass jemand vorbeikäme. Ein Einfaltspinsel. Ein Nachkomme.«

»Nein, nein, Toby. Das ist doch nur Fantasie.«

»Wirklich?« Er starrte seine Tasse an, ohne sie anzurühren. »Ich habe ein Bild von ihm gemalt. Daher weiß ich, dass er keinen Schnurrbart trug. Ich weiß genau, wie er aussah. Es ist das beste Bild, das ich jemals gemalt habe.« Er schaute zu ihr auf und schnitt eine Grimasse. »Dabei ist es passiert. Mein Gott, was habe ich nur getan?«

»Toby, das ist doch Unfug.«

»Nein, ist es nicht. Es ist wirklich passiert.« Er stand auf. »Mein Gott, es ist, als erführe man, dass man Krebs hat, als würde etwas in mir lauern, das ich nicht kontrollieren kann.«

»Toby, hör auf!« Frances war jetzt ernstlich besorgt.

»Und was soll ich jetzt machen?«

»Du musst dich zusammenreißen. Schau dir nur all die Probleme an, die du bisher schon bewältigt hast, Toby. Du darfst nicht vergessen, dass du stark bist, du kannst kämpfen. Roger Carstairs ist tot. Er muss tot sein. Alles andere wäre blanker Unsinn. Ich glaube auch nicht, dass er ein Geist ist. Selbst wenn er eine Art verrücktes Pseudobewusstsein hat, wäre er nicht mehr als ein Gespenst. Damit wirst du leicht fertig. Aber ich glaube, er ist nicht einmal das. Ich glaube nicht, dass er noch in irgendeiner Form existiert.« Offenbar versuchte sie auch, sich selbst zu beruhigen. »Ich kann mir nicht vorstellen, dass er mehr ist als eine Art Albtraum. Dein Albtraum, genauer gesagt.« Erregt stand sie auf. »Um Gottes willen, Toby, verspiele nicht diese Chance. Anna vertraut dir …«

»Nicht mehr. Jetzt nicht mehr.« Es klang sehr bitter.

»Sie wird wieder Vertrauen fassen, Toby, sie kennt dich. Sie weiß, wie stark du bist. Denk nur daran, wie du dich in Ägypten um sie gekümmert hast. Als sie so krank war, dass du sie am Ende nach Hause bringen musstest. Du hast dich um sie gekümmert, du hast sie hergebracht.«

»Ja, das habe ich getan.« Er seufzte. »Wenn ich nur wüsste, wo sie sich aufhält. Wohin sie sich wenden könnte.«

Auf einmal wusste er es.

Sie war zu ihrer Tante Phyllis nach Suffolk gefahren. Natürlich. Das lag doch auch ganz nahe. Phyllis hatte ihr die Flasche gegeben, als sie noch ein Kind war. Von Phyllis hatte sie auch das Tagebuch bekommen. Und es war Phyllis' Vorschlag gewesen, sie solle nach Ägypten reisen. Und schließlich waren sie beide zu Phyllis gefahren, um über die Schrecken und Abenteuer zu sprechen, die sie auf ihrer Reise durch Ägypten erlebt hatten. Phyllis war ihre Mentorin, und Phyllis' Haus war ein nahe liegender Zufluchtsort für Anna. Der erste Ort, zu dem sie fahren würde.

9

Wieder hockte Serena, tief in Meditation versunken, im Schneidersitz vor dem kleinen Altar in ihrem Wohnzimmer. Sie forschte im alten Ägypten, stieß in die verschleierte Ferne vor, nahm Fährten auf. Sie suchte nach Antworten und Rat, nach Hilfe für ihre Freunde. Sie konnte das stille, tiefe Wasser des Nils sehen, sie drang in den Tempel ein, lief durch den wehenden Sand im Hof, roch das Kyphi, hörte in der Ferne Musik spielen, sah schemenhafte Umrisse von Tempelwächtern am Rande ihres Gesichtsfeldes.

Hilf mir, hilf Anna. Was sollen wir mit der Flasche tun, in der deine Tränen sind?

Ihr Gebet flog über die Entfernungen, wehte hinüber, suchte seine Erhörung.

Soll ich sie nach Ägypten zurückbringen?

Sie war dort. Sie konnte sehen. Sie konnte hören. Doch es kam keine Antwort. Die Flasche war nicht mehr in ihrem Besitz, sie konnte sie nicht zurückbringen. Die Flasche war fort, und sie wusste nicht, wo sie war.

Sie presste die Handflächen zusammen und neigte den Kopf, um die Göttin zu grüßen, überkreuzte die Arme vor der Brust und nahm, die Hände auf die Schultern gelegt, die altägyptische Demutshaltung an. Dann schlug sie die Augen wieder auf. Während ihres Gebets war es im Raum dunkel geworden. Mit einem Stöhnen wegen ihrer steifen Knie stand sie wieder auf, blies die Kerzen aus, löschte den Weihrauch und schaltete das Licht ein.

Die Straße draußen lag im Dunklen. Immer noch regnete es in Strömen. Serena schauderte und zog die Vorhänge vor. Dann bückte sie sich, um die Elektroheizung einzuschalten. Die Zentralheizung war über Nacht abgeschaltet worden, während sie gebetet hatte, und jetzt war es kalt im Haus. Sie sah auf die Uhr und fragte sich, ob es zu spät sei, Anna anzurufen und sich zu vergewissern, ob sie wieder bei sich zu Hause angekommen sei.

Das Telefon schellte und schellte in Annas leerem Haus in Notting Hill. Auf dem Block, der neben Serena auf der Arbeitsfläche der Küche lag, stand die zweite Nummer, die sie notiert hatte. Es war Tobys Nummer, oder besser, die Nummer von Tobys Mutter.

Mit wutverzerrtem Gesicht hatte Toby sich an ihr vorbeigedrängt, die Gedanken eines zornigen, bösen Fremden im Kopf. Serena zögerte. Sie schauderte.

Frances Hayward war noch wach. Sie konnte nicht schlafen und hockte mit einer Tasse Kakao und der Zeitung in der Küche, als Serena anrief. »Ich habe keine Ahnung, wo er ist. Oder wo sie sind. Toby ist vor mehreren Stunden aufgebrochen, um sie zu suchen. Er dachte, sie sei zu ihrer Großtante Phyllis gefahren. Wissen Sie, wo die Tante lebt? Ich habe kein Auto, deshalb konnte ich ihm nicht folgen, und ich kenne auch Phyllis' Adresse und Telefonnummer nicht. Ich glaube, sie lebt irgendwo in Suffolk. Ich habe nie daran gedacht, mich zu erkundigen. Er ist ganz überstürzt losgefahren.« Frances war offenbar froh, jemanden zum Reden zu haben. »Ich mache mir solche Sorgen wegen der beiden. Die ganze Sache hat eine so eigenartige Wendung genommen.«

»Lord Carstairs muss wirklich ein erschreckender Mann gewesen sein.« Zu Hause in ihrer Küche schüttelte Serena den Kopf. »Es ist schon schrecklich genug, wenn man nur an ihn denkt. Falls er tatsächlich irgendeine Verbindung zu Toby hergestellt hat, dann müssen wir uns wirklich Sorgen machen. Wir hatten schon genug Probleme mit der ägyptischen Flasche, bevor Carstairs sich eingeschaltet hat«, sagte sie trocken. »Wir brauchen Toby auf unserer Seite.«

»Er steht auf Ihrer Seite. Er liebt Anna.«

»Ich weiß.« Serenas Stimme war anzuhören, dass sie wehmütig lächelte. »Aber leider gilt das nicht für Carstairs. Er hat keinen Grund dazu. Und er ist stark. Ich weiß nicht, ob Toby gegen ihn bestehen könnte. Beim ersten Mal hat es ihn überraschend getroffen. Wir waren alle überrascht. Ich weiß nicht, wie Toby damit zurechtkäme, wenn Carstairs noch einmal versucht, durch ihn zu sprechen.«

»Dann glauben Sie das alles?« Frances seufzte. »Ich hatte so gehofft, dass Toby es sich nur eingebildet hat.«

»Es war keine Einbildung, Mrs. Hayward. Ich fürchte, Lord Carstairs ist sehr real. Auf seine Weise jedenfalls.« Serena schüttelte den Kopf.

Es entstand eine kleine Pause. »Toby meinte, Sie hätten ihm beigebracht, wie er Carstairs übertönen kann«, erklärte Frances hoffnungsvoll.

»Aber wird er es auch tun?« Serena schauderte. Sie stellte sich vor, es sei Carstairs und nicht Toby gewesen, der sie zur Seite gestoßen hatte.

Frances schwieg einen Moment. Als sie endlich wieder sprach, konnte man hören, wie sehr sie an ihren eigenen Worten zweifelte. »Ich bin sicher, dass er sich Mühe geben wird, Serena. Er liebt Anna. Er liebt sie wirklich. Er würde niemals wissentlich etwas tun, das sie in Gefahr bringt. Er würde alles tun, um sie zu beschützen.«

»Sofern er dazu in der Lage ist.« Serena seufzte. »Sagen Sie mir Bescheid, wenn Sie etwas von den beiden hören? Ich gebe Ihnen meine Handynummer. Sie können mich jederzeit anrufen. Wirklich jederzeit.«

Weiter konnte sie nichts tun. Sie schaltete das Licht aus und ging ins Schlafzimmer hoch, das Handy legte sie auf dem Nachttisch bereit. Unten löste sich der Weihrauch von ihrer Zeremonie auf. Bald würde er verschwunden sein.

Frances lief langsam und gedankenverloren durchs Haus. Wenn sie nur Phyllis' Adresse finden könnte, dann konnte sie Serena bitten, hinzufahren. Serena hatte einen vernünftigen Eindruck gemacht, und sie schien ehrlich besorgt. Sie kannte sich aus, und irgendwie hatte sie es geschafft, Toby mit dem Kinderreim ein Mantra zu geben, das ihn aus den Qualen herausholte.

Aus heiterem Himmel fiel ihr ein Name ein.

Lavenham.

Das war es. Und es war gewiss kein großer Ort. Sie griff nach dem Telefon.

Phyllis Shelleys Nummer war im Verzeichnis aufgeführt.

Serena schlief noch nicht. Sie meldete sich beim zweiten Klingeln, und eine halbe Stunde später saß sie im Auto und war unterwegs.

10

Da er London verließ, als die Rushhour begann, brauchte Toby drei Stunden bis Lavenham. Schließlich hielt er das Auto in der dunklen Seitenstraße des malerischen kleinen Ortes an, in dem Phyllis lebte. Er blieb einen Augenblick sitzen und legte die Stirn auf die Hände, die noch das Lenkrad hielten. Ein schwacher Lichtschein fiel durch die geschlossenen Vorhänge von Phyllis' Fachwerkhaus. Jetzt, da er vor dem Haus stand, fragte er sich, was er hier eigentlich wollte. Wenn Anna nun gar nicht da war? Was sollte er zu der alten Dame sagen? Und falls Anna da war, was dann? Was würde Lord Carstairs tun? Er schauderte. Auf einmal war ihm übel.

Eine Bewegung des Vorhangs verriet ihm, dass Phyllis Shelley den vorfahrenden Wagen gehört hatte. Mit einem schweren Seufzen langte er nach unten, löste den Sicherheitsgurt und stieg aus.

Sie führte ihn ins Wohnzimmer, wo unter Aufsicht einer schläfrigen großen Katze ein gemütliches Feuer aus Apfelbaumscheiten brannte. Offensichtlich war Anna nicht hier. Ein rascher Anruf zeigte, dass sie auch nicht daheim war, oder wenn, dann ging sie nicht ans Telefon.

Phyllis sah mit ihrem blauen Pullover, dem passenden Rock und dem kräftigen, ordentlich geschnittenen grauen Haar weit jünger aus als die achtundachtzig Jahre, die sie zählte. Nach einem Blick in Tobys bleiches, ausgezehrtes Gesicht ließ sie ihn nicht einmal mehr den Anlass seines Besuchs erklären, sondern versorgte ihn mit einem Glas Whisky, etwas Tomatensuppe und einem Käsesandwich, das er im Sessel neben dem Feuer zu sich nahm. Erst danach durfte er sprechen, doch da war er schon recht sicher, dass sie mit ihrer ruhigen, aufmerksamen Art längst die meisten seiner Geheimnisse erraten hatte, ohne auch nur ein Wort von ihm vernommen zu haben. Dennoch fragte sie ihn: »Also, was ist denn nun eigentlich passiert, Toby?« Sie hatte eine leise Stimme, in der man dennoch eine gewisse Härte hören konnte. »Ihr liebt euch. Könnt ihr die Sache nicht irgendwie klären?«

Er blickte in die Glut des Feuers. »In diesem Fall nicht.« Er nagte verzweifelt an der Unterlippe. »Es scheint, als habe sich Lord Carstairs zwischen uns gedrängt.«

Er lächelte verkrampft. »Wie unfair kann das Schicksal eigentlich noch werden? Es sieht so aus, als sei ich sein Ururenkel.«

Er schaute gerade rechtzeitig auf, um ein belustigtes Funkeln in ihren Augen zu bemerken. »Das ist nicht nur Schicksal, Toby. Das ist schon eher ein Schwadron von Schicksalsgöttinnen. Glauben Sie etwa nicht an sie?«

Er schüttelte elend den Kopf. »Sie sind ja nicht einmal überrascht.«

Diesmal lächelte sie ganz offen. »Ich will Ihnen nicht mit dem Klischee kommen, dass Sie sich über rein gar nichts mehr wundern werden, wenn Sie erst einmal in meinem Alter sind. Aber zufällig stimmt es sogar. Offensichtlich ist hier so etwas wie das Schicksal am Werk.« Sie hielt nachdenklich inne. »Allerdings wundere ich mich, wie Anna zulassen konnte, dass sich so etwas zwischen euch schiebt.«

»Ich habe es Ihnen doch erklärt. Es ist nicht das Schicksal, Phyllis. Es ist Carstairs.« Er berichtete ihr, was sich ereignet hatte.

Mehrere Minuten vergingen, ehe sie wieder etwas sagte. Da er sie so tief in Gedanken versunken sah, war er zufrieden, nur dazusitzen und in die Flammen zu sehen. Irgendwie hatte er, indem er es ihr erzählte, auch seine Angst überwunden. Doch der Frieden sollte nicht von Dauer sein.

»Wie stark sind Sie, Toby?«

Er zuckte mit den Achseln. »Kommt drauf an.«

»Gehen wir mal vom Schlimmsten aus. Nehmen wir an, Lord Carstairs sei irgendeine Art unruhiger Geist. Vielleicht ist er ein Gespenst oder ein Gartengeist.« Sie schnaubte verächtlich. »Oder er hat dem Teufel seine Seele verkauft, oder er ist ein Untoter.« Sie hielt nachdenklich inne und sah ihren Gast von der Seite an. »Nehmen wir an, er ist immer noch entschlossen, die Ampulle zu bekommen. Angenommen, er glaubt, er könne sie für irgendeinen finsteren Zweck gebrauchen. Und nehmen wir weiter an, die Tatsache, dass Sie sein Ururenkel sind, hat es ihm erlaubt, irgendeine Verbindung zu Ihnen herzustellen, und jetzt glaubt er, er könne Sie auf irgendeine Weise benutzen.«

»Er benutzt mich als Medium?« So etwas hatte auch seine Mutter angedeutet. Toby schauderte. Wenn er die Sache so leidenschaftslos mit jemandem diskutierte, kam ihm alles nur noch viel schlimmer vor.

Phyliss nickte unsicher. »Etwas in dieser Art.« Sie zögerte, dann fuhr sie fort und tastete sich vorsichtig weiter. »Es scheint mir, als sei er in diesem Fall darauf angewiesen, dass Sie für ihn als eine Art Wirt tätig werden. Er braucht Ihren Mund, um zu sprechen, er braucht Ihre Hände, um seine kostbare Ampulle zu bekommen, und er würde Sie auch brauchen, um damit das zu tun, was er tun will.«

»Wenn ich mich also weigere, dann ist er hilflos.« Ein wenig beruhigt nickte Toby.

»Genau.«

»Aber …?« Er beobachtete ihr Gesicht.

»Es gibt kein Aber, Toby, wenn Sie stark genug sind.« Sie lächelte leicht. »Und es ist bisher nur ein einziges Mal passiert, oder? Sie wissen nicht, ob Sie überhaupt noch einmal etwas von ihm hören werden. Sie wissen nicht, ob das, was geschehen ist, tatsächlich mehr war als eine vorübergehende Halluzination. Andererseits denke ich, wir sollten ihn nicht unterschätzen.« Sie hielt inne, dann sprach sie nachdenklich weiter. »Und ich glaube auch nicht, dass dies der richtige Augenblick für Sie und Anna ist, Ihre Entschlossenheit auf die Probe zu stellen.«

»Das hat meine Mutter auch gesagt.«

»Tja, damit hat sie Recht. Sind Sie sicher, dass Anna hierher unterwegs ist?«

Er schüttelte den Kopf. »Ich dachte, dies wäre der Ort, wohin sie mit größter Wahrscheinlichkeit gehen würde.« Er stand auf. »Mir ist nichts anderes eingefallen. Aber ich weiß nicht viel über sie, Phyllis. Ich weiß nicht, wer ihre Freunde sind und wen sie so kennt. Ich bin in vielerlei Hinsicht immer noch ein Fremder, und …« Er zögerte. »Ich bin nicht sicher, wie lange ich diese Ungewissheit noch aushalten kann. Ich fühle mich, als tickte eine Bombe in mir.«

»Er ist nicht in Ihnen drin, Toby. Reden Sie sich nicht so etwas ein.« Sie sah ihn streng an. »Es ist Ihr Körper und Ihr Gehirn. Er kann Sie nicht benutzen, wenn Sie es ihm nicht gestatten.«

»Aber wie kann ich das verhindern?« Er starrte ins Feuer.

»Das klingt aber mutlos. Sie können es sich nicht erlauben, schwach zu sein. Keine Sekunde.«

»Es wäre leichter, wenn ich wüsste, wann er zuschlagen will.«

»Falls überhaupt.« Sie seufzte. »Wenn jetzt noch etwas geschieht, Toby, dann nur, weil er immer noch die Flasche haben will. Ich vermute, dass er wartet, bis sie in der Nähe ist. Er wartet also auf Anna. Und Sie haben Recht. Ich glaube, sie könnte wirklich hierher kommen.«

»Dann muss ich fort.« Er wandte sich seufzend an sie. »Ich kann es nicht riskieren, noch hier zu sein, wenn sie kommt.«

»Früher oder später müssen Sie ihr unter die Augen treten. Ich denke, dass Carstairs länger warten kann als Sie.«

»Sie wollen doch nicht etwa sagen, dass ich bleiben und es durchstehen soll?«

»Ich bin nicht sicher, was ich Ihnen raten soll, mein Lieber.« Sie sah sich hilflos um. »Ich kenne mich mit diesen Dingen nicht sehr gut aus. Vielleicht sollten wir Ihre Freundin Serena fragen. Sie scheint die Einzige zu sein, die überhaupt eine Vorstellung davon hat, wie man mit dieser Situation umgehen sollte.« Sie runzelte die Stirn. »Da braucht man Spezialisten.«

Wider Willen musste Toby kichern. »Das können Sie laut sagen. Sie hatte eine Lösung, auf die nur ein echter Experte kommen konnte. Ich musste ›Mary had a little lamb‹ aufsagen.«

»Einfach, aber wirkungsvoll«, gab Phyllis trocken zurück. »Sie hatten Glück, dass jemand da war, der die Sache ernst genommen hat. Ich vermute, viele Leute hätten sich einfach lachend darüber hinweggesetzt und geglaubt, Sie halluzinierten.«

»Diese Leute haben nicht erlebt, was in Ägypten geschehen ist«, meinte Toby grimmig. »Ich wäre ja beinahe erleichtert, wenn ich sagen könnte, dass ich an Schizophrenie leide. Das wäre angesichts der Umstände jedenfalls der anderen Möglichkeit vorzuziehen.« Er schauderte.

»Das ist doch nicht Ihr Ernst, mein Lieber.« Sie schüttelte den Kopf. »Darf ich jetzt vorschlagen, dass Sie über Nacht bleiben? Es ist viel zu spät, um nach London zurückzufahren, und ich glaube nicht, dass Anna heute noch kommt. Morgen können wir dann versuchen herauszufinden, wo sie ist und was sie, wenn überhaupt, mit dem Fläschchen getan hat. Und erst dann können wir entscheiden, was Sie als Nächstes tun sollten.«

11

Toby!

Toby, wach auf, du Narr! Sie ist da!

Die Gestalt, die sich neben Tobys Bett aufbaute, war groß und körperlos und verschmolz beinahe mit den dunklen Schatten im Zimmer. Draußen vor den halb zugezogenen Vorhängen standen helle Sterne am Himmel. Es war bitterkalt. Toby hatte die Elektroheizung ausgeschaltet, bevor er in das hohe, altmodische Bett geklettert war und sich die Daunendecke bis zur Nase hochgezogen hatte. So hatte er, eingehüllt von Decken und Laken, warm und behaglich geschlafen. Jetzt drehte er sich stöhnend um und sank sofort wieder in tiefen Schlaf.

Toby! Die Flasche enthält eine Macht, die deine kühnsten Träume übersteigt. Mit Hilfe der Göttin Isis kannst du alles erreichen und alles sein. Du kannst die Welt beherrschen. Hör genau zu, Toby, ich werde dir erklären, was du tun musst.

Draußen fuhr ein Auto vor. Die Scheinwerfer erfassten kurz die Wand neben der Tür, dann glitten die Lichtstrahlen weiter. Als die Wolken sich verzogen hatten, war die Temperatur gefallen. Bald würde es frieren. Der Motor wurde abgestellt, die Scheinwerfer ausgeschaltet. Ein Wagenschlag öffnete sich und fiel wieder zu, Schritte knirschten auf dem Weg unter seinem Fenster. Er hörte es nicht. Er hörte auch nicht den Klopfer auf der Eichentür, bemerkte nicht, dass auf dem Flur vor seinem Zimmer das Licht eingeschaltet wurde und Phyllis, in einen roten Chenille-Morgenmantel gehüllt, leise die Treppe hinuntertappte, die Tür öffnete, Anna hereinbat und mit einem Blick nach oben zu seiner Schlafzimmertür ins Wohnzimmer führte. Dort legte sie frische Holzscheite auf die Glut, und dann setzten sich die beiden Frauen zusammen, um sich beim Licht einer kleinen Lampe eindringlich und leise zu beraten.

»Ich habe Tobys Auto gesehen.« Anna schüttelte den Kopf. »Beinahe wäre ich nicht hereingekommen. Aber ich wusste nicht, was ich sonst hätte tun sollen und wohin ich gehen könnte. Ich habe eine Ewigkeit in einem Café gesessen, dann bin ich stundenlang herumgefahren, ehe ich mich entschlossen habe, hierher zu kommen. Was hat er gesagt? Wo ist er?«

»Er ist oben und schläft. Er hat mir erklärt, was passiert ist, Anna.«

»Was soll ich nur tun?«

»Hast du sie noch?«

Anna nickte und blickte zur Umhängetasche, die sie neben sich aufs Sofa gelegt hatte.

Toby sah im Traum, wie sie zur Tasche griff, darin herumsuchte und schließlich das kleine, mit Luftpolsterfolie eingewickelte Päckchen herausholte. Sie hielt es in der Hand und starrte es an.

»Ich habe Angst, es zu behalten, und ich habe Angst, es zu zerstören. Wenn es nun irgendetwas auf uns loslässt? Oder irgendjemanden? Ich muss es verstecken, Phyl. Ich muss es irgendwo verstecken, wo Toby und Carstairs es nicht finden können.«

Der schlafende Toby lächelte böse. Für wie dumm hielt sie ihn eigentlich? Er beobachtete sie. Er wusste, was sie mit der Flasche tun wollte. Er kannte ihre Gedanken. Und jeden Gedanken der Tempelwächter, die besorgt über ihr schwebten. Er runzelte die Stirn. Im Schlaf hielt er inne und wunderte sich, dass die Priester so ängstlich waren, so zornig. Sie fürchteten sich.

Phyllis dachte angestrengt nach. »Ich glaube nicht, dass wir sie im Haus verstecken sollten. Vielleicht solltest du sie auch nicht einmal selbst verstecken. Ich werde es tun. Es ist vielleicht besser, wenn du nicht weißt, wo sie ist.«

»Phyl, ich will dich nicht auch noch in Gefahr bringen.«

»Gefahr!«, schnaubte die alte Frau empört. Sie fuhr sich mit den Fingern durchs Haar. »Schließlich habe ich sie dir doch damals gegeben, wie auch das Tagebuch. Und ich habe dich nach Ägypten geschickt. Anna, meine Liebe, ich habe dich in all das hineingezogen, und jetzt liegt es bei mir, dich da wieder herauszuholen.« Sie streckte die Hand aus. »Gib sie mir.«

Anna überließ ihr schaudernd die Flasche. Einen Moment lang sahen sich die Frauen verwundert im Raum um. Ein kalter Hauch umwehte sie. Sehen konnten sie nichts.

»Also gut. Und jetzt geh nach oben in dein gewohntes Schlafzimmer. Ich habe Toby gleich bei der Treppe im grünen Zimmer untergebracht. Schlaf dich aus, und am Morgen wird alles erledigt sein.«

Nein, lass sie das nicht tun.

Du musst sie sofort holen.

Diese Frau hat innere Kraft. Sie kann uns widerstehen. Anna ist schwach, weil sie dich liebt. Ein zynisches Lachen. *Sie kann sich nicht überwinden, sich vorzustellen, dass du ihr wehtun könntest. Sie ist so dumm. Du würdest ihr doch wehtun, nicht wahr, Toby? Du würdest alles tun, was ich von dir verlange. Du wirst jetzt aufstehen und nach unten gehen, Toby. Du wirst der Frau die Flasche abnehmen und sie mir geben.*

Toby wurde unter der Daunendecke immer unruhiger. Er warf den Kopf hin und her, schlug die Decke zurück, drehte sich um und presste die Faust ins Kopfkissen.

Steh auf, Toby!

Die Gestalt näherte sich, blieb direkt neben dem Bett stehen. Stöhnend gehorchte Toby, immer noch mit geschlossenen Augen.

So ist es gut. Und jetzt geh zur Tür und öffne sie. Komm nach unten. Jetzt sofort.

Als die Tür des Wohnzimmers geöffnet wurde, fuhren Anna und Phyllis erschrocken auf. Toby stand in der Tür, bekleidet mit dem alten gestreiften Schlafanzug, den Phyllis ihm aus dem Schrank geholt hatte. Sein Haar war wirr, das Gesicht ausdruckslos. Die Augen waren fest geschlossen. Er trat ins Zimmer und streckte die Hand aus.

Ich brauche die Flasche.

Phyllis verbarg sie hinter ihrem Rücken.

»Toby?« Anna starrte ihn an. »Toby, wach auf! Hörst du mich, wach auf!«

Toby war direkt hinter der Tür stehen geblieben. Einen Augenblick verharrte er reglos, dann öffnete er langsam die Augen.

»Anna?« Er starrte sie erstaunt an. »Wann bist du denn hergekommen? Ich muss eingeschlafen sein. Wie spät ist es?«

»Es ist spät.«

»Ja, es muss spät sein.« Er ging zum Feuer und strich sich langsam mit den Händen über das Gesicht. »Es tut mir Leid. Ich bin immer noch halb im Schlaf. Ich kann nicht klar denken. Gott sei Dank bist du hier. Ich habe mir solche Sorgen um dich gemacht.« Er streckte eine Hand nach ihr aus. »Ich hatte so einen schrecklichen Traum.« Er zögerte. Er konnte es nicht ertragen, so nahe bei ihr zu stehen und sie doch nicht zu berühren. Sanft legte er ihr eine Hand auf die Schulter, dann nahm er sie vorsichtig und behutsam in die Arme.

Zuerst sträubte sie sich und versteifte sich in seinen Armen, dann gab sie nach. »Toby, ist alles in Ordnung? Ich habe solche Angst gehabt.« Sie schmiegte sich an ihn.

»Das ist nicht nötig, meine Liebe. Das ist ganz bestimmt nicht nötig. Du bist jetzt sicher. Ganz sicher.«

Du musst mir nur die Flasche geben. Seine Umarmung wurde etwas fester. *Wo ist sie?*

»Toby?« Anna zog sich abrupt von ihm zurück. »Toby? Was hast du gesagt?«

Toby runzelte die Stirn. Hatte er laut gesprochen? Bitte, Gott, lass es nicht noch einmal passieren. »Es tut mir Leid, das wollte ich nicht sagen. Es ist mir egal, wo die Flasche ist …« Er fuhr sich mit der Hand über die Stirn und strich die Haare zurück. Dann sah er sich aufgeregt um. »Ich liebe dich, Anna. Ich würde nie versuchen, sie dir wegzunehmen, wenn du sie mir nicht freiwillig gibst.« Er schüttelte den

Kopf. »Aber ich kann irgendwie nicht richtig sehen.« Er schloss die Augen, als ein scharfer Schmerz durch seinen Körper fuhr.

Du wirst mir die Flasche geben.

»Phyllis?« Anna hatte Angst. »Es passiert schon wieder. Das ist nicht seine Stimme. Seine Lippen haben sich nicht bewegt.«

»Ich sehe es.« Phyllis wich zum Feuer zurück.

»Mein Gott, es ist nicht Toby. Irgendetwas passiert mit ihm, er ist überhaupt nicht mehr da. Carstairs hat ihn übernommen.« Annas Stimme brach, und sie schluchzte. »Toby, kannst du mich hören? Toby, bitte. Kämpfe gegen ihn an!«

»Anna, meine Liebe, bring dich in Sicherheit.« Phyllis sprach mit mühsam beherrschter Stimme. »Hast du deine Autoschlüssel?«

Anna nickte. »Da drüben in meiner Manteltasche.«

»Hole sie. Halte dich bereit, wegzulaufen.«

Toby hatte ein paar Schritte in Phyllis' Richtung gemacht. Er bewegte sich, als würde er von einem Autopiloten gesteuert. Sein Gesicht war ausdruckslos.

Ah, Miss Shelley. Sie haben also die Flasche. Geben Sie sie mir. Ich will Ihnen nicht wehtun. Das hat nichts mit Ihnen zu tun. Von Rechts wegen gehört die Flasche mir.

Anna hatte sich unterdessen hinter ihm den Mantel angezogen. Mit zitternder Hand fischte sie die Schlüssel aus der Tasche.

»Sie müssten sie mir schon mit Gewalt abnehmen, Toby. Oder sollte ich Sie vielleicht als Mylord anreden?« Phyllis trat einen Schritt näher zum Herd. »Sie sind es doch, nicht wahr, Lord Carstairs? Toby ist nicht mehr da, Sie haben Toby zur Seite gedrängt. Sie haben seinen Körper in Besitz genommen, weil Sie zu schwach sind, aus eigener Kraft etwas zu bewirken.«

Meinen Sie nicht, dass es eine beachtliche Leistung ist, seinen Körper zu übernehmen?

Die Stimme klang ein wenig amüsiert.

Hinter dem Rücken wechselte Phyllis das kleine Päckchen in die rechte Hand. Mit einer Bewegung, die so schnell war, dass Anna es beinahe nicht erfasst hätte, warf die alte Frau das Päckchen rasch zu ihr, und im gleichen Augenblick schnappte sie sich den Schürhaken, der auf dem Herd gelegen hatte.

Anna wartete nicht, um zu beobachten, was weiter geschah. Sie war im Nu draußen im Flur. Die Flasche in der Hand haltend, riss sie die Vordertür auf und rannte zum Wagen. Mit überdrehtem Motor und quietschenden Reifen entfernte sich der Wagen von der Hecke und raste die Straße hinunter.

Phyllis starrte den Mann an, der vor ihren Füßen lag. Das Blut lief an seinem Gesicht hinab auf den Teppich.

12

Wohin fahre ich jetzt?

Anna wechselte den Gang und bog auf die Hauptstraße ein.

Was soll ich jetzt tun?

Sie knirschte mit den Zähnen und bemühte sich verzweifelt, ihren Atem zu beruhigen.

Fahre vorsichtig. Die Straßen sind vereist. Sei nicht dumm. Beruhige dich. Hier kann er dich nicht erreichen.

Die Flasche lag sicher im Fußraum auf der Beifahrerseite, wo sie das Päckchen hingeworfen hatte. Im Dunklen konnte sie es nicht sehen, doch sie hörte die Luftpolsterfolie knistern, wenn das Auto um eine Ecke bog.

Was war aus Phyl geworden? Ging es ihr gut? Was mochte er ihr antun, wenn ihm bewusst wurde, dass er übertölpelt worden war? Bitte, lieber Gott, beschütze sie. Lass nicht zu, dass er ihr etwas tut.

Sie fuhr weiter. Sie wusste nicht, wohin sie wollte. Sie wusste nur, dass sie die Flasche loswerden musste. Ein für alle Mal. Wasser. Sie musste Wasser finden und die Flasche hineinwerfen. Das wäre das Beste. Die Flasche spurlos versenken. Tiefes Wasser. Bodenlos tiefes Wasser, das die Flasche bis in alle Ewigkeit bedecken würde. Sie musste die Flasche mit irgendetwas beschweren und dafür sorgen, dass sie nie wieder auftauchen konnte.

Ihre Gedanken rasten, während sie den Wagen durch die schmalen, engen Straßen jagte. Sie musste nach Osten, zum Meer. Wo war der richtige Weg?

Plötzlich war ihr Kopf leer, und es gab nur noch einen einzigen Gedanken:

Bring sie zurück. Bring sie zurück. Bring sie sofort zurück!

Die Stimme in ihrem Kopf war nicht ihre eigene.

»Nein!«

Sie packte das Lenkrad fester, bis ihre Knöchel weiß anliefen, und sie antwortete laut. »Niemals! Du bekommst sie nicht! Toby, kämpfe gegen ihn, bitte, kämpfe gegen ihn. Oh, Toby!« Sie schüttelte wütend den Kopf, als ihre Augen sich mit Tränen füllten. Wie konnte dies alles nur geschehen? Sie hatte Toby geliebt, das wurde ihr jetzt bewusst. Sie hatte ihn wirklich geliebt. Sie hatte geglaubt, dass er der Einzige sei, der sie endlich wieder glücklich machen konnte. Doch Carstairs, dieser verdammte, böse, schreckliche, tote Lord Carstairs, hatte ihn ihr wieder weggenommen.

Doch Toby war nicht hier. Die Stimme hatte in ihrem eigenen Kopf gesprochen. Es war nicht Tobys Stimme gewesen. O Gott, was sollte sie nur tun?

Sie fuhr jetzt in Richtung A14, und ohne groß nachzudenken, bog sie auf die nach Osten zur Küste führende Fahrbahn ein. Sie drückte das Gaspedal durch, und das Auto fuhr gefährlich schnell. Sie wollte sich so rasch wie möglich vom Ursprung der Stimme entfernen, die höhnend in ihrem Kopf sprach. Vor ihr lag die leere Straße, die zum Meer führte.

Auf dem Rücksitz materialisierte sich eine schattenhafte Gestalt, die vor den schwarzen Sitzbezügen unsichtbar blieb. Anna konnte das leise Kichern im Lärm des Motors nicht hören.

13

»Alles in Ordnung?« Phyllis beugte sich besorgt über den am Boden liegenden Toby. Er stöhnte. Irgendwie zwang er sich, die Augen zu öffnen, und sah die alte Frau im roten Morgenmantel über sich stehen. Das Schüreisen hielt sie noch in der Hand.

»Was ist passiert?« Er presste die Hand auf die Stirn und nahm sie wieder weg. Sie war klebrig vom Blut.

»Es tut mir Leid, aber ich habe Sie mit dem Schüreisen niedergeschlagen. Oder sagen wir, ich habe nicht Sie, sondern Lord Carstairs niedergeschlagen.«

Toby blinzelte. Mühsam richtete er sich auf, bis er aufrecht saß. »Wie bin ich denn hier heruntergekommen?«

»Zu Fuß, mein Lieber.« Phyllis ließ das Schüreisen sinken, denn sie wusste, dass der rechtmäßige Besitzer wieder die Gewalt über seinen Körper hatte. »Sie sind im Schlaf gewandelt. Ihre Augen waren geschlossen. Sie sind aufgewacht, doch dann drohte er Sie wieder zu überwältigen. Ich musste Sie niederschlagen. Sie wollten Anna die Flasche wegnehmen.«

»Anna?« Er sah sich um. »Oh, mein Gott! Jetzt erinnere ich mich. Habe ich ihr wehgetan? Wo ist sie?«

»Sie ist fort. Es geht ihr gut, aber wenn ich vorher noch irgendwelche Zweifel hatte, was mit Ihnen geschehen ist, dann wurden sie mir jetzt ausgetrieben. Es war schrecklich. Beängstigend. Ich habe im Grunde ja nicht Sie geschlagen.« Sie schüttelte traurig den Kopf. »Aber trotzdem, ich hätte Sie aus Versehen umbringen können. Ich weiß manchmal selbst nicht, wie stark ich bin. Es tut mir so Leid.«

»Dann konnte Anna fliehen?«

Sie nickte. »Aber ich weiß nicht, wohin sie gefahren ist.« Sie runzelte die Stirn. »Was meinen Sie, sollte ich nicht lieber den Arzt rufen? Vielleicht haben Sie eine Gehirnerschütterung abbekommen.«

Er lachte, dann zuckte er zusammen. »Das glaube ich nicht. Ich habe einen harten Schädel. Ich brauche vielleicht einen Psychiater, aber keinen Arzt.« Er stand auf und hielt sich an einem Stuhl fest. »Habe ich sie bedroht? Ich kann gar nicht glauben, dass mir so etwas passiert. Ich liebe sie doch.«

»Ich auch, Toby.« Sie schüttelte traurig den Kopf. »Ich weiß auch nicht, was wir jetzt tun können. Im Augenblick ist sie jedenfalls in Sicherheit. Das ist das Wichtigste.«

»Ich hoffe bei Gott, dass sie das verdammte Ding beseitigt. Ein für alle Mal.«

»Sie hat Angst davor. Sie fürchtet, damit könnte irgendein furchtbarer Fluch auf die Welt losgelassen werden.«

»Ich habe viel mehr Angst, dass ein furchtbarer Fluch auf Anna losgelassen wird. Mein Gott, ich wünschte, ich könnte mit ihr reden.« Er hielt inne. »Ihr Handy! Hat sie ein Handy?«

Phyllis zuckte mit den Achseln. »Ich habe keine Ahnung.«

»Wie dumm von mir. Ich hätte sie längst nach ihrer Nummer fragen sollen. Wer könnte denn ihre Nummer haben?«

Sie schüttelte den Kopf.

»Es muss doch irgendjemanden geben. Ihr Vater vielleicht? Sie hat mir von ihrem Vater erzählt.«

»Sie kommt nicht sehr gut mit ihm zurecht. Nein, Toby, belassen Sie es dabei. Anna ist jetzt in Sicherheit, wo sie sich auch befindet. Im Augenblick ist es besser, wenn sie so weit wie möglich von Ihnen entfernt ist.«

Die Orwell Bridge. Sie fuhr in Richtung der Brücke, die sich als hoher Bogen aus hellem Beton über den Fluss spannte, der Essex von Suffolk trennte. Anna lächelte. Endlich ließ ihre Angst nach, und in ihrem Kopf bildete sich ein Plan heraus. Der Fluss war in der Mitte tief, es konnte gar nicht anders sein. Tief war er, und am Grund musste Schlamm sein. Dicker schwarzer Schlamm, der die Flasche und ihren Inhalt sicher und ein für alle Mal verschlucken würde. Dort wollte sie die Flasche hineinwerfen, damit sie ihre letzte Ruhestätte fand.

Als die Entscheidung gefallen war, beschleunigte sie noch weiter und konzentrierte sich auf die Straße, ohne zu bemerken, welch nervöser Zorn sich auf dem Rücksitz hinter ihr aufbaute.

Der Körper einer Frau. Zuerst war der Gedanke aufregend. Erregend sogar. Etwas Besonderes. Etwas, das man genießen und mit dem man spielen konnte. Doch jetzt war er seiner Sache nicht mehr so sicher. Sie war schön, in gewisser Weise ihrer Ururgroßmutter nicht unähnlich. Jener Frau, die ihn so geneckt, erzürnt und bezaubert hatte. Doch diese Frau hatte eine andere Energie. Sie war stärker, und sie war in ihrem Kopf gut abgeschirmt. Die Liebe, die sie für Toby empfunden hatte, war gezügelt und eingesperrt, und er war nicht sicher, ob es in dieser Umzäunung ihres Geistes irgendwelche Lücken gab, durch die er in ihren Kopf eindringen konnte, wie es ihm bei seinem eigenen Ururenkel so mühelos gelungen war. Er hatte zu viel Zeit in der Dunkelheit verbracht. Seine Stärke und seine Zielstrebigkeit hatten abgenommen. Aber das sollte sich ändern. Seine Frustration nahm zu und mit ihr auch seine Substanz.

Die Schatten auf dem Sitz wurden tiefer. Sie nahmen eine Gestalt an. Hätte Anna jetzt in den Spiegel geblickt, dann hätte sie etwas erkennen können. Doch sie sah nicht nach hinten. Ihre Augen ruhten wie gebannt auf der leeren Straße. Mehrere Lastwagen, die zu den Midlands unterwegs waren, fuhren auf der Gegenfahrbahn vorbei. Sie sah sie nicht. Plötzlich fühlte sie sich schläfrig. Die Erschöpfung der letzten Tage, die unruhigen Nächte und die Albträume, der Schlafmangel, all das forderte seinen Tribut.

Carstairs konzentrierte sich auf Annas Gedanken. Er spürte ihre Müdigkeit, die sie verletzlich machte. Schwach. Nicht mehr lange, und sie würde völlig wehrlos sein. Er bemerkte nur am Rande, dass sie mit hoher Geschwindigkeit fuhren und dass er in einer Art pferdeloser Kutsche saß, die sich schneller bewegte, als er es für möglich gehalten hätte. Erst als ihre Augenlider zufielen und das Auto von der leeren Straße abzukommen drohte, erkannte er die Gefahr.

Im letzten Moment riss sie die Augen wieder auf und packte das Lenkrad fester. Ein heftiger Adrenalinstoß durchzuckte sie, und sie spürte eine kalte Faust im Magen. Carstairs fing ihre Angst auf, er sah die Gefahr durch ihre Augen. Er hörte das kleine Päckchen auf dem Boden herumrollen. Er lächelte.

»Verdammt!« Anna schlug mit der flachen Hand aufs Lenkrad. »Fahr vorsichtig, du Idiotin!« Sie redete mit sich selbst, packte entschlossen das Lenkrad und konzentrierte sich auf die Straße. Jetzt endlich blickte sie in den Rückspiegel, doch der Rücksitz war dunkel und ihr Fahrgast nicht mehr als ein Schatten. Sie bemerkte nichts Ungewöhnliches.

Vor ihr tauchte ein Hinweisschild auf einen Parkplatz auf. Sie drehte das Lenkrad herum und fuhr hinein. Als der Wagen stand, verriegelte sie die Türen und lehnte den Kopf an die Kopfstütze. Sie atmete schwer und zitterte am ganzen Körper. Ein kurzes Nickerchen. Sie brauchte ein wenig Schlaf. Es fiel ihr schwer, die Augen offen zu halten.

Neben ihr auf dem Boden drang ein winziger Tropfen langsam durch die Luftblasenfolie, breitete sich auf dem glänzenden, welligen Plastik aus und sickerte in den Teppich auf dem Boden. In der Verpackung, in der Wärme und Dunkelheit, erschien im Riss ein weiterer dünner feuchter Film. Die uralte Lebenskraft lief aus. Die Priester, die über dem Parkplatz schwebten, verloren ihre Macht.

Anna schloss die Augen. Dieses Mal öffnete sie sie nicht wieder. Nachdem sie angehalten hatte, fühlte sie sich sicher. Ihr Atem beruhigte sich. Hinter ihr beugte sich ein Schatten vor. Anna spürte nicht, wie seine Finger leicht über ihr Haar strichen.

Als sie tiefer schlief, begann sie zu träumen. Ihr Schlafzimmer war dunkel, ihr Nachthemd leicht wie eine Feder, ihre Füße waren nackt. Sie stand am Fenster und schaute in ihren kleinen rückwärtigen Garten hinaus. Er war in helles Mondlicht getaucht, und in der Ferne konnte sie den funkelnden Strahl eines kleinen Springbrunnens sehen, der sich leise plätschernd in einen kleinen Teich ergoss. Helle konzentrische Kreise liefen bis zum dunklen Rand des Beckens. Auf der Wiese bemerkte sie zwei verschwommene Gestalten. Eine trug ein weißes Gewand, dessen Falten dunkle Schatten warfen, die andere ein Tierfell. Hatsek und Amhotep. Die Priester von Sekhmet und Isis. Die selbst ernannten Wächter der kleinen Flasche. Die Männer, die ihr durch Äonen der Zeit gefolgt waren. Ihre Macht schwand. Sie wussten es, und sie waren zornig. Sie drehten sich um, als hätten sie bemerkt, dass Anna sie beobachtete, und Anna spürte die Kraft ihrer ohnmächtigen Wut, die wie eine Messerklinge in ihr Herz fuhr. Mit einem Keuchen taumelte sie zurück, fort vom Fenster. Hände packten ihre Schultern. *Hab keine Angst. Sie können dir nichts tun. Jetzt nicht mehr.*

Überrascht und ängstlich stieß sie einen kleinen Schrei aus, als die Hände sie berührten und sie daran hinderten, sich zu ihm umzudrehen. Sie spürte seinen warmen Atem im Nacken. *Du bist hier sicher, meine Liebe. Völlig sicher. Ich werde nicht zulassen, dass sie dir nahe kommen.*

»Wie willst du sie aufhalten?« Sie spürte ihn hinter sich. Er war größer als sie und sehr stark. Jetzt drückten sich warme Lippen auf ihren Hals. Sie wollte sich losreißen, doch sie konnte sich nicht bewegen.

Du willst doch sicher lieber mit mir sprechen als mit ihnen.

Seine Hände glitten nach vorn zu ihren Brüsten, streichelten sie, tasteten nach den Knöpfen des Nachthemds und öffneten sie einen nach dem anderen. Das Nachthemd aus federleichter Seide glitt von den Schultern, und sie konnte nichts tun, um es zu verhindern.

»Bitte, wer bist du?«

Er lachte leise. *Weißt du das nicht?*

Er drehte sie herum, damit sie ihn sehen konnte, und sie blickte ihm in die Augen. Das dunkle, hübsche Gesicht, das sie nun vor sich sah, gehörte einem Fremden. Er beugte sich zu ihr herab und küsste sie, und das Begehren fuhr wie ein Messer durch ihren Leib. Hinter ihr, über dem Garten, versteckte sich der Mond hinter einem Vorhang aus Wolken. Die beiden gespenstischen Gestalten auf dem Rasen verblassten.

Sie fühlte sich völlig enthemmt und konnte sich nicht mehr beherrschen, presste sich an ihn und spürte die Muskeln seines großen Körpers, gierte nach seinen Lippen, während seine Hände über ihren entflammten, willigen Körper strichen …

Ein beladener Containerlastwagen, der zur Küste unterwegs war, donnerte in ihre Richtung. Als er am Parkplatz vorbeifuhr, wiegte und schüttelte sich ihr Auto. Sie blinzelte heftig und richtete sich im Sitz wieder auf. Ihre Bluse war aufgeknöpft, ihre Haut heiß. Es war beinahe, als …

Sie tastete nach dem Traum, doch er war verschwunden.

Gähnend streckte sie sich und langte nach dem Zündschlüssel. Das leise, jubelnde Lachen auf dem Rücksitz hörte sie nicht.

15

Anna fuhr weiter und passierte Ipswich, vor ihr lag die Orwell Bridge und dahinter war die Straße nach Felixstowe. Auf dem höchsten Punkt der Brücke hielt sie am Straßenrand an. Einen Moment lang blieb sie erschöpft sitzen und starrte auf die leere Fahrbahn. Vom Wagen aus konnte sie den Fluss nicht sehen, nur die Straße, die sich vor ihr erstreckte – den Mittelstreifen und die Brüstungen an beiden Seiten. Anscheinend waren sie nicht sehr hoch, sodass Anna im Stehen gewiss hinübersehen konnte. Sie holte tief Luft, bückte sich und suchte nach dem Päckchen. Es war unter den Beifahrersitz gerutscht, und sie konnte es nicht gleich finden. Leise fluchend beugte sie sich über die Handbremse und den Schalthebel hinweg und tastete hektisch im Dunklen herum, doch der Raum unter dem Sitz war leer.

Hinter ihr rührte sich der Schatten, der Lord Carstairs' Gestalt angenommen hatte. Sie bemerkte ihn nicht.

»Verdammt! Wo ist es denn geblieben?« Sie beugte sich noch weiter hinüber. Dann fanden ihre Finger die Luftpolsterfolie. Die Folie raschelte unter der Berührung, und Anna fuhr erschrocken zurück. Ob Carstairs irgendwie eine Schlange beschworen hatte, um die Flasche zu bewachen, wie er es auf dem Boot auf dem Nil getan hatte? War es denkbar, dass hier auf der Orwell Bridge eine Kobra lauerte, die sich um die Flasche geringelt hatte, damit Anna sie nicht ins Wasser werfen konnte?

Nein, dort war keine Schlange. Fast im gleichen Augenblick, als sie das dachte, stießen ihre Finger wieder auf das kleine Päckchen. Es klemmte in der hinteren Ecke unter einem Vorsprung des Autositzes. Vorsichtig ruckelte sie, bis es freikam. Ihre Finger umfassten das feuchte Papier noch etwas fester, dann hatte sie es. Sie fragte sich nicht, warum es feucht war, und machte sich keine Gedanken darüber, wo die kleinen Tropfen hergekommen waren. Sie hörte weder das gequälte Heulen der Schatten, die über dem Wagen in der Dunkelheit schwebten, noch ahnte sie, dass die Priesterwächter fast am Ende ihrer Kräfte waren. Sie richtete sich triumphierend auf, öffnete die Autotür und trat auf die Straße hinaus. Eiskalter Wind traf sie wie ein Peitschenhieb, als sie um das vordere Ende des Wagens lief, über die niedrige Leitplanke stieg und sich ans Geländer lehnte, um nach unten zu blicken. Das Wasser war weit unter ihr, in der Dunkelheit gerade eben auszumachen.

Tu das nicht.

Als die Stimme dicht neben ihr zu sprechen begann, stieß sie einen erschrockenen Schrei aus.

Wage es nicht, ein solches Sakrileg zu begehen. Du wirst die Flasche nach Schottland zurückbringen. Zu meinem Haus. Dort werden wir sie benutzen, du und ich, wie ich es die ganze Zeit schon geplant habe.

Anna sah erschrocken in die Runde. Der Wind fuhr ihr

durchs Haar und trieb ihr die Tränen in die Augen. Niemand war in der Nähe, niemand war zu sehen. Ein Lastwagen donnerte auf der Überholspur vorbei und hupte dröhnend, dann stand sie wieder allein auf der verlassenen Brücke. Die Stimme war nicht aus ihrem Kopf gekommen. Sie war real. Sie kam von außen. Sie kam irgendwo aus der dunklen Nacht.

»Wer ist da? Was wollen Sie von mir?« Doch sie wusste es natürlich längst. Sie hielt die Flasche fest und sah sich angestrengt nach ihm um. »Wer sind Sie? Mistkerl! Wie sind Sie hergekommen?« Ängstlich drehte sie sich wieder zur Straße um. Weder Autos noch Lastwagen waren zu sehen, auch keine Fußgänger. Die Straße war völlig verlassen.

Mein Ururgroßenkel war leider schwach und nutzlos. Die Stimme hallte in ihrem Kopf. Sie konnte nicht sehen, woher sie kam. *Er wollte dich beschützen. Das war ebenso dumm wie ritterlich, und es war höchst erfreulich, dass du ihn so schön abgeschüttelt hast.* Es gab eine kurze Pause. *Erfreulich auch, dass wir so gut miteinander auskommen.*

Wie konnte er mit ihr sprechen, so nah, so dicht an ihrem Ohr, ohne dass sie ihn sehen konnte? Wieder drehte sie sich um, ihre Blicke schossen hin und her, sie forschte nervös in den Schatten, wo nichts war, und bemühte sich, eine Gestalt zu erkennen, wo es keine zu sehen gab. Unter der Brücke herrschte tiefe Dunkelheit, undurchdringlich über dem schimmernden Fluss. Die Nacht war auf einmal sehr still. »Gehen Sie weg!« Es war nicht mehr als ein verzweifeltes Flüstern. »Gehen Sie weg, lassen Sie mich in Ruhe.«

Nach Schottland, Miss Shelley! Wenn ich bitten darf.

»Wo sind Sie? Ich kann Sie nicht sehen.«

Sie brauchen mich auch nicht zu sehen.

»Und ob. Ich steige doch nicht ins Auto und nehme einen Fahrgast mit, den ich nicht sehen kann.«

Er gab ein leises Lachen, kaum mehr als ein Flüstern in der Stille. *Sie haben mich schon hierher befördert, Miss Shelley.*

»Wenn ich das getan habe, dann ist es ohne mein Wissen geschehen.« Guter Gott, hatte er wirklich hinter ihr im Auto gesessen, als sie gefahren war? Als sie auf dem Parkplatz gehalten hatte? Als sie geträumt hatte? Sie stieß einen entsetzten kleinen Schrei aus. »Ich habe Sie vielleicht hierher gebracht, aber ich nehme Sie nicht weiter mit. Hier ist Endstation, ab hier geht es nicht mehr weiter.« Sie hob die Flasche und ging zur Brüstung. »Es ist genau jetzt zu Ende.«

Doch irgendjemand hatte ihr Handgelenk gepackt, rang mit ihr, hielt den Arm mit eisernen Fingern fest. Sie glaubte fast, ihre Knochen knirschen zu hören. Sie konnte ihn neben sich spüren, roch den wächsernen Duft der Pomade, fühlte die gewaltigen Kräfte des Mannes, der sie überwältigte.

Nur sehen konnte sie ihn nicht. Dort war niemand. Sie war im Dunkeln allein auf der Brücke und rang mit einem Unsichtbaren. Mit dem Mann aus ihrem Traum. Er war der Mann aus ihrem Traum. Jetzt fiel ihr alles wieder ein. Der Geruch seiner Pomade stieg ihr in die Nase. Es war Lord Carstairs gewesen, der ihr das Nachthemd weggerissen hatte, um ihre Brüste zu liebkosen. Sein Atem in ihrem Nacken. Sein Flüstern an ihrem Ohr. Ihr Gesicht wurde heiß. Sie hatte ihn so sehr begehrt. Sie begehrte ihn immer noch.

Verzweifelt wollte sie sich losreißen, doch er zerrte sie vom Geländer weg. Irgendwie schleppte er sie zurück zum Wagen. »Mistkerl!«, schluchzte sie, während sie sich heftig wehrte. »Lassen Sie mich los. Das ist alles nicht wahr. Wie kann das auch sein? Lassen Sie mich los!«

Er war erheblich stärker als sie. Sie konnte sich nicht gegen ihn wehren. Irgendwie stieß er sie ins Auto zurück und knallte die Tür zu, als sie drinnen saß.

Nach Schottland! Jetzt sprach die Stimme in ihrem Wagen. Sie saß keuchend am Lenkrad, die Tränen liefen ihr übers Gesicht. Sie warf die Flasche neben sich auf den Sitz und sah sich im Innenraum um, drehte sich um und betrachtete den Rücksitz. Er war leer.

»Wo sind Sie?«

Sie bekam keine Antwort.

»Sind Sie da?« Sie zitterte, ihre Stimme war kaum mehr als ein Flüstern.

Stille.

War er noch da? Sie wusste es nicht. Sie konnte nichts hören, nichts riechen. Der Wagen war leer, und es gab kein Geräusch.

»Also.« Sie streckte die zitternde Hand zum Zündschlüssel aus. »Falls Sie es noch nicht bemerkt haben, ich bin kein verdammtes Taxi. Ich fahre Sie nicht nach Schottland.« Doch wohin sollte sie ihn sonst bringen? Sie wusste es nicht.

Als sie vom Randstreifen aus anfuhr, erschrak sie, weil hinter ihr eine laute Hupe ertönte. Das erste Auto, das sie seit einer Ewigkeit zu sehen bekam, raste auf der Überholspur vorbei, und sie keuchte erschrocken. Nachdem sie auf die Bremse getreten hatte, musste sie noch einen Augenblick mit geschlossenen Augen sitzen bleiben, bis sie sich wieder gefasst hatte, den Kopf heben und noch einmal den Gang einlegen konnte.

Ihre Gedanken rasten. Sie versuchte, sich etwas zu überlegen, ruhig zu bleiben und zu einer Entscheidung zu gelangen, was sie jetzt tun sollte.

Ich bin immer noch da, Miss Shelley.

Sie fuhr auf. Er sprach leise, sein Atem strich warm über ihr Ohr. Sie konnte ihn trotz des dröhnenden Motors leicht verstehen.

Vergessen Sie nicht, dass wir nach Schottland fahren müssen. Bitte glauben Sie nicht, Sie könnten mich hereinlegen. Ich werde es bemerken, wenn wir nicht mehr nach Norden fahren.

Nach Norden. Sie versuchte, sich die Karte im Kopf vorzustellen. Sie fuhr jetzt über den Fluss und nach Suffolk hinein. Keinesfalls war sie nach Schottland unterwegs. Soweit sie sich erinnern konnte, fuhr sie nach Osten. Immer noch in Richtung Meer.

Das Auto beschleunigte. Ihr Verstand begann wieder zu arbeiten, und sie ging ihre Möglichkeiten durch.

Hinter ihr auf dem Rücksitz kicherte jemand.

Ich kann Ihre Gedanken lesen, meine Liebe. Diese Begabung hatte ich schon immer bei Frauen. Wir werden bei der nächsten Gelegenheit die Schnellstraße verlassen. Sobald wir unser Ziel erreicht haben, können wir unser reizendes Liebesspiel fortsetzen. Vorher aber leider nicht, fürchte ich.

Annas Wangen wurden heiß. »Ich verzichte.« Sie holte tief Luft und knirschte mit den Zähnen. »Ich werde bald Benzin brauchen. Da haben Sie es, mein guter Lord. Ich denke, Sie verstehen genug von modernen Verkehrsmitteln, um mir zu glauben, wenn ich Ihnen sage, dass wir nicht sehr weit kommen werden.« Sie warf einen Blick zum Armaturenbrett. Die Nadel zitterte im roten Bereich, der Tank leerte sich schnell.

Von hinten kam keine Antwort.

Sie fuhr weiter. Vor ihr zweigte die Straße nach Woodbridge ab.

Hier. Hier werden wir die Schnellstraße verlassen.

Sie schrie verängstigt auf, als eine kalte Hand sich auf die ihre legte. Sie hatte keine Wahl. Der Wagen bog von der A14 ab und fuhr nach Norden.

Sie war auf der A12 bereits an Woodbridge vorbei, als sie, fast wie eine Antwort auf ihr Gebet, vor sich eine Tankstelle sah.

Sie hielt vor den Zapfsäulen und blieb einen Augenblick

schwer atmend sitzen. Die Flasche lag neben ihr auf dem Beifahrersitz. Von hinten kam kein Kommentar. Vermutlich war ihre Bemerkung über das Benzin mehr oder weniger verstanden worden.

Ihre Handtasche hatte sie nicht dabei. Wider Willen musste sie lächeln. Ob ihr unwillkommener Beifahrer mit goldenen Sovereigns aufwarten konnte, um den Kraftstoff zu bezahlen? Unsicher beugte sie sich vor, um das Handschuhfach zu öffnen. Aber natürlich. Im Autoatlas hatte sie eigens für Notfälle wie diesen eine Zehnpfundnote versteckt. Und da war auch ihr vergessenes Handy.

Sie bemühte sich immer noch, sich die Landkarte vorzustellen. Es war Jahre her, dass sie das letzte Mal in diese Richtung gefahren war. Während ihrer Ehe war sie nach Besuchen bei Phyllis einige Male mit Felix hier entlanggefahren, um die Küste zu erkunden. Plötzlich hatte sie eine Idee. Aldeburgh. Irgendwie musste sie ihre Gedanken abschirmen, ihn abwehren. Ihn aus ihrem Kopf verdrängen. Sie würde nach Aldeburgh fahren. Dort konnte sie den Wagen bis direkt an die Küste steuern, bis an die steile Felsküste. Und sie wusste genau, wie sie ihn davon überzeugen konnte, dass genau dies der Ort war, zu dem sie fahren mussten.

Sie ließ die Flasche auf dem Sitz liegen und stieg aus. Mit zehn Pfund würde sie nicht weit kommen, aber mit etwas Glück sollte es bis zum Meer reichen. Ihre Hände zitterten noch, als sie den Tankdeckel abschraubte und nach dem Füllstutzen griff. Sie blickte in den hinteren Teil des Wagens. Der Rücksitz lag im Schatten, doch dort gab es wohl ohnehin nichts zu sehen. Warum strebte er so sehr nach dieser Macht? Wollte er einen Weg finden, ins Leben zurückzukehren?

Drinnen bezahlte sie mit der Zehnpfundnote und verschwand in der Damentoilette. Sie sperrte die Tür ab und lehnte sich einen Augenblick mit geschlossenen Augen mit dem Rücken dagegen. War er ihr gefolgt? War er hier drinnen bei ihr? O Gott, wollte er ihr etwa zusehen, wenn sie die Toilette benutzte? Sie streckte eine Hand aus, doch sie traf auf keinen Widerstand. Wie hatte er es getan? Auf der Brücke hatte er ihr Handgelenk gefasst. Es hatte sich angefühlt wie eine Hand aus Fleisch und Blut. Er war stark, sie hatte ihn gespürt und ihn gerochen.

»Sind Sie etwa hier?«, flüsterte sie. »Sind Sie so wenig Gentleman, dass Sie einer Dame sogar hierher folgen?«

Sie bekam keine Antwort.

Hatte er sie demnach allein gelassen? War er noch im Auto? Oder wartete er draußen vor der Tür? Sie schluckte schwer. Dann griff sie vorsichtig in die Tasche und holte ihr Handy hervor. »Bitte, geh dran. Serena?«

Serenas Handy war abgeschaltet. Der Antwortdienst nahm den Anruf entgegen. Schluchzend vor Frustration hinterließ Anna flüsternd ihre Nummer. »Ich fahre jetzt nach Aldeburgh. Ich will sie ins Meer werfen. Serena, sag ihnen, dass Carstairs bei mir ist. Er ist nicht mehr bei Toby. Bitte, helft mir!«

16

Als Serena in Lavenham eintraf, war es schon nach Mitternacht, und Toby war wieder eingeschlafen. Phyllis bat sie in die Küche, in der es noch warm war. »Erschrecken Sie nicht, wenn Sie ihn sehen. Ich habe ihm den Schürhaken über den Kopf gezogen, und er hat eine schreckliche Beule.« Sie kicherte. »Aber es hat gewirkt. Carstairs ist verschwunden.«

Serena lächelte. »Auf so eine Idee wäre ich sicher nicht

gekommen. Sie sind offenbar eine tatkräftige Frau.« Sie beäugte bewundernd ihre alte Gastgeberin und erklärte, wer sie selbst war. Phyllis war offenbar nicht nur eine sehr tapfere Frau, sondern auch viel wacher als ihre Besucherin, die nach der langen Autofahrt müde war. »Und was sollen wir jetzt tun? Sollen wir Toby wecken?«

Doch sie sagten sich, es sei wohl besser, gewissermaßen keine schlafenden Hunde zu wecken, und es sei sowieso noch zu früh, um ihn zu holen. Er war ohnehin erschöpft und hatte Kopfschmerzen, und es wäre nichts gewonnen, wenn sie ihn nach unten baten. Anna und die Flasche waren nicht mehr da, und deshalb konnte er sie weder gefährden noch unterstützen. Im Augenblick jedenfalls nicht, nicht in dieser Nacht. Vor allem mussten sie herausfinden, wo Anna überhaupt war.

Irgendwann in der Nacht hörte Serena, die im Wohnzimmer auf der Couch am Kamin schlief, Toby nach unten stolpern. Sie stand auf und begrüßte ihn im Flur. »Ich habe schon von deiner Begegnung mit dem Schürhaken gehört.« Sie betrachtete die Prellung.

Er nickte kläglich und hob die Hand an den Kopf. »Ich bin heruntergekommen, um mir etwas Wasser zu holen. Ich habe schreckliche Kopfschmerzen.« Er folgte ihr in die Küche. »Aber du wirst sicher froh sein zu erfahren, dass es gewirkt hat. Carstairs ist weg.«

»Sind Sie sicher?« Phyllis stand hinter ihnen. Auch sie hatte ihn auf der Treppe gehört.

Mit einer Geste lud sie ihre Gäste ein, sich auf die Küchenstühle zu setzen, gab Toby ein Glas Wasser und bereitete dann für sie alle eine Kanne Kaffee zu. Die Katze, die Jolly hieß, saß vor dem Aga-Ofen und leckte sich die Pfoten.

»Ich bin sicher. Ich weiß nicht, wieso, aber ich kann es spüren.« Tobys Gesicht wirkte grau vor Müdigkeit, und die große Prellung auf der Stirn war dick angeschwollen. Draußen war es noch dunkel.

Serena fuhr sich mit den Fingern durch die Haare. »Glaubst du, er könnte Anna gefolgt sein? Sie hat schließlich die Flasche.«

»Großer Gott!« Toby starrte sie entsetzt an. »Auf diese Idee bin ich noch gar nicht gekommen. Ich dachte, er wollte vor allem mich benutzen, weil wir verwandt sind.«

»Er hat dich auch benutzt«, sagte Serena nachdenklich. »Aber nachdem die Flasche fort ist, hat er vielleicht das Interesse an dir verloren. Du bist für ihn nutzlos, solange du hier bist, und du kannst ihm nicht helfen, solange du nicht bei ihr bist.«

»Ich wünschte, ich wüsste, wo sie ist. Ob sie nach Hause gefahren ist?« Toby stand auf und ging zum Fenster. Er hob den Vorhang und spähte hinaus. Noch keine Spur vom Morgengrauen.

»Nicht wenn sie fliehen will.« Phyllis setzte sich und starrte die Kaffeekanne an. »Sie muss irgendwohin, wo keiner von uns sie finden kann. Aus ihrer Sicht ist ja Toby der Feind.« Sie warf ihm einen Blick zu. »Tut mir Leid, mein Lieber, aber so sieht es aus.«

»Und das wird wohl immer so bleiben?« Toby stöhnte verzweifelt.

Phyllis sah hilflos zu Serena. »Das hoffe ich nicht.«

Serena zuckte mit den Achseln. »Ich bin völlig ratlos. Ich habe mich mit dem alten Ägypten beschäftigt, aber ich hatte noch nie mit einem viktorianischen Okkultisten zu tun.«

»Mary had a little Lamb«, sagte Toby leise. »Das hat gewirkt.«

Sie schwiegen eine Weile.

Draußen in Serenas Auto lag das Handy auf dem Sitz und wahrte stumm seine Geheimnisse.

17

Anna riss die hintere Tür des Autos auf und sah hinein. »Wo sind Sie?« Der Zorn hatte vorübergehend ihre Angst unterdrückt.

Sie bekam keine Antwort.

Sie biss sich auf die Lippe und ging zur Fahrerseite hinüber, öffnete die Tür und starrte die Luftpolsterfolie mit dem Fläschchen an, die immer noch auf dem Beifahrersitz lag. Den winzigen feuchten Fleck, der sich darunter auf dem Leder gebildet hatte, bemerkte sie nicht.

Was mochte passieren, wenn sie die Flasche einfach hier wegwarf? Sie konnte sie in einen Mülleimer neben der Werkstatt werfen. Einfach wegfahren und die Flasche hier lassen. Oder sie in einen Altglascontainer werfen. Mitten zwischen tausende Weinflaschen, damit sie zu Staub zermahlen und zu einem unschuldigen Objekt wiederaufbereitet wurde, das eines Tages irgendwo im Supermarkt auftauchen würde.

Seien Sie nicht so dumm. Ist Ihnen nicht klar, was passiert, wenn die Flasche zerstört wird?

Irgendwie hatte er ihre Gedanken aufgefangen.

Die Macht, die dann freigesetzt wird, könnte die Welt vernichten. Wir wollen diese Macht, Sie und ich. Oh, Miss Shelley, wir könnten so viel mit dieser Macht tun!

»Was denn? Was wollen Sie mit dieser Macht anfangen?« Sie unterdrückte ein frustriertes Schluchzen und richtete ihre scharfe Frage in die Dunkelheit. »Was ist das nur mit euch Männern? Warum wollt ihr nur alle die Welt beherrschen?«

Das kann eine Frau nicht verstehen, Miss Shelley. Es klang höhnisch.

»Und noch etwas. Es wäre nett, wenn Sie mich nicht mehr Miss Shelley nennen würden. Das ist nämlich nicht mein Name«, gab Anna fauchend zurück. »Mein Name, wenn Sie schon so förmlich sein wollen, ist Anna Fox.«

Neben ihr auf der anderen Seite der Tanksäule hatte ein Wagen gehalten. Der Fahrer starrte erschrocken zu ihr herüber, als er den Füllstutzen nahm.

Nun gut, dann werde ich Sie Anna nennen. Und bitte, versuchen Sie nicht, vor mir wegzulaufen. Ich kann mich gedankenschnell bewegen. Steigen Sie ein, meine Liebe. Wir müssen nach Norden fahren. Ich habe alles, was wir brauchen, im Carstairs Castle. Mein Labor wartet schon.

»Das wage ich zu bezweifeln«, gab Anna zurück. Sie stieg widerstrebend ein und warf das Handy auf den Sitz neben die Flasche. Dann griff sie nach dem Sicherheitsgurt. Die Innenbeleuchtung war ausgeschaltet, und der Nachbar an der Zapfsäule gegenüber konnte nicht sehen, mit wem sie sprach. Es war sicher nicht falsch, weiter mit ihrem Fahrgast zu reden. »Wenn ich mich recht erinnere, dann ist Carstairs Castle eine Ruine. Ich glaube, die ganze Anlage ist bis auf die Grundmauern niedergebrannt.« Sie steckte den Schlüssel ins Zündschloss und drehte ihn herum. Sie war gespannt, wie er auf diese Neuigkeit reagieren würde, doch es kam keine Reaktion. Sie lächelte in sich hinein. »Zufällig weiß ich aber, wohin wir fahren müssen. Es gibt einen Kraftplatz, der perfekt geeignet ist.« Sie sah sich über die Schulter zum leeren Rücksitz um. Ob er ahnte, was sie im Schilde führte? Ob er sie durchschauen konnte? »Vertrauen Sie mir, Mylord. Ich werde es Ihnen zeigen.«

Sie wartete

Schweigen.

Ihre Nackenhaare sträubten sich.

»Also gut, dann fahren wir.« So einfach konnte es doch nicht sein. Glaubte er wirklich, er habe sie für sich gewonnen? Ließ er sich wirklich so leicht täuschen? Vorsichtig legte sie den Gang ein und fuhr wieder auf die A12. Irgendwie musste sie ihre Gedanken vor ihm verbergen. Sie durfte ihn nicht merken lassen, dass sie zu einer Entscheidung gekommen war. Dass sie die Flasche ins Meer werfen und untergehen oder treiben oder vom Kies zermahlen lassen wollte. Mary had a little lamb. Sie hielt den Atem an und lauschte. O Gott, es war sogar noch schlimmer, wenn er still war. Dann wusste sie nicht einmal, ob er noch da war. Sie versuchte sich vorzustellen, wie er da hinten saß – entspannt, mit übergeschlagenem Bein, die Landschaft betrachtend. Oder beugte er sich gerade vor, die Hand direkt hinter ihrem Hals auf die Lehne gelegt? Sie rutschte abrupt etwas weiter nach vorn. Wieder beschlich sie die Angst. Mary had a little lamb. Konzentriere dich auf alles Mögliche, aber nicht auf dein Ziel. Nicht auf das, was du tun willst.

Als sie sich der Abzweigung nach Aldeburgh näherten, bremste sie ab. Sie packte das Lenkrad fester und hielt den Atem an. Die Straße, auf die sie jetzt einbog, lief schnurgerade nach Osten.

Das ist der falsche Weg. Wir müssen nach Norden!

Sie lächelte grimmig. Fast war sie erleichtert, dass er das Schweigen gebrochen hatte. Also war er noch da. Er war wach, und sein Orientierungssinn funktionierte noch. »Ich habe es Ihnen doch erklärt, ich fahre zu einem Kraftplatz, den ich kenne. Es ist ein wundervoller Ort, es wird Ihnen gefallen.« Sie stellte sich die weiße Kuppel des Atomkraftwerks von Sizewell vor.

Sie hintergehen mich! Drehen Sie um!

»Ich hintergehe Sie keineswegs. Ich habe Ihnen doch gesagt, dass wir zu einem Ort fahren, der für Ihre Zwecke genau richtig ist.«

Sie wissen nicht, was ich vorhabe, Madam! Drehen Sie um!

»Das kann ich nicht.« Sie packte das Lenkrad noch fester.

»Ich muss weiterfahren. Es ist genau der richtige Ort, Sie werden schon sehen.«

Halten Sie sofort an!

»Ich habe Ihnen doch schon gesagt, ich kann nicht. Ich muss weiterfahren.« Sie trat das Gaspedal durch. »Es ist wichtig, dass wir vor Sonnenaufgang dort sind.«

Vor ihr in den Wolken war ein schmales helles Band entstanden, das sich ganz schwach rot färbte. Über ihnen war der Himmel noch dunkel und voller Sterne. Die Straße schimmerte vom Reif. Sie knirschte mit den Zähnen und jagte den Wagen eine gerade, schmale Straße hinunter, unerbittlich dem Meer entgegen.

Ich sage, Sie sollen anhalten!

»Noch nicht. Erst wenn wir da sind. Es ist nicht mehr weit.«

Ich traue Ihnen nicht. Die Shelley-Frauen sind Heuchlerinnen. Sie necken, sie lügen!

»Ich nicht.«

Die Tachonadel bewegte sich weiter nach rechts.

»Sie müssen mir vertrauen. Ich weiß, was ich tue. Warten Sie nur, es ist jetzt nicht mehr weit.« Mary had a little lamb.

Halten Sie an. Ich bestehe darauf. Sie wollen die Flasche zerstören. Das werde ich nicht zulassen!

»Ich bringe Sie zu einem Kraftplatz. Man nennt ihn ›Kraftwerk‹.« Sie plapperte hektisch drauflos. »Sie müssen mir glauben. Es ist der richtige Ort für Sie. Dort wird die Kraft der Flasche noch verstärkt. Sie wird zehnmal stärker. Noch stärker, als Sie es sich je erträumt hätten.«

Halten Sie sofort an. Drehen Sie um.

»Das kann ich nicht. Dies ist eine schmale Straße. Ich darf hier nicht wenden. Wir sind auch schon fast da.«

Anna. Bitte gehorchen Sie mir. Machen Sie mich nicht wütend.

Auf einmal spürte sie wieder seine Finger im Nacken. Eiskalt. Stark.

Sie beugte sich vor und hielt sich am Lenkrad fest. »Fassen Sie mich nicht an! Nehmen Sie Ihre Hände weg! Wenn wir einen Unfall haben, wird auch die Flasche zerstört.«

Die Flasche ist eingepackt. Sie wird nicht zerbrechen. Hören Sie doch, Anna. Fahren Sie langsamer, meine Liebe.

Jetzt waren seine Finger zärtlich. Nicht kalt, sondern warm und verlockend. Die Hände, die sie im Traum gespürt hatte.

»Wir müssen bis Sonnenaufgang dort sein.« Sie packte das Lenkrad noch fester und konzentrierte sich so gut sie konnte auf die Straße. Es wurde mit jeder Minute heller.

Nicht an das denken, was sie tun wollte. Er durfte ihre Gedanken nicht lesen. Nur das kalte, nackte Gebäude vor dem inneren Auge halten. Und rezitieren. Serena hatte es gesagt. Den Text aufsagen. Mary had a little lamb. Mary hatte ein kleines Lamm, das liebte sie so sehr. Wo sie auch war, wohin sie ging, das Lamm lief hinterher …

18

Serena und Toby waren mit ihrer Gastgeberin ins Wohnzimmer gewechselt. An Schlaf war nicht zu denken, und so waren sie nach oben gegangen und hatten sich angezogen. Toby stand vor dem kalten Kamin. »Soll ich ein Feuer anzünden?«

Serena nickte. »Warum nicht?«

Er hob den Schürhaken vom Teppich auf, wo Phyllis ihn vor einigen Stunden fallen gelassen hatte, schnitt eine Grimasse und betrachtete ihn. »Ich kann gar nicht glauben, wie ich einen Schlag mit diesem Ding überlebt habe.«

Serena lächelte müde. »Die Carstairs haben offenbar harte Schädel. Und die Shelleys sind ziemlich aufgeweckt. Mach dir keine Sorgen, es geht ihr sicher gut.«

»Wenn sie doch nur mit uns Verbindung aufnähme. Wenn sie anriefe, oder was auch immer.« Das Telefon in Annas Wohnung hatte gerade eben endlos lange geschellt.

»Sie wird dich nicht anrufen, Toby.« Serena sah ihm zu, während er einige Holzscheite aus dem Korb nahm. »Wenn sie überhaupt jemanden anruft, dann Phyllis. Oder vielleicht auch mich.« Sie tastete automatisch nach ihrem Handy und runzelte die Stirn. »Oh, ich habe es wohl im Wagen vergessen. Ich sollte es besser holen.«

Toby spürte den kalten Luftzug, als sie die Vordertür öffnete. Er bückte sich, zerknüllte eine Zeitung, die er auf dem Stuhl gefunden hatte, und türmte die Scheite und kleine Späne sorgfältig darüber, bis eine Pyramide entstand. Draußen hörte er Serenas Wagentür knallen. Auf dem großen schwarzen Balken, der als Kaminsims diente, lag eine Schachtel Streichhölzer. Er nahm sie und schüttelte sie, zog ein Streichholz heraus und rieb es an. Serena kam wieder herein und schloss hinter sich die Tür.

Das Papier brannte, dann begannen die kleinen trockenen Zweige viel versprechend zu knistern. Er setzte sich wieder, starrte das Feuer an und spürte die erste Wärme im Gesicht. Dann schaute er verwirrt auf. Serena war nicht zu ihm gekommen. Er hörte über seinem Kopf Dielenbretter krachen. Sie war nach oben gegangen.

Serena klopfte leicht an Phyllis' Tür und trat ein. »Sie hat angerufen. Hören Sie.« Sie wählte Annas Nachricht an und hielt der alten Dame das Telefon ans Ohr.

»Mein Gott.« Phyllis starrte sie an. »Es ist also wahr. Er ist bei ihr mitgefahren. Was sollen wir jetzt tun?«

»Soll ich es Toby sagen?« Serena nagte an ihrer Unterlippe. »Er ist außer sich vor Angst, aber er ist so anfällig für Carstairs. Oh, Phyllis, ich weiß nicht, was jetzt das Beste wäre.«

»Rufen Sie Anna zurück. Darum hat sie doch gebeten. Rufen Sie zurück. Sofort. Rasch.« Sie gab Serena das Handy und sah besorgt zu, während Serena die Nummer eintippte.

19

Das Telefon klingelte, als Anna den Wagen auf die Hauptstraße lenkte und weiter in Richtung Meer fuhr. Sie schnappte es sich. »Serena? Bist du es? Ich bin hier. In Aldeburgh ...« Es knisterte und krachte in der Leitung, und das Telefon verstummte. Sie starrte es ungläubig an, dann warf sie es weg. Vor sich konnte sie schon den Deich sehen. Sie fuhr jetzt langsamer und steuerte das Auto so nahe wie möglich an den Strand.

Behutsam ließ sie den Wagen ausrollen.

»Wir sind da. Der Kraftplatz.« Vom Strand aus müsste er das Kraftwerk in der Ferne sehen können. Er musste doch bemerken, dass es ungewöhnlich war. Etwas Seltsames, das er noch nie gesehen hatte. Die finstere Aura konnte ihm nicht entgehen. Hoffentlich ließ er ihr genug Zeit, das Meer zu erreichen.

»Wir sind da. Ich will es Ihnen zeigen. Es ist ein erstaunlicher Ort.« Sie tastete nach dem Türgriff und lächelte ironisch. Vielleicht war er doch nicht so schlau. Sie musste ihn weiter im Ungewissen lassen. Ihm schmeicheln, scheinbar auf ihn eingehen, ihn übertölpeln. Sie fragte sich, wie der Gezeitenstand gerade war. Nur ein paar Sekunden würde sie brauchen, um das Meer zu erreichen. Nicht sehr lange.

Vor ihrem inneren Auge beschwor sie wieder das Bild des Kraftwerks herauf, das direkt an der Küste stand. Die weiße Kuppel war vom Strand aus sicher gut zu sehen.

Sie stieg aus und stand, die Flasche in der Hand haltend,

in der kalten Morgendämmerung. »Also gut, nun kommen Sie. Ich zeige Ihnen, wohin wir müssen. Es ist mächtiger als alles, was Sie sich je erträumt haben.« Es war windig hier. Der Wind ließ ihr Haar vor dem Gesicht flattern. Sie hielt inne und rechnete schon halb damit, dass sich gleich die hintere Tür des Wagens öffnen werde, doch nichts geschah. Es gab kein Geräusch. Sie nickte grimmig und drehte sich zum Deich um. Sie suchte nach einer Stelle, wo sie hinübersteigen und auf der anderen Seite zum Kiesstrand hinuntergelangen konnte.

Es war fast Flut, und das Wasser stürmte gegen die Steine an. Der Kies knirschte, die Steine rieben aneinander, und sie stand einen Moment da, benommen vom Lärm. Vor ihr hatte sich der Himmel bereits rot gefärbt. Die Kuppel an der Küste umhüllte ein blutiger Schimmer.

Es war bitterkalt. Sie sah sich um und fragte sich, ob Carstairs ihr gefolgt sei. Es war keine Spur von ihm zu sehen. Ihre Finger schlossen sich fest um die Flasche.

Gischt wehte vom Meer herüber.

Abrupt rannte sie los, hinunter zur Brandung. Die Steine rutschten und sprangen unter ihren Füßen. Dann war sie da. Jetzt konnte er sie nicht mehr aufhalten.

Die letzten Tropfen der Flüssigkeit drangen in ihrer Hand durch die Umhüllung und befeuchteten ihre Finger. Sie bemerkte es nicht im Wind. Über ihr schien sich eine pulsierende Wolke zu verdichten. Sie spürte irgendetwas und fuhr gerade rechtzeitig herum, um zwei weiße, schemenhafte Gestalten im Morgenlicht zu sehen. Sie überragten sie und streckten die Arme zu ihr aus. Sie konnte ihre Qualen und ihren Zorn spüren. »O Gott, die Priester! Sie wissen, was ich tun will!« Sie presste die Flasche an die Brust und wich ängstlich zurück. Die Priester folgten ihr. Ihre Kraft nahm zu. Die alte Feindschaft zwischen ihnen war vergessen, jetzt wollten sie nur noch eines – sie wollten die kleine Flasche haben, die Anna festhielt, die letzten paar Tropfen des kostbaren Inhalts. Gleich würden sie Anna umfangen.

»Nein!« Ihr Schrei übertönte das Tosen der Wellen, eine Möwe antwortete. Ein kleiner Tropfen der Flüssigkeit lief ihren Arm hinauf. Sie war warm. Heilend. Gesegnet.

Halten Sie sie fest. Die Priester dürfen sie nicht bekommen!

Carstairs' Stimme war kräftig.

Retten Sie die Flasche, Anna! Behalten Sie sie für uns!

Der letzte Tropfen sickerte am Stöpsel vorbei und wurde vom Wind verweht. Die beiden Gestalten stießen noch einige letzte verzweifelte Schreie aus und verblassten. Über dem Meer lösten sich die letzten Schleier des Morgennebels auf.

Anna holte tief Luft. Sie war nur noch wenige Schritte vom Wasser entfernt. Jetzt war der Weg frei. Niemand konnte sie aufhalten.

»Können Sie es spüren? Die Kraft?«, rief sie. »Da drüben. An der Küste. Und hier auch. Hier im Meer ist es sogar noch besser. Hierher gehört die Flasche, und hier soll sie bleiben. Sie soll sich auflösen wie die Priester.« Sie lief über den letzten Kiesstreifen zu den Wellen hinunter.

Nein! Halt!

Plötzlich wurde ihm klar, was sie vorhatte. Sie spürte einen Schlag auf der Schulter. Sie wirbelte herum, als Finger ihr Handgelenk packten. Die Flasche wurde ihr aus der Hand gerissen. Die Luftpolsterfolie löste sich und wehte über den Kies davon, die Flasche glitt aus ihrer Hand und fiel zwischen die Steine. Ohne auch nur eine Sekunde nachzudenken, stürzte sie sich darauf, sank auf die Knie und hob einen großen glatten Stein. Sie hatte jede Gefahr vergessen. Sie hatte vergessen, sich zu fürchten. Ihr einziger Gedanke war, Roger Carstairs daran zu hindern, ihr die Flasche wegzunehmen. Sie musste um jeden Preis verhindern, dass er sie bekam. Sie hob den Arm und knallte den Stein mit aller Kraft auf die Flasche.

Nein!

Er schrie gequält auf, als das Glas splitterte, und plötzlich schien die ganze Welt stillzustehen. Der Wind flaute ab. Das Meer verstummte. Sie kniete auf den Steinen und starrte den kleinen Fleck voller Glassplitter an. Zwischen den Splittern rieselten einige feuchte Sandkörnchen in den Kies und verschwanden.

Anna zog den Kopf ein und wartete.

Nichts geschah. Keine Explosion. Keine ägyptische Göttin. Keine Erzengel. Keine Hohepriester. Als der letzte Tropfen der Flüssigkeit in der Luft verdunstete, war die Macht geschwunden. Am Horizont brannte der Himmel, doch das war nur ein stummer Sonnenaufgang.

Langsam setzten die Geräusche des Meeres wieder ein, und sie konnte auch den Wind wieder hören. Eine Bö verwehte die letzten Sandkörnchen aus Ägypten. Die Glassplitter rutschten zwischen die Steine und verschwanden. Bald würde die Flut diese Stelle erreichen und alles, was noch geblieben war, endgültig auflösen. Sie richtete sich wieder auf und beobachtete die Wellen, die auf den Strand krachten, das wirbelnde, saubere Wasser. Eine Reinigung.

Eine Möwe flog über ihr vorbei. Ihr Schrei hallte gespenstisch im Wind.

Wie es aussieht, haben Sie gewonnen, Miss Shelley.

Er war immer noch da.

»Die Priester sind verschwunden.« Annas Stimme klang trotzig und triumphierend.

Ja, sie sind verschwunden. Der Hauch der Isis hat sie am Leben gehalten. Sie waren stets meiner Gewalt entzogen.

»Sie dachten, es müsste etwas geschehen, nicht wahr? Sie

dachten, die ganze Welt könnte explodieren.« Vor Kälte ebenso wie vor Furcht schaudernd, beobachtete sie die Wellen, die sich am Ufer brachen. Die Stelle, wo die Flasche zerbrochen war, konnte sie schon nicht mehr sehen.

Ja, das habe ich gedacht, und auch Sie haben es gefürchtet. Deshalb sind Sie eine tapfere Frau. Eine würdige Nachfahrin meiner Louisa. Es entstand eine Pause. *Aber Sie sind auch dumm. Glauben Sie wirklich, Sie könnten mich so leicht aufhalten? Ich werde die Macht finden, die ich brauche. Eines Tages werde ich sie finden.*

Sie drehte sich um. Wie zuvor konnte sie nichts sehen. Der Strand war leer. »Wozu brauchen Sie eigentlich diese Macht? Das haben Sie mir immer noch nicht verraten.«

Das werde ich auch nicht tun. Aber wenn ich sie habe, dann wird die Welt wieder von Roger Carstairs hören!

Sie schauderte.

Und auch Sie werden von mir hören, Anna. Auch Sie. Doch in der Zwischenzeit – vielleicht sind Sie ja doch die richtige Frau für meinen Ururenkel. Sie könnten einen Mann aus ihm machen.

Anna starrte zum Meer hinaus, die Hände tief in die Hosentaschen geschoben.

Am Horizont tauchte ein roter Keil der Sonne auf.

»Erinnern Sie sich an die ägyptische Dämmerung?«, flüsterte sie. »An die Geburt des Sonnengottes Ra?«

Doch die Tränen der Isis waren verloren. In diesem kalten Land am Rande der Welt war kein Platz für ägyptische Magie. Sekunden später wurde die aufgehende Sonne von einem schwarzen Wolkenband verschluckt. Das rote Licht über dem Meer erlosch, das Wasser färbte sich grau. Das Kraftwerk von Sizewell verschwand hinter Nebelschwaden.

Ein leises Kichern war plötzlich zu hören. Sie drehte sich um. Es war ganz nahe gewesen, ganz real. Dann spürte sie ihn. Er hatte ihr die Hände auf die Schultern gelegt und küsste sie.

So. Auch die Gottheit ist fort. Für den Augenblick jedenfalls. Auf Wiedersehen und viel Glück, meine Liebe. Sie spürte seinen Atem auf ihrer Wange. Sie roch die süße Pomade. *Wir hätten es zusammen so gut haben können. Es ist eine Schande, dass wir nicht im gleichen Jahrhundert geboren sind, Miss Shelley. Eine große Schande. Aber eines Tages werde ich zu Ihnen zurückkehren. Machen Sie sich nichts vor.* Die Stimme wurde leiser, war nur noch ein Flüstern. *Bis dann, und leben Sie wohl.*

Dann war er fort.

Nur das Rauschen und Plätschern der Brandung am Strand und die Schreie der Möwen durchbrachen die kalte, morgendliche Stille.

20

Als Toby, Phyllis und Serena eintrafen, lag der Strand schon seit einer ganzen Weile im vollen Tageslicht. Anna saß auf dem Deich, die Hände in den Manteltaschen verborgen, den Kragen hochgeklappt. Die Flut hatte den höchsten Punkt überschritten, und die Wellen waren jetzt sanfter und leckten an der Hochwassermarke, wo sich Tang und Muscheln gesammelt hatten. Bald würde sich das Wasser wieder zurückziehen und den Strand schimmernd und rein zurücklassen.

Anna schaute auf, als sie kamen, und lächelte müde. »Es ist vorbei. Die Flasche ist weg.«

Sie blieben wie angewurzelt stehen. »Bist du sicher?« Toby sprach aus, was alle dachten.

Anna nickte. »Ich habe sie zerstört.«

»Und was ist passiert?«

»Nichts! Die Tränen der Isis sind verdunstet. Nur ein paar Sandkörnchen sind geblieben.«

»Und Carstairs?« Toby betrachtete besorgt ihr Gesicht.

Sie runzelte die Stirn. »Auch Carstairs ist verschwunden.« Steifbeinig stand sie auf. »Er hat dir eine Botschaft hinterlassen, bevor er verschwand.«

Toby sah sie unsicher an, dann nahm er sich zusammen. »Was hat er denn gesagt?«

»Er schien zu glauben, dass wir zwei eine gemeinsame Zukunft vor uns haben könnten.« Sie nahm seine Hand. »Er hat uns seinen Segen gegeben und gemeint, seiner Ansicht nach könne eine Shelley-Frau einen richtigen Mann aus dir machen.«

»Was?« Einen Augenblick lang spiegelte sein Gesicht seine Entrüstung. Dann entspannte er sich, kam ihr entgegen und nahm sie in die Arme. »Das ist durchaus möglich«, sagte er leise. »Das kann gut sein, falls sie mir jemals wieder vertrauen kann.«

Sie lächelte. »Ich vertraue dir, Toby.«

Und dann küssten sie sich im eiskalten Wind, und Serena und Phyllis wechselten einen Blick.

»Ja!« Phyllis streckte begeistert einen Daumen nach oben.

Anna schmiegte sich in Tobys Arme und umarmte ihn fest. Den letzten Teil von Lord Carstairs' Botschaft behielt sie für sich.

Der Geschichtenerzähler

Ich bin ein Geschichtenerzähler.
Ich sitze am Feuer,
die Nacht im Rücken,
und warte, dass ihr kommt.

Ich bin ein Geschichtenerzähler.
Einer nach dem anderen nähert ihr euch
und setzt euch im Schatten,
schweigend,
und wartet,
bis die Worte gesprochen werden.

Ich bin ein Geschichtenerzähler.
Ich zeichne euch Bilder im Kopf,
die tanzen und sich drehen und leben,
und male die Welt im Spiegelglas nach.

Ich bin ein Geschichtenerzähler.
Ich beschwöre das Meer
und jongliere mit Sternen.
Ich mische die Karten.
Ich hebe ab.
Gebannt und schaudernd
seht ihr euch über die Schulter um
und späht in die Nacht.

Ich bin ein Geschichtenerzähler.

Ich halte die Fäden in der Hand.
Ich locke eure Tränen hervor und lasse euch lachen,
und ihr haltet den Atem an und hört die Geschichte.

Ich bin ein Geschichtenerzähler.
Schweigend. Allein. Ich sehe das Spiel der anderen.
Aus dem Schatten
blicke ich in warm erleuchtete Fenster.
Unbemerkt. Von außen. Allein.

Ich bin ein Geschichtenerzähler.
Ich halte die Zügel.
Ich webe Gefühle
mit der Spitze der Klinge.
Von eurem Blut bespritzt,
erzähle ich ihnen eure Geschichte.
Dann mache ich kehrt,
namenlos und schweigend.

Ich bin ein Geschichtenerzähler.
Ihr müsst genau zuhören.
Ich kann eure Langeweile vertreiben
und euch lehren zu hören.
Doch wenn ich geendet habe,
dann werde ich nicht mehr hier sein.

Ich bin ein Geschichtenerzähler.
Wenn die Flammen verlöschen,
werde ich schließlich schweigen.
Ihr kehrt in eure Häuser zurück
zu den Lichtern und dem Lärm.
Und ich verschmelze wieder
mit der Dunkelheit.